U0102983

劉備最後的回憶錄——三國演義之演繹

木百合 著

博客思出版社

目次 contents

前言

一部三國，引得多少人一詠三歎。幾多英雄，啟迪多少夢一脈相承。一本厚厚的《三國演義》，早已是世間為人處事的教科書。大大小小的三國故事，潛移默化地滲透進華人思想判斷的各色基因。

作者在澳洲休閒農場荷鋤翦草，趕牛牧羊時，不禁想起遠在東漢末年的劉備該是個什麼真實的摸樣。他長在農家，成分大概也算是個農民，但不會像與人傭耕的陳勝一樣感嘆：「帝王將相寧有種乎？」他號稱皇族玄孫，現實中不過是官宦世家眼中織席販履的小兒。但他最後成功了，成為了當時的英雄，歷史的明星。

人，生有不同，難道這世上真有天生英雄？

多少事，隱在歷史煙霧中，說不清，道不明。但好在古今人心略相同。借古人之名，言我所思所想。《劉備最後的回憶錄》是試圖參照當今的世間百態，揣摩當時的真實場景心態。

說的是，劉備與亂世之中厚積薄發，借勢而起之後，盛極而衰，在以為義弟關羽報仇的旗號下發起的討吳戰爭中，在與孫權搶地盤爭勢力的絞殺裡，他慘遭夷陵之敗。他清醒了，他病倒了。他已經看清了自己孜孜以求的未來其實已經近在眼前，他的眼睛轉向了盲視了很久的過去。

他想到了曾經年輕的諸葛亮，他想到了世人口口相傳，津津樂道的三顧茅廬的故事。他回憶起自己與諸葛亮的巧遇，是怎樣把他從一個誇誇其談，初出茅廬的青年慢慢地培養成了骨幹。他把希望寄託在了這個年輕人的身上，但同時又有擔憂和惆悵。他回憶起自己的發祥之地荊州的文人們是如何處心積慮相互抬轎子，以便能更快地出人頭地，更快地附鳳攀龍。他也聯想到給曹操獻連環計的鳳雛龐統其實就是第二個蔣幹。

他借助諸葛亮的眼睛，讀到了不一樣的生死相隨，忠肝義膽。他想說，世人對桃園結義的歌頌既高尚也膚淺。對自己「兄弟如手足」名言的評判，既複雜又簡單。人，是為朋友，為大哥而活著，但同時也是為了自己而活著。歸根到底，人還是為了自己而活著。人若想活得更好更順，既要奮鬥競爭，也要儘量多贏。

他不是一個為了朋友就義無反顧的人，他有不少柔情，他有很多私心，畢竟他的出身是農民。他有大難來臨獨自逃命的羞憤，覺得對不起自己的妻兒，更為自己身後兒子的將來處心積慮。他檢討著自己兩段政治婚姻的得失，他開始思念活力四射的孫尚香。最親莫過夫妻，能讓夫妻成路人的力量中，最強莫過利益。

他自然會回憶自己的一生。做為當事人，他試圖用兩個字來概括，那就是：「瞎扯」。從第一次進京城，扯住了素無瓜葛的皇帝近侍，郎中張鈞，要來了一頂小小的官帽開始，一件件開頭看似沒甚邊際的事情，陰差陽錯，勾連變幻，成就了他的起伏人生。就連曹操那句天下只有他和他是英雄的「詩句」，讓人做了過多的解讀，使他從皇叔差點被打回原形。他有不太多的成功格言可以藉鑒，成為急功近利者的座右銘，他的成長模式在不斷地被後人仿效：拉關係投奔，耐性子攀附，等機會取而代之。

他和曹操，名為勢不兩立的漢與賊，實為相知相通的心靈知己。在他嘴裡「每與操反，必然成功」的曹操其實是助他成長的及時雨，是托他高飛的龍捲風。他想再有一次把酒論英雄的機緣，好讓他用自己不上大雅之堂的人生智慧，為曹操說道一番因何得了這個「奸雄」之名。假如，歷史會按照他為曹操謀劃的那樣重演，世人會不會重新審視到底誰才是真正的奸雄？

家受貧困，人們才冀望孝子多。國在危難，大眾方期盼忠臣顯。三國英雄輩出的另一面是千里赤地無雞鳴。這不應是世道人間該有的中衡。雲，最好是祥和的；人，最好是平順的。怪異的應該是那種義薄雲天。道德的祭臺可以有，所願看到的該是如碎米般堆積而起的小良微善，而不該是血淋淋的忠肝義膽。願天下大道縱順橫平，熙熙攘攘往來眾生皆為平常人。

人們造了太多的聖，封了太多的神，圓了太多的謊，騙了太多的人。劉備這個當事人的回憶，讓我們撥開了神秘的歷史帷幕，得以一窺雍容帷幕後面的那些普通人。

江山不是任何人的江山，不管他頂著皇帝的太平冠，還是傳說中的大魔神仙。江山就是江山，人來神去，自自然然。自然就是自然，鬥斗轉星移，變幻萬千。人類只不過是大自然裡的一小塊斑斕。

引子

時勢創造英雄，天下人心所向就是時勢。譬如宏波湧起，吞滅無數戲水弄潮兒；恰似驚濤拍岸，揚起浪花如曇花一現。時勢如潮，總是在潮起潮落。英雄如沙，明己渺小方覺天高地闊。

人道是，江山易改，人事易非。唯有那亙古難變的，是應和著日出日沒，寒暑春秋的人情的厚薄和冷暖，人性的黑暗與光輝。

嗨，我是劉備。相信我有足夠的知名度，我就不做自我介紹了。有些心腹之言，多少年了，我隱忍不言，其實是假癡不癲。如今事不隨心，情難如意，這些話就更是如鯁在喉，不吐不快。多少往事，隱在煙雨之中，需要我這個當事人去正本清源，免得繼續誤人誤己。漫漫前程，飄忽在可有可無之中，現在已經到了盡人事聽天命之時。看眼前，春水輕蕩如歌。憶往昔，諸事清晰如練。這，就算是我的回憶錄吧。

（後人注：劉備，字玄德，因小時家貧人賤，發達後自己又羞於提起，所以小名不詳。少年喪父，與孤母相依為命。因交不起學費，上不起學。幸有同鄉長者資助他上學，卻不好好讀書，整天價假想著賽馬走犬，心裡惦記著浮華虛榮。成年後，當農民不甘心，做官又沒門路本事，最後只能靠織草席編草鞋來維持生計。自我介紹時，偏又開口就是：「我是中山郡王之後，孝景帝玄孫……」所以有個綽號叫「劉大吹」。其人長相頗為奇特，臂長如猿猴，垂手過膝，手臂比常人的長出二十多釐米；耳大若豬，一對大招風耳朵，自己一斜眼就能瞥見。一副出眾的外貌，一張能吹的嘴巴，一個窮得不能再窮，輸得再慘也不會賠本的出身，一顆十分渴望過上好日子的心，一個投奔誰誰就要倒楣的貓頭鷹式的人，碰巧遇到了東漢末年黃巾造反，天下大亂這樣的好機會。先是趁著黃巾軍兵臨城下，幽州太守劉焉饑不擇食，四處找人守城之際，和他攀上了親戚。然後利用老師同學關係混成了縣令。接著趁著天下大亂，撿了個沒人敢要的寶貝……徐州。在和常不常地相互拆臺的呂布保持了糾纏不清的一段關係之後，傍上了實權派曹操。著實坑了曹操之後，在袁紹劉表的大樹下乘了幾年涼。接著拐走了孫權的小妹妹，豪奪了劉焉兒子劉璋的地盤。於是「屌絲」劉備在克死坑害了一個個接納容留他的「諸侯」之後，「逆襲」成功，在六十歲的時候成了蜀漢國的皇帝。中國的武聖關羽，智星諸葛亮都是他的家奴保鏢；三國裡鼎鼎大名的孫權曹操全都有過傳杯把盞之交；後世裡的心機城府多曾以他為榜樣；現在人的立志經營可以拿他做參考。英雄本是時勢造，英雄原本是「屌絲」，難怪指點江山的英雄，在聽到有人呼他的小名時，心裡發虛。英雄的大氅盛裝之下撲騰的本來就是一顆普通的心。）

第一章

伐吳敗給了個毛頭小子

現在開頭思前想後的時間是我六十一歲的時候，才當了一年多的蜀漢國皇帝（後人於西元二〇二一年注：即西元二二二年八月），地點是白帝城。

這次夷陵之戰我敗得太慘了。我稱帝才三個月（後人注：西元二二一年），就帶著大軍浩浩蕩蕩順江直下，把強盛的東吳打了個稀哩嘩啦，堂堂的孫權嚇的連連求和。我雖說是帶兵一輩子，可從來沒帶這麼多的兵。我當時六十歲了，打了一輩子仗，從沒像這次征吳的開局這樣，打得這麼順手。東吳那些有名的大將，非死即逃。連當年曹操帶著八十三萬大軍，都壓根沒有過這種戰績。那時節，試問天下眾生，到底誰是真正英雄。

可惜呀，我一個沒注意，讓豎子陸遜成名。夷陵之戰也成了一個以少勝多的著名戰例。我劉備的名字第一次成了一個兵書戰策裡教育晚生後輩的反面典型。每次想到這裡，都讓我氣憤加鬱悶。

現在我跑回自己的家門裡面了。陸遜還跟在後面追著。估摸著這幾天也快到了，可就是沒什麼動靜，怎麼回事呢？

在夷陵，開始時，來迎戰的都是東吳的頭排上將，我倒是不敢掉以輕心。打了幾仗後，看他們猛的也不猛了，勇的也不勇了。更奇怪的是，東吳的仗打得一點靈氣也沒有了。像點樣的計策一個也沒見著不說，整個軍隊連個居中協調的都沒有。剩下的只是幾個蒼頭老將死打硬拼。周瑜，魯肅，呂蒙之後，顯見得再也沒了主心骨。我用上全部的心力對付這樣沒主心骨的對手，仗還沒打，勝負已定了。自己的心裡難免不停地想「不過如此而已」。

這次開頭打得順的另一個原因是地利。東吳依仗的是長江天險。我這次從長江上游順流而下，七十五萬大軍泰山壓頂。就如破竹之勢，數節之後，皆迎刃而解，無復有著手之處也。昔日赤壁之戰時孫權對曹操的地利優勢，現在對我已不復存在。

這個時候，我心裡五味雜陳，特別想吼出來的，就是老祖宗劉邦的〈大風歌〉：「大風起兮雲飛揚，威加海內兮歸故鄉，安得猛士兮守四方？」想我劉備，勞苦奔波大半生，仰人鼻息多悽惶，如今一朝得根基，出沒豈隨人眼底？當年我一個連袁紹帳下一武夫的文醜都不屑為伍的屢敗之將，現在令天下矚目，英雄膽寒，豈不快哉！

同時，我也替孫權，我年輕的大舅子哥歎息。向來你雄踞江東，雄謀神武的曹操都為你而卻步，如今在我面前變得心怯膽寒，舉止失措。自古英雄惺惺相惜，猜想著你的樣子，不禁有些感同身受！我在過去，這種感受經歷得太多了。想到這些的時候，就沒法子不聯想到我的結義兄弟關羽張飛。我們曾經誓言同年同月同日死，原來你們生龍活虎的兩個人，音容笑貌彷彿就在昨日，如今已經是屍首兩分，魂無所依。這一切都是拜你這個孫權所賜，關張的這等結局，令我氣結切齒。對孫權的惺惺相惜不覺煙消雲散。天作孽，猶可違；自作孽，不可活。這種聯想而糾結，糾結再聯想，就這樣地一直揮之不去，讓我時而固執時而猶豫，時而堅定時而彷徨。

說來要怪我了。聽說孫權也是實在沒人了，東摸西抓地派了個我沒聽說過的陸遜來當統領。待我一打聽，小兒陸遜（**後人注：出生在一八三年**）比我小了二十二歲。我帶著幾百個弟兄剿滅黃巾軍的時候，他還在拉青屎穿開襠褲。碧眼兒，你派了這麼個後生來，這不是瞧不起我是什麼？這些想法一產生，輕敵情緒就上來了。看著連綿不絕的兵營，遮天蓋地的旌旗，我嘴裡輕輕地吐出一句話，立刻引起風生雷動，我對著劉表說的那句醉話也就不時地縈繞在我的心裡：「備若有基業，天下碌碌之輩，誠不足慮也。」

哪曾想，小陸外表萌萌地，肚子裡一包心眼子。怪不得呂蒙白衣渡江之前，向孫權推薦他時，說他意思深長。他上來用的招數和我們這些老傢伙用的大不一樣。我們年紀大了，短期記憶越來越差，心裡有事就想趕緊辦完。不然的話，撂爪就忘。可這個小陸，來了就耍賴，趴在關隘後面就是不出來。這些新生代，一個比一個實際得要命。我派人去叫罵，可你看人家：願叫就叫，就當天上飛過一隻鷹；願罵就罵，權作耳邊吹起一陣風。哪像我們年輕時那會兒，誰敢罵我，跳起腳來就和人拼命，士可殺不可辱。現在倒好，變成了士可辱不可殺。只可惜，我沒從此意識到世道在變，遊戲規則在變。就連人家的免戰牌，也明晃晃地寫成了：「大叔，我們不約。我們不約，大叔。」大字晃眼，遠看彷彿一顆顆明珠。

我仍然按照自己的老經驗玩下去，在不知不覺中，彷彿那原本是精工細作天衣無縫的筒裙，在這些善窺裙底的年輕人面前，頓時成了一個走光的大窟窿。

我當時估摸著，小陸這是想拖一天算一天，和我靠下去了。我六十歲都出頭了。他才三十八歲，正當年。他要是靠上個幾年，我還真是有點拖不起。大小不說，我是皇帝。這樣整天蹲在帳篷裡，捨著家裡的那一大攤子事，怎麼說都不是那麼回事。當時還真沒想像到他正在轉著眼珠子，打著鬼主意。真得說，長江大水波連波，波波都帶小漩渦。

那你可能要問：「等不起就快攻唄。整個戰爭就沒正經打過攻堅戰。不光你這裡不攻堅，你派出去的馮習，張南圍著彝陵城裡的東吳的孫桓也不攻城。這到底有什麼竅門在這裡面。」

你要是說到這，這話可就長了。孫權是誰？我的大舅子哥。當然，他也是後生，比我小二十一歲，可輩分在那裡。我現在是帶人到親戚門上打架。像我這麼個寬厚的人，能下得去狠手？是啊，我是來給我二弟關羽報仇。可孫權是親戚，關羽是兄弟，手心手背都是肉。再說這開局的順利，不是讓我揚眉吐了不少氣了嘛。你說到了這個地步，我能不有點糾結嗎？再者說了，我劉備是什麼出身？做小買賣的。做事之前總要先算算帳。那種死攻硬打，拼血本的事我原來人在卑微之時幹過幾次，現在可不會再幹了。將來也……哎，我這一大把年紀了，將來的日子會有多長啊。

再望長裡說，這次來的目的是什麼？是搶地盤來了，是樹我新蜀漢的威風來的。這才是最大的政治。另外，別忘了，旁邊還有個坐山觀虎鬥的曹魏，正巴不得我們兩家拼個你死我活，他好趁機來個漁翁得利。真要是我和孫權扭在了一起，本錢可能要賠，親戚鐵定要得罪，最後我們兩家讓曹魏一鍋端了的可能性都有。鷸蚌相爭，漁人得利。幾下裡都沒有利，你說我應該去死攻硬打嗎？

這次除了要來找面子，樹威風，我其實更有一個難言之隱。

蜀地山多地少，蜀國面積太小，人力物力都匱乏。就算是因為有了都江堰，有個成都平原，得了個天府之國的名號，可我有那麼多的兵，一大幫的人，就算整天在軍營裡坐著，也要一天三頓飯地伺候著。

這個難言之隱還要從幾年前受到前任西川之主劉璋的邀請，帶著荊州兵進西川幫他看家護院，對付入侵的張魯的時候說起。一開始，出兵的動員工作就不好做。荊州兵們說：「西川的事跟咱們有幾個銅錢的關係，拋家捨業地跑他們那裡去，北邊曹操，南邊孫權來了，我們的家怎麼辦？」我們好說歹說，讓大家拿出鐵肩擔道義的精神來，拿出為朋友兩肋插刀的勁頭，援助劉璋這個漢氏宗親，抗擊五斗米賊張魯的侵犯，這樣就是幫助興復大漢江山，這樣就是為天下人樹立我們荊州兵仁義之師的形象。就是用這樣高尚的藉口，才算把反對的聲音連誇帶哄地壓了下去。挑挑揀揀，找了些腦袋比較簡單的，還有少數比較有理想主義思想的兵，湊合起一支隊伍，糊弄著把人給帶了出來。

剛開始我沒和劉璋翻臉時，劉璋對我們好吃好喝好伺候，軍心還算穩定。唯一的問題是軍兵們慢慢地知道了我們的對手張魯在自己地盤上的各個地方設立「義舍」，置「義米」、「義肉」，免費提供給過路者食宿。犯法者「原宥三次」，第四次再犯才處以刑罰。小過者則修治道路百步。他的祖上張道陵還聽說成仙，當了天師。有這麼個天師老祖做後臺，讓大家心裡直發怵。我聽到他們悄悄議論：「這個人稱米賊的張魯怎麼不是像咱們原來被教導的那樣窮凶極惡呢？他好像比其他的自稱英雄的人聽起來還要好呢？我們怎麼能打比我們的頭頭還要好的人呢？」「張魯的祖宗是天師噢，得罪天眷了不得，不得了！」外界都知道，我見過劉璋後，帶兵去了葭萌關。到了那裡以後，嚴禁軍士，廣施恩惠，以收民心。這些做法的真實目的其實是為了把軍士們圈起來，不讓他們瞭解更多有關張魯的好處，不然帶兵出來的藉口就要不攻自破了。當然了，同時用劉璋給的錢糧讓當地人佔便宜，最後領我的情，這也是我當時打的小算盤。這類收買人心的小手段，對我來說，那叫個輕車熟路。

後來和劉璋撕破臉皮打起來了。總得師出有名吧。原來說的是來幫人家的忙，扶弱濟困，伸張正義，給兄弟撐腰，現在成了抄人家的家，砸人家的鍋。場子總要圓，理由必須找。

找來找去，只能從劉璋本人身上找毛病。說他暗弱無能，忠奸不分，例子就是扯掉了黃權的門牙，逼的王累從城門上掉下來摔死。有些笨點的人點頭贊同：「嗯，就是。扯人家忠臣的門牙就夠嗆了，把人逼地摔死更差勁。這種人是不能跟他幹，更不能讓他當政。」有那些沒完全讓我們繞糊塗的人說：「哎，等等。這裡怎麼有點亂呢？黃權和王累的事不是因為他們覺得你是個梟雄，跟曹操幹，就算計曹操的命；和孫權合作，就賴了人家的荊州。認為你是個心術不正的人物，不能同處嗎？王累黃權是好人的話，頭，你是什麼呀？」這就是後來，我搶佔了成都之後，沒有按我一貫地惺惺作態的習慣，追封厚葬王累的一個深層次原因。要是你王累不是那麼入骨三分地看透我的本心。要是你沒有說我是「世之梟雄，先事曹操，便思謀害；後從孫權，便奪荊州。心術如此，安可同處乎？」要是你像黃權批評我的話那麼令我受用：「某素知劉備寬以待人，柔能克剛，英雄莫敵；遠得人心，近得民望」，我八成要把你樹立成一個忠義的典型來襯托我公平正義的形象。什麼叫大智慧，黃權說我的這些話體現出來的就是他黃權的大智慧。他的這些話是說給當時的主子劉璋聽的，而我是他主子的敵人。一番話，既能讓主子感到他是一片忠心，又讓敵人聽了十分受用。不論哪方勝了，對他都有利，這不是大智慧是什麼？不過，開頭，我也沒想留用黃權。他沒得罪我。我也不記恨他。劉璋是他的主子，他該替主子著想。但他畢竟是公開反對過我。劉璋手下那麼多人，就他三個鼻子眼多出那口氣，明鑼響鼓地不讓我進川，壞我的好事。後來法正一句無意的話讓我改變了主意。法正說：「要是黃權歸於皇叔，對收服潛在的反對派有利。」我眼皮一跳：

「黃權歸我。皇權歸我?!」不能不佩服黃權爹媽給他起了個好名字。我要是趕走他,豈不成了「放棄皇權」?算了,留著他當個吉祥物吧。

當時軍中這樣議論議論也還罷了,後來劉璋的糧草斷了供應,當兵的生活不好了不說,整天的有死有傷,人心開始浮動起來。特別是龐統走小路搞偷襲,中了劉璋大將張任的埋伏,被亂箭射死之後,隊伍簡直是要崩潰了。劍走偏鋒,急功近利是龐統的風格,不過玩多玩大了,倒楣的風險就高。他那也是欲速不達。所以我才匆忙調諸葛亮,張飛,趙雲火速入川。老兵們不好騙了,再騙一騙這些新來的。就說他們的荊州同鄉袍澤有難,還借《詩經》上的詞編了首軍歌:「豈曰無衣,與子同袍,皇叔興師,修我戈矛,與子同仇。豈曰無衣,與子同澤,皇叔興師,修我矛戟,與子偕作。豈曰無衣,與子同裳。皇叔興師,修我甲兵。與子同歸。」

第一次帶的兵和劉璋打仗,我名不正。現在動員第二批荊州兵來救第一批荊州兵,可就成了來救自己的兄弟鄉親,變得師出有名。動員工作也好做多了。所以我一封信送到荊州,諸葛亮,張飛,趙雲順順當當地就把兵帶出來了。這也是一種智謀呀。別一說智謀就想著是對著敵人對手用的,有不少時候,智謀是用來盤算自家人的。別一講智謀大家就想管仲姜太公,我之所以能成為今天的我也是因為我有的是大智慧,不是小聰明呀。比如這一招,不知不覺中把搶朋友地盤的強盜行徑變成了拯救袍澤弟兄的正義行動。

第二批荊州兵和第一批荊州兵會師以後,大家擁抱在了一起,老兵新兵都以為該一起回家團圓了。可我不願意啊,回荊州並不是我的目的,我是要搶西川的呀!這種情況下,體面正義的畫皮最終一層層地剝光蛻盡了，再說什麼冠冕堂皇的話，當兵的都不信了。剩下的就只有利誘這一招了。當年在成都城裡，劉璋倒是在府庫裡存了不少的錢糧。我為了鼓勵帶的那些兵，就跟他們說：「等打下了成都，搶來的財物都是你們的，我什麼都不要。」這話真就起了作用。這幫人一進成都，一個個直奔倉庫，一下子就搬了個一空，真的是一個銅錢也沒給我留下。道義一旦沒有了，不光貪欲無止境了，軍令也不管用了。要是我早知道劉璋不做抵抗就投降，我哪會說這種破財賠本的話？以力馭下，人心不服；以利馭下，後果堪憂。

當了這個皇帝後，從開頭就跟我幹的那些人要體貼照顧，後來在荊州參加進來的人要重用提拔，原來劉璋手下的人要拉攏優待。新升了那麼多的官。吃閒飯的越來越多，家底子一點也沒有，我這財政太吃緊了。諸葛亮和法正他們出了個築「五銖錢」的主意，利用政權的優勢，多發貨幣，搞了一陣子通貨膨脹，從不論貧富的人眾那裡暗奪了一些財富，解了一時之急，可長遠的怎麼辦？打打不動產的主意，想把一些肥田美宅分賜諸官，先讓他們嘗點甜頭，安定一下官心吧，趙雲又說應歸還百姓，令安居復業，民心方服。

這也不能，那也不行，不當家不知柴米貴。這麼下去我這個獨立王國可是就要像那兔子的尾巴——長不了。解決的辦法就只有出來搶地盤了。搶誰的呢？到曹操那裡去搶？這家人不好惹不說，他家挨著我家的那些地面都是些荒坡貧地，水冷風硬。別說不容易搶來，就是搶得過來，也不解決多少實際問題。剩下的就只有考慮我大舅子這邊了。親戚嘛，你可以開口就要。朋友嘛，不分你的我的。不給怎麼辦，撕唄打唄。再怎麼廝打，都算是家事私事，外人也不好評判，名聲不受牽連。這就是我愛攀親戚交朋友的小算盤。後人在此要畫個重點，記住我的這點真傳：遠交近坑。

挨著蜀漢的荊州地區，地肥水美，物產豐富。我在那裡靠著劉表的蔭蔽住了多年，也是用在劉璋的葭萌關時的辦法，用劉表的錢糧買當地的民心。著力樹立愛民的形象，有良好的百姓基礎，到現在我還在懷念這個讓我掘到真正的第一桶金的發祥之地。現在想搶地盤，荊州自然是首選了。

孫權這個毛頭，也是你利令智昏，錯把我的廣告形象當成了我的本身，誤會了我的仁義誠信不是出於真心。本來在赤壁之戰以後，我占著你打下來的荊州理虧，你臉皮厚，占著理，一趟趟派人來要。我臉皮更厚，拖到最後才忍著老大的不情願，按照賣草鞋時討價還價的規矩，二一添作五，答應把荊州六郡還給了你三郡，一人一半。雖然關羽不答應，一郡也沒還到你手裡，可你偏要動硬的來搶，還把我二弟給毀了。這可是你自找的，把一個冠冕堂皇的理由送到我手裡。這次我把荊州六郡全搶到手，於情於理都沒什麼毛病了。要是我沒這麼個理由就來搶地盤，顯得還有些強盜行徑，和我一貫聲稱堅持的禮義恭謙讓大相徑庭。現在你一殺關羽，這個道德的制高點就是我的了，背盟毀義的鍋你不背也得背。為自己的結義兄弟報仇，這個理由沒人質疑，有人讚賞，不用白不用。柿子撿軟的捏。你孫權比曹操差遠了，這次不搶你的搶誰的？搶地盤，我得利；報弟仇，我得名。名利雙收的事，時時難忘，才在心頭，又上眉頭。接著我的聯想又如影隨形般地來了：「二弟呀，你死了死了，還在幫哥哥我的忙，真是個好兄弟啊！」

這一仗要是一打贏，天下人就會都知道：我本人義氣深不見底。還有，犯蜀漢者，雖遠必誅。關羽死了，這個勝仗對他沒啥利益。孫權敗了，只好吃個啞巴虧，把本屬於自己的地盤讓給強盜。最終唯一得利的就是我。以後地盤大，兵就多，糧也廣，天下眾望所歸。孫權不敢再叫陣不說，曹魏也會掂量一下形勢。天下三足鼎立之勢形成不說，我蜀漢前有荊襄，後有益州，對敵有戰略縱深，讓自己能進能退，將來東吞孫吳，北並曹魏的架勢也拉開了。我這新創立的蜀國也就算站住腳了。等到以後羽翼豐滿，兵精糧足，一旦天時在我，前程不可限量。這就是我的豐滿理想。

我那周圍的一幫子人看不出裡面的深遠意義。我一說要伐吳，這個說，那個諫，其中還有我比較看重的諸葛亮和趙雲，也在裡邊起哄。說什麼蜀吳聯合更重要，唇亡齒寒，不能以小義而誤大義，云云。都是反對伐吳，諸葛亮講的是利益，趙雲說的是道義，目標倒是一致，出發點卻很是不同。

我東闖西殺大半輩子，行程萬里，遇人無數，經歷的大事小情多了，這些道理厲害我能不明白？和孫權聯合當然重要，可他現在搶了荊州，殺了關羽，他已經不和我聯合了呀。我現在要是去找他聯合，他會從內心裡瞧不起我，更別說誠心誠意地聯合了。魏蜀吳三國，都在想讓自己成為最強的，都害怕自己成為最弱的。誰最弱，誰就可能首先出局，不是讓老大吞了，就是讓老二並了。最好的結果也是苟延殘喘，在老大和老二之間找平衡求活路，這種日子我過得太多了，其中的酸甜苦辣，提心吊膽，沒幾個人能承受得了，我是再也不想去試了。現在曹魏最強勢，我和孫權這兩個弱的只有合力才能撐住這個「鼎」不倒。不然的話，曹魏對蜀吳個個擊破，孫權和我都要倒楣，這我心裡清楚得很。我需要和孫權弱弱聯合，但我不想當那個最弱的。要爭到老二的位子，就要打孫權一頓，讓他服氣，讓他看我時仰著臉，而不是低著頭看。最起碼要和他平起平坐，並列第二。只有這樣才能長久聯合，才能讓他盼著聯合，而不是琢磨著吞併西川，竟長江之極而據守之。可我內心裡想的能跟你們直說嗎？說了不就自我戳穿了我那寬厚仁慈的畫皮了？單從這件事上說，你們在大是大非上，就顯出了深淺。包括你諸葛亮，只知道想聯合，可你知道怎麼做才能聯合起來嗎？誇誇其談容易，實際工作要難得多。從來矯枉必須過正，不過正無法矯枉。想聯合，就是要先把他打服氣了再說。你趙雲，光盯著道義。利益是皮，道義是毛。皮之不在，毛將焉存？

我暗恨道：「搶了我的地盤殺了我的人，要是不聞不問抬手放過的話，下一次掉腦袋滾蛋的就會是我。連土匪老大都眨眼就來的念頭，你們轉不過彎來？該不是怕打不過人家，心裡怕了吧」。忍著心裡的不痛快，對著諸葛們低語提醒，曹孫相爭千百度的荊州肥水滔滔流，這叫動之以利。我流著得來全不費工夫的眼淚，叨念著關羽的大名小名，對趙雲們大講情義無價美名留，這是曉之以情。總算又拉著西川的軍隊奔荊州而來。

人生竟如斯，來回窮奔忙。前者拉著荊州兵來搶西川，如今帶著西川兵再回去奪荊州。前次是錯將荊州換西川。要是當初老老實實地經營荊州，不勞師傷命地跑到西川來，現在的日子該是怎樣呢？唉，都想要，都難丟，貪欲在，實無奈。吃進去難吐更難，一招不慎滿盤殘。這次要是荊州搶不回來，會不會西川荊州一起丟？開仗之初，我也是擔著心的。

沒想到仗打得出奇的順利。這臺戲的一開場就達到了我原來的戰略目的。捉關羽的吳將潘璋，馬忠授首。叛將麋芳，傅士仁被剮。殺張飛的范疆，張達遭凌遲。孫權顯然還在把我當親戚，派了個諸葛瑾，程秉來求和，答應交還荊州，外帶送歸孫夫人，再續聯盟。我當時是想答應，可是再一想，要是就這麼痛快地答應了，大兵一退，保不住孫權又要反悔。要是他以後再來個「白衣渡江」，趁我不注意把荊州搶回去，事情轉了一個圈，豈不是又要回到原點？從他對付曹操反覆無常的手段上，就能看出來他的信用不太可靠。

你孫權當是我空身一人到你家來要賬呢？把褡褳往肩上一搭，抬腿就來。這七十五萬大軍光是集合起來，這集結號就不知道要吹多少遍，傳令兵就不知要跑斷多少條馬腿。於是我就決定先使勁嚇唬他們一下，指望他們回去一說，孫權學學市井故事裡我的三顧茅廬，三次派人來懇求，把條件做實，把記憶加深了，保證以後再也不敢了。沒想到，孫權不光是武將青黃不接，連孫權帶他那些文官也是一幫飯桶，就沒有一個人看出其中的端倪。結果大好的時機就這麼給錯過了。這種時候，要是東吳那邊有個魯肅這樣的人在裡面穿針引線，我跟前有個人扮扮白臉（哎，真應該帶諸葛亮一起來，裝傻充愣，藏奸耍滑，他有這個天才），世界該會是怎樣的不同。這幹外交的人，辦政治的事，還真是要厚臉皮加偶爾的不怕死才算稱職。像諸葛瑾，程秉這種人，一個聽人家說「不」就當真，扭頭就走；另一個聽個殺字就嚇得抱頭鼠竄，讓人啼笑皆非。

俗話說得好：臉皮厚吃個夠；臉皮薄吃不著。孫權這兩次派來的人，算是所用非人。他孫權在這事上看起來也是長了張死要面子，活受罪的薄臉皮。我知道他常不常地會犯這個毛病。當年我過江娶他妹妹，看著大江上當地人駕舟波濤之上，無話找話地說了句「南人駕船，北人乘馬，信有之也。」他就立刻跳上馬，山上山下地跑了一趟，顯擺一下他這個南人的馬術。

我這次一端架子，他還真就再也沒派人來。當年你討要荊州的厚臉皮到哪裡去了？年輕人到底是年輕，對政治手段理解不深，不知道臉面和尊嚴都是給外人看的，只有利益才是核心。

（後人注：也許孫權也在想，先打個勝仗，創造個平起平坐的條件之後，再來議和。他大概也沒想到堂堂的蜀漢皇帝，赫赫的東漢皇叔如此不堪一擊。把和平相處的轉機平白放了鴿子。）

左等右等不見孫權再來求和，我又不能派人去告訴他可以來求和了。唉，我這也是聰明反被聰明誤，矯枉過了火，這事就變得像一鍋夾生飯。一輩子都是在使笨力氣，偶爾地耍一次聰明，結果把自己給耍進去了。人還是要做個真實的自己容易些。

理想倒是挺像肥雞般的豐滿，可現實到了這個份上，就顯得如雞肋般的骨感了。沒別的辦法，我只好深入吳境，再給孫權施加點壓力，創造下一個在談判桌上討價還價的機會。我知道這種機會是用血肉人命換來的，可做買賣哪能不用本錢？也是我讓勝利麻醉了頭腦，讓驕傲主導了判斷，再加上地勢的限制，不留神間，把戰線拉長了，把軍力用疲了，成了曹操當年在赤壁，袁紹在官渡一樣的狀況。結果讓陸遜撞對了空檔，他的眼珠子到底沒白轉，年輕人腦子的確是好使，我的「底褲」到底是被他看穿，讓我吃了這個大虧，帶去的七十五萬大軍湮滅灰飛。我曾經參與過縱火，那是當年讓我取勝或逃生的三把火：火燒博望，火燒新野，火燒赤壁。沒想到，冤緣循環不得了，這陸遜小兒點的第四把火燒的竟然是我！正像有人說的那樣，長江後浪推前浪，前浪被拍在石灘上。正應了那句話：其人之道還治其人之身。出來混總是要還的。

潰敗到白帝城後，身邊的這些人又在不斷地勸我回成都。現在我能回去嗎？吳軍就跟在屁股後面追。我要是在前面一跑，不就成了給他們引路了。想當年在小沛和呂布開打不利，我在前面剛進城門，他就跟了進來。城上我的人想放箭，又怕傷了我。急得沒辦法，只好逃跑的逃跑，投降的投降。鬧得我連家眷都顧不得，直接穿城而過也逃了，老婆們都落到了呂布手裡。這次我要是直接回成都，吳軍接踵而追，歷史重演了怎麼辦？

往深裡說點，這麼個大敗仗下來，我帶的這些兵士兄亡弟傷人心浮動，我現在回去，真相就會變成禿頭上蠕動的蝨子。還不整天讓那些哭天喊地的家屬追在後面要人？有此趁火打劫的良機，隱藏在朝堂內部的那些反對派難保不蠢蠢欲動。我把敗兵人心趕緊攏起來，讓裡外難通消息，兩邊編些不同的說辭，敷衍的故事，把激蕩的人心冷靜下去。關羽被呂蒙白衣渡江抄了老窩之後，就是因為讓手下當兵的和老窩裡的家人通了消息，部隊才一下子散了的。我必須要隔絕身邊的敗兵和外界的聯繫。同時，陳兵於外對反對派是個鉗制。要是跑回成都，都蹲在一起，其勢反孤不說，一旦真相大白，事情很容易鬧大起來。大敗之下，更需要掩蓋真相。讓激浪退去，讓怨恨淡去，讓烏雲散去，讓真相模糊下去，讓我給蜀人帶來的痛苦悄然走向過去。

從個人的角度說，新敗之後讓我回去面對眾人，我還真有點不好意思。我出來的時候一片反對之聲。雖然都是些短視膚淺之見，可我這一敗下來，再說什麼深遠的道理，眾人也會認為你是在自己找臺階，拉遮羞布。現在就算是他們還承認我這個皇帝，可在他們下拜的時候，心裡也會想：「哼，你看……」

可能有人會說：「有什麼不好意思的？天下人誰不知道你劉備打的勝仗一個巴掌就能數得過來。打的敗仗，連腳丫子都用上也不夠用。」這可就要說此一時，彼一時了。當年我是算個常敗將軍，「無往而不勝」這句話用在我的身上，真應該成了「無往而不敗。」可自從入川以來，我不是已經時來運轉了嘛。當初劉璋把我當救世主似地請進來，到後來我鳩占鵲巢，反客為主，再到後來把曹操逼出漢中，起碼我在當地川人中大器晚成，常勝將軍的形象已經樹立起來了。現在這樣灰頭土臉地跑回去，這反差也太大了些。我得在這裡適應一下這種變化，順便喘口氣再說。

一切的一切，要想把這些問題擺平了，最好的辦法就是拿出我的一樣看家本事，打一場勝仗，來個一俊遮百醜。要說起我的看家本事來，除了給人留下的寬厚印象，再就是愛哭和會哭。一般人不太注意的是，我還有一個更厲害的本事。那就是：善敗。從拉了幾百人，帶著幾百條槍投軍討黃巾以來，一次次敗得那麼慘，丟官，丟城池，丟老婆，丟兄弟，可每次我劉玄德都還是又回來了，而且每次回來都是更高更大更強。年輕時，我就是那打不死的小強。到了現在這把年紀，我就是那鬥不敗的老牛。

現在我和陸遜算是主客易位。前者我深入吳境，聯營七百里，讓你撿了便宜。現在你追到我家裡來了。生長在水鄉平原，坐慣了水上搖搖擺擺戰船的吳軍，上了岸不患平地暈也就不錯了。讓你們走走這難於上青天的蜀道。抬頭看白雲悠悠，低頭看深不見底，不信你不犯迷糊。我那時候縱橫四十餘寨，現在我要看你中軍紮在山半腰，右軍住在山頂上，左寨下在深谷裡。不要說打仗，你的糧食接濟都要成問題。我那當初進川時，要不是傻劉璋的接濟，哪會輕易得手。

赤壁之戰那次，曹操的北方平原軍到了你東吳悶熱潮濕的水網地帶，捨陸登舟和你打。氣候不適應，腳下直晃悠，原來的奔騰鐵馬成了馬放南山，耀眼金戈變得鏽跡斑斑，戰無不勝的全能武功全廢棄，結果讓周郎成名。曹操和我在漢中鬥狠，我用的是山地兵對付他的平原兵。他的那些兵勢陣法成了虛有其名，走慣了平路的軍士爬個山累得啡啡喘。行起軍來，繞著幾個山頭一轉，懵登轉向，連北都找不著。分兵兩路分進合擊吧，不是這一路迷了路，就是那一路遲遲不到。這個仗還怎麼打？

這次我帶著一幫子習慣了高山涼爽氣候的兵去伐你孫權。眾人受不了那個濕熱悶潮勁，躲進了樹林子裡乘涼，中了陸遜的火攻之計，才有今日之敗。現在你的水軍要變成山地部隊。風水來回轉，今日到我家。小陸，你要倒楣定了。

小樣兒陸遜你就來吧，我現在真的是盼著你快來，我現在才體會到什麼叫手癢癢，才明白為什麼要摩拳擦掌。哎呀，我這高興勁一上來，就想唱那首自己的立志歌：

說你呆，你很呆，鬍子一把，樣子像小孩。
說你傻，你不傻，推你倒下，你又站起來。

哎，這還是在我和孫尚香小妹妹的蜜月期，她給我填詞譜曲的呢。行了，現在先不想這些溫柔鄉中的往事了，有不少事關我自己前途命運的正事要操心呢。

陸遜呀，陸遜，我每天在行宮裡等著你的消息，在山坡上向東遙望你的身影。山頂的風，颯颯冽冽，如疆場上戰車轔轔。谷中的雲，海湧山崩，像勢不可擋的白馬義從在吶喊聲中撲上高坡的萬馬奔騰。胸中激蕩著狂風，耳邊又回蕩起夷陵大火伴著戰鼓的轟鳴，心中澎湃著豪情，眼裡閃爍著猙獰。來吧，我的獵物，我的羔羊，我的鬥志已經死灰復燃，我要成為撕碎你的狼！

探馬派出了一撥又一撥，可就是沒有你的音信。夷陵你進攻的那會兒，行動不是很迅速的嗎？要不是我讓眾士兵把袍鎧脫下來，塞道而焚，差點就讓你追上了。當時我看這那些只穿著褲衩跟我逃命的軍士們，那一次例外地，我真的不是想哭，而是想笑。一個敗得一塌糊塗人的笑。我跑到這裡了，我的敗兵也都跑到這裡了，你怎麼還沒跑到這裡呀？該不是路上有啥事耽擱了，還是你也迷路了？

第二章

諸葛亮，你就裝吧

終於有一撥探馬帶回了確切的消息。陸遜到了魚腹浦，轉了一圈，後隊改前隊，收工回東吳了。

這就奇怪了。追了這麼大老遠，一仗沒打就撤了？

馬謖在旁邊說：「我哥馬良聽諸葛丞相原來說過，他在魚腹浦埋伏了十萬精兵。」

我當時臉色就變了：「你怎麼沒早說？」

馬謖趕緊解釋：「我在魚腹浦來來回回好幾趟，一個兵也沒見到。要是我跟皇上您說那裡有十萬伏兵，您還不得說我有臆想症？」

我跟他說：「你趕緊去實地調查一下，把情況搞清楚。」

馬謖看我的這個嚴肅勁，不敢怠慢，趕緊顛顛地走了。

馬謖走了，我陷入了深思。諸葛亮在我毫不知情的情況下，能調動十萬精兵？從小處講，他把我從陸遜身上找回面子的機會給毀了。望中裡講，要是他布置的這支部隊把陸遜打退了，別人說起來，是他救了我，救了蜀漢，樹立的是他的威信。要是真望壞處想的話，他的這支精兵埋伏在那裡的目的是為了對付陸遜，還是對付我？難道他是一個隱藏很深的反對派，想趁這個機會撈一把，反客為主？就像我戴著個寬厚仁慈的面具，搶了劉璋的地盤一樣，對我也來個以其人之道，還治其人之身？就算是都不是那麼回事，他這個能擅自調動十萬精兵的能量，也足夠讓我擔心的了。

我當年像喪家犬似地到處找棲身之地時，沒幾個人會羡慕我的地位。可現在我是皇帝了，覬覦這個位子的人可就大有人在了。現在有事，不能不鄭重對待。在這個位置上，咂摸一下按在曹操頭上的那句：「寧可我負天下人，也不能讓天下人負我。」真就咂摸出點味道來了。這種滋味只有坐在最頂尖的人和刀壓頸項的人才能嘗得到。你要是沒當過皇帝，這種滋味你還真的是沒法懂，也沒資格手指曹操罵人家是奸賊。皇帝權臣也是人，皇帝權臣最有權利，也最有便利為自己著想。為自己著想，是每個人的天性和權力，皇帝更不能例外。皇帝要是負了你，你沒有資格去埋怨，只能去怪你自己沒當皇帝，只能怪你自己是弱者。你要是沒命懸一線，你也沒法懂，別人的命都是雲，隨它飄去飄來，自己的命才是天。不信，用你的命去換別人的命試試。

馬謖這次真沒耽擱，跑回來後直接來彙報調查結果。一進門先賣了個關子：「主公，我問了當地人，也仔細看了，您猜是怎麼回事？」

馬謖這人會來事，有大事的時候，他會尊稱我皇上，有高興的事情時，他就改成聽起來比較親切的「主公」。看來這次事不大。

馬謖看我的神色緩和了下來，也就繼續眉飛色舞地說：「原來是諸葛丞相用石頭擺了個八陣圖，把陸遜給陷在了裡面出不來。聽說丞相的老丈人黃承彥老先生拄著拐棍把他給救了出來。結果陸遜自知不如諸葛丞相，嚇得收兵回家了。您說神不神？」

聽馬謖這麼一說，我心裡的原來的那塊石頭就擱下了一多半。不過，我可不相信馬謖的話。陸遜擔心曹丕乘虛襲擊是真。站在魚腹浦這種窪地看高山，知道地形不利，蜀道艱難也是真。按這些精明後生的脾氣，見好就收也是真。諸葛亮堆上幾堆石頭，找幾個手下扮成當地人和他的岳父泰山老丈人，造造輿論，擾亂一點吳軍的軍心也可能是真。可要說陸遜讓他的石頭陣給嚇跑了，可就是又在往自己臉上貼金了。要是當初他在入川時就有這本事，到現在過去了十一年，這十一年裡先當軍師將軍，後當丞相，軍國大任集一身。原來和曹操爭漢中的時候不施展出八陣圖來，把曹軍困死在裡面。這次舉國伐吳也不吭氣。這往輕裡說也是個瀆職，往重裡說是有了貳心。你這個諸葛亮愛「裝」的習慣還是沒改。不過，明白了真相，這我就放心了。喜歡耍小聰明的人，沒時間去樹立大志向，包藏大野心。

這個裝，用個平常點的詞叫打扮，用個文雅點的詞就叫包裝。我是說諸葛亮很喜歡，也很會包裝自己，有的時候不惜用謊言來做包裝。

我說這話可不是貶低埋汰他。現在他是我的手下，貶低他就等於挖自己的牆角，埋汰他就等於往自己臉上抹黑。我私底下說這種爆料的話是有前因後果地。

天下人都知道我為請他而三顧茅廬，這已經成了禮賢敬賢的標準儀式。請人的人用它來顯示自己的禮賢下士，被請的人用它來顯示自己的清高俊雅。兩方面同時可以達到沽名釣譽的目的。用這個詞的第三者也有好處：一個巴掌下去，能把請人的和被請的人的馬屁同時拍得啪啪響。這種皆大歡喜，驢屎蛋子面面光的好事，有誰不願做？這就是「三顧茅廬」這個詞廣受歡迎，廣為流傳，成為拍馬屁必備詞語的原因。這都是從我的一個普通的故事裡昇華提煉出來，也是一種人類智慧的結晶。可真實情況是怎樣的呢？誤導公眾這麼多年，也該揭揭謎底了。不然真要顯得我這個人不厚道了。

話說我四十七歲那年，那一天閒著沒事，我那倆兄弟拉著我去郊外爬山散心。心情好，聞韁繩一抖就跑遠了。走著走著，看到路邊有幾個老農在種地。廣施恩惠是我一貫的做法，聞著泥土的芳香舒展一下筋骨是我所願，我本來就是一個農民嘛。我下地一邊和老農幹活，一邊嘮嗑。我跟他們說要努力幹活，同時要多學習，提高自己的文化和知識水準。這樣才能多打糧食，同時給下一代做個好榜樣，讓他們成為新一代有道德有理想的人。倆兄弟站在田埂上，聽見我說這個就樂了。這差不多也是我往日裡跟他們常嘮叨的。

張飛說話不過腦子。站那裡衝我就喊：「大哥，你跟一幫子老農民說這話，簡直就是對牛彈琴。」

老農們一聽不樂意了：「哎，那黑大漢，你說誰是牛來？老農怎麼了？老農照樣有文化。你聽我作歌來。」

幾個老農一起作歌曰：「蒼天如圓蓋，陸地似棋局；世人黑白分，往來爭榮辱：榮者自安安，辱者定碌碌。南陽有隱居，高眠臥不足。」

張飛不明白他們在說什麼，看到老農歌罷衝他哈哈笑，趕忙問關羽。關羽聽我的話，讀過幾遍《春秋》。他估摸著說：「我覺得他們這是在嘲笑你，罵人不吐髒字。這『蒼天如圓蓋』，說的是你有個圓圓的黑頭。這『陸地似棋局』，說的是你這身子像四方塊。合起來就是說你這人看起來就是幾個方塊頂著個圓球。『世人黑白分』，好理解，說的是你黑，別人白。『往來爭榮辱』，說的是你這人的脾氣不好，喜歡和別人爭。『榮者自安安』，說的是他們的生活平和安逸。『辱者定碌碌』是說你將來肯定沒出息。剩下的兩句是他們在自鳴得意，說在自己家裡睡懶覺睡到自然醒有多舒服。」

張飛一聽就跳了起來，要去打人家。我急忙攔住他，說你二哥說的不對，這歌詞裡有點深意，沒想到長江邊的農民都帶著點酸溜溜的文化氣。南方人到底和老家北方邊地的人不一樣。然後我挑了個老實巴交的老農問：「你們是這首歌的原創嗎？」老農撓撓頭皮，說：「嘿嘿，不是。其實我們只會唱唱，連個原唱都不是。是一個住在附近的叫諸葛亮的年輕人教我們的。」

諸葛亮這個名字我倒是聽說過。有一次偶爾遇到了一個自號水鏡的司馬徽，他半吞半吐地說：伏龍，鳳雛，兩人得一，可安天下。再問伏龍和鳳雛是誰時。水鏡卻開始打哈哈。他自己先提起來有這麼兩個能人，說我該去求他們。問他究竟時，卻又是這副酸溜溜，吊人胃口的德性，讓人心裡不爽。現在是亂世，魚目混珠的事情多的是。家裡窮，買不起鏡子。又愛臭美，只好打盆水當鏡子，估計這個「水鏡」的雅號是用來自嘲的。水鏡也好，伏龍鳳雛也好，真假難辨，所以也就沒太放在心上。第二次聽到這倆人還是在送別徐庶的時候。這時才算知道伏龍，鳳雛的真名，也才知道外人叫他伏龍，他自稱自己是臥龍先生。要不然還以為伏龍和臥龍是兩個人呢。徐庶在我這裡幹了一陣子，看得出來有些真本事。他說的話我倒是信了幾分。

第三次又是那個水鏡先生。原來想請他來幫我，他說自己是山野閒散之人，傲傲氣氣，居高臨下地推辭了。這次卻又巴巴地自己跑到我的軍營，說是要找徐庶聊聊。借這個機會他又二次提起伏龍，鳳雛。可還是說得遮遮掩掩，這人真是有些怪怪地，好像有什麼目的，可又讓人猜不透，自己也不明說。就連到軍營點名道姓地要找徐庶，細想起來也是有些可疑。徐庶在我這裡一直化名單福，只有在他臨走時我這裡的人才知道他的真名。要是徐庶和當地熟人有聯繫的話，水鏡應該知道徐庶的化名，他應該點名要找單福。要是徐庶公開了自已的身分後，消息傳到了水鏡耳朵裡，他應該同時也會知道徐庶已經不在我這裡了。這個人好像有些顛三倒四，思維混亂。看來只好解釋成他知道徐庶在這裡，不知道徐庶臨時腦子一轉改名成了單福。他來找徐庶的時候，趕巧我已經知道單福原來是徐庶？

今天出來散心，可可地又有人提起他。最近這個伏龍，或者臥龍，不斷在我的生活中出現，莫非我和他有些緣分？這個人的本事到底怎樣先不用說，起的這個名號對我來說倒是很入耳。伏龍臥龍，臥龍伏龍，聽起來挺吉祥，莫非我要時來運轉了。我劉備顛沛流離多少年，到了現在連個屬於自己的地盤都沒有。投在劉表這裡，搭著個八竿子打不著的親戚關係，扮著個不尷不尬的角色。我的將來該怎麼辦？現在我的勢力連個三流水平都不夠，成龍倒是不敢奢望，可總不能變成蟲吧。再者說，一個年輕人哪來的心思，跑到地裡來教一些老農來唱這些俗不俗，雅不雅，陰不陰，陽不陽的歌，讓人又感到怪怪地。想到此，這好奇心就重了起來，就開始把這個人當回事了。既然這裡離他住的地方不遠了，自然要順便去一探虛實。

這第一次去人家裡找他，他不在家。不過一看他住的那個休閒農莊，倒是挺對我的口味。上次在許都我在住處的後園種菜，都說我是防曹操謀害。其實曹操要想殺我，還用的著謀害嗎？還用的著把我帶到許都，在皇帝面前表了我的軍功，等我認了皇親以後再謀害嗎？他大權在握，要想下手，何時找不到個理由？我種菜園子是真地自己喜歡，沒什麼別的意思。現在看臥龍崗這個地方不錯，山不高而秀雅，水不深而澄清；地不廣而和緩，林不大而茂盛。就算伏龍徒有其名，不堪大用，以後和他做個菜友，交流一下種菜的心得體會，交換點菜種花種也不錯。可以這樣說，我對那個自稱伏龍臥龍人的興趣是因種菜而起。我想在他這裡種菜買地。

這樣就有了後來朝這個方向閒逛時，順便第二次去臥龍崗。這次又沒碰著伏龍，倒是遇上了他的朋友潁川石廣元和汝南孟公威，還有他的岳父黃承彥。這幾個人都是沒打招呼之前，又吟詩又做歌，動靜折騰的挺大。待到一打招呼，自我詳細介紹完自己是潁川學者或者是汝南名士之後，就匆匆告別。讓人覺得好像是既想讓我注意到，又有點刻意躲著的樣子？最後我給這個臥龍崗上的伏龍先生留下了一封邀請函，算是有棗沒棗地打上一竿子再說。在寫信的時候，我心裡感到有些好笑：龍在深淵，伏龍更應該藏身淵底。如今這個伏龍卻趴在高崗之上。說它高，離雲太遠；說它低，滴水難見。龍在這種地方沒有升騰盤隱的地利，只有上不著天，下無深淵的窘迫。選了這麼個地方當臥龍，風水不對，有悖常規。不像真龍，倒像地龍（也就是蚯蚓）。

兩次去都沒見到人，我自己也感到有些掃興。從冬到春也就沒再去。看著到了春暖快要花開的時節，忍不住想外出散心。心裡想：出去踏踏青，順便最後去一趟那個小土崗，滿足一下好奇心，行與不行把這事給了了。一進他家柴門，難得這次人在家，正在不該當臥室的前堂而不是隱隱蔽蔽又舒舒服服的後房睡懶覺。開始我覺得咱這沒打招呼就上門，沒好意思叫醒他。等了好一陣子，還沒動靜。張飛生了氣，嚷著要放火。張飛的嗓門平常說話動靜就大，一發火聲如巨雷。這時候，諸葛亮還沒醒。噢，我現在可以確認了，敢情你這個二十七歲的諸葛亮是有意在我這個大你二十歲的人面前裝深沉。開始我也有些不高興。我畢竟是帶兵的出身，喜歡直來直去，待不待見我，說句話不就是了，裝什麼裝？可轉念一想又覺得好玩，想看看這個有人瞎吹的他能玩出什麼花樣。要知道，人前裝睡難度和裝死差不了多少。裝睡要想裝得像，眼珠子不能老轉，口水不能老咽，身體不能老動。一個姿勢拿在那裡，時間長了也挺累。我現在倒要看看是我在這裡站著累，還是你在榻上躺著累。當時也是閒極無聊，上來了一陣子孩子氣。反正今天也幹不成別的事了，就把看他睡覺當個消遣吧，看我能不能把你給憋尿了。年輕的時候，類似的無聊事也曾經幹了不少。現在遇上這麼個和我耍心眼的年輕人，那可真是小家雀碰上了老家賊，也讓我找一找年輕時的感覺吧。果然，不久後，他有些不自然，挺不住了。裝著翻個身，把臉轉向牆壁。又過了一個時辰，終於徹底挺不住了，起床推說更衣躲後面去了。我裝作不知道，心裡明白，他這是要換個辦法繼續裝，有懸念，比看戲過癮。

最後出來時，呵，算是換上了行頭。頭戴綸巾，身披鶴氅，把自己打扮得像個神仙。真叫做，戲不夠，行頭湊。假意推辭幾句，然後開始誇誇其談，就是後來他大力宣傳的「隆中對」，什麼要聯合孫權，取劉璋的西川做根據地之類的設想。說真話，到了這個時候，我並沒有像後來人們說的那樣連哭加拜，請他入夥。對他說的經略西川的點子也沒感到太新鮮。更沒有預見到劉表死得快，曹操來得快。我當時還只是劉表的一個看家護院的，就像當初在徐州給陶謙當看家護院的一樣。想的是哪棵大樹好乘涼，還沒到那個斤兩想稱王，甚至當皇上。我這大半輩子，投靠了這個，再投靠那個。靠山，山崩；靠水，水流。我今天在劉表這裡，能不考慮劉表要是不行了，我該去投奔誰？挨著劉表最近的除了曹操，就是孫權和劉璋，這兩個人當然會是我心目中最佳的人選。至於將來會有什麼機會，誰可逆見？只能看命了。還是那句話：人不可以與命爭。假如他當時對我說的那些話讓劉表知道了，我和他的下場恐怕只會是狗奔豚烹了。書呆子取禍之詞，當然不招我待見。

他見我不是太殷切，就開始換了個話題，問我知道不知道戰國時燕昭王和郭隗的故事。就是燕昭王想找能人到齊國報仇。郭隗出主意說，你要招賢，先從我開始；你對我當賢人尊重，比我賢的人就會找你來了。於是昭王給他建了座叫金台的大房子，掛上「尊賢堂」的大匾，讓人老遠就能看見。並把他尊做自己的老師。結果樂毅、鄒衍、劇辛及其他真有才能的人皆來歸附燕國，燕國因此強大起來。這個故事倒是打動了我。荊州這個地方我是個外來戶，要想站住腳，需要有當地人的捧場。從他交的那些朋友來看，這個年輕人認識人不少，看起來也不笨，好好歷練培養一下保不準有些前途。用他這麼個年輕人做樣子，想招來樂毅那樣的大才是做不到的。因為是外地人，荊州人看我原來居無定所的樣子，連招個小兵都困難。把他先拉進夥，為招兵立個招牌興許有點用場。

就這麼著，我們倆商量好，我模仿燕昭王對郭隗那樣對他，他幫我聯絡當地人。說是要對他像對郭隗那樣，那其實是場面上的客氣話。開始就是想拿他給當地人做個榜樣。讓別人看看，像他這樣沒經驗沒學歷的年輕人我都如此尊重，我這個人是個多麼平易近人，虛懷若谷的君子呀。讓當地人知道，我雖然是外地人，但很願意和當地人打成一片，很歡迎當地人加入到我的隊伍中來。別的好處難說，幫我張羅著，拉幾個人來當兵還是有可能的。是騾子是馬，牽出來遛遛吧。但是，有個條件，別再亂說什麼占荊州取西川的胡言了。劉表身邊的人已經看我不順眼。要是再亂說占荊州什麼的，那就是自己給自己掛上吊繩了。

就這樣，我把諸葛亮撿了回來，和他開始了合作，也就是半真半假地演戲。其實他也看出來我對他的表演不太感冒，對能在我這裡混幾天心裡也沒底。所以在臨出門時，對他弟弟千叮萬囑別荒了自家的地，萬一在外頭混不下去，可別落得回來又沒了飯吃。後來他在我這裡謀了個顯位，他的不自信被粉飾成了身未升騰思退步，功成之日思歸田的超脫不凡。

我和他商量的套路就是，凡事決定權在我手裡，大主意我拿，對外宣布由他來。他這樣的年輕人我見得多了。花在漲正經本事上的時間遠遠不如對著水盆練表情的時間多。按我老家的話說，就叫繡花枕頭。他也不過就是一個繡花枕頭而已。不同的是，正好在我想睡覺的時候，旁邊有了這麼個枕頭。這就是大家看到的，曹操大軍來時，調兵部署由他發令，我在一邊坐著。要是有誰不服氣他，我再插嘴。

小馬乍行嫌路短。好不容易有人用他，看得出他是想儘量地表現一下，儘快地在我們這些資歷老年齡大經歷多的人裡站住腳，所以在盡力入戲。年輕人熱情高，幹勁大，腦子活，加上周圍有他的一幫朋友幫著參謀起哄當托打群架，這個諸葛亮很快就成立了情報部，研究室，還有一個宣傳部。這對我倒是些新鮮事。原來打仗只是按照水來土掩，兵來將擋的套路。這些花花道道算是有點新鮮感。時代變了，真就需要些新鮮血液了。

這情報部的人安插到了許都，曹操那邊有什麼動靜我就比較清楚了。他派軍隊來進攻的兵力，路線也打聽了個差不多。這包括後來出賣劉璋的那個張松的行程，也是情報部的人送回來的消息。所以對著眾將他才敢用百分之百的口氣說曹軍什麼時間，必走哪裡之類的大話，好象一切都是他掐算出來的。大家不知道底細，也真就有人開始拿他說的話當真了。

研究室的正式和高級顧問人員名單一報上來，我一看怎麼都是他的那些朋友。像我遇到過的水鏡，崔州平，石廣元，孟公威等人。這些人當時我開口請他們，這個不行，那個不來的，現在怎麼又都有空了？啊哈，到了這會兒，我好像明白了點裡面的道道。敢情原來人家這一幫子人是在相互抬轎子。眾人一起努力把其中的一個高高地托上去，占到個高位子，最後來個一榮俱榮。要不然各自為戰到處去推銷自己，到頭來多數要從低層做起，大家都要花很長時間才能熬出頭。現在有了燕昭王和郭隗的故事做藉口，大家再來分享些實惠，不光不失體面，還顯得比諸葛亮更有名望和本事。從這點看，也要說這個荊州幫的人聰明。這就叫行銷，甚至更高級一點，叫團銷。一幫利益相關者，一個也不少，全都搖搖擺擺地進來了。看來這些人原來的推推拖拖，扭扭捏捏，原來都是有目的的。去臥龍崗的路上碰上的這些人也都可能不是碰巧和偶遇。說不定，他們早就存在的地下情報部早已在各個有用的人身邊布上了耳目。於是種種的埋伏都變得仿佛是巧遇。甚至那些老農會不會是聽了吩咐，拿了實惠，見到有騎馬坐轎的人經過就作歌來吸引人，也是有可能的。

（今人注：「網紅」帶貨，搭配銷售，限量版，乃至會員制，明星機場被偶遇，難道都是諸葛亮的點子之嫡傳？沒想到古老的文學這等緊密地聯繫著當下的實際。）

至於他們為什麼選擇了我看起來有些費解，其實也能理解。這夥人避亂在荊州，這裡戰亂波及得少，生活安逸些。現在世上不少人看不起劉表，說他坐擁荊州，甲兵十萬，而不能展足，是個坐談之客。曹操還說：「景升父子皆豚犬。」可劉表在保境安民這方面又有幾人可與其比肩。多年來，從關西、兗州、豫州等處躲到荊州的學者名士就有上千人之多。劉表算不上是一個好軍閥，好霸主，可他在不少方面卻稱的上是個好官。世人啊，難道只有那些踩著你們兄弟骨肉的白骨稱王稱霸的人在你們的眼裡才是英雄嗎？而給你們帶來了安全平順吃飽睡安的人卻被看做優柔寡斷，胸無大志？要是世間對英雄的概念改變一下，我也用不著在社情輿論和周圍人的綁架下，整天的苦思苦奔，儘量低調地去彰顯自己，讓別人覺得我不凡，我有大志而且守信忠義了。說到家，我不就是想有個安穩地方，過個安穩日子，就像在許都當著皇叔，種種菜嗎？

諸葛亮當年就是跟著他叔叔來投劉表的。在劉表的庇護下，這些人既安全也安樂。可是亂世才能出英雄。這種安樂的另一面就是出人頭地，快捷爬升的機會少得多。看著在別的地方的人今天這個出名，明天那個掌權，這夥自我感覺良好，可又高不成低不就的書生們，既想平安快樂，又想一朝成名。只好寄望於投機，做著草雞變鳳凰的白日夢。唉，一旦天下大亂，流民饑荒總是被指斥成亂源。這很明顯，也很簡單。不過，這，只是雨後大路上的流水，山頂瘦石間的細泉，一陣風起雨過，便會消失於眼前。饑民不過為的是一碗飯，一身衣，一席被，一張床。只要明天不會挨餓，今天他們就會鼓腹而歌，找棵大樹自乘涼。有人說這叫知足常樂，也有人言這是目光短淺。那肆虐的洪濤，破堤的惡瀾，是由於有那些興風作浪，唯恐天下不亂的所謂英雄豪傑，還有那些心念天下，覬覦青史的高人名士。他們的期望永遠會水漲船高，他們的胃口就像蛇想吞象，他們是對身外之物奢求無度的饕餮，是在救萬民於水火的名聲裡翻雲覆雨的窮奇。他們想的是自己的無上權威，長命千年，英名永垂，傳位萬歲。我看著諸葛亮他們興之衝衝，氣之昂昂，我在想，世態安良的法則也許就該是人知足，國有糧，禁貪欲，抑豪強吧。可惜，連我也……我自己打量了一下自己裝模做樣的姿態，不禁自嘲而無奈地長歎一口氣。只好和他們繼續一起走下去。

我應該不會是他們唯一的目標。劉表肯定曾經是首選目標，顯然他們屬於劉表挑剩下的之類。鳳雛和諸葛亮的哥哥不是已經去了東吳？他們在孫權那裡也在打著基礎，有機會的話，再把自己的體己人介紹過去。我現在的勢力不大，地位不高，能讓他們看中的可能就是這個皇叔的身分和戰場上的經驗，還有這點子武裝了，興許他們也耳聞曹操曾稱我和他是天下唯二的英雄。看來他們早就在廣撒網了。我這裡只不過是他們的賭臺之一而已。

（後人注：由於歷史的侷限性，劉備認識不到另一種可能，就是賢士找主人或者主人找賢士，就像自由戀愛女人挑老公。規律之一就是：

自認二等條件的女人找一等條件的老公。

自認三等條件的女人找二等條件的老公。

剩下的是那些自認條件最好的女人最終變成剩女，只好下嫁三等條件的老公。

不論你是高人還是賢士，一旦自認為頂天立地了不起了，你就只有「下嫁」一條路可走了。

於是眼高過頂的伏龍也只好追求一種當「雞頭」的滿足感了）

這是一幫子不得勢，自視頗高，但又希望一舉成名的人。他們的忠誠度，要看我能不能給他們帶來足夠的地位和榮耀。這方面他們和那些一直跟著我吃苦受累的人是要區別對待的。能同甘苦的人不一定能同富貴，反之亦然。鳳雛離開孫權，然後在我這裡當縣官的表現不就說明了這些？人家不是來跟我稱兄道弟拜義父，更不是為百姓遮風避雨當大樹的。我在這幫文人身上更加清楚地看到，人家出來打工，既是為了我，也是為了他們自己，但歸根到底，他們還是要為了他們自己。在這點上，我沒有把自己看得太重要，希望別的主子們也別把自己看得太重要。

所以他們要裝，所以我，也只有我，在真正讓他們撈到實惠之前要幫著他們裝。裝到讓他們覺得有足夠的風光，裝到他們認真地為我出力。直到就像溫水煮青蛙一樣，在舒舒服服，溫溫柔柔之中，讓這幫對自己信心爆棚到自負，聰明過度到沒數的人，自覺自願地待在我的戰車上。最終就像下棋一樣，成為我的棋子。又像我餵大的牛馬一樣，別無選擇無可奈何地被我驅使。或者，我要讓他們成為「雞奴」，可以引吭高歌般地打鳴，顯得氣宇非凡；可以羽毛鮮豔，色彩斑斕確實好看；你也可以有母雞一群（當然是為了給我孵雞生蛋）。但我的雞窩是你的家，你的肉是我的餐，就連那讓你榮耀光鮮的羽毛，我也要做成雞毛撣子，把我的牌位上的浮塵蛛網撣淨拂乾。你能是你願，你奴是你賤。我給你們這個平臺，隨了你們的心願。最終把溫水鍋裡的青蛙煮成田雞湯。子曰：「君子不可小知而可大受也，小人不可大受而可小知也。」（後人解注：君子不可以用小聰明來考驗他，但可以讓他們承擔重大的使命；小人不能讓他們承擔重大使命，但可以在一些小智的事上用到他們。）

再說這幫子研究室裡的高士們，拿著報酬，喝著大茶，整日裡幹的就是談天，說地，議論人。談天，談的是今年的雨水多，明年的春來早。每年天冷了，總有幾天東南風送點溫暖，刮東南風的那幾天拋釣魚線會被風吹回來，釣不到魚，打不了牙祭，只好白飯伴菜泥之類；

說地，說的是這邊有高坡，那邊長荒草，有的地方草高套兔子好，有的地方林密下網子攔鳥最妙；議論人，議論的是道聽塗說，各種管道傳來的有名有姓人物的脾氣秉性，興趣愛好私生活。這些人物包括了劉表，蔡瑁，還有孫權，周瑜，再就是曹操，獻帝，外帶劉璋，張魯。他們這些讀書人只是照搬照送書本上寫的，口齒間傳的，覺得這些天文地理對政治軍事有用，知己知彼才能相機而動。至於議論的目的是什麼，怎麼把它們用起來，對他們來說，也像是霧裡看花。諸葛亮在這裡面起的是這種清談召集人，文人與我之間的聯絡人的作用。大家一天七嘴八舌地議論下來，他把情況歸納一下，總結起來，然後來我這裡彙報，或者說是表功。要說這小夥子是有幹勁，連寫帶彙報，常常忙活到深夜。有時候連我也跟著熬夜。

他們的這些東西，開始一看，除了一些情報和資料的雜匯，差不多全都是一些書生之見，無聊扯淡，生搬硬套，不倫不類。我有時甚至產生了厭倦。可是，因為我和諸葛亮剛見面時有那麼個約定，也就先保持著這大面上的平靜，耐著性子聽他說下去。也是我這人性子憨的原因吧。再說，自從有了諸葛亮這幫子當地人在我這裡出出進進，算是湊個人場，招兵買馬這些事情開始好辦了起來。這就像趕牲口進圈一樣，只要有一頭進去，其它就容易跟著進去了。心裡想著這些實惠，總算沒把厭煩的心情表露出來。

再後來，我反倒不自覺中入了戲，把我在兵力部署，器械裝備，運輸保障，後勤供給的經驗和他們的這些談天說地的當地知識結合了起來，逐漸感到有了點事先沒想到的感覺。打仗除了軍陣行伍裝備補給這些桌面上的事，地理人情也是必要的補充。這段時間，也是諸葛亮對實際軍事行動的入門階段。他聽我講山埋伏，講水埋伏，講雲埋伏，講霧埋伏。從這個

角度講，諸葛亮是我的學生。要說這個過程，不是兩個天才在碰火花，而是一個廢物利用的過程，仿佛瞎子背著一個瘸子的光景。那時候，我在荊州人生地不熟。他初出茅廬，除了那點書本和道聽塗說的學問，其它方面也是懵懵懂懂。要不怎麼我手底下的人看我在場面上吹牛皮一般把諸葛亮說得那麼神，有些人不服氣地嘀咕：「切，說他能，能什麼能，大街上的三個臭皮匠，都能賽過一個諸葛亮。」這話傳進了我的耳朵，我一想，也對。這幫子文人聊的那些子事和皮匠們閒扯的東西差別真的不是太大。能夠化腐朽為神奇，關鍵還是在說者無心，聽者有意。而我恰恰就是這個意中之人，算他們這夥人有福氣。

也許後人會說這不叫廢物利用，應該叫取長補短。我說，這兩種說法都對。

廢物利用我已經講過了。現在舉例說它是取長補短吧。讓曹操打得大敗，不得不來投靠劉表之初，我的手下也就是一支丟盔卸甲，稀稀落落的小隊伍。承蒙劉表給了塊地盤棲身，為了讓我替他擋一擋曹操，也不太在意我招兵買馬。可是，我一個屢戰屢敗，寄人籬下，沒啥根基人脈的外來戶，有誰願意跟我幹？就算跟我幹，結局不過就是走死逃亡，能開花，沒結果，我的運氣明眼人都能看得見。諸葛亮這幫想淺試風險與機會同在的理念的人來了以後，帶來了他們的長處。要知道，咬舌鼓腮，煽情騙人是他們天生的本事，連學都不用學，連底稿都不用打。吸引我對他們多看兩眼的時候，不就是這樣珠聯璧合地表演過嗎？現在故伎重演當然是像布袋子裡抓王八，信手拈來就是了。他們先擬就了幾條蠱惑人心的口號，拿給我看，也就是先表一下功，將來有啥效果別人不能來搶功勞的意思。

我一看第一個口號：跟著「劉堅強」，到哪都吃糧。

我摸了摸能耷拉到肩膀的大耳朵，咧了咧嘴，心裡五味雜陳，暗裡猜測這夥文人是不是暗裡影射我東奔西逃，四處投靠別人討飯吃的狼狽歷史。

（今人注：一七八六年之後，在劉備做皇帝的原蜀漢國的肘腋之地發生了慘烈的大地震。一頭大耳遮眼的白豬被困三十六天，餓瘦兩百斤後獲救，人送一個毫無爭議的外號「豬堅強」。鑒於劉備耳大垂肩的相貌特徵和歷經困頓而不墜性格特點，以及東漢末年「劉堅強」這個流行一時的稱號，有相者雲：此豬乃劉備精神之投射，之再現，之復活。有憂天者問：如此說來，莫非劉備又顯形，當今世界大勢合久必分，分久又合，又要步回久遠的三國？）

諸葛亮看我表情複雜，大致理解了我的一些陰思，他打斷了其他人正在進行中的喋喋不休，解釋著什麼「劉堅強」是說我百折不撓，堅定頑強，人緣極好，天下通吃之意。諸葛亮說：「現在天下惶惶，小民吃了上頓沒下頓不說，就連獻帝大皇上逃難的時候都斷糧。有人啃完肉，獻上剩下的牛骨頭都能給封個官。不可一世的假皇帝袁術被你打敗之後，想吃蜜水拌飯，結果廚子一句『沒有蜜水，只有血水』把他直接氣得吐血而亡。想你來投劉表的路上，即使敗得只剩下十幾個人，躲在河溝裡過夜，不是還能從村子裡搞到幾隻羊。把亡命天涯變成了烤全羊的篝火晚會，讓大家吃得滿肚流油到兩眼流淚，滿懷信心跟劉備？」我擺擺手，讓他別這麼不著邊際不講底線地粉飾這些尷尬事了。

口號鋪天蓋地地貼了出去，沒想到效果居然出奇得好。原來我們口頭上平淡無奇地吆喝「吃糧當兵，當兵吃糧」，結果鼓動起來的人倒是有，不過都跑去投奔那些有實力的大部隊裡去了，人家那裡更顯眼，招兵站更排場，有的甚至彩女環列，「磁場」很強。現在，經這個指名道姓，有血有肉的口號一渲染，不少想投進別人隊伍裡的人不由地把目光投向了我們這個不起眼的招兵站。再加上我正在用劉表給的糧食四處白送，收買人心，原來沒聽說過我的人，立刻以為我是錢糧無數的外地豪富。要知道，當時天下不少地方可是百里無雞鳴，易子而食都不算傳奇。能夠有個穩穩當當的鐵飯碗，對正在餓肚子和餓過肚子的人是不得了的誘惑。看著我呼呼啦啦地拉人進門，有人形容這種現象叫：外來的劉備會招兵。

（後人注：隨著佛教的普及，這句遠在漢代的流行語後來演變成了「遠來的和尚會念經」。）

人招來了不少，開頭我也高興了幾天。可一開始訓練，問題就來了。衝著吃飯進門的這些兵，除了能吃就是能睡。我一時沒忍住，跟時刻不忘表功的那幫文人嘟囔了一聲：「忙了半天，招來一幫子懶豬飯桶。」

文人們看我不滿意，一夥人又嘀咕了半天，交上來了第二句口號：跟著劉皇叔，以後不會哭。

我一看，心想：這是在譏諷我娘娘腔，說我動不動眼淚劈哩啪啦掉一地？或者是想說我哭的水準登峰造極，搞得別人自慚形穢，像古人邯鄲學步一樣，都不知道怎樣才能算哭了？我把疑問的眼光投向諸葛亮。他上前解釋說：「這個口號是針對那些高素質的人。他們有理想，有抱負，希望能夠遇明主，抓機遇，成就一番事業。這個口號突出了『皇叔』這個高貴的身分，讓人能產生鳥隨鸞鳳飛騰遠的期盼，警示他們不趕緊來參軍，以後會哭著喊後悔。」

「噢，」我明白了他們的用意：「改成『從此不再哭』是不是更明瞭一些？」

新口號又貼了出去。效果也顯現了一些。像白眉馬良，他的弟弟馬謖他們哥五個號稱馬家五常這些對溫飽問題不太在意，又沒有高枝可攀的文化人，就是在這個時候來到了我的身邊。我歡喜了一下，而後又搖了搖頭，本著跟他們推心置腹的心意，說了句實話：「百無一用是書生，這年頭舞文弄墨的哪裡比得上舞刀弄槍的實惠？」

儘管我把他們當自家人，並不是在說他們無用，但同為書生之列，從他們的眼神裡，我讀出了他們的不滿：「老革荒悖，可復道邪！」

不滿歸不滿，好在沒有撕破臉。過了幾天，他們又呈上了第三句口號：一朝劉家兵，終身是弟兄。外帶著還有一幅宣傳畫，上有我和關張趙緊密簇擁攜手向前的形象。呵，這還差不多。找人招人是為了來給我賣命的，至於他們的饑飽理想，那都跟我沒太大關係。我點頭：「嗯，這次有點說到了點子上。」見我如此，他們一副圓滿交差摸樣，再次精神了起來。

可惜，這次的口號不像前兩次好賴都有些回應。好招牌也不是每次都有好結果，畢竟大眾也不太傻。看芸芸眾人智商太低之時，定是煌煌泱泱自我高估之日。他們見狀，也就裝做不知道似的，虎頭蛇尾地讓這件事過去了。從此，我覺得已經掂量出了這夥文人的斤兩，他們也感到我對他們的疏遠。和他們的蜜月期也進入尾聲。慢慢地，有些人開始離去。好在，我並不虧欠他們什麼。當初我的勢力小，進來容易，給的頭銜也儘量虛無縹緲地往高裡去。等我占了荊州，搶了四川，特別是當了皇帝之後，把在我這裡得到的頭銜往他們的簡歷上一放，讓好多後來人壯而觀之。這就成了他們的敲門金磚。像石廣元仕魏，官拜典農校尉、郡守。

孟建，字公威，汝南人，仕魏，官拜涼州刺史、征東將軍。這些都是後話了。

直到五六年之後，才見到了這個口號的一點效果。那是在赤壁之戰大敗曹操之後，關羽帶兵去搶長沙，被老將黃忠擋在了城下，進退不得。城裡有個不得志的魏延趁亂殺了太守韓玄，投到了我這邊來。魏延背主賣城，自覺虧心，對人也格外加著小心。初來乍到，他看到諸葛亮搖搖擺擺，指指點點，咋咋呼呼，架子不小，不知底細之下，把管事的當成了主家。他既是奉承諸葛亮，也是為自己的背叛行為找正當理由，說：「我是衝著您當初『終身是弟兄』那句話來的。」

沒想到，魏延拍馬屁拍到了馬腿上。諸葛亮他們當初自以為高明，眼高手低地咋呼了半天，沒見到讓我滿意的效果，一股窩囊氣和不服氣憋了好幾年。魏延現在提起來那檔子正好給了他發洩的藉口。另外，諸葛亮一直對武將心裡發怵，總是在找機會樹點威，剛剛投降過來的魏延主動巴結，頓時讓他感到這是正正好好的一個軟柿子。於是，他一拍桌子就發作了起來，說魏延腦後有反骨，叫人推出去殺了。最後還是我出面說話，把人放了回來。趁機我也收買了魏延的人心。諸葛亮借題發揮拿魏延立威，外加話裡有話說話給我聽，暗指我當初沒拿他們的好主意當回事，算是一石兩鳥。可我呢？收買了魏延的心，讓諸葛亮撒了氣，順了心，看似笑瞇瞇的我落了埋怨，理屈沒底氣吭聲，實則一箭雙雕。諸葛亮的所作所為讓他有了體面一點的形象。我大智若愚一時，落得了兩個人給我賣命一生。這就是我的高明，這就叫老實人常在，老實人不吃虧。這也叫老實人其實最不老實。只是那個魏延，懵懂之中，被我們一反一正利用了兩次，剛剛入夥就變成了兩方勾心鬥角的犧牲。此人反骨有沒有先不說，運氣著實不好倒是實打實。

（後人注：哦，「別把村長不當幹部」原來是諸葛亮的親傳。）

我當時臉上帶著笑，細細地品著粗碗裡的乏茶，心裡念叨著：「吵吧，吵吧，管你吵個三七二十一，不怕你吵七七四十九天。天上下雨地下流，流來流去，終歸是在我的地裡頭。」那是一種滿意的笑，那是一種自得的笑，那是一種經過坎坷磨練，終於登上新的高峰的舒心歡笑。「說老實話，幹老實事，做不老實人」，這個為人處世的化境，我達到了。袁紹曹操曾為我遮風避雨，我跟他們說了很多不老實的話。跟呂布劉表曾經稱兄道弟，我幹了不少不老實的事。甚至呂布的性命多少是喪在我的手裡。處處籠絡關張，把關係搞成銅牆鐵壁，讓他們為我衝鋒陷陣，唯恐他們到更大的勢力裡去實現自己，難說這是老實人該做的事。現在，在諸葛魏延身上，我清晰地感到，我已初進化境之門。而且，我後來把這個修煉用在了孫權，劉璋和圈內人身上，從此屢試不爽，從此坦途蕩蕩。

現在回頭看，荊州文人們在議論時，無形中會有一種競爭在裡面。在身處低賤，無法再低的時候，他們有足夠的聰明，知道只有相互提拔吹捧，才能有一線可能讓他們脫離草地。一旦上升到一定的高度，尤其是當其中的某些人，意識到那是自己的最高度時，彰顯自己的唯一辦法就是把高過自己的人貶低下去。

（後人注：你劉備別光埋汰人家。那時節，跟你狼竄狐奔的人沒有幾個。讓你安穩容身的地沒有一分。你也是身在泥沼裡撲騰，身分也高不到哪裡。你和荊州文人的關係也是在相互拔高，把對方當做梯子，為了達到發達的目的。這，應該就叫志同道合吧。）

這也是一種動力。於是你知道的多，我知道的更多；你的想法妙，我的想法更妙。比來比去，反倒在初創的研究室裡就出現了集思廣益的「頭腦風暴」。諸葛亮在歸納總結的過程裡，把有聯繫的東西放在一起，相類似的問題歸到一處，他是在不知不覺中建立著「系統」。最後到了我這裡，完成了最後的昇華：「理論聯繫實際。」世人都說，是諸葛亮成就了我劉備，其實此言謬也。我以我最大程度的謙虛來做個評價，應該是「一加一大於二」。我帶的這夥外來戶加上荊州土著形成了一個更大更強的團夥，兩方面的人各得所需，他們有了個表演的平臺，我有了接地氣的根須，也都嘗到了「裝」的甜頭。於是就有了繼續「裝」下去的動力。就這樣，瞎子背著瘸子在向利益的目標奔跑，跑得辛苦，奔得艱難，爬過陡坎，進過大坑，速度自然是比不過健全人。好在老天爺憐憫蒼生，扔下來的大餡餅並不都是往最前面扔。這次一張香噴噴熱騰騰的大餅偏偏掉在了殘疾人的懷中。這個餡餅就是我以助人之名，名不正言不順，強取豪奪而來劉璋的西川，當今的蜀漢……一個取長補短而來的「私生子」。

凡事都有個度，超過了這個度就要有麻煩。「裝」這個事也是這麼個道理。裝得恰到好處，你我皆大歡喜。裝得假模假樣，就會顧此失彼。這個麻煩自赤壁之戰時開始出現在諸葛亮的身上。

當時我讓他過江去聯絡東吳，鼓動孫權抗曹，這樣我困守的夏口等小城壓力就小了。在去之前，諸葛亮的準備工作做得不錯。他知道這次要動真格的，糊弄誰都可以，就是不能糊弄自己。這個道理，他懂。

通過情報部和研究室的共同努力，瞭解到了孫權好面子的性格，還有糾結的心態，對比

了不同方案後，決定採用激將法對付他。對能在孫權面前說上話的人，也逐個做了調查，搜集了他們的一些隱私短處。這包括他們發現其中有一位小時候偷拿過橘子。在說到怎樣對付周瑜的時候，遇到了難題。這個人是個少壯實權派，有地位，也有些學問，人也傲氣衝天。想在謀略上想達到周瑜的水準有些難。再說，到時願不願意搭理咱們這個小股勢力很難說。想來想去，不知哪一位靈光一閃，說這種傲氣十足，自信滿滿的人最怕的就是戴綠帽子。咱們就把曹操兒子的文學作品的意思改改，說曹操已經說了要來搶他老婆，要給他戴這個綠帽子，看他急不急。越是那些自命不凡，傲氣衝天的人，對綠帽子這等事越是在意。這人只要一急，威嚴就端不住了，也容易說話了。

另一個反駁說：「恐怕不行吧?你說的不就是曹操兒子曹植獻給曹操的那首〈銅雀台賦〉裡面的那句『連二橋於東西兮，若長空之蝦蝀。』平常咱們這些人眼饞孫策周瑜娶了美女大喬小喬，羨慕嫉妒恨之下，借著曹植的作品編了句『攬二喬於東南兮，樂朝夕之與共。』用來找找咱們的心理平衡感。可聽說那周瑜雄姿英發，羽扇綸巾，精音律，江東有『曲有誤，周郎顧』之語。那些樂女為了吸引周瑜看她們一眼，經常有意彈錯音。所以一直以來外人都以為東吳的音樂一團糟，其實是那幫樂女為了讓周瑜注意自己故意做的。由此看來，周瑜的學識一定不凡，他應該也聽說過曹植的這首賦。咱們用這種瞎編的句子去騙他，有點太市井了吧?要是被他劈面罵出來，豈不坐實了我們檔次太低了。」

靈光閃現的那位說：「周瑜是不是真的有學識，用曹植的賦試一試不就知道了?天下有多少人是盛名之下，其實難符。周瑜也不見得能免俗。萬一把他給騙了，咱們不就賺了?萬一他真的像傳說的那樣有學問，我們騙不了他，咱們也不會失去什麼，不是這麼個帳嗎？」

就這樣，身上掛滿了塞著小抄的錦囊，諸葛亮到東吳去「趕考」。他這人很有些「人來瘋」的勁頭，人越多，他的臨場發揮越好。別看諸葛亮的那些朋友把他吹得好的不得了，在外面知道他的人並不多。結果東吳那幫子人只知己，不知彼。而他卻是知己知彼，不管不顧，正話反說，刁鑽尖刻，把人家那些斯文人心知肚明，心照不宣的話，一股腦地摔在了桌面上。上來一鬥嘴，早就習慣了帶著面具說你好我好的東吳文人彷彿被人一把抓走了面罩，而且從頭到腳被扒了個乾乾淨淨。在手忙腳亂只顧掩蓋私處尤是不及，立時落到了下風。就連有名的孝子陸績，因為六歲時在袁術家做客時，往懷裡藏了三個橘子的事，也讓他借題發揮了一番，讓陸績下不來臺。這本來是個可以編進孝敬父母教科書裡的事，讓他從占小便宜，耍小聰明的角度一說，成了一件丟臉的事。這讓諸葛亮占了不少嘴上的便宜。不過，諸葛亮市儈刻薄的名聲也傳了開來，以至於他的大哥諸葛瑾見了他，都有意避嫌，不鹹不淡地打了個招呼就自顧自地去了，連往家裡讓讓的客情都免了。

（後人注：陸績懷橘，二十四孝故事之九。魏延長沒長反骨不好說，諸葛亮年輕時對待傳統文化腦後生反骨倒是有此為證。）

就連天下聞名，風流倜儻的周瑜，也竟然真的不知道曹植〈銅雀台賦〉的原句，被這幫酸腐文人借題發揮的淫詞豔賦給騙了，從而把一個蒙在鼓裡的老阿瞞當成了情敵。看來周瑜的名氣裡面也摻了不少水分。本來嘛，你周瑜的本事是領兵打仗，為什麼生搬硬套地想把自己身上安上音樂天才的光環。要知道，光環就是光環，真正的本事才是本錢。

曹丞相啊，曹丞相，別怪我手下這些人。只要你肉香，鑽洞也挨槍。誰叫你家這麼有才有名，有權有勢，躺在平地也目標明顯，你不躺槍，上天無眼。你不招箭，對不起上蒼。名人既可以是眾人仰慕的對象，也可以是眾人攻擊的目標。這就是眾人讓你成為名人的原因，就像眾人對待供奉的祭品一樣。對祭品的高抬恭敬，是為了換來實惠吉祥。歸了歸了，儀式過後，到底要咬碎嚼爛，進眾人的肚腸。看著你無端引起額外的仇隙，我不禁要以手加額，歎一聲：「上天顧我。」顧我者，讓我沒有才藝，沒有那個詩書萬卷的腦殼。在劉表手下混飯時，蔡瑁等人意圖陷害我，在我住的館舍房間牆上，寫上了一首反詩：「數年徒守困，空對舊山川。龍豈池中物，乘雷欲上天！」劉表先是大怒，發誓殺我，轉而醒悟：「吾與玄德相處許多時，不曾見他作詩。此必外人離間之計也。」俗語說：「女子無才便是德。」我要說：「男子無才便是福。」要是曹丞相你沒有文學大家的盛譽，會讓這夥草根文人鑽空子，挑的周瑜妒火衝天地和你拼命嗎？

（後人注：沒準此後火攻曹軍，火燒戰船的計謀的火源就是周瑜這腔怒火。人類的腦回路比星瀚銀河都複雜。說不定哪裡出來的電脈衝，會引出你的一點靈光。火既可以填胸，也能燒船。）

不過，真刀真槍地打仗，可不是像耍嘴皮子那麼容易。裡面要學的東西太多，對與不對之間扯不清的東西卻少得多。也就是慮事要周，下手要快，任何一個決定都是要立竿見影，用人命來驗證。等到東吳終於發兵到了長江邊，躊躇滿志的周瑜和自以為得計的諸葛亮發現自己和東吳的軍隊同時處在了下風。西北風呼呼地從江對面曹操的大營裡吹過來。這個時候要想開著個頂風船去抗曹，天不予其便，他們的鬥志頓時被吹掉了大半。反倒變成了日夜提心吊膽，生怕曹軍不聲不響之間碾壓而來。

和諸葛亮齊名的鳳雛龐統更是鬧了個大笑話，他大概根本就沒意識到風向對戰爭的影響。這也難怪，他們這幫坐而論道，舌頭上擺戰場的讀書人，對打仗估計是沒什麼經驗。真要讓他們這些人來管事，估計真就要「吹得呱呱地，尿得嘩嘩地。」在周瑜諸葛亮們終於明白了西北風的危害之前的不久，鳳雛曾經頂著個西北風過江，去給曹操下套，讓他把戰船聯起來，這樣曹兵就不暈船了。暗地裡卻是打地燒曹操戰船的主意。木船固定在一起，一艘著火，其它的船跟著遭殃。乍聽起來，這的確是個好主意，後來有人編成故事，說龐統這是在「巧授連環計」。可聯起來後，東吳的火船怎麼才能靠近去燒，他當時可是沒想到。在他去曹營獻計之前，東吳的才俊們也曾開會討論過這個方案，竟然沒有一人提出反對意見，反而批准了龐統的計策。等到曹操真把船聯起來以後，龐統本來是信心滿滿地想回東吳去請功，趁孫權饑不擇食用人之際，撈個一官半職。幸好在回來的船上，他順著曹操進攻的方向高高興興地盤算著自己的高明，自己的功勞，自己該露多大的臉，升多大的官的時節，西北風又一吹，把他的腦袋瓜子及時地冷卻了下來。意識到人家曹操那邊是順風順水而來，東吳這邊是逆風逆水而去。東吳的火船根本就難以主動靠近曹操的船隊，點火後先把自己的船燒乾淨不說，反倒是曹操進攻更能乘風破浪，一舉成功。這才猛然醒悟原來是為東吳幹了件壞事，不是巧而是蠢，原想弄巧反而成拙。所以回到東吳後就沒敢再吭聲。龐統的這個「巧計」也就沒了下文。這才沒成了第二個人人皆知，自作聰明的「蔣幹」。

（後人注：只顧一點，不管其餘；僅想眼前，盲視長遠。彎道超車，走捷徑有時會很成功，但也要當心自作聰明的坑。）

其實龐統這次獻的這個「自以為是」計，和蔣幹盜書犯的蠢，中離間計闖的禍也沒多大差別。曹操是什麼人？那是一個天賦明顯高於這夥文人，一個和我一樣拿著命換來大大小小的實戰經驗的人。他犯的錯比別人要少得多。想給他上眼藥，可沒那麼容易。幾個讀了幾本舊書，寫了幾篇文章的人，在自己的小圈子裡，相互吹捧，覺得個個都堪比管仲樂毅，自我感覺一個比一個好。可到了真刀實槍的份上，高下立顯。這次孫權沒把龐統當成是裡通外國給處罰了就是便宜他了。所以，後來有人向孫權推薦龐統，說他多麼聰明，竟能想出類似連環船這樣的巧計來云云。孫權看來不傻，他明白龐統的自作聰明差點給東吳帶來滅頂之災，所以對龐統很冷淡。後來龐統一看自己在東吳的發達之路被一貫引以為豪的聰明給徹底斷送了，才不得已跑來投奔我。

面試的時候，我問他：「聽說伏龍鳳雛，得其一可得天下。你這麼大的名聲，孫權怎麼不用你？」

龐統回答說：「可能是因為我長得醜點吧？」

一般的人到了新東家那裡，會把一些不是和自己的失誤往老東家的身上推，龐統沒這麼做，說明人還算厚道。敢於承認擺在明面上的自己的缺點，說明他知道謙虛，同時帶著自信。用自己的容貌這種無關大局的事實來掩蓋自己能力的不足和重大失誤，這招丟卒保車用得不錯，說明此人有些精明機靈勁。反正我這裡也缺人，他的那點名氣對我也有益。培養一個諸葛亮是培養，培養一個諸葛亮，外加一個龐統也不多費太多的精力。就這樣，我把龐統也留下了。這是後話。

當時龐統犯蠢，諸葛亮也沒招。剛去東吳的時候，仗著有這個皇叔代表的身分，見到了急於到處找人對付八十萬大軍的孫權，利舌巧言之下，倒是給自己裝上了幾個戰略戰術家的光環。可到正事面前，頓時露出了心怯。周瑜想讓他牛刀小試去燒曹操的糧倉，他推脫說這是曹賊的強項，去了就是自取滅亡。讓他晚上去搞個有技術含量的偷襲，他趴在船艙，沿江遠遠地溜達了一趟。回來說繳獲了曹軍做工精良的利箭，順便還摸清了曹軍沿江的佈防。一來二去，周瑜看清的他那雲山霧罩的高低，裝模裝樣的底細，也就不再拿他當盤鹹菜，連在軍營裡辦公的地方都懶得給他安排一個。搞得一個堂堂的盟軍代表只能吃住在江邊的一葉小舟裡。委實有點裝不下去了。

可諸葛亮到底是比龐統聰明點。這也是為什麼我後來矬子裡拔將軍，讓諸葛亮當正軍師，而讓龐統做副軍師的原因。諸葛亮多的這點聰明就是他開始琢磨，自己怎麼才能安全地逃跑。

要說在時氣不順的時候，人盼什麼，什麼就越是不來。諸葛亮盼著像研究室那幫學究們說的那樣，往年這個時間總會刮幾天東南風。可今年這個風向就是不變。西北風這樣吹下去，也不知要吹多長時間。看樣子曹操肯定快要借著西北風跨江進攻了。一旦進攻，周瑜的大營是首要的目標。誰待在裡面誰就要倒楣。到了最後實在是盼變天盼不下去了，於是就假模假樣地對周瑜說，我呀，會法術，我到江邊清淨的地方去給你求順風去。周瑜八成也是有病亂投醫，挺精細的個人，這次盼東南風急得裝死裝活應付孫權的催促，東想不成，西試不順沒了咒念，想不到諸葛亮在耍小心眼。或許，他也懶得和諸葛亮在這種沒譜的事情上浪費時間，也就含糊吱唔著答應讓他去試試。諸葛亮於是就借著這個機會，打扮得神神道道，到了江邊，虛張聲勢了幾下之後，躲開眾人，跳進小舟，划船而逃。這時候西北風還在刮，所以扯帆更沒用。他就坐著個小船拼命地划槳。

真是天有不測風雲，就在這個盼天盼地到絕望的時候，物極必反的事情發生了。刮了這麼些天的西北風之後，江上終於起了東南風。開始諸葛亮也沒注意到，還在船上讓人拼命地划船逃跑。直到東吳發現他要逃，派來追他的船逼近了，他看到人家船上鼓起的帆。這才明白了過來，忙不迭地把自己的小船扯上帆，仗著船小靈活，逃了回來。

（後人注：原以為諸葛逃命也在裝斯文，裝得迂腐如古人拼命時正冠的做派，不論多狼狽，臨行都要端著架子打個招呼。如此看來，人家這次真是實實在在，只顧忙忙而逃，確實沒覺察東南風已經吹了起來。）

回來後，不知道原因的眾人看著他那身花裡胡哨的打扮覺得奇怪，一問才知道他的這身打扮是使神通，借東風的行頭。這麼說現在刮的東南風是他借來的？都覺得他真是神了。這話就越傳越神，諸葛亮也越來越飄飄然，以假充真，立時真神附體一般恢復了元氣。他希望的就是眾人的崇拜，他要得到的就是這種高人一等的感覺。

這時候，情報部的人來說，吳軍開始孤注一擲地進攻了，曹兵開始亂了。我說：那就趕緊派人出去揀東西，捉散兵。咱們這點力量，也就只能幹這個。我讓諸葛亮去宣布：留關羽保護我們，其他人都出去發曹財。

別人都走了。看著我們這次可能要白揀便宜，曹操沒準真要失敗，泰山壓頂的威脅也許要冰消雪散，我心裡高興。諸葛亮還沒過來飄飄然的那個勁，把在東吳受的輕視不知忘到了那裡去。我們倆就在那裡閒扯。扯著扯著，就扯到了曹操身上。兩個人開始猜曹操要是逃跑的話，會走哪條道。我說按兵家常識他會走大道，諸葛亮說他應該走小道。還把曹操的性格分析了半天，說曹操這個人多疑，而且逆向思維的性格特點突出。所以曹操的想法總是比別人要多拐一個彎，也就是有人吹捧他時說的「多謀」，有人貶低他時說的「奸詐」。要想對付這種人，就要比他再多拐一個彎，在逆反以後再逆反一次，這樣就正好讓這個奸猾老瞞落進套裡，掉進坑裡。

關羽平時看著諸葛亮就不太順眼，現在看他那種得意忘形的做派就更不以為然。我猜，可能關羽心裡想的是：你個諸葛亮連曹操長得什麼樣都沒見過，聽了些有邊沒邊的傳言就在這裡搖頭晃腦地評說，好像就你多能似的。想當年我在曹操身邊晃蕩了那麼長時間，名正言順正宗的大漢漢壽亭侯，不比你一個躲在鄉下的酸書生更瞭解曹操。你進過朝堂嗎，見過丞相府的威儀嗎，天下有名有姓的人你目睹過幾個？我還沒說話呢，輪得上你在這裡充大瓣蒜？

（後人注：敢說能說者三種人，一種是真懂，一種是半懂不懂，再有一種是不懂裝懂。其中第三種人動靜最大。）

我這麼猜關羽的心思，那是有根據的，因為我心裡就是這麼想的。只不過，我是這裡的帶頭人，心裡有什麼想法，不能全部露出來。該裝蒜時就裝蒜，該充傻時就充傻，這也叫一種領導藝術吧。

關羽可沒我想得多，裝得像，於是關羽上來就和諸葛亮抬起了杠。要是在平常，諸葛亮有點怵關羽，遇到兩個人快要頂牛的時候，諸葛亮一般會打個哈哈，給自己找個臺階，事情就算過去了。可那次不一樣，諸葛亮剛從東吳回來，興沖沖的勁頭還沒過去。於是兩個人都傲氣，誰也不服誰，說起話來一來二去地就沒了邊。

諸葛亮說：「曹操肯定走華容小道。」

關羽說：「光在家裡說大話，誰知道他走不走?那我倒要去看看，他是不是真地走小道。」

諸葛亮說：「要是他走了怎麼辦？」

關羽說：「他要真走，我就能把他捉來。」

諸葛亮步步緊逼說：「你要是捉不來怎麼辦？」

關羽說：「那你把我的頭拿去。可要是他不走華容道呢？」

諸葛亮退不出來，只好說：「那我把我的頭押上。」

關羽氣哼哼地領著人走了。我可是著了急。曹操要不走小道，關羽肯定要找諸葛亮的麻煩。真要是走了小道，關羽捉不住人家，諸葛亮肯定要讓關羽過不去。皆大歡喜的結果是關羽把曹操捉回來。可這又怎麼可能呢?人家可是八十三萬大軍。雖然是敗了，可那叫兵敗如山倒。就關羽帶的那幾個人，人家的山一倒下來，壓也壓扁了，更別說捉人家的首領了。怎麼辦？

我趕緊私下裡叫人去跟著關羽，一有事就立即來報告。

等啊等，派去的人先跑回來把我拉到一邊，悄悄地彙報，說關羽回來了，曹操沒走華容道。

我一聽急忙跑出去堵住了關羽。把他拉到沒人的地方。

關羽一臉的得意：「這次我一定給這個小白臉一點厲害。」

我說：「二弟，你不能這麼做。你要這麼做了，他就待不下去了。他待不下去，他那些朋友就會散了，他朋友帶來的人也會散了。咱們這兩年拉起的隊伍就要散了。」

關羽聽我說的有理：「那大哥你說怎麼辦？」

我說：「二弟，現在還是要委屈你。你得說，曹操走了華容道，他苦苦哀求，你把他放了。」

關羽跳了起來：「這怎麼行。要這樣說的話，他不得把我砍了。」

我說：「有我在，他砍不了你。」

關羽還是搖頭：「不行，就是不砍我的頭，我這麼因為沒影的事當眾受罰，臉面上也過不去。」

我跟他分析說：「二弟，你要是這麼說，其實是得了個天大的臉面。你想想，曹操多重要的人物，別人要是知道他求你把他放了，那你的面子有多大。大家都知道過去他對你好得不行，這次你冒著砍頭的風險，放他報恩，這就叫義薄雲天。諸葛亮只不過是咱們這裡的一個管事的。你想想，是在他這裡掙個臉面值得，還是在天下人眼裡贏得崇拜合算？」

關羽有點活動了：「可這是編瞎話，誰會相信？再說，我帶的那些人都知道是怎麼檔子事。」

我說：「咱不是有個宣傳部嘛。我讓他們整天地宣傳。謊話說上一千遍就成了真話。你帶的那些人按捉放曹的功勞給賞。告訴他們不許亂說。真相要是洩露了，賞錢就要收回。看誰還會說。人就是這個樣，你要是說：『不許幹，幹了要罰你錢。』與許真有人去幹。可你要是說：『不許幹，誰敢幹就把誰到手的錢要回來。』那他就會感到比罰他錢還難受。所以說，窮人不怕更窮，富人才是真地怕受窮的人。這就是為什麼有錢的人反而越小氣的原因。」

關羽讓我這越扯越遠的話繞得活泛了些，但還是有點不放心：「那曹操也不會答應別人這麼糟踐他。要是他們官方一闢謠，咱不就腚上露了大窟窿？」

凡事多是這樣，別直奔主題，丁卯分明，扯一扯，把話題叉開。攪一攪，把思路打開。把情緒緩一緩，一緩則易圓。我看他聽了我故意分散他的注意力的一番話後，不再一根筋了，就又回到正經話題說：「野草比菜苗長得快，謊言比實話傳得廣。曹操敗了這一次，有的是事情讓他焦頭爛額，這種事情他不會注意的到。等他注意到了，天下早就傳遍了。那時候讓他百口難辯，吃個啞巴虧。這樣的便宜不沾白不沾，這樣的人一直欺負別人，這次咱也欺負他一次，出口氣。他一直跟別人耍奸，這次也讓咱使一回奸，活該他倒楣咱沾光。看天下人更相信誰。」

關羽翻了翻眼睛：「那假的真不了，頭頂上有天。咱就這樣瞪著眼睛說瞎話，天理難容。」

我說：「你掄著大刀，把沒招你惹你的人，活的都變成死的，多少人死得冤，那時候你想天理沒有？現在讓你說句謊話比殺個人還難？怎麼，作踐曹操你心裡過意不去？」

關羽一聽自然明白我是在說曹操過去對他的好。他和張飛都有這個毛病：架不住激。要是說他武藝不如人，他們會急。要是說他們不忠心仗義，他們有點要發瘋。這就是我控制他倆的手法。眼看要失去控制的時候，就說他們不義不忠，就像往回裡籠籠劣馬的韁繩。需要他們拼命的時候，就說他們的武藝不行，就像在馬後跨上猛刺一錐。激將法立時生效，不久前還笑瞇成一條縫的眼已經睜到了最大限度，他爭辯道：「大哥，你這是啥意思？有啥過意不去的。他的情我都還完了。要不，我能那麼麻溜地離開他那裡。」

他咽了口唾沫，大概覺得自己有點言不由衷，心有點虛：「就算沒還完，跟他的關係也沒法跟咱們兄弟的情義比。」

我說：「那就照我的話去說唄。」

關羽沒話說了。

看見關羽在我身後進了大帳，諸葛亮盯著關羽的臉。我看得出來，諸葛亮挺緊張。他臉上雖然看著風平浪靜，可手裡舉著的羽毛扇忘了搖了。我暗笑，一是想他當時和關羽抬杠的時候，一千個肯定曹操要走華容道。現在冷靜下來了，也知道自己說大話了吧。二笑他想從關羽的臉上看出點苗頭來。這個關公一張大紅臉，害怕了變不白，興奮了就是臉變紅了，也看不出來變化。我們哥仨在一起時，偶爾還露出點表情來。平常就像臉上長的不是皮肉，而是面具。現在諸葛亮想先察言觀色，那豈不是白費勁。行，你先相會面，我還要忙著醞釀一下情緒，一會兒還要演戲呢。

可沒等我坐下、關羽站穩，諸葛亮就忍不住問了起來。關羽就照著我和他說的回答。然後諸葛亮就拉著架勢要殺，我就竭力勸阻不讓殺。關羽就在那裡面無表情地站著，帳篷內外一大群人就在那裡不知所措地看著。等程式走完了，諸葛亮的威風耍夠了，關羽看看我，再看看諸葛亮，一聲不吭地走了，圍著的那幫人這才長出一口氣散了。

〈後人注：曹操敗走華容道出自《三國志・武帝紀》。《三國志・武帝紀》內容引自〈山陽公載記〉。山陽公是誰？山陽公，受盡了曹操的壓制，最後帝位被曹操兒子拿去的那個漢獻帝劉協。本紀應該不會說曹操的好話吧？〉

事情算是過去了，我擦了擦汗，喝口水潤潤發乾的喉嚨。這才覺得腰腿胳膊都有點發酸。敢情演戲也是個累人的活，想一想當個演員真是不容易。再看諸葛亮，身上的肌肉也都放鬆了，手裡的羽毛扇搖出了一種韻律和節奏。我估摸著他是不是正在想像著彈那首名曲〈廣陵散〉？是啊，他的確是該感到春風得意。不管是真的假的，虛的實的，這一陣子他已經有很多自己的人前顯貴，傲裡奪尊的故事要跟別人講了。對外聯吳抗曹的大政方針有他的功勞，加上勇激孫權，智逗周瑜，力挫群儒，另外還有什麼草船借箭，借東風，這些除了他誰也幹不了的技巧活。今朝料敵如神，運籌帷幄，連當世頂尖人物曹操都落入他的圈套。這些事裡，別人隨便做成哪一件都可以成名，現在他諸葛亮件件做得漂亮，這不是能用「運氣」兩個字涵蓋得了的功績，試看天下有誰能與其比肩？要說這對內，原來他這個新來的總是難以打進我們的老圈子。跟我闖蕩多時，亡命各地的「老人」們從裡到外，或多或少地對他這個年輕人不停地掂量來，掂量去。這種掂量應該讓他很不舒服。如今借著華容道的事，一舉拿下「老人」中的「大佬」關羽，以後看還能有誰不對他心服口服？家的感覺呀，這就是當家做主人的感覺呀！他大概感到已經在我的圈子裡打下了堅實的基礎，確立了眾人矚目的地位了。俱往矣，今日孔明已非臥龍崗上一耕夫了。說不定，心裡正盤算著給他弟弟寫封信，說二哥我

已經混出頭來了，不用再留著臥龍崗上的薄地當後路了。

我正在瞎琢磨，諸葛亮對我說：「我同意不殺關羽的原因……」他頓了一下，看到我的好奇心上來了，才接著說：「其實是因為他把曹操放了就對了。」

我這就有點不明白了。我手裡端著水杯問：「怎麼放了就對了呢？曹操是我們的敵人，見了敵人就要抬腿不讓步，舉手不留情。我不讓殺，那是因為他是我兄弟。我可沒說放走敵人就是對的？再說了，這次赤壁之戰咱們就是敲了敲邊鼓，搶了點戰利品，抓了幫散兵，沒人把咱們當成主角。你看……」

諸葛亮要搶話說。我明白他要提舌戰群儒，智激周瑜孫權，借東風這些真的和假的事，於是趕緊點頭搖手表示明白他的意思，讓他別打斷我的話。嘴裡不停頓地說：「要是能把曹操捉住了，咱們不就聲震天下，一舉興復漢室也未可知。」

諸葛亮搖搖頭：「剛才我想像了一下，假如曹操真地就跪在我們面前，我們該怎麼辦？想來想去，他都是塊燙手的山芋。不管他是死是活，只要他在我們這裡，我們就是眾矢之的。你沒見殺了董卓以後，王允的下場，漢家小朝廷的狼狽。我們現在力量不如王允強，資格不如小朝廷正。到時候曹家的人來找咱搶人報仇，還不一下子就把咱給滅了。你說要興復漢室？現在比我們實力大的有好幾股。曹操這棵大樹倒了，周圍會長出很多小樹。就像他說的那樣，要不是他在那裡蓋著，天下不知要有幾人稱帝，幾人稱王了。大家現在不喜歡曹操。可他要是不在了，新上來的一幫會更恨，天子能不能還姓劉都難說。到那時候，就算我們還在苟延殘喘，興復漢室也只能是鏡中花，水中月啦。所以說，把他放了，讓他欠我們一個天大的人情，將來對我們的事業和個人的歸宿都有好處。」

哦，敢情他剛才不是在搖〈廣陵散〉，而是在編幻想劇〈捉放曹〉。我以為人家在花間搖，原來是在雲上飄。他的腦子裡想的不是志得意滿的輕歌曼舞，而是天神一般的威風八面。我知道事情的真相，關羽在華容道上根本就沒見到曹操，想到這裡不禁搖了搖頭。不過聽他這番話似乎也是有理。這天下的大事就像天上的風雲，人力如何能預知和掌握。想到這裡不由得又點了點頭。

一件事情湧上心頭，把我的思路拉回到了現實：「就算關羽這次放曹操放對了，可他名義上也算是違抗軍令，私放敵人。這次沒懲罰他，以後要是別人照著做，咱這兵不就沒法帶了嗎？你剛才說的道理是對，可沒幾個當兵的能理解這麼深的道理。就是能理解，這些關起門來說的話，也不能對誰都講。這可怎麼辦是好？」

諸葛亮想了一下：「要是你不介意的話，我就說我仰觀天象，看到了曹操的那顆主命星依然光芒燦爛，這說明他命不該絕。這次派關羽去，是為了成全他的忠義之心，還曹操三日小宴，五日大宴，金銀美女，不殺放飛的人情。以後誰再敢私放敵人，我再說命該絕，不該放。大家都知道我能通神，借東風，料大家不會有懷疑。」

又看到他在裝，也知道他是在巧借機會抬高自己，不過這倒是提醒了我答應關羽的事情。我跟他說：「捉放曹這麼大個事，是不是要宣傳一下，擴大一下咱們的影響。」

諸葛亮興奮道：「當然，當然。這事我親自過問。印傳單，發戰報，一定要讓天下人都知道。」

我一看他那個不知天高地厚的得意樣子，忍不住向回攏了攏韁繩：「注意低調些，別把話說得太滿，把咱的人誇得太過。萬一那天出了破綻沒了迴旋餘地。」

他撲搧著扇子，涼風帶走了他因為熱血翻騰而溢出體表的狂熱：「您就放心吧。這年頭不都是靠吹？誰吹得響，吹得多，誰就是英雄好漢成功人士。」

我心裡有點發虛加不爽：「莫非這小子得意忘形，沾了點便宜就炸刺，諷刺起我有個『劉大吹』的外號來了？」

我反眼看看他。他正在那裡自我陶醉到快要發酸，沒空閒放毒蛇施暗箭。

沒多長時間，我就看到了洋洋灑灑的文章。上面一開頭寫的是在我的統帥下，諸葛亮如何運籌帷幄，神機妙算，把曹操的心思詭計算了個清楚了然。關羽如何讓曹操在他馬前哀聲乞求，最後把揚名天下的私念換成了義氣衝天的豪翰。這些東西散發出去後，果然迎合了世俗的烏雞變鳳凰，買彩票中大獎的心態，引起了轟動。諸葛亮成了智慧的化身自不必說，關羽也聲名鵲起。原來他的那些故事只是在武將這個圈裡的人傳傳，現在連老百姓都知道有個關戰神。關羽看到這個結果，真地感覺挺好，和諸葛亮的關係反而變得好些了。

當然，傳單戰報上還附上了些花邊故事，像因為我有次說過一句場面上的話：我得到諸葛亮這夥人的幫助後，在荊州這地方如魚得水。後來派張飛去打仗的時候，張飛說：「怎麼不派你的水去？」諸葛亮說這是為了讓張飛也露露臉，表現出我軍武將幽默的一面，提高一下知名度。我看還是有借機抬高自己的意思，把我說成魚，他是水。魚離不開水，水裡有沒有魚還是水。言外之意我離不開他唄。

在另一個豆腐塊文章裡，把諸葛亮到我那裡彙報研究室那幫人的閒聊內容到深夜，說成是我敬他如師，食則同桌，寢則同席。要說我看著這麼寫不舒服吧，這也倒是有的，可字裡行間又反映出我虛懷若谷，禮賢下士的高尚風格，這又讓我挺受用。

勝王敗寇，打了勝仗，怎麼說怎麼有理，怎麼編怎麼傳奇。原來的瞎打誤撞成了運籌帷幄，決勝千里。原來的迫不得已成了胸有成竹，人定勝天。這樣的戲法技能，讓多少撞了大運的人變成了無所不能的英雄。

這就叫雙贏，這就叫多贏。在捧別人的時候，把自己也捧了，在吹自己的時候，不忘把周圍的人也吹一遍。讓你明明知道他是在玩虛假營生，卻也像在瓷器店裡捉老鼠一般，不能聲張，不便戳穿。因為他把你和他串在了一條軟繩。

要說諸葛亮聰明的話，這就是他的聰明。他的這種聰明可以說是一種取巧，可這種取巧達到了多贏的效果，是他一個年輕人在我的小隊伍裡站住腳的根源。他的這種聰明只有在我這種關係簡單的地方才能發揮地出來。要是到了那些派系林立，關係複雜的地方，他這種人的結果基本上都會是弄巧成拙，捧了這個，不知不覺地得罪了另一個。最後落得個聰明反被聰明誤的下場。說我請他來，這話也對。可是除了我這裡，他也真的是不容易找到個合適地方供他耍聰明，裝樣子。

可是像他老是這樣言過其實的，到頭來也終將是不堪大用。所以我在荊州站住腳後，我就慢慢地讓他多待在後臺，接觸些實際的工作。進川之初，也只給了他一個軍師將軍的頭銜。原來說起來頭頭是道，一旦自己動手幹了，他才體會到自己缺乏實際經驗和歷練，考慮問題欠缺周全，幹起事來心裡沒數。

特別是在這期間，鳳雛龐統的死對他是個衝擊。都知道鳳雛和他這個伏龍齊名，鳳雛就那麼輕易地丟了性命，那機智聰明到哪去了，那能掐會算怎麼沒有了？雖然事後趕緊給龐統陣亡的地方起了個名字叫「落鳳坡」，說他的死是天意如此。外地的人不明就裡，以為鳳雛倒楣的地方就叫「落鳳坡」。真就有人相信鳳雛上應天命。瞭解情況的當地人問：「這裡就是一個野兔子拉屎的野坡子，叫野狐嶺也好，亂蛇崗也行，沒聽說叫這麼好聽的『落鳳坡』呀？」諸葛亮派去的人趕緊解釋：「我們查了成都的檔案，這裡就叫落鳳坡。」兩邊糊弄著，算是把這個破綻抹合了過去。可還是免不了有些長著點腦漿子的人議論這些事，這話估計也傳到了諸葛亮的耳朵裡。

所以從入川以來，他變得沉默低調多了，在我面前也不是那樣自信滿滿了。像在這次我出征伐吳後，風聞他對別人說要是法正還活著的話，一定能說服我不伐吳。一句話，聽出了他的失落，也聽出了他知道自己有所不能。這就是一個人變得成熟的標誌。知道自己的不能，才能放下裝的架子，虛心和踏實起來。

現在，我在夷陵的失敗，似乎再次出現一個機會，證明他在我出征前的阻攔是一種先見之明。別人的倒楣反襯自己的英明，倒楣越大，越顯英明。魚腹浦十萬伏兵的玄虛，說明他那種愛「裝」的毛病在我兵敗之後正在沉渣泛起。以後有機會的話，還要多敲打他一下。時代不同了，「裝」和「不裝」也不一樣了，過去靠「裝」能辦到的事，現在需要「不裝」才能辦的到；原來玩虛的，還有讓你「裝」的餘地。現在幹實的，再「裝」就要露餡，誤人誤己誤事了。

第三章

哎，我這一生呀，是瞎扯的一生，殺熟的一生。

行了，現在吳兵打不成了，想要個家裡橫，找回點面子的如意算盤落空了。敗兵該跑回來的都跑回來了，國內該哭該鬧的也差不多消停了。是時候回成都了。出來的時候旌旗招展，氣勢昂揚。現在回去，偃旗息鼓，折兵損將。難堪是肯定的了，可再醜的媳婦也要見公婆。

班師回朝令發了出去，上下都在忙乎。該做的決定都做了，該有的問題就等著他們來吧。要說現在倒成了我療閒的時候，看看遠山如黛如煙，江水似銀似練，心裡沉靜如深潭。要說人的過去就像這遠山的景色，朦朧又清晰，真實而又虛幻。人的這一輩子的事啊，就像這滔滔的江水，逝去的永不回還，要來的擋不住，阻不斷。

要說我這一輩子的事，回味一遍，咀嚼半天，撿兩個重要的字歸納起來就是：「瞎扯」。要是再說得詳細些，用四個字也能歸納成：「瞎扯，殺熟」。要是用文謅點的詞來形容的話，那就是拉上關係，搭建平臺，先行依附，而後攀援而上，借勢而起。

我說的這個「瞎扯」，不是那睜眼說瞎話的瞎扯，也不是漫無目的聊大天的那個瞎扯。成就我，造就我的這個「瞎扯」是原本不相關的人和事碰在一起決定了以後的道路；原本平常的故事經過人為地在時間順序上顛倒混合一下，變成了我的傳奇。一切都是真人真事，經得起世人的考量驗證，只不過是在最容易忽略，最不容易考證的時間上模糊了一些，顛倒了幾段。

（後人注：莫非是「運氣造英雄，編排成好漢」？）

瞎扯是從我小時候就開始的。鄰家老太太說我那時候和別的小孩玩家家，坐在那裡讓那幫比我小的小孩像拜皇帝那樣拜我。我自己已經不記得是不是有過這樣的事情。就算是真有，這種鬧著玩的事情本來也不是什麼稀奇事，只不過是因為我當了這個小國皇帝而讓它成了個與眾不同的例子。可要說從小就有當皇帝的志向，那就是瞎扯了。小孩子一句不知天高地厚的話，讓後來另有用心的人發揮得沒邊兒了。

我家多少帶著點皇室血統，可經過了這麼多的傳代，按照一代血統減一半來算，到了我這裡還能剩下多少？即使剩下點什麼皇室血統，曾祖的高祖劉邦起家之前，也不過是一個鬥雞走狗喜歡喝王八湯蹭白飯的普通人。我們這個從祖宗那裡來的血統，不是因為人而高貴。同樣的人，同樣的血，只是因為人做了皇帝才在別人眼裡高貴起來的。我年輕時，讀書不用功，喜歡錦衣繡服，喜歡看賽馬走犬。連作業有時還要抄公孫瓚學長的。所以這個血統的問題我算不出來。

儘管血統剩得不多，財產基本沒有，可這個姓氏在，這個驕傲在，跟著盧植老師撿的那點學問在，這個眼光也有和周圍小家小戶，暴發戶的不盡相同，和其他織席販履的小手藝人，小商販不一樣的地方。這還真不是吹的。有一句話叫做：三代才能出一個貴族，另一句話說：富不過三代。兩句話聯繫起來就是：貴族一般都是窮的。要不是本來就窮，就是待到成了貴族了，恰好也變窮了。頂好的結果是一邊變富，一邊變貴族。可人一有錢就變壞，出現這個結果的可能性不大。繞了半天，就是想說明，我雖然織席販履，窮得吃穿勉強，學費靠周濟，可我是個貴族。雖然很窮，但亦窮亦光榮。

和關張的認識，也流傳著不同的段子。比較上檯面的說法，是我們三個熱血青年立志報國，為了一個共同的目標走到一起來了。為了增加點浪漫氣息，還給我們的結拜增加了一個桃花的情節。民間一些的呢，是說張飛是一個殺豬屠狗賣肉的，家裡沒冷藏設備，賣不了的肉老變臭。他看到肉攤邊上有口井，井裡溫度合適，就把肉用繩一捆，吊在井筒子裡，再拿塊大石板在井沿上把繩子頭一壓。晚上該回家回家。石頭板子很重，一般人抬不起來。就算個別力氣大的用盡全身力氣，兩隻手把石板抬起來，也騰不出手去扯住那繩頭。有人問他，不怕肉丟了？他說，誰能拿到這肉？誰要能有那本事拿到肉，他就把肉白送給他。小地方的人沒見過大世面，不知道天外有天，人外有人。正在趾高氣揚吹牛的時候，外地人關羽推著一小車子棗路過。上去一隻手把石板一抬，另一隻手把半扇子豬肉就給拎出來了。張飛就捨不得了，關羽就認死理了，兩個人就掰持起來了，別人就都站那裡看起熱鬧來了。我看到這倆人挺有意思，就上來拉架，就這麼著，我們就認識了。

這第一個傳說，把我們的境界拔得有點高，這也是受了我們宣傳部那些宣傳的影響，不足為怪。天下大亂之時，說我們這三個年輕人想趁這個機會出人頭地的心思倒是有的，大難來臨拉幫結夥抱團取暖也算是人的本能，甚至渾水摸魚自立山頭當個草頭王的念頭也不能說完全沒有。那時就說要立志去報國我可是有點回憶不起來了。

第二個傳說，娛樂性比較強，聽起來熱鬧些。不過我不太喜歡。這個段子好像是說我老家的人有點傻，有點不知道合作，還有點不講理。一個人抬石板抬不動，不會兩個人？兩個人光抬石板，騰不出手來抓繩子頭，不會再找個人來幫忙？幾個人把肉提溜出來，二一添作五一分不就皆大歡喜了。還造謠說張飛這人賴帳。在這裡說句打報不平的話，張飛是魯莽，可這人還真的是敢說敢當的，只有該賴帳的時候才會賴帳，不該賴帳時他是絕對不賴帳的。

至於什麼時候該賴，什麼時候不該賴，他自己說了算。

所以上面的這些傳說都是些瞎扯，不過也為我們的傳奇色彩增添了半刷一抹。其實，我們的認識過程用眼睛想一想就猜個差不多。你想，小縣城的街上晃晃悠悠走過來一個九尺高的大個子（後人注：漢時一尺約為23.1釐米。關羽身高2.08米。高啊，實在是高。都說劉備胳膊長，關羽的兩臂也短不了。身大力不虧，打起仗來肯定沾光不少），還長著一張好像正在跟誰生氣那樣通紅的臉，你會注意不到？再想想，要是街邊肉攤上有那麼一位，圓圓的腦袋不算大，配著兩隻白眼球大，黑眼珠小的大環眼，人長得黑不溜秋，滿臉黑毛，咋咋呼呼的掌櫃的，你會不多看兩眼？又說了，一個長著兩隻耷拉到肩上的大耳朵，兩隻胳膊奇長，像個嫁接動物似的賣草鞋布鞋的小販和你擦肩而過，你能控制得住不給增加點回頭率？都說我這人從小就交朋好友，這點倒是不假。我們三個的認識就是在這種一見稱奇的情況下開始的。三人一起在大街上一站，整條街的目光一個不拉，唰地都集中過來。整個場子離我們近的人有一個算一個，蹭地趕緊躲到一邊。若不是趕上了黃巾動亂，說不定我們會成為當地地痞的幫派統領。成為一方黑勢力也差不多只在一念之間，水到渠成的事情。

至於三人認識的整個過程嘛，那是平凡得不能再平凡，也算不得什麼傳奇。現在流傳最廣的小冊子上，說什麼我在看招兵榜時發出了一聲憂國憂民的歎息。這時身後不識字，擠在人從中聽人念榜文的張飛一聲爆吼，我回頭一看，頓時大喜。接著我們又遇到了推著獨輪車要去投軍的關羽。於是桃園結拜，招來鄉勇，找了兩個外地商人贊助馬匹兵器，然後跟太守劉焉攀上叔侄關係，開始了民兵生涯。

上面說的情節大致對，不過順序和來龍去脈有些問題。沒有傳奇。沒有「只是因為在人群中回頭看了你一眼，再也沒能忘掉你的容顏。」

話說，黃巾興起，天下開始混亂。我當時老大不小，讀過一點書，做官沒門路。仿佛和住在土崗茅屋裡的諸葛亮的情形有幾分相像。想趁亂出頭，於是就借著同是姓劉的這個線頭，到太守劉焉府上攀親戚，順帶想毛遂自薦謀個差事，即便是做個抄抄寫寫的文吏，吆吆喝喝的衙役也行。結果是沒有結果，更沒有太守來三顧茅廬。

吃過閉門羹後，我想我該怎麼辦？求人不如求己。要想得到劉焉的青眼，必須先引起他的注意，要想引起他的注意，必須有點勢力或實力。諸葛亮有徐庶，水鏡，孟公威，石廣元加上一夥老農給他張聲勢。我走的大致也是同樣的路子。

我去找周圍的朋友和朋友的朋友的朋友。其中就有住在城裡的張飛和居無定所的關羽。開始時，他們問我：「好去處有的是，我們幹嘛要和你在一起？」

我眨了眨眼，就像能給他們的好處一樣，心裡一片空白，只能含混答道：「有的是？是還是不是，這倒真是一個問題。」

（後人注：這個回答被抄襲進了「哈姆雷特」名劇，成了那句有名的台詞：To be or not to be, that is a question.）

好在我及時想到了家譜，在眾人正要散去的時候冒出了決定我命運的、第一句沒有流傳於世的話：「我是太守的侄子，太守是我的叔。」直到坎坷顛簸多少年後，我才由曹操引薦，見到了獻帝，由此而後，我改天換日地有了命運改變後自我介紹的第二稿：「皇帝是我的侄，我是大漢皇叔。」

就像樵夫蒙對了寶藏之門的暗語，機會之門為我打開了。在黃巾亂軍壓境的形勢下，在太守侄子的招牌下，圍攏而來的人多了起來。我找外地販馬被困在當地的商人拉贊助，不摸底細的他們不得不屈服。這些商人也算得上是明白人。官軍急了眼，會搶他們的馬。黃巾軍遇上他們更是不會留情。拿出幾十匹馬來送給我這個太守的侄子，破財不多，還能得到保護。這是我沾便宜，他們不血虧的生意。

在黃巾亂軍離城不遠的時候，我再次去求見到處拉人守城的劉焉。他看看門外我帶來的一幫人馬，這次耐心地聽我提到家譜，道過師門，至此才點頭，算是認了我這個血緣淵遠流長的侄。

「好吧，」他的話裡帶著不太情願的意思：「我認下你這個侄。賊寇來襲，望你的人盡心勉力。」

我點頭，話裡有話地應承：「是是是。一家人不說兩家話。誰叫咱們是皇家血統，你是我的叔，我是你的侄。」

他聽明白了我話外的意思：認我這個侄，給你出力。不認？穿鞋的不如光腳的。我一個家徒四壁的鄉下人總比你這個家大業大，外帶守土有責的太守跑得快當，躲得麻利。

就這樣，我化危為機，先冒用，再確認。先打招牌，再尋背書，成功地完成了人生第一次重大攀附借勢。我在外人的眼中成了太守的一家人，也成了我的小團夥裡經過官方認證的負責人。血緣關係不論多長，親戚關係不論多近，自己有實力對別人有用才能進得了一家門，才算是一家人啊。

我後來從民兵到轉成官員的轉捩點是在都城的大街上，瞎打誤闖地扯住了郎中張鈞。這個郎中可不是看病的醫生，而是屬於皇帝的近侍，屬於給皇帝跑腿拎包寫稿子的。官位不高，職權不大，但可算得上是麻雀落在了戲臺上……東西不大，架子不小的那種官。

話說我們弟兄三人討完了黃巾軍，興興頭頭地到京城等著領賞聽封。這是我們三個小地方的人第一次來到了都城。天子腳下，傳說裡的首善之地。那真叫沒來過京城不知道官小，沒來過京城不知道錢少，沒來過京城不知道人雜，沒來過京城不知道規矩多。張飛也不嚷了，關羽也不傲了，我們三個走在街上也不算顯眼了，每天除了外出東張西望地看景，其它時間老老實實地待著，等著朝廷評功論賞，封官晉爵。可是一等沒動靜，二等還是沒動靜，最後實在沉不住氣了，就跑到兵部去打聽。兵部的門衛看著我們三個蒙頭懵腦的軍漢，三言兩語打發我們去吏部。吏部的小吏沒等我們說完，眼皮也不抬地讓我們再回去等。又等了半天沒動靜，又去打聽，又讓回去等。幾趟下來，張飛不願意了。又幾趟下來，關羽開始發脾氣了。再幾趟下來，看著一起打仗的人，花錢托人，謀了職位走了，我也有氣了。要是機會離人很遠，抓不到，你不會生氣。要是機會很近，抓不到，你會生氣，生自己的氣。要是機會本來就該是你的，抓不到，會生氣，生別人的氣。有一天，我跟他倆說：閻王好見，小鬼難搪。跟這些貪錢的小吏說也沒用。走，咱們到尚書省門口找管事的去。

要說這低聲下氣求人，他倆做不來，我更不能做。我這人脾氣是好點，可別人想欺負我，不行。也別說我這皇族的身分，現在的天下還是屬於劉家，不能在你們這些皇家打工仔們面前掉架子。就是這兩年火裡血裡煉出來的脾氣，也不能受你們的氣。撈不著官做，就撈不著。大不了再回家織席販履去。這哥倆看見我的脾氣上來了，跟著也來了精神。這陣子的折騰，早就把我們對這些官吏的信任和尊敬給消磨殆盡，把那與生俱來的見官三分怕的習慣給擰了過來。在路上，我不由地想起了曾經讀過的，難得還能記住的一段話：「民不畏威，則大威至。無狎其所居，無厭其所生。夫唯不厭，是以不厭。是以聖人自知不自見，自愛不自貴。故去彼取此。」

（後人注：縱觀《演義》全書，皇叔端的是鮮有赤裸裸求人的場景。有的多是捧人的故事。捧人，既能達到求人所求的同樣目的，又能在不失自己的體面同時，給別人帶去歡愉。的確是高情商的體現。）

剛站到尚書省大門前，就看到有輛車出來了。我頂著一股子氣，把路一攔，也不管上面坐的是誰，衝著車上的官就訴委屈。此種手段不是我的發明。在我們老家，老百姓有了冤屈沒地方訴，用的都是這個法子。對於我們三個在社會低層晃蕩過，生死場上經歷過的人來說，一旦不顧體面，幹這事連給自己壯膽打氣的功夫都不用。你們這些京官再凶，也凶不過見人就殺，見頭就砍的亂兵吧。也是老天開眼，這次瞎打誤撞扯住了個好官，郎中張鈞。這才被派到離我老家涿縣三百多里的安喜縣當了個管治安捕盜的縣尉。從一個小販變成官吏，跟著我一路走來的關張跟我的關係愈加緊密。

走出京城的大門，我們都回頭看了一陣子那高高的城門樓。京城雖好，卻不是我們這等人的安身立命之地。這一段的經歷對我們三個都是個社會啟蒙教育。張飛原來對平頭百姓橫，但真見了官，心裡還是發怵。現在經歷了這件事，不再怕官了，這以後才發生了鞭打督郵。關羽看出了點官場門道。原來想學官樣，學來學去，頂多是個縣衙州府門房的架勢。現在見多了真官，這對他以後的做派有影響。後來被曹操俘虜進了相府，行為做派倒也是有模有樣。我呢，身上多少流著皇族的血液，開始感覺到了個人的前途和國家的命運之間真的是有一些聯繫，小商販斤斤計較討價還價現款現貨概不賒欠的習氣開始離我而去，對權力的渴望益發升起。國家政治清明，像我這樣沒錢，沒靠山的人，憑著自己的打拚，興許能有出人頭地的可能。要是朝廷裡盡是些賣官鬻爵的顯貴，刁鑽貪財的小吏，就算我有再大的功勞，能做的也只能是沿街喊冤。可惜的是，想讓這些官吏們按規矩辦事，可就難上加難了。凡事一按規矩，他們再想隨心所欲地撈好處，上下其手地發財，就不容易了。那些真正想有個清平世界的小老百姓們除了被逼急了喊兩聲冤以外，上哪裡去找自己的話語權？要想有話語權，就只有厚起臉皮來，混出個人樣來再說。可要是這些盼望清平世界的人真要是混出了人樣，他們有幾個還會再希望有個清平世界？回想那個時候，沒有在官場的大缸裡沉浮浸染的我們，確實有過短暫的青白理想。

這以後，有些人說我胸懷大志，不管他們是在誇我、抬舉我也好；害我、找理由除掉我也罷，所說的大志就是經歷了這場京城討官之後埋下的種子。只不過當時還是實力有限，自信心不足，到了縣裡後，體會到求人辦事的難處，感動於郎中張鈞因為我仗義執言而丟官的行為，不自覺地想比那些刁難自己的宵小之徒高尚些，跟他們有所不同。沒想到，百姓苦官太久，被欺太過。遇到我這樣一個稍微對他們好些的人，就感激的不得了。於是我就成了這個視百姓如草芥，防百姓如寇仇官場中，不多的幾個能向百姓露個笑臉的人。這自然可以說是有些瞎扯。我的好名聲並不是來源於我做得多麼好，而是我做得沒有別人壞。在一個理想世界上，要想比別人好會是很難的。在一個悲慘的世界裡，要想比別人更壞，難度和風險會變的很大。可如果想比大多數人壞得稍微輕那麼一點點，會容易得多，風險會小得多。而回報卻出人意料的高。

初入官場，沒關係，沒背景，不懂明規則和潛規則，開頭是比較難的。大亂之後，說自己是皇親沒人聽。離開了劉焉，太守侄子的招牌不再管用。既震不住人，也激化過矛盾。曾經有個叫劉平的豪強雇人意圖刺殺我。我這個人好就好在不是遇困就混，遇難就退，而是總在想著如何改變自己和環境的關係。我和關張商量，最後覺得還是要立威也立名我們才能有官飯吃。

於是就有了我在案前安坐，他倆一左一右在我身後兩手抱在胸前的場景。你想像一下。從陽光燦爛的屋外一進光線不強的室內，眼睛剛剛適應過來，一抬頭，看見：一個紅臉大個，瞇縫著眼，露出一副待搭不理神情，管你是鬼還是神；旁邊是一個滿臉長毛的黑臉大漢，一對大環眼在暗處顯得越發炯炯有神，拉著一副「服不服，不服揍你」的架勢。暗室驚魂未定之下，坐在前面的白麵少須人，滿面笑意，情義殷殷，就像前世的朋友，今世的一家人。

小縣城裡物資匱乏，沒法修氣派衙門，用磚瓦木料壓人。沒法擺古董絲帳，拿深奧有錢攝人。只好土法上馬，充分利用我們這三個相貌出格氣質不同的人。威信，威信，先有威，後有信。

你還別說，土法有土法的妙用。對於那些沒見過多少大世面的人，我們排練的這個表演組合顯而易見地出了效果。我的身分和劉關張的兄弟情誼同時得到了令人亮眼似的抬高。於是這個裝法就延續了下去，這就有了後來，不論到哪，我在前面一坐，關張在後面叉手而立終日不倦的傳說。這也是為什麼後來跟諸葛亮那夥人裝得像真的一樣的緣由。早就排練演出過，弄假像真不是啥新鮮把戲。尤其是我，入戲快，裝著裝著就讓和我一起演的人都當了真。

（後人注：怪不得曹雪芹一句千古感慨：假作真時真亦假；真做假時假亦真。原來是看本回憶錄受地啟發。）

我初期的名聲就是得益於我用了這種恩威並施的訣竅慢慢積累起來，擴散出去。

再一次的瞎扯發生在孔融和陶謙來求救的時候。俗話說三十而立，這話應在了我的身上。那時節，我靠著公孫學長的舉薦，在平原縣當縣官。有一天，孔融突然派人來請我帶人去幫他解圍。當時我可是有些受寵若驚，忍不住冒出來了一句：孔融居然知道世上有我劉備這麼個人啊！要知道在討董卓的時候，孔融可是一方諸侯。十八路諸侯中，盡是些太守和更大的刺史。那時候我只算得上公孫瓚帳下的一員無名將。現在居然專門派人請我去幫忙，我二話沒說，帶著我到處拉來的人就去了。遊民遍地，找活糊口的閒人有的是，一說有糧有錢，有那個幫人打架膽量的，一吆喝就能來一大幫。

要說孔融的聰明可不光是表現在讓梨上。這次來請我解圍也是個很好的例子。他要是去請和他平級的太守吧，這些太守願不願去要另說，即使想去，說不定還要公事公辦地討論商量權衡請示，討價還價地沾點利益。要是去求高他一級的刺史吧，鬧不巧人家做為上級需要考慮考慮，猶豫猶豫。鄰近倒是有些有兵有將的主兒，要是請來以後，又怕強龍壓了地頭蛇。請人幫忙裡面也有大學問。冀州刺史韓馥不就是請了袁紹幫忙，結果讓袁紹毫不客氣地奪了權，自己落了個背井離鄉的下場。劉璋也是請我來幫忙，結果……這就叫「殺熟」，防賊防盜的同時，更要防朋友。

有句話說：待要好，大敬小。他一個名重海內大太守，來請我這個三十歲剛出頭的小縣令，這種抬舉不能不讓人頭腦發熱，至於其它的成敗厲害就不考慮那麼多了。要是我去幫這個忙，幫成了的話，不等他感謝我，我就會先感謝他。感謝他給了我這個揚名立萬的機會。人家孔太守的聰明就是會做人，會做事。

給孔融的這次幫忙，並沒給我帶來太多的看得見，摸得著的實惠，可是卻給我帶來了機會。靠那點官餉沒啥油水。除了一個官名，要是老老實實做官，真的是既不自由，又沒實惠。我必須想別的門路。

（後人注：實惠可以換來美名。但用一枚不值錢的梨子換來萬世美名。此舉漢武唐宗，陶朱石崇皆不能。孔融是打通名洋與利海之間大運河的祖宗。）

我看到了幫人解圍是一個發展方向，於是就在這個方面多上心，多培養競爭優勢。拉起來的隊伍也從召之即來保境安民的臨時保安隊，變成了與人消災的外向型別動隊，用個不太好聽詞就是「雇傭軍」。慢慢地，我這個小縣養了一支和我這個小官不太相稱的大部隊。我這個部隊和那些山賊草寇，黃巾軍殘部不一樣。我是朝廷的命官，說話做事代表著官方，對內徵餉，對外討伐都叫做名正言順。我和朝廷正規的軍隊也不一樣，他們內部扯不清的事情先不說，就像我原來跟他們幹的時候受的那些窩囊氣，也足夠讓人灰心喪氣的了，別說拉他們出去拼命了。我這個部隊在太平年間是不可能有的，現在世道有些亂，豪強爭鬥，土匪亂黨，給了我們這個存在的縫隙和發展的空間。領頭的我們這哥仨都是小買賣人出身，知道自己的飯要自己去掙，天上掉不下來糧餉。也明白一文錢一分貨，一手交錢一手交貨的道理。所以有事情的時候，我們隊伍的積極性比那些正規軍要高得多。周圍的官僚豪紳也開始知道我和我的弟兄在幫人解圍勸架上有一套，幫完忙拿著錢就走，不會占他們的地盤搶他們的印信，比土匪講道理，比官軍講紀律。所以大事小情來請我們的越來越多。亂世之下，匪患兵亂不斷，我們的活，一樁接著一樁。我們隊伍的糧餉越來越不成問題，招兵買馬的氣勢也越來越大。即使偶爾出現一段太平日子，我們也可以製造點事端，創造些收錢的機會。比如派人假扮個土匪騷擾一下有錢的莊院。你看後來打仗時，張飛一被衝散就輕車熟路地跑進芒碭山落草，去古城借糧。這都是從前做慣了的勾當。這人啊，有時候就是要把眼光放長遠一點，特別是在老規矩被打破，新規矩沒建立的這種空檔裡。要不是當時幫了孔太守這個忙，怎麼會有我們以後的這些個發展壯大。

直到有一天比孔太守還官大一級的徐州刺史陶謙也需要我們幫忙了。要說這次幫忙，我當時心裡實在是犯猶豫。原來擺平的那些事情都是在郡府縣級別的，這次的事情到了州的級別。天下共有郡級行政單位一〇三個，縣級的有一千五百八十七個。到了州級，就只有十三個。要是能有這麼個機會，不管這個忙幫不幫得成，都是個在全國範圍裡做宣傳的好機會。所以心裡想去摻和一下。可是再看看對手，心裡又有些怕。不是黃巾餘孽，不是散兵游勇，也不是地方勢力打架，更不是遠方部落來襲。那可是鎮東將軍曹操啊。他人聰明不說，兵也強，馬也壯。從哪個方面講，我們都和他不在一個等級上。這還不算，要說我認識的人裡面，他是我最佩服的人之一。現在要去和他對陣？

要說孔融，我和他的關係後來熱絡不起來，起因也就是在這裡。按說呢，我原來和他非親非故的，幫了他這麼大的忙，兩個人的關係應該好處才是。可他仗著自己的聰明，先高抬我，說我什麼漢氏宗親。然後對我說什麼大義，仗義之類的。最後逼著我吐口，答應和他去救陶謙。我年輕，嘴皮子玩不過這些政客，又不好意思說自己害怕不敢去。嘴上只好答應了，可心裡對他有了不小的意見。你孔融到底為什麼去救陶謙，我不知道。可看到你有點事都需要我來救，你去，能救得了別人？拉我去，不就是把我往前推嗎？聰明人，你們可以仗著聰明耍聰明。可也別忘了，我這個不太聰明的雖然不會耍，卻是啞巴吃餃子……心裡有數。這次八成要變成個賠本的買賣，我該怎麼辦呢？

（後人注：現在對這一套有了一個新名詞：「道德綁架」。）

要是說不去吧，嘴上已經答應了。答應了當然可以找個藉口拖一拖。現在綱常混亂，禮教分崩，信用值不了幾個錢。天下的人說話不算話的比比皆是。所以這個許諾也不是個太大的事。關鍵是這個機會太吸引人了。我要是不去，以後也就是只能打打零工，當當下手，過著個專業打手的日子。要是過了這個坎，就等於給自己打開了更大的空間，接的活兒會更大，掙的錢會更多。可要說真去，偷雞不成蝕把米的結果是輕的，鬧不好把老本都要全賠上。看曹操殺父之仇不共戴天的這副架勢，真要是讓他得了手，陶謙加上去幫忙的這些位，誰都別想跑。不過話又說回來，人家要不是火上房需急幫忙，來找我幹嘛？這樁子事真算得上是風險與機遇同在。想來想去，我覺得去還是要去，這種機會對我來說太難得，下次再有這種機會說不定要到猴年馬月。但在怎麼個去法上，要動動腦筋。最後我決定去拉公孫瓚來搭夥，分擔一下風險。萬一出現最壞的結果，也容易把他拉進來。這也是剛剛從孔融那裡學來的法術。

待到去和公孫瓚一說，他開始根本不想趟這個渾水。到底是在這個亂世上混長了，這種拿傻小子當槍使的把戲他見得多了。說了半天，和他交了我這次是「出而不戰」的底，打的算盤只是先去幫個人場，湊個小份子，才看在老交情的份上借給兩千兵。這點兵還趕不上我自己的兵多，看得出來他是實在不願意摻合進來。等到了徐州城外一看，孔融他們也是在那裡玩著「出而不戰」的把戲。帶著他那些兵，離曹操遠遠地紮了營，擺出來了一副甘當吃瓜群眾的圍觀架勢。看樣子，頂多是打算一方把另一方打死的時候當個見證。萬一打不起來，也算是賣個人情，糊弄糊弄。

沒想到，我這次還真瞎闖對了。就在我到的時候，呂布襲擊了曹操的老窩，我剛給曹操寫了一封拉交情擺友誼的信，說明這次來是為了他好我好的初衷，請求他別打別打了，他就撤了。

（後人注：漢代的那種資訊傳播速度，當事各方應該是無法知道陶謙的真正恩人是呂布。因此，真相顯露之前，相信劉備的信起了退兵的作用確有可能。從而讓他撈了個大便宜，著實驚豔了一把。有些人運氣好，不服不行。）

也許是陶謙一迷糊或者一裝迷糊，嘴上就把功勞歸到了我身上，然後帶病的心又一激動或者又一琢磨，自做主張要把刺史的大印讓給我管著，叫做「代管」。這可是我萬沒想到的，他的動機也不是我這個官場新人能洞悉的。不少人會覺得這是個鴻運當頭的大好事。我開頭也心跳了一下，心想：要說這人的運氣來了，真是擋也擋不住。可等我定下心來，又覺得這事有些太好，好得過份，好得讓人心裡不踏實。

我知道我對曹操是仰視，曹操肯搭理我，那叫眷顧。以我的一封信，絕不會讓一路屠城而來的他立即打道回府。明眼人都看得出陶謙知道他把曹操得罪到家了。殺父之仇，不共戴天。曹操這次撤了，說不定什麼時候還會再來。陶謙這是被嚇糊塗了或者是病的深感力不從心了，抓住我這個只有他的一半年齡的人來做擋箭牌？

也許他是對那些在身世地位實力名望上有資格接這個印信的人失望到了極點？本來是想巴結一下曹操，派手下護送曹父，沒想到手下人見財起意，把人家一大家子殺個精光，引得曹操紅著眼上門尋仇；大難臨門，趕緊請人來幫忙吧，東請西求了半天，原來你好我好的同僚故舊差不多都把自己的滅門之禍看做了空氣一般。倒是我這個從未受過他的恩惠，沒有過什麼淵源的小縣令帶著幾千人來助陣，而且一露面就片書退曹兵。換上我是陶謙，我會把印信送給靠不住的部下，漠不關心的朋友？我肯定不是陶謙最理想的人選，但我可能是倉促失望之間他的唯一人選。這個差事接好接，可接到手以後，你就會發現接的是一隻刺蝟。要不然這種好事能輪到我一個小小的縣令頭上？

也許是陶謙用的是孔融請我去幫忙時一樣的套路？他要是把印信讓給一個自我感覺有那

個資格當這個刺史的人，這種人只會在嘴上客套幾句。反倒是我這種從不敢由此奢望的人，從一個小縣令一躍成了刺史，會激動萬分，感激涕零，銘記終身，甚至會捨命相報。

也許……

也許根本就沒有這麼多的也許。

可是陶謙要交給我的這顆印不是他家的私產。我要是接了，最好的結果是在這亂世之中朝廷裡有更大的事，那些大官們顧不上再派個刺史來理事，順水推舟，給我下個追認狀。不好的結果那可就難說了。也許朝廷會說我們是私相授受，連陶謙帶我一起安個罪名；也許是朝廷忙不過來，別的軍閥眼饞徐州這個地方，打著討伐我們這夥逆黨的名義來搶。

也許會有很多我想不到的也許。

我常說：屈身守分以待天時。木秀於林風必摧之。要想秀也行，你得生的樹大根深才行。現在我認識的大人物基本沒有，靠得住的人差不多就只有公孫瓚一個，他還只是個邊地的太守。我還沒有強出頭的本錢，沒做好代理刺史的準備。這個印我在心裡就從來沒認為是我的過。

回到住處，張飛埋怨我沒接印，關羽問我猶豫什麼。

我跟他們說：這世上沒有白吃的飯。他讓我代他掌印，圖的是讓咱們死心塌地給他當保鏢。可就憑咱們這點力量，打個黃巾餘黨還行，對付曹操這樣的勢力，那不是瞎扯？要是強出這個頭，出頭的椽子先爛，咱肯定要頭破血流。這種買賣我們能做？你們沒看到孔融他們都不出頭接？再說，你知道這個陶謙是真心讓印，還是在讓他的部下坑了一次，惹來塌天大禍之後，瑾而又慎，要試探我們有沒有搶他家財物的歪心？萬一他覺得我們有非分之想，說不定哪天就會刀頭子對我們比劃過來。現在人心不古，什麼樣的歪歪道都有，對誰都不能全掏一片心。

倆人咂咂嘴，不吭聲了。但願他們倆別以此為鑒，理解成從此對我也要藏著點心眼。天下沒有免費的午飯，要是有人說要請你吃免費的盛宴，那就更是瞎扯了。這點他倆和我一樣明白。

後來，陶謙再三留我們。反正在哪都是吃飯，有他這麼個常活，給他當個長工也不錯，比那到處打零工強多了。再後來，陶謙死了，他的手下有想法的人很多，有膽量的人沒有。或者說，想當頭的心思都有，超眾的實力沒有。我又一次成了他們的擋箭牌，緩衝墊，平衡點，瞎打誤撞地開始代領了徐州。反正我是一個外來戶，根基不深，將來這夥本地人要想攆我，應該是少費一些勁。這次又是幾件事瞎扯到一起的結果。

不過呢，這次孔融和陶謙在為自己的利益考慮之餘，不自覺地扮演了一次我生命中領路人的角色。找對做事的路子從來都是比提高做事的能力更重要。他們的所作所為引導我建立了我此後從失敗走向更失敗，直至最終勝利的人生套路，那就是：廣布名聲，抬高自己……投靠依附，納陰乘涼……辨識天時，應機而行……鳩占鵲巢，取而代之。

（後人注：這該是所謂彎道超車趕超別人的玩法之一吧。）

在此之前，自己對自己的人生也沒有什麼規劃，走的是摸著石頭過河的路子，用的是一個臺階一個臺階向上爬的法子。用這個法子，人生的格局也就是在社會的中下層逛蕩，官職不過在縣令縣丞之間徘徊。自從有了這個循環往復的人生套路，就像一招棋出滿盤皆活一樣，從此讓自己立於了敗而不滅之地。坊間流傳，我請來了諸葛亮才有了大格局，走上了奔向輝煌大目標的正道。瞎扯，我的套路，在代領徐州的時候，就已經成型。剩下的只不過是等機會敲門或者我去砸別人的門罷了。

不過，我對了路，並不是說道路上沒了坎坷。明確了航向，可不是老天就會為你平風平浪。自從到了徐州，就像從河裡到了海裡。我這條在河裡看起來不小的船，原來多少還能自己掌控，到了海裡只能聽憑命運的擺布了。先是呂布，再就是袁術，搞得我幾次翻船。新娶的兩個老婆先後兩次讓呂布抓去。關張一看這情況，三十大幾的精壯漢子連老婆也不敢娶了。說來我是既對不起老婆，更對不起兄弟。真是世面是見得大了，風險也大得多了。好在我攀上了生命中的貴人，最終我在這個臺階上站住了腳，熬到了呂布死，袁術亡，我挺了過來。這個貴人就是曹操。

從我三十五歲到三十八歲這幾年，沒過上幾天安生日子。等把呂布滅了，我跟著曹操去了京城見皇帝。這是在差不多十年之後，二次進京。想想那第一次進京，沒人理，少人問，連個吏部的小吏門房的臉色都要看。最後淪落到在大街上攔車喊冤的地步。奮鬥了這十年，跟著曹操見了皇帝，當了皇叔，在朝裡達官顯貴的眼裡成了個人物。大人物見了我施禮寒暄，小人物見了我畢恭畢敬，讓人怎能不心生感觸。從二十四歲討黃巾開始，這麼多年的勞累奔波，幾時享受過現在這樣養尊處優的安逸日子。

我跟關張說：「行了，咱們哥們三個做小買賣的，能混到這步田地，也算是船到碼頭，車到站了。該享受一下生活了。」於是我就開始了我貴族式的田園生活，有場面上的活動，出去應付一下，不多言少惹事，有空就澆澆園子種點菜。這哥倆好動不好靜，就整天騎馬出去城裡城外閒逛，消化食。原來的艱難日子裡，哥仨整天形影不離。現在的舒服生活一來，就開始各玩各的了，開始有了些「相濡以沫，不如相忘於江湖」的味道。現在這樣也好。過去整天打打殺殺，到頭來，不就是為了過上好日子嗎？又有幾個人是為了賺個提心吊膽而活著？從這裡論起來，現在這樣最好。

曹操有次叫我到他那裡去。我想，總不能空手拍著兩個巴掌去吧。帶點貴重的？人家是一人之下，萬人之上，風頭差不多蓋過皇帝。天下再貴重的東西，人家也不會稀罕。再者說，我不是那種刮地皮，把金銀珠寶看得比命還重的那種人。所以真地沒有什麼奢侈品能在曹操這個層次的人面前拿得出手。雖然小時候，我喜歡鬥雞走狗，錦衣華服，可到了現在再回頭看，原來眼裡的那些好玩意，稀奇東西，不過是大富大貴之家的尋常之物罷了。頓時感到了自己的小家子氣，對花花稍稍的玩意兒也就沒了原來的興趣。

給人家送東西，要送地讓人高興，送地印象深刻，送地顯出自己的心意，送地不露痕跡貼切自然，符合自己的身分。像我現在有了點虛名，掛上了皇叔的身分，多少跟主子沾了點邊。他曹操權勢再大，職位再高，名義上還是個臣子。給他送東西，最好不要帶出巴結的意味，同時還要有貼心敬仰的味道，這樣才有可能換來真心和平視的眼光。可望另一層上想，他算是我命中的貴人，在戰場上幫了我，在官場上提拔了我。沒有他，我現在還說不定在哪裡東遊西逛，居無定所，說不定早就成了無頭之鬼，溝壑腐屍。這個感恩的意思的確要表示出來。

想來想去，掂起來放下去，拿不定主意。後來我覺得做人，還是做個真實的自己，本色的自己，最讓自己安心。送人禮物，送自己最喜歡的和最貼切的。不然的話，弄巧成拙，反而容易砸鍋。於是我到了自己用汗水澆灌的菜地裡，挑著最好的菜撿了一籃子。他不缺別人給他送珍珠美玉，也不乏俘獲的美女良駒。我的這個禮物肯定獨特，能讓他深刻地留在記憶中。

（後人注：似乎抓到了清代曹雪芹剽竊的狐狸尾巴。四大名著之一《紅樓夢》裡最出彩的「劉姥姥進大觀園」一段，道具，姓氏按「三國」的段子原樣照搬。主客關係淵源和現實相對地位大致相似。只是巧借性別來掩飾，把一個面白無須的劉備換成了滿臉堆笑的劉姥姥。）

要說這個曹操，出身官多代加富多代。聽說他的正宗祖上是西漢開國功臣之一夏侯嬰。夏侯嬰是我的高祖劉邦年輕時候的朋友，跟隨高祖起義，立下戰功，後封為汝陰侯。在我那衣食不續的時候，人家即使不是錦衣玉食，也是豐衣足食。可他的骨子裡卻是個過日子的好手。你看他後來臨終時給家裡人分香，囑咐侍妾們勤習女工，多造絲履，賣了以後自給自足的感人場景，就能知道這個人在威嚴霸氣掩蓋下，有不少人性在透著光。在這方面我自認為和他是有很相似的一面。

曹操一見我給他提去的鮮菜，果然是感到很意外，很新奇，很喜歡。從來沒有一個人用自己種的菜給他做禮物的。他把籃子放在自己跟前，一樣樣拿起來看，問我菜名。放到鼻子前聞一聞，聽我說該涼拌還時燉炒。開頭我還有些奇怪：他怎麼連最常見的菜都不認識？

曹操說：「我還真的是麥子韭菜分不清的那種人。從小都是下人們做好了飯，端到跟前。根本就沒注意到菜原來長得什麼模樣，也不知道它們是樹上結的，還是地裡長的。不到二十歲就入仕做郎官，更沒心思關心這些事。你拿來的這些東西算讓我開了眼了。有人跟我說你在後院種菜，我還不相信呢。所以今天一見你就劈頭開了你一句玩笑：『你做的好事！』」

我說：「丞相從小就關心大事，這種小事當然不必過問啦。我種菜，是因為我喜歡幹這個。看著自己種的菜紅的綠的，每天進步一點點，心裡就特別愉快，滿足。」

曹操笑了：「要說現在關心大事，算是真的。不關心也不行，現在樁樁件件都是關乎我和別人身家性命的事，馬虎不得。可小的時候，我可是很調皮的，調皮就是我的大事。現在聞聞這鮮菜的清香，真的是讓人感到心裡清亮。正好我府裡自釀的酒該開封了，梅子也熟了。咱們就拿著你的菜和梅子下酒，痛快一回。這也算是難得浮生半日閒。」

我們倆一邊喝，一邊聊。我談的百姓生活他挺感興趣，他說的上層人物的話題我很開眼界。我心裡想，這人啊，不管你是誰，都需要朋友。像曹操這種人，有些話和家裡人談不投機，和部下談要多費思量，和朝中的舊臣談忌諱更多。身邊能有我這麼個半是客人，半是下屬，和各個派系沒啥瓜葛的人也真不容易。聊著聊著，他突然停杯不喝了，笑咪咪地問我：「剛才咱們說大事，大事。你說這天下誰算得上英雄？」

我剛要脫口說：「丞相你當然是天下第一幹大事的英雄了。」

可轉念一想，這個馬屁拍得太直白。他問這個問題，估計是心裡早就有自己的高見，只不過是借著這個問題說出來就是了。我要是一語道破說出來，豈不敗了人家的興致，那顯得多沒意思。馬屁一定要拍，可馬腿一定要防，這才是聰明的做法。於是我就揣著明白，兜著圈子提了袁術，袁紹，劉表幾個地方勢力的名字。聽曹操這樣的人對幾個人的評論，對我也是一種難得的機會。一邊聽他說，我一邊不住誠心實意地點頭。曹操的識人之名，算得上是名副其實。跟著我那盧植老師上了一陣子學，也曾擠在人叢中聽了聽大學問家鄭玄先生的課。這兩位先生字裡行間論經典，在循章琢句，貫通古今上的造詣自是難有人望其項背。不過，那種字斟句酌的勾當實在不是我感興趣的事。曹操的見識，可說是舉重若輕觀天下，在世事洞明和人心練達上令人望塵莫及。他對二袁，劉表的評價除了我領會不到的，能聽出個來龍去脈的地方的確是句句珠璣，字字中的。哎，在這裡順帶著說一句，不怕不識貨，就怕貨比貨。把這些當世頂尖人物的見解和年輕諸葛亮一派書生氣，鏗鏘有力的「隆中對」一比，我要是還掂量不出個輕重來，那我可就不光是才疏學淺的問題了。深沉與浮淺，真才實學與誇誇其談，就如涇河水清，渭河水渾，涇河的水流入渭河時，清濁不混。正所謂涇渭分明。

待他挨個評論完了，該我繼續接話茬，搭臺階了。我說：「剛才算是我在拋磚引玉，您說天下的英雄該是誰呢？」

曹操的眼神開始變得空茫，讓我感到了「超越」這個詞的境界。他說：「先給英雄下個定義吧。」

正巧這時風起雲湧，暴雨將至。天人感應之下，文武全才的曹操不禁胸襟大開，靈光四冒，顯出他的詩人本色來。他仰望天空，說道：「啊，這天上的龍啊，就可比天下的英雄。龍能大能小，能升能隱；大則興雲吐霧，小則隱介藏形；升則飛騰於宇宙之間，隱則潛伏於波濤

之內。真正的英雄得志則縱橫四海，歸隱則自足自滿。」

說著，他一指自己：「像我，胸懷大志，腹有良謀，有包藏宇宙之機，吞吐天地之志者也。所以這天下的英雄只有兩個人，一個是我……」

我一聽這話，心裡想：「這算是把你要說的話引出來了。」

一陣輕鬆感之下，剛要借這個臺階而上，難得有這等拍馬屁的好機會，順著他的話說兩句讓他這個主人高興的話。

萬沒想到，他又加重語氣，用手猛然一指我，一字一頓道：「還有你。」

他的這三個字是我萬萬沒想到的，尤其是我在自鳴得意，打算長出一口氣的當口。一切來得太突然，話鋒轉地讓我一點思想準備都沒有，更沒想到他會直指我是和他一樣的大英雄。「我的個天啊！」我聽了心裡一陣驚喜，嗓子被酒一嗆，手一哆嗦，筷子就掉在了地上。酒席上說的話，大都不算數，可也要看說話的是誰呀。

以曹操的權勢地位，文韜武略，藝術才能，用領袖，巨擘，翹楚這些詞，假如有人說他不配的話，那天下難得再找出一個人來配得上這些稱號了。多少人費心巴力地想從他嘴裡聽到句誇獎的話。我的老娘呀，現在他竟然說我是英雄，並且，而且，竟然和他並列？這要是在大庭廣眾之下說這話，會讓一個無名之輩立即名聞天下，讓一個有名之輩瞬間變得著名。你說這能不讓我驚喜嗎？

驚喜歸驚喜，我這人除了眼淚現成的以外，天生有些面部神經和小肌肉群發育不是太好，和關羽有些像。加上當時有些發懵，不敢相信自己的耳朵，沒來得及心花怒放，笑顏逐開，所以沒致於太失態。掉筷子的時候，又正好響了個炸雷，這算是給了我個藉口掩飾一下，也就是後來人說的：巧借聞雷來掩飾。這又是一個瞎扯了。人在亢奮的時候，說出一些自己想不到的機靈話，也是人之常情，並不說明我平時都是那麼機靈。即使這樣，曹操也察覺到了我對他說的話的反應。誇人就是這樣，你要是誠心誇人，被誇的人一味謙虛，反而顯得有些不識抬舉。就像誇了別人，結果別人滿臉嚴肅地說「不，不，不，不」一樣。好像誇他的人真地說錯了一樣，這會讓人很下不來臺。要是一聽別人誇自己，就喜不自禁，又顯得簡單膚淺。所以我當時的表現應該算是比較得體，而且有點獨闢蹊徑的味道。既沒有否認，也沒有淺薄，既顯得持衡穩重，也有十分受用受寵而驚掉了筷子的反應。

曹操也很滿意我的反應，把面前的酒一飲而盡。但我覺得他那些詩人的激情還沒有完全揮灑出來，這時候打斷他會讓他興猶未盡，於是就知趣而努力地擠出了一些鼓勵他說下去的表情。雖然表情不豐富，而且也不太自然，可意思總算是到了。表情不豐富的臉上的表情更能表達心情。

曹操接著說：「剛才以龍喻英雄。像你玄德老弟，大能做到皇帝的老叔，小能下地種菜；升則朝堂隨班，隱則鬧市學圃。超脫功利熙攘，欣賞菜苗生長。俗話說，大隱隱於朝，小隱隱於野。像你這種心境，容量，滿朝之中有誰能比？要是換個心態輕漂，修行浮躁的人，早就不知道該有多麼地燒包。真英雄不光要能抓住時機，激流勇進。還要能審時度勢，激流勇退。更為難得的是超脫於世俗和幻想。像我現在欲退不能，身陷其中，無以自拔，只能是硬著頭皮向前進。而你能在這喧囂加浮躁的京城裡兩者兼而有之。相比之下，我不如你遠矣。」

（後人注：有人刻意做英雄而不成，有人無意成英雄。有做事的英雄，也有不做事的英雄。為成英雄多做事，成了英雄少折騰。）

這就是「煮酒論英雄」的原貌。後來這件只在我們兩個人之間的事，不知怎麼就傳了出來散了開來。特別是我有了更大的名氣之後，這件吃酒談笑的事情就被人傳地變成了曹操不放心，千方百計試探我的一場陰謀。而我就成了和他鬥智鬥勇的另一方。編這些故事的人顯然是在捧我，多加了不少渲染，突出我胸懷大志，而又善於通權達變。人貴有自知之明，我自己知道這些故事都是用來騙那些不明就裡的人的，要不然，像我這麼個普通的人，那就什麼事情也做不成了。

在當時，我對曹操確實有不少好感，甚至是敬畏和佩服。他對我沒有那麼多的不放心，我對他也不曾怎樣加意提防。說句實話，以他的勢力手段，即使防範也防不勝防。反倒不如聽天由命，順其自然。連他帶我，大家都不是神仙，誰也不長前後眼，能預測到我能像現在這樣當這個蜀漢皇帝。那時節，天下紛亂，比我名頭響，勢力大的人多了去了。要從這方面論，我不知道要排在多少名之後。再者說，我這個名頭不正的地方官，在盤根錯節的京城裡一點根基都沒有。曹操犯不著費那個心計算計我。憑著他的聰明，多疑，真要是對我有什麼看法的話，我的那些不專業的掩飾能逃得過他的眼睛，那些韜晦之類的手法能瞞得過他的耳目？他當時指著我說我是英雄，不過是他那個時節冒出來了點詩人的豪情，外帶一點對我的客情罷了。

要說我當時種菜是在玩韜晦之計，那就更是瞎扯。我身邊的人可以證實，後來在新野的時候，我看到別人送來的犛牛尾巴上的毛又長又好看，就忍不住自己在那裡編帽子。結果諸葛亮看了還黑呼著個臉，嘟囔了幾句。嫌我不去幹練兵愛民這些大事，而是沉迷於做手工這樣的小事。要是我在曹操眼皮子底下種菜叫做韜晦之計，那在我自己的地盤子裡結帽該叫什麼？凡事只要一和有名的人聯繫起來，就好像非要有什麼重大意義似的。其實，大家都是人，都有自己的秉性愛好。我在新野時，兵少力薄。對付曹操沒有良策，應付劉表也鮮有辦法。彷徨著這些一時半會解決不了的大問題上，一天天下來，腦子發木，身體發僵，情緒沮喪，思維不彰。就想著幹點容易看到成績的小事，讓自己痛快一下。在許都時的心情也屬於同一個情況。當時我進京城，周圍都是些達官顯貴，官場老油子。人人一肚子心眼，個個滿腦子道道。你不知道誰跟誰一夥，誰跟誰有隙。在那種環境裡，說話要吞吞吐吐，做事似如履薄冰。看似冠冕堂皇，其實滿心緊張。在自己後院裡種了個菜地，看著綠油油的菜地，抹著汗津津的額頭，感覺就是比干那勾心鬥角的勾當，殺人放火的行徑，要平和舒暢的多得多。所以，要說在京城種菜是韜晦伎倆的話，針對的對象也多是當時的官場上的明槍暗箭。

別人說曹操說他想激流勇退是虛偽。要是從我自己的經歷來看，說人家虛偽還真的是不確切。俗話說，人在江湖，身不由己。不少事情不管你願不願意，都得去幹。這麼樣自己和自己彆扭常了，想找個地方過自己的日子，這種心情自然而然就會有。就像我，本來嘛，我在京城住得好好的，既不招誰，也不惹誰，可偏偏就有自己不願幹的事找到我頭上，瞎扯到我身上來了。

人怕出名，豬怕壯。國舅董承要糾集一夥人，意圖對曹操不利。他們算來算去，聽說曹操都把我說成和他自己並列的天下英雄。從開頭難得和我說幾句話，到開始覺得我有些用處了。於是他們就算計到了我的頭上。俗話說，蒼蠅不叮無縫的蛋。可要是一群蒼蠅老是圍著一個雞蛋轉悠，即使蛋上真的沒有縫，外人也會推斷這個蛋肯定有紋有縫是個壞蛋。於是我就成了那個「蛋」，被那幾隻「蒼蠅」包圍了。就這麼著，我被牽扯進了他們的陰謀裡。我若是不答應他們吧？他們已經把自己的秘密告訴了我。若不答應，他們肯定要想盡辦法滅我的口。在那個複雜的官場裡，想陷害個沒多少根基的人，對他們這幫老油條來說，那還不是易如反掌？為了脫掉這層干係，去找曹操告發吧？事情又牽扯到了皇帝身上。保持沉默更是沒門，到時會變的兩邊都得罪。想來想去沒別的辦法，只有三十六計——走為上，儘快脫離這個是非圈子。

借著去攔截袁術的由頭，快快地離開了京城。我沒法告訴關張其中的厲害實情，只能說是曹操的差遣。這哥倆在京城待得正開心，對這麼匆匆忙忙地離開很不情願。嘟嘟囔囔地抱怨曹操歧視我們，自己的嫡系睡大覺，把我們當驢使喚。其實，這次離開可是我費心積慮地爭取來的。在我主動提出去攔截袁術的時候，曹操是有些遲疑的。這倒不是說他當時懷疑我，主要的是他的那幫子謀士沒見過我這種愛當菜農的皇叔，錯把我當成了摸不透的怪物。在他耳邊不停地提醒他，不要讓我掌兵，不要放我遠離。曹操的一些顧慮我也能理解，就像現在我對我的手下不是也常常防備一下，思慮一番？比如從夷陵剛敗回來，聽說諸葛亮在魚腹浦埋伏了十萬精兵那件事，我就有些不爽。可我必須要抓住這個不顯山露水的機會，逃命去呀！

看到曹操沉吟，我這次真的是靈機一動，對他說：「這個袁術從第一次在十八路諸侯討董卓的時候，就對我們哥仨百般看不起。關羽說要去戰華雄，他跳起來大叫：『汝欺我眾諸侯無大將耶？量一弓手，安敢亂言！與我打出！』張飛說了幾句，袁術又大怒道：『俺大臣尚自謙讓，量一縣令手下小卒，安敢在此耀武揚威！都與趕出帳去！』要不是您仗義說公道話，我們幾乎要顏面掃地。」

曹操聽我提起這事，臉上露出高興。能在別人需要的時候出手相助，這是一件讓人自豪的事；能夠在別人卑微的時候看出他的不凡，這是一件令人驕傲的事；自己做的好事能在多年後仍被受益人銘記不忘，這是一件令人陶醉的事。曹操痛快地同意讓我督領他的部將前去堵截袁術。

後來，有人說，曹操這次讓我走是他的失算。其實這是旁人太小看了曹操。要知道，袁家四世三公，門生遍地，那可不是浪得虛名。派朝裡手下的任何一個人去，都有可能跟袁家搭上直接或間接的關係。袁術稱帝，這事必須要處理乾淨。一旦袁術這個皇帝有了根基，曹操「挾天子，令諸侯」的威勢就要去了一半。要是派去的人礙於關係面子徇私舞弊，暗通款曲，甚至狼狽為奸，事情就辦砸了。我在官場上是個新人，和袁家不光肯定沒有關係，和這個目中無人，不可一世的袁術還有些過節。加上我這個新得的皇叔身分，少有人比我更正統。用在討袁術這個偽皇帝上，是再名正言順，省心順手不過的了。我提袁術對我們的欺負，只是起了一種潤滑劑的作用。曹操放我去討袁術的決定，可說完全是他周密考慮的結果。

走投無路的獨夫袁術的目的是要去投當時勢力最大的袁紹。要是曹操親自出馬和袁術開戰，說不定袁紹也會攪合進來。一曹對二袁，這是當時的曹操所不願看到的後果。以曹操當時的實力，袁紹可是一個很強的勢力。除非到了萬不得已的地步，曹操是不會惹袁紹這個大麻煩。更不用說，二袁在朝中和地方勢力中那些盤根錯節的關係，加上動機各異，目的相同，暗處伺機而動的反曹派系。一旦局勢失控，董卓死後天下大亂，連皇帝都要死裡逃生的情形可能會再次出現。所以，這次打袁術，他不方便親自去。而要是我去，就算你袁家威望高，人脈廣，我這個皇帝的叔叔打袁術，屬於主子打奴才。奴才的家裡人可以在心裡怨恨，但要是跳出來和主子對著幹，名義上就不正了。

他自己不能去，別人不能去，我再一次碰巧站在了陶謙讓印信時相同的位置，雲間的幸運之光又一次機緣巧合地照在了我的頭上，讓我有機會離開這個要命的是非圈子。要說這次我幸運借機逃跑成功，我只能說誰都不是別人肚子裡的蟲子，能知道人家心裡暗中打什麼算盤。歸根到底一句話：人算不如天算。曹公啊，我被攪進了董承的反曹團夥，起因就是因為你把我抬舉成了英雄。你能理解這點嗎？只能怨你自己，捧起了別人，自己被托舉的重量壓進了泥坑裡。

出了城門，我們哥仨又忍不住勒住馬，回頭看看。關羽望著望著，搖了搖頭。張飛看著看著，一拍大腿，大歎了口氣。不想走啊，捨不得這裡酒綠燈紅，花花世界的好日子。十多年前，我們第一次進京城時，一腔熱情，兩手空空，把一切的不順歸咎於小鬼當道。出城時，恨不能忘掉那求告無門的悲涼，早點到縣裡去上任，創出自己的天地來。這次剛剛把安樂窩捂熱了，場子擺開了，又要逃命似地離開，奔向前程未卜的未來。這次進京，看清了高層的蕭牆暗影，卑鄙陋行。了然了小鬼為猖的原因是因為他們坐在「明白是非天」的閻王殿前，那殿上的橫匾大書道：正大光明。對寄人籬下，暗火陰風的不適逼我朝著自立自主，自由發揮的崎嶇山路前行。

這次離京，不知以後還有沒有機會再回來。同樣是離京，其中的滋味和感觸卻大不相同。想到這，心裡不禁酸酸的。我這人眼窩子淺，淚花從眼眶裡湧了出來。最後，我一踹馬鐙，兜轉馬頭，對這他倆吼了一聲：「走吧。這就是咱們的命。人不要和命爭。」

再到後來，「屈身守分以待天時，不可與命爭也」，也被放在一起，成了我胸懷大志，藏龍臥虎的一個名言。真是的，董承這些人唯恐天下不亂，好好的日子不過，非想鬧出點事來也就罷了。可你們幹嘛把我給扯上？

一個人的宿命好像是不斷地在循環之中進行著。再次逃離京城之後，我的生活好像開始了與第一次離京之後類似的場景，玩起了原來的套路。不停地投靠依附別人，不停地殺熟並把晦氣帶到別人家裡，然後再投奔到下一個懷抱。只不過是相關的重要人物變了。已經自焚的公孫瓚學長變成了受驚嚇過度而吐血而死的袁紹；容納我在榻邊酣睡的人，從陶謙變成了劉表和後來的劉琦（可巧三人個個都是病死的）。稍有不同的是我的命中貴人由強勢的曹操變成了弱勢的劉璋，從而我的天時到了，讓我這個「雇傭軍」的兵頭變成了後來的皇帝。在這個一圈圈，螺旋式上升的循環中，我接觸到的人越來越重要，經歷的事越來越傳奇。但一個貫穿其中，從未改變的事實好像是，所有那些和我打交道的大人物都多多少少地會因為我而倒楣，而不是發達，包括我那個不情願的大舅子，孫權。儘管如此，我的寬厚仁慈的名聲卻越傳越廣，東山再起的根基也越來越牢，隊伍的規模越來越大。這有時也讓我感到困惑。

我到底是因為什麼總在這個歷史的舞臺上自然而然地占據著正面角色的位置，而那些幫助過我，欣賞過我，甚至求助於我的人，在不斷地被打扮成反面角色的模樣？除了瞎扯這個詞，我從來沒有想出過一個更恰當的詞來解釋這種困惑。

要說這些被殺熟的人裡面，我覺得內心有愧的人頭一個要算是劉璋了。說起和劉璋的關係，那要從我二十四歲時遇到的第一個貴人開始，那就是劉璋他爹，當年的幽州太守劉焉。當時劉焉是太守，我的父母官，而我還是白身布衣。窮在鬧市無人問，富在深山有遠親。像我那個家境，平常過日子有時都要靠人接濟，他當然根本不會聽說過我這門親戚。我說這話當然沒有抱怨的意思。人家是太守，要不是有黃巾軍造反這種機會，我一個窮小夥，哪會高攀上他這個太守。那時節，黃巾軍越來越近，劉焉需要人手，所以痛痛快快地認我做親戚。對我來說，劉焉算是給我以後的生活打開第一道門的人。在他手下，我帶人第一次上陣，第一次殺人，第一次從烏合之眾變成了半正規的部隊。他算是一個有恩於我的人。因為和劉焉在一起的時間短，他是唯一一個沒有因為我而出現什麼麻煩的人。不過倒楣的事終究是出現在了他的後代劉璋身上。真所謂，是福不是禍，是禍躲不過。世界這麼小，諸侯沒幾個，是你的，終歸會輪到你的。

劉璋應該是從他爹那裡聽說過我，加上把他賣給我的張松等人的鼓吹，給一個涉世不深的他先入為主地種下了我厚道，我可親，是個可以相托，可以利用的正人君子的印象。所以在他和鄰居張魯鬧起糾紛來之後，就不知人心難測地派了對他外忠內奸的法正來請我。說來也慚愧，我當時正在和孫權耍無賴，一點長者之風也沒有。先是趁孫權和曹操打架時，乘虛占了荊州。人家來外交交涉時，就拿出公子劉琦做了做擋箭牌，說荊州是劉琦祖上的產業。這個理由本身就有點勉強。劉琦他弟弟劉琮早就把荊州獻給曹操了。孫權把曹操趕跑了，群雄逐鹿，誰搶到就算誰的。道理上講，所有權應該算孫權的。劉琦那身體，連當個擋箭牌的力氣都沒有多少。沒多長時間，就一命嗚乎了。孫權又派魯肅來要荊州，這次只好承認人家的所有權，然後連哭帶騙地說是借孫權的荊州，拖一天是一天唄，不然我到何處去安身。直到最後，拖到一個小機會來了。追隨我多年的老婆甘夫人年紀輕輕地撒手人寰，孫權想用在他那裡盛行的拉攏人心的手段……聯姻，使我為他所用。逼的我這個年近五十歲的人以美色行走江湖，到江東騙了孫權的年輕好動，刁蠻難纏，無人敢娶的同父異母妹妹嫁給了我。這才又消停了一陣。估計，這個大齡妹妹出嫁也讓孫權一家子卸了個負擔，去了個心病。正所謂，閨女大了不能留，留來留去留成仇。我保住唯一的一個安身之地的小目標也暫時實現了。

占益州是我蓄謀已久的事情。在諸葛亮掛起他那大約摸畫出來的地圖，誇誇其談他的「隆中對」之前，我就已經在盤算，要是劉表這裡也待不下去，我該去哪？益州劉璋那裡其實就是我下一個的目標之一。「狡兔三窟」的道理，我比當時大多數人理解得更透。再到後來，聽說劉璋已派張松去曹操那裡聯絡，於是讓情報人員密切注意張松的行蹤。這也是這種蓄謀已久的一個實例。

外人聽故事，只知道我對在曹操那裡賣主求榮不成，碰了釘子的張松隆重款待，高接遠迎。不知道的是，當時對於張松是有三套方案的。

第一套方案是派人扮作強盜，半路劫殺了他。這個方案是假設張松把主人劉璋成功地賣給了曹操。這種情況下，絕對不能讓張松把曹操的意思帶給劉璋。不然，曹操的勢力一進西川，我就再無機會了。

第二套方案在上面的假設成為現實時，又沒機會殺他。那就要把張松的所做所為告訴劉璋，讓他知道曹操的用心，同時我和劉璋直接搭上線，找機會把自己推薦給他。讓他知道我們是有老交情，明白一筆寫不出兩個劉字，記住三百年前我們是一家等等這些道理。為將來入川打下個基礎，做好鋪墊。

第三個方案才是恭敬地接待他，把他拉過來，成為劉璋身邊的臥底。在各種機緣巧合之下，這第三個方案竟然水到渠成地實現了。張松這人辦事能力有點差，替劉璋辦的事沒辦成不說，自己的小算盤也沒打成。這才出現了我隆重迎接他的場景。這個過程，眾人都看在了眼裡，成了我禮賢下士的另一個佐證。張松也沒有成為一個不知找誰去索命的冤魂野鬼。這都是因為曹操沒給張松賣主求榮的機會，我的第一套和第二套方案也就不用施行了。從這裡說，曹操是張松的救命恩人，而我只能算是對他心懷叵測的一個人。把一個心懷叵測的人當成了一個甘心投靠的忠厚新主子，看來天下瞎扯的事情不光發生在我的身上。不同的是，他的瞎扯，扯出來的是禍；我的瞎扯，扯出來的是因禍得福。

要說張松這個人，辦事能力差不說，單就他暗地裡賣主求榮這一條，讓我對這個人對我會不會也來這一招有些顧慮。後來劉璋發現了他的背叛行為，把他給殺了。這也給我減少了一個難題。不然的話，論功，他是幫我入川的第一人，不能不重用；論他幹的那些吃裡扒外的事，和我標榜的忠義又格格不入。重用他，對我影響不好；不重用他，他要心懷不滿。終究難以兩全。暗地裡講，劉璋殺張松這件事，真的是辦到了我的心坎上。這件事不能叫瞎扯，應該叫天隨人願比較恰當些。世人以乖巧奸猾為能事，張松這類人不少。對此類人，只可用，不可信。只可用一時，不可用長久。

劉璋手下助我取西川的三個人是張松，法正和孟達。張松在我得西川之前，死了。法正在我得漢中之後，死了。孟達在我失荊州之後，逃了。要是張松法正一直活著，他們會不會像孟達一樣，既是我的福星，也是我的禍根。我想起了管丁原董卓叫乾爹的呂布，捉放曹的陳宮。

說了半天張松的忠義不忠義，其實我自己在對待劉璋的這件事上也是理屈詞窮。在占荊州上，我要是算個賴皮的話，那在入川上，我就該算個強盜了。劉璋父子，一個提攜我起步，一個把我當自家人請進家門，可到頭來，我卻是恩將仇報。儘管周圍這些人引經據典為我們的行徑披合適的外衣，找好聽的藉口，可從來是會說的不如會聽的，想把黑白顛倒過來是不那麼容易的。現在，只有讓宣傳部的那幫子筆桿子們找劉璋的毛病。結果找來找去，才發現人家劉璋才是個寬厚仁義之人。對老百姓的法律效法曾高祖劉邦，以寬仁為主。諸葛亮接手後定擬條例，刑法頗重，說是對老百姓不能光寵著，光施恩。不然的話，寵慣了，恩多了，老百姓就不知道感恩領情了。最好的辦法就是打一巴掌，給個棗，一邊打，一邊給。這話聽起來有些道理。可站在老百姓的位置上想，這好像不把百姓當人看，而是當猴耍。法也好，律也罷，這些條條框框對我們這些當權者更有好處。說來說去，劉璋的寬厚仁義也算是毛病？

劉璋對百姓好的例子當然不止是這些。在我打破雒城後，有人建議劉璋堅壁清野，深溝高壘。要是他真地採納這個建議的話，我搶佔益州的打算就要成為真正的瞎扯了。幸好，劉璋想到的是拒敵安民，而不是動民以備敵。要是對比一下劉璋，在這種事上我又要叫一聲慚愧了。當年為了擋住曹軍，我不就曾經火燒新野，把老百姓的家業付之一炬嗎？最後圍困成都城後，劉璋手下勸他不要投降，說城裡有兵三萬，不比我帶的兵少多少。錢帛糧草，可支一年。可劉璋說：「我父子在蜀二十餘年，無恩德以加百姓；攻戰三年，血肉捐於草野，皆我罪也。我心何安？不如投降以安百姓。」

大敵當前，自己的性命未卜，人家劉璋才是把百姓的安危福祉放在前邊。而我就是那個真正的讓新野百姓的血肉捐於草野的禍首。人家也是漢氏宗親，要想通過抹黑他來顯得我白還真不容易。這麼個好主子，也難怪有像張任，王累這樣的人願為他死。

可到頭來，在他身上真是應了那句好人沒好報。怪就只能怪，在這個強者為王，綱常敗落的時代，只有用一切手段生存下去，才有資格講那些大道理。我也只能按強盜邏輯來行事了。要不然，過了這個村沒這個店，我到哪再去找下一個落腳的地方？盜亦有「道」，這就是我的道義的真實含義。

（後人注：莫斯科可以不相信眼淚，但三國人和三國看客相信了眼淚……劉備的眼淚。那是鱷魚的眼淚呀。）

傳說，曹操年輕時，逃到他通家之交的呂伯奢家裡，像驚弓之鳥一般。因誤會開頭，把人家殺豬要招待他，聽成了想殺他，結果把人家一家子都殺了。曹操在天下人嘴裡就變成了詭詐奸險，不仁不義的狠心之徒。現在看看我斬將奪旗，殺人放火搶益州這檔子事，天下人會怎麼看？呂家想款待曹操，曹操這條剛剛逃脫性命的漏網之魚尚可歸因於反應過激。劉璋把我請進益州，從一開始張松，龐統等人就為我謀劃奪人家的基業為己有。我可以說是居心不良，蓄謀已久了。難道殺一個人是殺人犯，殺成千上萬的人是大英雄真的是這個世道的行事準則？

原來，我曾自吹：「曹以急，吾以寬；曹以暴，吾以仁；曹以譎，吾以忠；每與操相反，事乃可成。」進川之後，這句話我是再也不敢提了。多年來，自知自己底子不硬，實力不強，唯有靠人緣，靠顯得忠厚老實來混碗飯吃。現在我的寬，仁，忠都沒了，也只好變得急，暴，譎了。要說這種性格和風格的變化可能是形勢變化造成的，也可以說這些魔障一直就是我的一部分。只不過原來我沒那個條件把他們放出來就是了。一直以來認為諸葛亮裝得厲害，現在跟我比，他的裝倒真是不夠檔次了。諸葛亮裝的只不過是他的本事，為的是混個差事，搏個出身。而我裝的是整個一個人，對我周圍的人本能地在作偽行騙，只不過程度上因人而有差異罷了。原來大家都是在裝，不同的只是裝的多點或少點，自然點或生硬點而已。

（後人注：長裝，慣裝。先是迷失自己，然後重新找回自己。你變成了一個新的你，也就沒了虧心感。多少人達不到劉備的境界啊，離開這個世界之前，依然是個迷失的你。）

人在順風得意之時，就會更多地暴露出自己的本性。我的骨子裡並不比大多數人忠厚寬容。只不過是一個起點很低的人，在周圍無時無處不在的壓力下，不得不做出的姿態而已。小人得志，窮途得勢，心魔都會出來了。再遇到急，暴，譎這類以前不敢幹的事，我就想，對劉璋一家子忘恩負義那種事都做了，還有什麼事不能做的？

於是，我想起過去有叫個張裕的人讓我很丟面子。那次還是我和劉璋在涪城見面，張裕是他的一個從事，長著一臉的鬍子，很有男人氣。現在流行的審美觀點是男人鬍子越多就越美，就像我身邊的關羽，從二十多歲就留了一大把鬍子，後來還專門做個錦囊把鬍子裝起來，囊上再縫上根繩，掛在脖子上。還有先跟袁紹，後隨曹操的美男子崔琰「須長四尺，朝士瞻望」。要是男人鬍子長得不好，那就會讓人笑作「女人相，娘娘腔。」可惜，我年輕時就有點面白唇紅，長了幾根稀稀拉拉的鬍子。別人拿著我的這副長相取笑時，常常讓我氣憤難平，不能釋懷。這個窩囊氣我憋了二三十年，撒不出來。

那天是和劉璋初次見面，劉璋那帶著欽佩甚至崇敬的高興勁把我捧得暈暈乎乎，感到自己正在接近人生的巔峰。席間喝到高興，開始說笑話，我看著張裕的鬍子多，就開玩笑說：「我在涿縣居住的時候，那裡姓毛的人特別多，大家都說：『諸毛繞涿居乎』。」意思是：諸多姓毛的人家在涿縣周圍居住。暗裡指張裕的鬍子繞著鳥嘴長，也同時顯示一下自己的學識不凡。這裡涿縣的涿和鳥用嘴啄的啄同音。張裕這個不看臉色的傢伙，居然當場諷刺我道：「曾經有個人當上了上黨郡潞縣令，後來又做了涿縣縣令，於是大家叫他：『潞涿（露啄）君』。」

俗話說，打人不打臉，罵人休揭短。我拿你張裕的優點開玩笑，你捋著鬍子嘿嘿一笑也就皆大歡喜了。鬍子多的人是帥哥這個事實沒有改變。將來萬一我更有名了，你張裕會因為我的這個玩笑成為天下幾大名髯也有可能。這等的抬舉你不領情也就罷了，沒想到你拿著我的生理缺陷來報復，這可就有點太損了。新仇舊恨，讓我耿耿於懷。後來我當了權，把過去的怨氣一股腦地發洩在了張裕身上，找了個藉口不光把他殺了，還讓他棄市。你不是譏諷我露了鳥嘴嗎？我讓你整個人像死狗似地躺在大街上，從上到下全都露。殺他前，諸葛亮來給他求情，說他罪不致死，是棵好苗子。我跟諸葛亮說：就是棵再好的苗子，長在了不該長的地方，也要除掉它。更別說是叢荊刺頭長在了房門前。在我氣焰權勢齊天的當口，殺你時找個藉口理由，那都是我夠謙虛，夠看得起你。

（後人注：現今的張裕葡萄酒應該跟東漢的張裕沒有關係吧？聽說過頭髮做醬油的奇談，沒聽說過拿來釀葡萄酒的美髯。）

在這方面，我和袁紹的為人處事是不一樣的。在袁紹和曹操決戰之前，袁紹的第一謀士田豐極力勸阻，說出兵必敗。袁紹不愛聽這種話，以擾亂軍心為名，把田豐關進監牢。後來袁紹在官渡果然一敗塗地，出發時幾十萬大軍，逃跑時只有八百騎相隨。有人對田豐說：「你說對了，你要受重用了。」田豐說：「袁公表面寬厚但內心猜忌。如果他得勝高興，能赦免我；如今打了敗仗，就會猜忌怨恨，我不指望活命了。」唉，果然又讓田豐說對了。他們倆真是冤家知音啊。

誰沒有脾氣，誰沒有戾氣。只不過是有人敢發，有人不敢；有人爆發，有人緩釋。同樣的外寬內忌，我和袁紹不一樣的地方就是，人家袁紹一貫是得意之人。出身大富大貴之家，向來呼風喚雨。在得意之時，什麼事都是小事。而我一貫是看人臉色，夾縫裡求生。所以袁紹是高興時，用寬厚來沽名釣譽；羞惱時，以嗔怒發洩其戾氣。我沒人家袁紹的資本，一直小本經營，多時寄人籬下，只能是夾起尾巴做人，壓抑本性收人心。如今占了西川，當家做了主人，到了人生的得意之時，才敢把寬厚的偽裝卸下來輕鬆一下了，把心裡積攢多年的窩囊氣發洩一下了。要是再把窩囊氣往肚子裡咽，變個臭屁找個沒人的地方放出去，那就是自己跟自己過不去了。原來跟著劉璋幹，後來吃裡爬外，幫我占西川的那個法正，和我在這方面倒是蠻像的。我封他為蜀郡太守、揚武將軍。這位一直覺得自己懷才不遇的法孝直，睚眥必報，凡是曾經對他有過小恩惠的人都受到關照；凡是有過小矛盾的人都加以報復，擅殺毀傷己者數人。這也難怪法正說的話，我愛聽。法正四十五歲死的時候，我痛哭。連以一朝得志時，就來把仇報的做法都一樣，我們倆就叫知音默契吧。看這世間，像我和法正這樣的心態修為的人，即使不似過江之鯽，也如若鶩之趨。畢竟像袁紹那種家世背景的人少，多數人都是在夾著尾巴做人，小心翼翼混事。那些罵別人「小人得志」的人，多數應該也是小人，而且是些不得志的小人。因為得了志或者得過志的小人都明白，一朝權在手，便把令來行，才是人間正道。

（後人注：有人評劉備：「子係扮羊狼，得勢才倡狂。」）

從張裕得罪我的這件事來看，會做人的人，不要在別人正在興頭上的時候，讓人下不來臺，丟面子。更要學得靈活一些，把別人諷刺你的話裡因勢利導，轉成誇獎你的話。就像曹操年輕沒什麼名氣時，去求見當時以識人而聞名的「大師」許劭。那個時候的曹操行為放蕩不羈，做事偷奸耍滑，肯定不是個品行端正，溫文爾雅好後生的樣子。我估計許劭黑著臉給了曹操一個「子，治世之能臣，亂世之奸雄」評語。看人家曹操，當時就大喜，後來更是到處宣揚，結果竟然成了知名人物。這才叫高明。成名，讓別人知道世間有你這號人，這才是出人頭地的頭等要務。至於這個名是好是壞，眾人會在時間的流逝中很快地忘卻，而真正有用的就是這個知名度。

還有就是開玩笑也好，諷刺也好，一定要注意別對著別人的生理缺陷。這樣的話，傷人傷一輩子。他張裕拿我引以為恥的太監相來寒磣我，結果丟了命，這就是一個明證。以後那些把我做為屌絲成功，鹹魚翻身的榜樣的人，一定要注意到這個不起眼的事件。畢竟人生中大富大貴當皇帝的機緣很少，但出口傷人，埋下隱患的場合天天都有。這算是我對我的粉絲們的一個忠告，切記，切記。

話說心魔一旦出來，想收回去可就不那麼容易。像這次伐吳的決定，裡面也摻雜了些這股邪火。到了我親自手刃跑來投降的糜芳和傅士仁，那真就是魔症了。幹的事哪像個皇帝，就是山大王也沒幾個親手剮人的。從這些來看，不是不譎，不急，不暴，一切皆因時機不到。要是有人說我的寬厚仁義也是瞎扯的話，也真的不能算是人家瞎扯。

慢慢地，我聽說有人在背後悄悄地議論我。說是，看我這個樣子，和傳說中的寬厚仁慈差得太遠，原來那些傳說都是些瞎扯，云云。這些人也算是走運，沒等我騰出手來收拾他們，就在夷陵吃了敗仗。要是我在夷陵大勝，這些人就會是下一個張裕。

這個敗仗真像一劑猛藥，把我心裡的邪火給滅了個差不多。看來我那起家的法寶還是沒到丟的時候。不管是虛的也好，偽的也罷，裝的也行，扮的也可，我還得繼續念我的寬，仁，忠三字經。除了念這個經，我還真的沒有太能拿得出手的本事。不論是你想假仁假義，或者是想專橫跋扈，你都是要有相應的天賦和條件的。我這個人對假仁假義有不少經驗和心得，那是因為多年在夾縫中生存的悲慘經歷。可專橫跋扈對我來說還是一門新學問，一個實習生。過去一路戰戰兢兢地走過來，難得有放飛自己真性，放縱一把脾氣的機會。虛情假意就是我劉備的真我。

我這一輩子，遇到了那麼些瞎扯的事。年輕時由「瞎扯」開始，最後以「瞎扯」做結。中間就是一連串的瞎扯後的殺熟。先去投靠別人，站穩腳跟後，揭主人的短，把人家塑造成反面人物，然後取而代之。做這個皇帝，也是借著獻帝讓曹操兒子曹丕給害了的傳聞。後來，情報來了，獻帝沒死。那個傳聞整個就是一個瞎扯。算了，這皇帝已經當上了，再退下來多沒意思，就這麼著將錯就錯吧。反正又不是我不想當皇帝。這老了老了的，還怕再瞎扯一回？就算是怕，也已經不會再有多少瞎扯的機會了。這種機會對多少人來說，那都叫千年等一回。

說到這裡，聰明點的人應該能總結出我在這個世上立足，成長，長成的訣竅了吧。假如說，諸葛亮在我這裡能混下去，站住腳的手法是多贏的話，我的秘訣就是讓除我之外的人儘量多輸。呂布聯合我，最終送了命。袁紹接納我，最後我帶著他的兵跑了。曹操提拔抬舉我，我把他抹黑成奸雄。孫權拉攏我，我讓他賠了妹子丟了地盤折了兵。劉表給了棲身地，結果我不光實控荊州，還進一步擴大了我的好名聲。最慘要數劉璋，請我幫忙，請來請去，客主易位，遺恨終生。要是曹操沒有打到荊州，劉表的兒子做了荊州之主，估計劉璋的結果就是他的樣子。這就是我的賭資是別人給的，所以我能豪賭，以別人的多輸為我湊齊了發家的本錢。

第四章

老婆，老婆，我愛你

東跑西藏的敗兵收攏得差不多了。該回來的都回來了，沒回來的一時半會也回不來，或者永遠也不會回來了。陸遜小滑頭也藉口曹兵乘虛來犯，收兵回家了。朝裡也慢慢地風平浪靜了。回成都的日子一天天臨近了。

人就是有個賤命。前一陣子，整日裡忙忙活活，勞心受累，甚至亡命而奔，雨打水火侵，身體一點毛病也沒有。現在一放鬆，毛病反而來了。也可能真是到了歲數了，不一定哪一會來個病，就把你撂倒了。窩在心裡的那股邪火一瀉，這幾天就開始下痢。找來太醫看看，沒想到越看毛病越多。回成都的日子只好往後拖了。

今天看看天好，就讓人把我抬到外邊來，曬曬太陽，看看風景，也消消晦氣和霉氣。我從小在北方邊地長大，以後到徐州，下揚州，進許都，入荊州。跑慣了一馬平川，看慣了低嶺淺壑。直到入了川，才算是知道了什麼是山，啥才叫山外有山。剛開始時，騎馬走在那些沿江險道上，下臨深淵，上懸危岩，左躲右閃，心顫頭暈。心裡緊張得連屁股都不敢坐在馬鞍子上。一天下來，累得腰酸背痛。這次伐吳，別的不說，越向前，地越平，路越寬。真是走路穩當，騎馬舒服。可是要論起風景來，那還是得說山裡的風景獨好。峻嶺瀑布山山都有，飛雲流水處處可見。現在就看那對面的孤峰旁邊，一抹白雲繞峰遊動，像雪，像練。我看著它遊動著，環繞著，變幻著，無聲地向遠處飄散而去。心裡不知怎麼地，漸漸地浮現出了甘夫人和糜夫人的影子。這大概就像文人雅士們所描繪的「男人如山，女人似雲」，讓我觸景生情了吧。

我想起了她們嫁給我以後，難得過了幾天安生日子。先是讓呂布捉去了兩次。幸好呂布

這人對男人歹毒，卻很知道憐香惜玉，更不要說欺負女人，占別人的老婆。要說呂布的優點的話，對老婆被他抓去的男人來講，這就是他的一個大優點。這點比我要強得多，我是一次一次地扔下自己的老婆。當然，也許這種事不能用好和壞，強與差來衡量。呂布比曹操和他的兒子曹丕也強得多，他們是一個一個地占有別人的老婆。曾經滄海難為水。自從有了美女貂蟬，天下別的女人在呂布的眼裡都成了醜女。也就是說，呂布的性欲被貂蟬給完全毀掉了。不像那些女人們看不上眼的男人們。在他們的眼裡，老母豬都長著雙眼皮。也許曹家父子的口味太重，內心太複雜，或者人家的境界太高，只有那些經過歷練的熟女才能引起他們的興趣。

（後人感言：英雄難過美人關，皆因英雄太孤單。英雄選女人的首要標準是「懂我」。莽漢的標準才是漂亮。）

我是每次打敗了仗，都是先想著自己逃命，老婆想顧也顧不上了。不過，這可不能算是我個人的缺點，而可能是因為遺傳。要說我們老劉家就是有這方面的傳統。像我的老祖宗劉邦，項羽追他時，他跳上車就跑。老婆不要了，老爹也不要了。跑著跑著，嫌車跑得慢，最後一腳一個，把車上自己的一兒一女也給踢下去。幸虧趕車的夏侯嬰（也就是傳說中曹操的老祖宗）不忍心，把孩子又給拉了上來。說起來我和我的老祖宗多像！他扔下老婆，我也扔下老婆。他踢下孩子，我稍微做了點改進，在趙雲救回阿斗後，我摔了一下孩子。我胳膊長，阿斗又是個典型的嬰兒肥，所以沒法和老祖宗的做法相提並論。要是說外人覺得我們狠心，自私，其實這叫丟卒保車，留得青山在，不怕沒柴燒。你看，項羽捨不得虞姬，結果烏江自刎。

呂布放不下妻妾，落得個白門樓徇命。我和祖宗劉邦這樣做，撈得個皇帝位子坐。這就叫有所得，有所失。我們讓老婆受一時的困苦，換來最後享無上的榮耀。像項羽呂布，什麼都想保住，結果到頭來，一切全是空。難道沒聽說過我的一句壓箱底名言：「狠心才能贏。」

所以說，我這麼做，絕對不是不愛我的老婆們。我愛我的老婆，我的兒子，只不過愛的方式有些與眾不同罷了。暫且把風花雪月的什麼感情姻緣放在一邊不說，女人是什麼？他們是男人成就的象徵，是跟其他男人競爭的錦標。更不要說，傳宗接代必不可少。一個男人如果不愛老婆，基本就等於不愛自己。我愛自己，很愛自己，所以我很在意我的老婆。只不過，我對自己愛得太多，愛到了有些自私。所以在愛老婆和愛自己上有些不能兼顧，難以自己。

（後人注：是的。愛你的孩子愛你的老婆不假，但老婆可以不是原來的老婆，孩子可以是後生的孩子。天下從來就不缺少隨時準備棄家私奔的丈夫，逃避責任的男人。這類丈夫男人的傳承基因有史可查，那就是劉邦這個轉運元始祖和劉備這個玄雲孫。）

現在流傳著一句話，說是我借古人的名義說的，叫做：「兄弟如手足，妻子如衣服。衣服破，尚可縫；手足斷，安可續？」其實，這實在是一個大冤枉。

「兄弟如手足，手足斷，安可續？」這句話我不光說過，而且已經成了口頭禪。這話是說給關張聽的，也是說給眾人聽的，更是說給我自己聽的。給關張聽，換來的是他們的死心塌地；給眾人聽，得到的是重情尚義的名聲；給自己聽，是在給自己打氣，提醒。我隻身一人在這江湖上混，就是渾身是鐵，也打不了幾顆釘。一個籬笆三棵樁，一個好漢三個幫。多多陪笑臉，交朋友才能混得下去，混得出來。這句話成了我的口頭禪後，效果還是不錯的，這個道理好懂。要說我的起家有什麼秘笈的話，這句話夠格寫在秘笈的第一章。

所說的冤枉是在這另一半的話上。這一半話的前半部分我承認的確是說過，可這說話的情景和場合卻是和眾人知道或者臆想的大有不同。

一般人都認為我說這話的時候是在徐州時，我和關羽出去討袁術，留張飛守家。沒想到張飛喝醉酒，被呂布一個偷襲把徐州占了，連我老婆們一起俘虜了。張飛跑到我那裡一說，關羽埋怨了他幾句，他連氣加惱要自殺，結果引出來了我的這段話。聽起來好像是天衣無縫，其實，我當時只說了兄弟如手足。

「妻子如衣服」這句話是後來在荊州，我給關羽娶老婆的時候說的。當時大家一片熱鬧，讓我講幾句祝福的話，讓大家銘記這個難得的幸福時刻。是啊，他都四十出頭的人了，跟我拚拚殺殺二十多年，居無定所地走下來。這麼些年來，也不是沒有桃花運。像曹操就曾送了十個美女給關羽。可他看到我娶了老婆後，丟的丟，死的死，嚇得一直不敢成家，怕對不起老婆孩子，也嫌拖家帶口的麻煩，都快出現心理問題了。到了荊州過上安定日子後，才塌下心來娶親成家。這也是我不厚道的地方，自己的老婆娶了一個又一個。可讓他打著光棍給我賣命。說來心裡也有愧。單從這一點上說，關張與其說是我的兄弟，倒不如說是我的保鏢或家將。

在這熱鬧的婚禮上，我站在眾人面前，清了清嗓子，開始說我的祝福詞。

我說：「今天二弟結婚大喜，我這做大哥的送給你們一句話。」

臺下人一片歡呼：「好啊。」

我接著說：「我的這句話是，妻子如衣服。」

臺下一下子靜了下來，眾人滿臉不解，大概覺得我這個人說話怎麼這麼不著調。在這麼喜慶的時候，說這種不倫不類的話。

我要的就是這個效果，這個引人注意傾聽，牢記的效果。我接著對關羽說：「二弟，那年曹操把我們打敗了。你和曹操約法三章，保護你的兩個嫂子到許都後，曹操對你三日一小宴，五日一大宴，又送金銀又送衣服，外帶美女和寶馬。可後來，曹操看到你不愛美女不愛錢，還把他送給你的衣服穿在裡面，罩在外面的是原來的舊衣服後，問你這是因為沒穿過他送的異錦衣服，會過日子，用舊衣服保護著，還是有別的原因？當時你怎麼回答的？」

關羽想了想說：「噢，那件舊衣服是你送給我的。我從小到那麼大，除了我娘給我做的衣服，就是大哥你給我做過衣服。所以我特別珍惜。當時我對曹操說，我不是小家子氣，穿不得這麼好的衣服。舊衣服是大哥給的，我不能因為有了新衣服就扔了舊衣服，更不能因為有了新主人就忘了舊主人。」

我問：「你那件舊衣服現在在哪裡？」

關羽說：「太舊了，一扯就一個三角口子，穿不出門來了。我把它放在家裡，好好地保管著呢。有空就拿出來在屋裡穿穿。一穿上它，就回憶起我們手足情深，一起同甘共苦的日子，心裡就特別激動。大哥，我們在一起真是上天賜給的緣分，我一定像咱們在磕頭拜把子時說的那樣，不求同年同月同日生，只願同年同月同日死。」

說到這裡，關羽紅臉更紅了，張飛的黑臉變紫了。跟著我的老人們眼裡見濕了，剛進我這個門的新人肅然起敬了。

我趁熱打鐵說：「今天是兄弟的大喜日子，我送給你們的祝福，就是要像你珍惜那件舊衣服一樣，珍惜你的老婆，不離不棄，關心呵護。不能喜新厭舊，不能見異思遷。不能因為人家老了，領不出門了，就把人家當抹布或者是垃圾，而是要更加地體貼愛護。夫妻也是老天賜給你的緣分，這就是我送給你們『妻子如衣服』這句話的意思。」

這時候就聽見大家齊聲高叫：「兄弟如手足，老婆是衣服。有情有義，情義相融，說得好啊……」

本來是尊重和愛護老婆，外帶擰心聚氣的一句應景的好話。本來是一句實心真意名言由此而誕生，後來傳著傳著就變了味，成了那些好色寡義之徒的座右銘。有點歪才的人還把我的話不分場合地串起來，編成了對聯。上聯是：「兄弟如手足，手足斷，安可續？」下聯是：「妻子如衣服。衣服破，尚可縫。」橫批「情義無家」。反過來，我倒成了背黑鍋的人。這也太說不過去了，你們也不能因為我是個名人，就這麼欺負我。顛倒的事實，總有一天會被重新顛倒過來。

還是前面說的那句話，我愛我家，我愛我老婆，不是那種小家子氣男人的愛法。我相信不少女人也不喜歡那種整天圍著老婆轉的男人。別人的老婆咱不敢說，我的糜夫人，甘夫人就是這種女人。

在我那奮鬥的歲月裡，在外面指望的就是兩個把兄弟，在家裡多虧了這兩個夫人。靠兩個兄弟的幫助，我才能再多再強的敵人也敢面對，屢敗屢戰，一次次地捲土重來。靠著家裡的兩個夫人，我才能再煩心的事也能排解開，笑對眾人，一回回地聚攏人心。她們在房中的溫柔不像沙場上的「萬人敵」那樣顯眼，可能讓我指使著這些「萬人敵」去笑對死亡。

大概上輩子，她們兩個欠我很多的溫柔，在我顛沛流離的時候，她們千里萬里地追隨著我。可快到了我能讓她們享受安逸榮華的時候，她們卻一個接著一個地離開了我。甘夫人逃過了一個又一個的大難，和我在荊州剛過了幾天安穩日子。天不假年，這麼年輕就病死了。就這樣，我在這個世上最貼心靠肉的四個人，只剩下了外面的關張兩個把兄弟。

人說，人生最大的三個不幸叫做：幼年喪母，中年喪妻，老年喪子。抱著兩歲多就沒了娘的阿斗，看著我那甘夫人慢慢地合上那不甘心的雙目，我一個奔五十歲的老男人，這次真的是表裡如一地哭了起來。

唉，阿斗他娘啊，你和糜夫人前後嫁給了我。姐倆一起跟我東跑西顛，一起提心吊膽，一會兒被呂布捉去，一會兒又成了曹操的俘虜。看起來我一會子代領徐州州事，一會子當豫州牧，最後還成了皇帝都認可的皇親，好像是有些風光。可自己的日子，真就像穿著草鞋的腳，舒服不舒服只有自己知道。光看你年紀輕輕就嫁給我，我那時才三十多歲，精力充沛。可這麼多年，三個人有機會就緊忙活，我們才僅僅有了阿斗這棵獨苗，外加兩個女兒，就能看出來我們過的是什麼日子。戰爭呀，不光是血流成河，屍骨成堆。它能使男人陽痿不舉，更能讓女人經期不調，給人帶來的煎熬更多的是看不見，摸不著的。要是在和平歲月裡，我們本應該是兒女滿堂的了。

你雖然是紅顏命薄，可比起你那苦命的姐姐糜夫人來，還算是命好的。你出身在小門小戶，窮人的孩子早當家。市井雜俗你熟悉，拋頭露面和人打交道的事你不犯愁。糜夫人生在富人之家，知書達理，本是個嬌生慣養的。你們倆在一起時，相互依靠，有事能商量到一塊，不像其他人家的妻妾明爭暗鬥，勾心鬥角的。經歷了這麼多的風風雨雨，你們相互照顧、安慰，處的關係比得上我和關張的關係。要是有心人將來給我們這幾個人立傳的話，書名應該叫《三俠五義》，三俠指的是劉關張，五義說的是劉關張甘糜。又或者說，三國中有三雄三雌，三雄劉關張，三雌劉甘糜。我就是那雌雄一身的人。不不，叫俠骨柔情的人。

那次在長阪坡，我這個不爭氣的丈夫一聽說曹軍離著不遠了，就又習慣性地扔下你們和孩子跑了。你們姐倆人生地不熟，你讓糜夫人抱著阿斗，帶著兩個大閨女等著，你去找人、問路。沒等你回來，曹軍的虎豹騎兵就衝了過來。兩個閨女被捉了去，糜夫人抱著阿斗帶傷逃到了一邊。多虧了趙雲尋見了他們。阿斗被救回來了，可我那可憐可敬的糜夫人卻跳井身亡。糜夫人平常說話慢聲細氣，辦事不溫不火的一個賢淑女人，到了緊關節要的時刻，做出的舉動卻算得上是驚天地，動鬼神。世上曾經有過多少奇女子，有過多少貞節烈女，糜夫人這個文文靜靜的女子，就應該算她們其中傑出的一個。我想像的到，她當時帶著大的，抱著小的，身邊跑過驚恐的人群，遠處喊殺連天，她該是多麼得著急害怕，多麼得孤獨無助。待到把阿斗託付給了趙雲，一頭紮進枯井裡時，又該是怎樣地決絕。在她跳井時，可曾喊道：玄德，保重，別忘了我。

我相信你喊了，保證在心裡喊了。不要像外人一樣，當我是個無情無義，只顧自己逃命的窩囊漢。大敵當前，我拔腿就跑不是忍心拋棄你，而是性命攸關之際，我實在是無法控制

自己。我忘不了你，忘不了甘夫人。這事讓我又悔又恨，悔的是當時只管自己逃命，把你們拋到了腦後。恨的是，我這個做丈夫的，當爹的，連保護自己妻子兒女的本事都沒有。和你們至死不捨棄孩子的天性相比，我看似凜凜一軀，可又算是個什麼東西？每當想到這裡，我都會產生一種灰心喪氣的感覺，一個連自己老婆孩子都保護不了的人能在這個世上混出什麼道道來？可不等這個感覺消去，我又會產生一種「一定要幹出個樣子來」的衝動，從心底裡發出一聲「一定要對得起你們」的怒吼。知恥而心痛，知恥而傷情，知恥而後勇。要說你們對我有千般的鼓勵的話，這種從心底生出來的感覺和衝動也算是最強烈持久的一種鼓勵。因為這種鼓勵的背後是你們的榮辱和生命。好在，在我灰心和怒吼之外，我總是能找到理由安慰自己：即使我用生命去救妻子兒女，也難以力挽狂瀾。說不定還要搭上自己。我先保住自己，然後用盡我的全力救你。

（後人注：這就是劉備的德行啊。既讓人覺得他有些道理，又覺得少了點東西。這就是世俗啊。仰慕高風亮節之餘，心中念念碎：活著才是硬道理。）

對糜夫人的舉動，就連關張趙雲也是又震撼又敬佩。關張後來改變了看不起女人，把她們看成是累贅的態度，乖乖地結婚生子。趙雲後來攻佔了桂陽。桂陽太守趙范投降，還想把自己有傾城傾國之貌的寡嫂嫁給趙雲。多好的女人，連我和諸葛亮看著都心動。要是曹操看到這等熟女，更會毫不猶豫地納入房中。可趙雲就是不答應。

我去勸他，小趙居然說：「天下的好女人有的是。男爺們愁的是功不成，名不就，還怕找不到老婆？」

我說：「那你這功成名就是什麼？要找的老婆的條件是什麼？」

小趙想了想說：「仕宦當作執金吾，娶妻當得糜夫人。」

我聽了有點發懵。當官當個執金吾，以趙雲的本事應該可以。可糜夫人是我老婆，而且她已經死了。難道糜夫人當著他的面跳井這件事對趙雲打擊太大，還是給他的心靈震撼太強烈，對他的婚姻觀產生了不良影響？

諸葛亮看我有點轉不過彎來，就提醒我：「人家趙雲這是借你的祖先之一劉秀的一句話，在抒發自己的志向。這個故事是劉秀小時候，也和你年少一樣，是個沒落皇族。有次在長安街上見到執金吾的軍官耀武揚威地，感到特別羨慕。陰麗華是他老家大富人家的小姐，有沉魚落雁之容，而且品行很好。後人把劉秀年少時的一句話和長大後的一句話湊在一起，成了這句『仕宦當作執金吾，娶妻當得陰麗華』的名言。」

我這才明白了趙雲的意思。也知道了，這世上總有這麼一種人，把一些名人在不同場合時間說的一些前言後語，管它有沒有直接聯繫，就給勾連到一起，編成一些名言錄之類。管它是不是誤導別人，自己先吸引別人注意一下再說。

現在我尊貴已極，可生活裡卻少了什麼。人家說：高處不勝寒。說這話的人沒當過皇帝，可說出了當皇帝的人的心聲。這個「寒」不光是那種別人覬覦你的皇帝寶座，在陰冷目光裡閃現出的寒意，這種寒意是自己能預見的，外人能理解的。總而言之，是理所當然的。天下乃是人人之天下，與你做得了皇帝，難道就不與別人嫉妒恨一下？更多的寒是那種沒有知疼知熱的人的淒涼和孤獨帶來的心寒。光環是閃亮耀眼的，可光環之內是清冷和孤寂的氣息。

所以皇帝有寵臣也是應該理解的，畢竟皇帝也是人啊。龍袍是光彩奪目，燦爛輝煌的，可龍袍的裡面是貼身靠肉的軟褲小衫。在外人眼裡再了不起的人，也需要有體己人。

我懷念那些日子，那些和糜夫人，甘夫人在一起的日子。在外面忙了一天，晚上一進門，甘夫人利索地給我脫下外衣，打撲打撲身上的土，端過來熱騰騰的飯。糜夫人抱著憨呼呼胖嘟嘟的阿斗湊過來噓寒問暖，寬慰勸解。這是多麼暖心的家，多麼溫柔的家，多麼柔情似水的親人。你們的往事就像這繞山縹緲的雲，不時縈繞在我的心間。都說男人奮鬥是為了成家立業，實際上立業只是一個方式和途徑，成家才是目的。連個家都沒有，立個業就像放個屁，看不見，摸不著，聞聞味都沒情緒。像我現在，擁有九五之尊，業已經立得頂天立地了，可我的家呢？是這個行宮，是這些畢恭畢敬的宮女太監，還是遠在成都皇宮之內我那把夫妻之間的事也按成文的規矩來辦的現任吳皇后？王國我有了，皇座我有了，生殺大權我有了，萬世傳名我也有了。什麼都有了，只是家沒有了。

我的心裡不禁升騰出了難得的情調：

我想要有個家　一個不需要華麗的地方。
在我疲倦的時候　我會想到它
我想要有個家　一個不需要多大的地方
在我受驚嚇的時候　我才不會害怕。

（後人注：潘美辰的歌如此動聽，原來唱的是劉備的千年回聲。）

空寂的山谷裡，吹來了一陣風，風擾動樹林，拂過秀峰，蕩蕩聲中我好像聽到了一種韻律，一個需要用心才能聆聽到的歌聲，就像有人在哼唱：

說你呆，你很呆，鬍子一把，樣子像小孩。
說你傻，你不傻，推你倒下，你又站起來。

啊，這不就是孫尚香原來經常打趣我的那首歌嗎？

唉，自從她狠心一去不回頭後，我一直對她有氣。可在剛才想甘糜姐妹的時候，沒察覺之間，又不自覺地聯想到了她。在我自封漢中王的時候，我曾經想派人把她接回來做王妃。可是到底是沒派人。這一來是因為對她的氣沒完全消。二來也是我這個小政權的政治需要。

對她的氣，主要是因為她在我出征在外的時候，跑回了娘家。不光這樣，當時還要把阿斗一起帶回去。雖然我不相信她這是和他哥哥孫權串通好了來拐騙我兒子，可她的做法是不能允許的。孫權雖然是我的大舅子，可我們代表的是不同的兩派。孫權可能曾經按照他在東吳的手段和習慣，認為聯姻是變成一家人，一個利益共同體的成功做法。可我這個人屬於那種養不住的貓，餵不熟的鷹，從一開始就和她哥耍心眼子的那種人。你這麼不分你我地瞎攪合，就算我知道你沒什麼政治頭腦，想起一出是一出，看在夫妻一場的份上原諒了你，我周圍的人也不會這麼看。這麼一猶豫，也就打消了老著臉接你回來的念頭。再著說，我那時候志得意滿，拼命來巴結我的女人都沒時間搭理，你這個不拿我當盤菜的女人，我能記得你就不錯了。

說到我這個小政權的政治需要，我帶著幾萬人，打著給劉璋小弟幫忙的旗號進了川。最後一翻臉，鳩占鵲巢，把劉璋的地盤給搶了過來。要是天下還有公道的話，我再找藉口，公道上講，我也和個無恥強盜差不多。人家強盜是明搶，雖然名不正，但言順。搶你就是搶你，有本事你別讓我搶成。可我幹的事，嘴上說的仁義禮智信，口裡講的兄弟情誼，到頭來手裡的刀架在了滿臉殷切期望的劉璋的脖子上。這個西川占得是名不正，而又言不順。所以，收買拉攏人心比任何時候都重要。我自己也沒什麼好辦法，最直接的辦法就是學孫權的聯姻手段，把我們這幫外來人迅速變成當地勢力的自家人。為了起帶頭作用，我先娶了將軍吳懿的守寡妹妹。事後證明，這真是個英明的決定。那幫多年來跟我無家可歸的老人們，一下子都有了家。原來還是單純為了我幹，現在成了為我賣命的同時，也是為了保護他們自己的家，打起仗來的勁頭更大。當地有頭有臉的人家，多少都和我帶來的這幫人有了親戚關係，和我們交往也就多了，疑心小了。原來水和油的關係，現在變成了水乳交融干係糾纏的關係。你中有我，我中有你，再也沒人把我們當外來強盜了。有了這個迫在眉睫的事，與孫尚香再續前緣的美好願望也就只好排在後面了。

（今人悟道：哦，漢像國營公司，財產權失控，找來的魏經理行事像主人，主人成了吃瓜群眾；蜀像私營無限公司，對外稱老總，在內稱弟兄；吳像股份有限公司，大小股東都是連襟姻親。孫權曾經想通過聯姻把劉備收納了，只是他低估了北方狼的野性。）

自鳴得意之餘，也得說這事處理的也是月圓月缺，有得有失。得到了西川的人心安定，失去了理順和孫權的關係的機會。安頓了內部的同時，徹底失去了孫權這個外援盟友。這才有了後來的丟荊州，失關羽，還有我這次的夷陵大敗。做事要分出個輕重緩急。安定西川和穩住荊州這兩件事都是頭等重要。西川初定，先處理這裡的問題也對。可是怎麼就都沒想到，西川的事情辦得稍有眉目後，儘快把和孫權的關係放在優先位置上呢？我沒想到這層，西川的這些謀士沒這個經歷和感覺也正常，就連和我第一次見面就把聯吳抗曹當見面禮的諸葛亮也沒提這個茬。我們這夥人的智力和眼界局限可見一斑。

聽人說，我的最初成功是因為文有諸葛亮，武有關張趙雲等。這話也對，也不對。三顧茅廬請諸葛亮和其後的事情我在前面已經說了不少，他的分量就不用多說了。關張趙雲跟著我多年，一直是大敗小勝不斷。站住腳跟，發展起勢力的轉捩點在荊州。除了關張趙雲這些打不散的老底子，轉機的由來大而統之地說是：男自諸葛亮，女自孫尚香，一切的一切，還是多虧劉表老實人和劉琦這個小病秧。

劉表劉琦給了我荊州這個地盤和人民，諸葛亮一夥幫我聯絡了當地不得志的平民士人，而孫尚香給我帶來了和孫權的聯盟。自從和孫尚香成親之後，孫權那裡再也沒有了把我從荊州趕走的聲音。直到她傷心離去之後，我才又成了東吳的肉中之刺。

假如，我是說假如，在娶了吳懿的魅力妹妹之後，諸葛亮他們用一半當年攛掇我去東吳娶親的勁頭，提醒我派人去把孫尚香接來，也封她做個王妃，孫權應該不會那麼急迫地想要回荊州了。起碼可以一人占一半荊州。後來孫權讓人去給他的兒子和關羽的女兒提親，關羽來了一句「吾虎女安肯嫁犬子乎。」這等傷人的話，惹得孫權大怒，下定最後決心奪取荊州。

要是我和孫尚香的婚姻還在，可能關羽也不會說這樣的話。不然的話，他的拜把子大哥豈不成了和「犬妹」睡在一個「窩」裡。就算關羽當時不動腦子說了這等混帳話，孫權也不會動那麼大的火。畢竟他還是我有名有實的大舅子，頂多到我這裡告一狀，興許也就算了。妹妹和自己的面子雖然重要，但兩家聯合對抗曹操，保住自己的身家性命更重要。要是有這個姻親關係在，我相信孫權算得清這筆帳。假如形勢是按照這麼發展的話，我就不會一人坐在這裡暗自傷神了。真是「收之桑榆，失之東隅」。大處講，我得了西川，丟了荊州；對我自己講，娶了吳皇后，丟了孫尚香。

要把甘糜二人比做水的話，那年輕任性的孫尚香就是冬天裡的一把火。這把火能給人帶來冬天的溫暖。要是控制不好，也可能是引火焚身。

太陽光曬在身上暖暖洋洋，令人昏昏欲睡。照在開始昏花的眼裡，讓我的眼神越發模糊迷茫。多像跟孫尚香蜜月花香時情濃意伉的感覺啊。

那會兒孫權剛派人來提親的時候，我就覺得我又要碰上一件瞎扯的事了。當時甘夫人剛死，我從感情上還沒緩過勁來。再者說，我和孫尚香年齡和生活差別那麼大，不用猜就知道兩人之間的代溝會有很多條。更不用說，我和孫權之間是面和心不和，可以說是各自心懷鬼胎。現在請我去他那裡成親，用居心叵測來形容一點也不過分。所以一開始，我就壓根不相信這事是真的。

諸葛亮和他那幫研究室的人聽說了這事，卻是出奇得積極。三番五次地鼓動我應下這門親事。先是在荊州大造輿論，說我讓東吳招贅了。鬧得人人來和我道喜，好像這事已經鐵板釘釘。又在江東大肆張揚，搞得人人都去孫權家賀喜，似乎像木已成舟。

看我還是沒痛快答應去冒險，他們就來對我說：「是曹操厲害還是孫權厲害？」

我說：「當然是曹操厲害。」

他們說：「當年曹操請你喝酒你都敢去，現在孫權送給你個老婆你就不敢去接回來了？」

我說：「這個……」

他們又問：「現在咱們靠自己能行嗎？」

我說：「這很難。咱沒個屬於自己的地方，北邊曹操動不動地要發兵來報赤壁之仇，東邊孫權不斷地派人來討還荊州。公子劉琦已經死了，咱也沒有正經藉口了。為了耍賴，我一見東吳來人就哭。到現在再也沒有耍賴的新招了。這以後的日子真會越來越不順心。」

他們再問：「曹操和孫權裡，你挑一個，咱們該聯合誰？」

我說：「不管原因是什麼，我的名字寫在想要他的命的〈衣帶詔〉上，見了曹操肯定要打。見了孫權還有可能不打。孫權這人雖然有些討厭，可畢竟沒有撕破臉皮」。

他們最後說：「於情於理於利，你說人家來提親，你該怎麼辦？」

我說：「我也沒別的好辦法。要不我就去試試？」

他們都笑了：「您真是個英明之主。」

我心裡想：你們這哪是說我英明，分明是在為自己的「高見」而歡呼。看你們這夥人的架勢，這次是把我當成了個過河的卒子。要是過江去，能順順利利地成了親，那就皆大歡喜，大家都過幾天安生日子。要是我被扣了，甚至被殺了，你們和我非親非故，也不會心疼。最多再費點心計，找個新東家就是了。這夥人在我這裡已經混得有些知名度了，他們的小目標應該是達到了，估計再找個新主子要容易得多了。我不傻不呆，分得清想得明該怎麼做。有時候聽聽你們怎麼說，只不過是想理一下自己的想法，順便觀察驗證別人的反應和本事就是了。做領導有時候就是要揣著明白裝糊塗，留出時間和機會讓手下的人充分說意見，談想法，顯本事。這樣才能集思廣益，才能讓手下人覺得自己的才能得到發揮，才會有參與感，才會把你這裡當成自己的家，把我當成個明主。得到好主意，留住好人才，自己再得個美名。這個帳我算得清。你們這些文人還真地把自己當碟子鹹菜了。這又是一例「說老實話，做老實事，當不老實人。」

行了，反正我也是沒別的辦法，死馬當做活馬醫吧。在兩軍陣前，多少次被人家圍得水瀉不通，不是也把頭拴在褲腰帶上，硬闖出來了嗎？現在是老了，心氣大不如前了，可也沒墮落到讓你們這幫書生來給我撐腰打氣的地步。唯一的一點是，頭髮都開始白了，還要打扮的油頭粉面起來，在和自己年紀差不多的未來丈母娘面前裝嫩，別人不說，自己也覺得彆扭。

要說，我這次過江娶親的運氣還不錯。吳國太看著我順眼，加上孫權死要面子的性格，都幫了我的大忙。另一個關鍵是，這個孫尚香性格強悍，雖然長得也不錯，家庭條件好得要命，可在東吳沒人敢娶。周圍的人她誰也看不上眼。眼看著就要老在家裡了。正好來了我這麼個有點名聲的皇叔。俗話說，牆裡開花牆外香。這匹死馬還真就給醫活了。要是說個自誇的原因，恐怕就該說一下我的氣質了。經過了這麼多的磨難，在大多數場合下，對人的氣定神閒，對事的遊刃有餘，就是我說的氣質。這種氣質在曹操身上同樣也有。聽說有一次有個匈奴使臣來拜見，為了顯示威儀，他童心迸發，又來了詩人脾氣，找來了著名的美髯公崔琰坐在自己的位子上，自己扮成挎刀衛士站在一邊。事後有人問這個使者曹操如何。使者說：「魏王的高雅非比尋常，但是傍邊的捉刀之人才是真英雄！」據說曹操一聽這話，立刻派人追殺使者。中原和匈奴的關係時好時壞，這個匈奴人眼光如電，將來保不準會是個強勁對手。同樣的氣質在孫權身上就要少些。畢竟他經歷的事比我和曹操要少多了，生活也容易得多。這種氣質就像一種存放多年的美酒，具有酒不醉人，但人自醉的化境。這大概是吳國太所欣賞的吧。

要說這婚後的蜜月日子還真就像整天泡在蜜裡一樣。後來有人說了，孫權想消磨我的意志，把我當人質軟禁在東吳。不管是真心是假意，他給我們夫妻整修了府邸。知道我喜歡園藝，在院子裡栽滿了奇花異草。屋裡面更是滿是金玉錦綺玩好之物。每天過著鐘鳴鼎食，歌舞昇平的日子。就我從小織席販履的出身，奔波流竄的經歷，何曾有機會享受過這樣的舒適與奢華，更不曾有時間過這種有快樂沒憂愁的日子。真是太自在了。我那時曾不止一次想過，人活著是為了什麼？是為了遭罪嗎？顯然不是。是為了在誰都不知道的什麼青史上留下個名字嗎？對我這個講究實際的人來說，留名更好，不留也罷。要是餘生能夠歡愉自在如此，也就別無他求了。

和孫尚香的關係也是熱度升得很快。我閱歷比她多得多，老婆也娶過好幾個，想哄這麼個小姑娘高興不是個難事。她呢，她爹孫堅死得早，從小就缺少父愛。有我整天哄著，她也很快活。沒事的時候，她就坐在我的腿上，捋著我那幾根花白鬍子。看我在院子裡賞花的時候，就冷不丁地推我一把，闖我一下，看我趔趄後退，她那裡高興地又蹦又跳。最後還把我編到了歌裡，就是那首：

說你呆，你很呆，鬍子一把，樣子像小孩。
說你傻，你不傻，推你倒下，你又站起來。

我一聽，這首歌倒是編得挺貼切。我這半百之人娶了她這麼個天真爛漫的小媳婦，連我自己都感到年輕了。這第二句好像是在說我的經歷，帶著一副老實忠厚的面容，歷經磨難，不斷成長，人生的酸甜苦辣鹹，嘗了一遍又一遍。現在不光是有了幫跟我幹活出力的人，還娶了這麼個年輕活潑，家世極好的媳婦。

這苦日子過得慢，好日子過得快。尤其是人到五十歲，感覺到時間一晃眼就過去了。等到新奇勁過去了之後，到東吳也已經差不多兩個月了。一個人的時候，我看看周圍的富麗堂皇，有時感到恍然若夢。周圍沒了熟悉的身影，沒有了熟悉的聲音，沒了忙不完的事情，沒有了人馬往來，騰起的塵土裡摻和著馬屎馬尿夾雜著汗臭腳臭味，不知不覺中我開始有了孤獨的感覺。這時候我開始想，孫權為什麼對我這麼好？是我長得帥嗎？是我討他的歡心嗎？當然都不是。我的價值是我在荊州的那點勢力，是我實際控制荊州的這個現實。要是沒了那點勢力，我這個耳大胳膊長的外來人將會變得毫無價值。

我猛然驚醒，當一個年過半百的人開始消遣時光，他離變成一個無用之人已經不遠。要想把這種好日子過下去，我就要把自己的勢力做得更大更強。我出來了近兩個月，荊州那邊情況怎樣？荊州幫和我的那幫老兄弟們還和睦嗎？這兩幫人不是沒有隔閡，尤其是關羽和諸葛亮之間。有我在，有個大事小情的還好處理。我要是不在，可就難說了。不行，我得回去看看，我不能沒了根基。真要是那樣的話，我就裡裡外外都沒了價值。

可想走也不是能說走就走。不用說看在親戚份上要費上半天口舌，解釋清楚想回去的原因。在孫權那裡也是個格外敏感的政治話題。說不定他這麼殷勤招待我就是想把我留在這，變著法子軟禁我。他不會相信我現在想走是為了以後能有資格常回來。也會懷疑我這個軍頭會軟化的這麼快。讓他答應送我回荊州，可能性小得很。除非他對我特別放心，或者我徹底臣服於他，甘願像我對劉表那樣，給他守住前大門。現在他還沒對我放心到那一步。

最後，我和當保鏢的趙雲商量，叫他通知諸葛亮在江邊準備好船，讓關張接我。然後我試著和孫尚香商量。原想她會不願意，沒想到，她一聽就高興地跳了起來，連說：「太好了，太好了。我早就想到你那裡去玩玩。整天在這裡憋著，都快悶死了。」

我一看她這麼個沒心機的樣子，就繼續趁熱打鐵試探著說：「這要你娘和你哥哥同意了，我們才能走得了。」

她說：「都成一家人了，想走就走，想來就來，誰管得著？」

我裝出一副為難相：「這恐怕不行吧？禮貌上也說不過去呀。」

她說：「那行，我去跟他們說。」

我趕忙把「韁繩」向後攏攏，攔住她：「慢點，慢點。你娘就你一個親生閨女，肯定捨不得你走。你哥更不用說。他讓我住在他這裡，他就能控制我在荊州的那幫子人。他也肯定不會放我走。你要是跟他一說我要走，咱們就更走不了了。」

她這次倒是想了想，說道：「你們這些人，自稱天下英雄，七尺男兒，整天價就在那裡小肚雞腸，算計來，算計去，這個也不行，那個也不敢，你們活得累不累？」

我趕緊做出慚愧的表情，實則是鼓勵她繼續按我希望的那樣發揮下去。

說著，她一揮手：「行了，我去跟我娘說一聲，就說我們到城外廟裡上香祭祖，然後在外野營兩天，打獵散心。免得她老人家掛著。等到了你那裡，派個人回來告訴我娘和我哥一聲就行了。這麼近的路，又不是不回來了。一家子人還弄得這麼多事，煩死了。」

聽了這話，我心裡一邊暗自高興，一邊暗自鬱悶。高興的是，沒想到她這麼痛快就答應跟我（也是幫我）走了。鬱悶的是，這麼好的日子要告一段落了。以後能不能回來，還要兩說著。當年在許都，也曾想傍著曹操這棵大樹，過上個優哉遊哉的日子，不再去幹那刀口舔血的勾當。沒料想，讓董承一夥給惦記上了，把我硬拉進了他的反曹集團。害得我成了曹操的死敵，不得不找個機會逃離。這次也是好日子過著過著就不得不離開。不同的只是，這次是主人執意我常住，而我自己要離開的。但願我把自己的勢力打造得像鐵桶一般，讓我有機會再常不常地回來走走。至於像今天這樣的三分天下，我不是神仙，孫權也不是，諸葛亮更不是，當時誰也想不到現在會是這麼個樣。對當時的我來說，和孫權攀上這門親，他別整天來討還荊州，別讓我一邊防曹操，另一邊擔心他孫權，也就算是把事情應付過去了。要不是後來，劉璋害怕張魯進攻，請我進西川，我和孫權就那麼處下去，也是一個不錯的結局。說不定，時間一長，和孫權真地會生出唇齒相依同氣連枝的效應。

就這麼著，我和孫尚香回到了荊州。在東吳的地界裡，遇上有人擋路，她就上去一通臭罵。東吳的人大概都知道有這麼個「刁蠻公主」，嚇得一個個趕緊讓路。就連那些江防大將，在她的呵斥下也是唯唯諾諾，真是讓我見識了什麼是主子的架勢。

一回到荊州，積壓了兩個多月的事一下子擺在了我的案頭。來找我的人擠滿了一屋子又一屋子。我是白天忙，晚上忙。孫尚香呢，還以為我們是回來換環境繼續玩的，白天要我帶著她東走西看，晚上纏著我幹這說那。這裡裡外外的事，搞得我這個半百之人，筋疲力盡。有時候和大家開著會，我坐在那裡就睡著了，下面的人看著這等光景，一個個偷偷地捂著嘴笑，笑裡面滿是揶揄。看著我對她不像在她家那時候那麼殷勤周到了，和她一起回娘家的打算也淡了，她開始是撒嬌，後來是不高興，再後來開始生起氣來。好在我還是有些法子應付她，這屋裡的事情勉強能維持下去。

關張和我的關係最近。他們看見來的這個小嫂子騎馬射箭，舞刀弄槍，樣樣在行。說話俐落，做事爽快，出手大方，性子直爽。一開始，還是既驚奇又欣賞。覺得我有這麼個老婆，以後再打仗，就是算不上個幫手，也用不著再費心巴力地保護她。可是時間一長，問題慢慢地就出來了。這個孫尚香在她家習慣了拿著孫權的手下當下人看待，高興時拍肩膀，搗胸膛；不高興時，連說帶罵。在從東吳逃回來的路上，呵斥怒罵東吳一流上將丁奉，徐盛，陳武，潘璋等人的架勢，看得出來她是怎樣的專橫跋扈。關張本來還是把她像甘糜二夫人那樣對待，也指望著她像甘糜夫人那樣對待他們。這兩個人和我在一起時，我一直是一副長兄的姿態來關心他們。現在孫尚香無禮的脾氣不改，讓他們十分窩火。她就是這麼一個人，能幫我脫困，也能給我惹事。

至於諸葛亮等那幫子文人，更是入不了孫尚香的法眼。她這種性格，一看到那些不管冬天夏天都搖著把扇子，說起話來吐半句，留半句，搖頭晃腦的樣子，沒當面吐了就算是給他們留面子了。所以，鬧得這幫文人對她也十分地不感冒。

這些個人關係層面的事情雖然鬧出了些不愉快，但也不算太大的問題。

關張們衝我發牢騷時，我就跟他們說：「你們一幫子大老爺們，跟她一個小ㄚ頭一般見識？以後離她遠點就是了。外面不是盛傳什麼我的那句『女人如衣服』嗎？就當你大哥我穿了件不合身的新衣服，讓你們這些兄弟手足不得勁了吧。過些日子，磨合磨合，適應適應就好了。」

諸葛亮他們告她狀時，我就對他們講：「和東吳的聯盟這是大局，這不是你們跟我說的？當初你們讓我去那龍潭虎穴娶她，一個個慷慨激昂，振振有詞。現在她有這點毛病，你們就受不了了？」

一日夫妻百日恩，自己的老婆，再怎麼著，也要維護維護。和你們這些下屬可以睡在一張床上，但不會親密到同枕一個枕頭。論親，還是自己的老婆親。

本來嘛，夫妻之間有個磨合期也是正常的，更別說我和她這樣的老夫少妻。要不是有孫劉既想聯合又相互猜忌的這個背景，我們還是有條件成為一對好夫妻，孫劉也不是不可能成為好親戚的。後來這個夫妻關係真正出現問題，就是因為這個孫劉關係在裡面做祟。

孫尚香能鬧是能鬧，可她不是那種整天纏人的女人。看我不再像原來那樣陪她，生氣歸生氣，慢慢地也開始理解和適應了。在我忙的時候，她就帶著自己那群懸刀佩劍的侍婢們城裡江邊地到處逛。和她家也是書信人員往來不斷。我這裡有什麼大事小情，有些事我還不清楚呢，孫權就先知道了。

她這樣玩著還不過癮，又開始招兵買馬，擴充她的娘子軍。我知道後問她這是幹什麼？她說是嫁雞隨雞，嫁狗隨狗。看著我這裡男兵招不起來，她招些女兵幫我擴充部隊。到時候曹操再來，讓他也嘗嘗女兵的厲害。我覺得她在胡鬧，讓她別添亂。她不聽，繼續搞她的婦女運動。荊州這一帶的女人們開始越來越昂頭挺胸，不聽話了。

事情到了軍事，風俗和文化的層面上就不那麼簡單了。

首先，情報部的人找來了。說咱們的所有軍事和經濟秘密都洩露了。孫權知道了咱們就這點糧，這點人，領兵的是誰，管事的是誰，開始在我們這裡拉人，挖牆腳，釘楔子。和咱們合作的意願也直線下降。更糟的是，謠傳東吳已經有人建議用武力徹底解決荊州問題。孫夫人現在實際成了孫權在咱們這裡的情報站長。

接著，研究室的夫子們也找來了，認真分析了曹操和孫權針對我們的態勢，最後著重強調了肘腋之患。

看我不明白，就索性解釋說：「這肘腋之患就是指胳膊肘兒和夾肢窩這些離心不遠的地方產生的禍患。也就是產生於身旁的禍患，睡在你身邊的危險。」

噢，這我就明白了。繞了個大彎子，敢情說的是孫尚香。我跟他們說：「她這是閒得沒事，瞎鬧著玩呢。」

他們說：「不能簡單地這麼看。她和孫權那是兄妹。沒準，你能跑回來就是人家事先商量好的。俗話說，這叫放長線釣大魚。兵法上講，這叫欲擒故縱。這樣孫權在咱這城裡就有了一個別動隊。到時候，孫權一打過來，孫夫人的別動隊把你一控制，把城門一打開，咱們再防備也沒用。」

這麼一說，我倒是眼睛睜大了一下，往心裡去了。我想孫尚香應該不會害我。但她要是覺得把我再帶回江東，我們倆的日子會更好，也還真備不住她會像幫我回荊州一樣能配合她哥哥。在她看來，東吳和荊州都是她的家。我在荊州或在東吳，不過就像一個物件是該放在堂屋的桌上，還是臥房的炕上。

再說，就是她不這樣做，誰能知道她帶來的這幫女兵會不會是帶著任務來的。我在江東的時候，曾經將金帛散給侍婢，以買其心。難道孫權就不會這麼辦嗎？他們說的這肘腋之患還真不是沒有道理。董卓不就是吃了貂蟬這個小女子的虧嗎？

這麼倒駱駝的最後的稻草是我帶的那些士兵們開始不滿了。家裡面的女眷開始學孫尚香和她那些女兵。飯也不做了，孩子也不養了，也敢跟男人拍桌子瞪眼了。氣得這幫當兵的，訓練也不搞了，值勤的也溜號了。心中的不滿從家裡聯繫到了孫尚香，又從孫尚香那裡聯繫到了我。

我一看，照這樣下去，我可是真地要內外交困了。於是就專門築了座「孱陵城」，有人乾脆叫它「孫夫人城」，讓孫夫人與她的女兵住在那裡。原本是想緩和她們和我這幫人的矛盾，沒想到她覺得本來是一心一意地幫我，到頭來我卻猜疑她，疏遠她。夫妻的裂痕就此開始了。

等我入蜀幫劉璋以後，她一個人待在小城裡，有話更是沒人說。最後回了東吳。想來我不在的時候，她沒少受別人的擠兌。看原來那幫人告她狀的架勢，我這一不在，保不準他們怎麼明裡暗裡地搞鬼，時時處處地防備限制。以她的性格，能忍受到那種程度也算是對得起我這個不稱職的丈夫了。所以，對她回娘家，我有氣，但多少也能理解些。在蜀地安定之後，我動過接她回來的念頭。要是當時真接她回來，那還真是做對了一件事。

從她跑回東吳這件事上，我也再次落實，當初諸葛亮他們鼓動我去東吳成親是把我當過河卒子，屬於有棗沒棗地打上那麼一杆子。當時說什麼按理我該聯合東吳去結親，按利我也該去結親。既然這個親事那麼重要，我在的時候，你們牆倒眾人推，東拉西扯地說孫尚香的那些有影沒影的事；我不在的時候，你們為什麼不委曲求全，幫我去留住她的心？她說她娘有病，要回去看看的時候，起碼你們也應該派上個儀仗隊把她護送到家吧。這樣她在娘家才有面子。你們把阿斗搶回來算是做對了。孫尚香喜歡阿斗，阿斗這個沒娘的孩子也喜歡她。孫尚香肯定不會對阿斗這麼個不懂事的孩子不利。可這不能保證孫權不會利用阿斗來做人質。但你們想過她回去之後，應該不斷派人去請她，接她回來，讓她把我這裡當成自己的家了嗎？嗨，一幫談吐只為證明自己高明的文人，做事有始無終的書生。

哎，現在打了個大敗仗，這一段時間身體也不好。原來剛剛進川，自封漢中王時的意氣風發，飄飄然的感覺剩得不多了。現在有些心回意轉了。事情都發生了，說啥也沒用了。和孫尚香這輩子還有緣再見嗎？經歷了這段不算長的婚姻，你的性格是不是也有所改變了，不再像原來那樣任性孩子氣了？在這孤獨的時間裡，要是有你，我就不會這麼寂寞了。在這冷清的離宮裡，要是有你那把火，我會感到些徐溫暖。對你的毛病，我好像已經開始淡忘了。對有你相伴的快樂，感受得逐漸強烈了。這就是一個老人的相思吧。

山風吹過，又帶來了我心底的一首歌：

往事不可追
回憶彷彿冷風吹
當初你我都有錯
讓你傷心頭也不回
現在我整夜後悔
多麼盼望你能歸
未來沒有你作陪
我該怎樣面對
老天請給我機會
補償小妹妹些許安慰
如果人生可以輪回
我寧願時光倒退

明天日落天依然會黑
我還會讓寂寞包圍
但願我心你能體會
原諒對你的離開無所作為

（編者注：巧得很，竟然和多少年後〈回來我的愛〉這首歌的歌詞暗合）。

第五章

兄弟，使喚你不客氣了

原指望我這病好一好就起程回成都。沒想到越來越沉重了。晚上也睡不好，睡著了就淨做夢。夢見的都是過去的人和事。一幕一幕地，有的時候都分不清是真還是夢。原先從來沒有這樣恍惚。看來一時半會地走不成了

昨天晚上夢見了關張。他們的聲音是那樣得清楚，他們的臉從來沒有過那樣得清晰，就是沒看見他們都穿得什麼衣服。過去夢見過他們很多次，每次都是模糊的影子，模糊的臉。就這一次恍若親臨。莫非真得快要去見他們了？兄弟是手足。一個沒手沒腳的人會是什麼樣的感覺？

用罷早膳，我看著門外，說道：「這天兒，真好。」旁邊的內侍順著我的眼光瞟了一眼，答應道：「是，天真好。」

我又道：「今個兒，天不錯。」

內侍回聲似地應道：「是，天不錯。」

我不由地瞅了他一眼。大概他看到了我的眼神裡有一點異樣的光，趕緊匍匐道：「奴婢該死。」

聯想到昨晚的夢境，我皺了一下眉：「一大早，別提什麼死不死的，晦氣。」

內侍更加惶恐：「奴婢罪該萬……」他猛然頓住了。

我擺擺手：「起來，起來，沒你的事。扶我出去曬曬太陽。這陣子老待在屋裡，身上都長毛了。」

不是我對身邊人寬厚，是真地不關內侍的事。他的回應只不過和當年關羽的腔調太像，

讓我的心裡一動，眼裡有了一點火苗而已。那時節，我也是說：「今個兒天不錯。」關羽會抬抬眼皮應道：「嗯，天不錯。」張飛會蹦起來：「走走走，城外跑馬去。老憋在屋裡，身上都長毛了。」我對著關羽的背影喊：「二弟，你不是說今天開始要把《春秋》再讀一遍嗎？」

想想我和他們年青時在一起的日子，好像沒過去多長時間。那時候見到六十二歲的陶謙，覺得他是那麼老的一個人。一晃之間，我自己現在也是這個歲數了。人真是不禁老呀。關羽五十八歲被殺，張飛五十三歲遇刺。我已經六十出頭了，現在死也算是壽終正寢，比我這倆兄弟的結局強的多得多。都知道咱們拜把子的誓言是願意同年同月同日死。你們已經死了一兩年了，我這不是還活得好好的。誓言不覺已成謊言。好在，公開的謊言可以被公認為是一種誠實，一派正直，甚至是超出俗人理解力的見識。

多少年來，咱們仨分分離離，星轉斗移，人世滄桑，可感情有起伏，無轉折。不少人對咱們三個這種打斷骨頭也連著筋的關係感到不解。這種不解也倒是不奇怪。三個人原來的經歷不同，家庭背景不同，就連長相也是各出各的奇，怎麼就能聚到一起呢？

有次和諸葛亮聊起了這件事，敢情他從和我們一見面就開始納著這個悶，琢磨了不是一天半天的了。從他搖著扇子，說一個字，喘一口氣的樣子來看，他是覺得自己有高見了。

諸葛亮說：「你們三個都顯得有些另類，需要減少孤獨感。物以類聚，人以群分。三個另類在一起，這可能是你們初次遇到就有眼緣的原因之一。你們要是一個人站在那裡，是異類，是孤獨，是自卑。三個人一起站在那裡，是歸屬，是牛氣，是特殊，是站在了鄙視層的最高位。論高，有關羽；論粗，有張飛；論奇，你都不用跟人家自吹。不過，事與願違。本來你們三個湊到一起是想擺脫單蹦的孤獨，沒成想外人更不敢靠近，你們更感孤獨。於是只好拉更多的人進你們的圈子，然後又是更大的孤獨。如此循環才成了後來比較緊密的一支小隊伍。但要想擴大，你們的隊伍文化有毒。只有在我們荊州當地人摻沙子進來後，才把毒素稀釋了開去，外人進來才顯得容易了起來。」

我想起了我們哥仨往街上一站，路過的人想看我們又不敢看，越是不敢看，就越是想看的架勢。算他說得貼點邊吧。

他接著說：「你們最初在一起的另一個原因是你們的相互需要。」然後帶著壞笑說：「我可不是說是那種需要啊！」

我迷惑道：「哪種？」

他笑著說：「那種同性戀的需要唄。誰都知道你們三個大老爺們出則同行，睡則同床。難保沒人嚼舌頭。這點我可以佐證。你不是那種人。因為我也在你屋裡睡過。知道你倒頭就睡的習慣。你別說，像你這樣對別人那麼放心的人現在還真是不多。像曹操自己不就假託夢中殺人，也曾上過別人裝睡的當？派了個蔣幹去說周瑜來降，結果中了周瑜的裝睡計，搞出來了一個蔣幹盜書的慫事？你的真睡的確能收穫人心。不過話又說回來，能把裝睡變成計，那是需要很高智商的。一般人做不到，所以還不如真睡養養精神再說。」

看見我呆要搖頭，他用力扇了下扇子，像是要把我想說出口的話堵回去似的。我張張嘴，想問他一句：「晚上裝睡是高智商？我第一次在臥龍崗那個小土丘上，茅草院裡見你的時候，大白天你翻來覆去地裝睡是不是需要更高的智商？我可沒看出來啊。實話跟你講。」

他那裡以為知道我心裡想什麼，接著說：「你的武藝不行。這上戰場拼命的事，當時你是有那個心，沒那個膽。所以你在看了幽州太守劉焉的招兵榜文後，自己在那裡歎氣。你歎氣大概不是像咱們宣傳的那樣，為國擔憂。你是在怕黃巾軍造反派打過來砸了你的草鞋買賣，沒錢買米下鍋。更是懊惱有這麼個百年不遇趁亂發財起家的機會，可自己沒辦法，沒本錢，沒膽量摻和進去。」

我說：「你這樣說我有點道理，我是需要他們衝鋒陷陣。可關張這兩個打起仗來又愣又橫的，他們需要我？」

他說：「張飛打仗愣是不假，可那是在家裡橫。在外面橫他需要有人給他做伴撐腰才行。在虎牢關，你們倆站在傍邊的時候，他敢第一個跳出去和呂布打。可到了徐州，那次你和關羽出去打袁術。呂布偷襲徐州，他只和呂布舞紮了幾下，就嚇得跑去找你們了。還有你參加了董承反曹集團後，曹操去打你們，你們分頭去偷營。可他一看敗了，就跑到芒碭山裡落草躲起來。以他的猛勁，當時應該是有能力闖出去找到你的。可他偏偏跑到遠遠的山裡當起了土匪。他這種性格就是有人給撐腰時，把禍闖得越大越來勁。沒人撐腰時，就要六神無主。像在長阪橋，他開始唬了一下曹操後，拆了橋跑回來，你和曹操不都看出他心怯嗎？說句冒犯的話，這叫老大憨老二奸，調皮搗蛋是老三。所以張飛需要有人給他站腳助威，捅了漏子後，有人來收拾爛攤子。」

想想張飛那直來直去的勁頭，我覺得他說的興許有幾分靠譜。這也是我讓關羽，而不是張飛守荊州的原因之一。

（後人注：跟女人相比，男人的特點是腦幹裡脊髓液多，血液裡多巴胺多，體內睪丸激素更多。決定了男人精力更旺盛，自控力更差，破壞力更強。可老天偏偏讓男人的大腦額葉發育得慢，這會使情感更脆弱，更有情感需求。張飛就是一個大男孩，男人中的男孩，衝動和脆弱，簡單而敏感，男人的特質和矛盾在他身上得到了完美的體現。要是能再溫柔一點，剛猛暴烈的張翼德莫非也會成為一個可愛可歎可氣可憐的「憨豆先生」，矇頭萌腦腳程特快的「阿甘」？）

可說關羽奸，我覺得蠻不是那麼回事。我這個二弟，幾乎所有的人都承認他義氣深重，「奸」這個詞太離譜了吧。

他說：「『奸』字用在這裡是為了順嘴押韻。真正的意思是說老二做人處事圓滑。咱們每個人都是有些人看我們順眼，另一些人看我們不順眼。可你看關羽，看著他順眼的比喜歡你這個整天溫良忠厚的人都多。和他一夥的人喜歡他也就罷了，吃過他的虧的人也喜歡他。像袁紹，容不下忠心耿耿的田豐，沮授。可關羽斬了顏良，誅了文醜，袁紹還是喜歡他。再像曹操，給了關羽那麼大的臉。大宴小宴地請著，寶馬美女送著。對關羽比對跟他多年的文臣武將好得遠不止是多了一星半點。最後關羽掛印封金，棄他而去，還過五關斬六將，也沒聽說曹操記恨他。你說還能有誰比他更圓滑的？」

我說：「有道理。任你說他奸也行，圓滑也對。可這和他的忠心義氣好像蠻不是一回子事嘛。」

他說：「你問得好。我也是想了半天才繞過這個彎來。他的這個圓滑和別人的圓滑不一

樣。他不是用巧言令色，見風使舵，八面玲瓏這些表面文章來討人喜歡的，要是他這樣做的話，那就叫圓滑得犯賤了。這種犯賤的圓滑，在天下太平你輸我贏的奢靡歲月會大行其道。在現在諸侯並起的紛亂世道，他的這個圓滑是以不變應萬變，他的這個『不變』就是這個忠心義氣，這種圓滑就成了高貴了。不論袁紹和曹操，他們最看重，最需要的就是忠心義氣，心如鐵石，從一而事，不離不棄。關羽的『奸』就在於他明白了有那麼一種情況下，『忠』和『奸』其實是一回事。也就是說忠就是奸，奸就是忠。所以他只有一直對你忠心義氣下去才能讓所有的人都喜歡他。從這一方面講，他是絕對地需要你，比張飛還要更需要你。也就是說他對你的盡忠，就是在對其他的人耍奸，同時也是對你耍奸。而越是對別人這般耍奸，別人越會認為他是個忠肝義膽的人。你能明白我的意思嗎？」

（後人注：忠近愚，忠得離譜是為奸。奸為邪，奸的離譜似道成。）

我這時一下子明白了點事，趕忙說：「噢，也就是說，過去曹操對他那麼好。很多人認為他肯定要改換門庭跟著曹操幹了，可他出人意料地堅決離開，應該就是這個原因吧？」

諸葛亮用他那珍貴的扇子一拍大腿：「你說得太對了。就是呀，他要想讓曹操更喜歡他，就必須顯得比所有的人更具有忠心義氣秉性。曹操手下能臣猛將眾多。要想超越他們，沒點非常手段和亮點不成。所以，關羽要想讓曹操更重視他，就必須要離開他。只有堅決地離開他，才能永遠地讓曹操感到『失去的才是最好的。』也才能樹立自己的形象，避免與曹操身邊的人因為爭寵形成面對面的競爭，讓所有的人喜歡他。他會向那些爭寵競爭者亮出這樣一個架勢：『我在儘量後退遠離呀。他非要寵我，我有什麼辦法？』」

這件事太具有顛覆性，根本就是忠肝義膽和狼心狗肺之間的差別。我有點不敢肯定地問：「你怎麼能確定關羽當時是這樣想的？」

他說：「這事擱誰都該這麼想，只要他不是沒腦子。」

我將了他一軍：「要是你也會這麼想？」

他意識到我在給他下套，說：「要是你難道不會這麼想？」

我倆都沉默了，各自想開了心事。

（後人注：有本事的人離開後，人家才會想你念你。本事不大的，只能常常表白：「鞠躬盡瘁死而後已。」）

我想起了娶孫尚香後，考慮是應該回荊州還是繼續留在孫權那裡享福的時候，自己的一些心得，就說：「不錯，這就叫離即是不離，人不離的話，反而成了離心。失與得為鄰，義與利同門。高明啊，高明。原來，我看他離開曹操還以為是曹操對他客氣過分，讓他覺得像個客人。我當時還覺得他有個賤脾氣。曹操要是拿他當典韋那麼使喚。自己在睡女人時，讓他在帳篷外站崗，才讓他覺得自己不是外人，才會留在曹操身邊。現在看來，原來有更深刻的原因。不離開的話，頂多做個帳下戰將；離開的話，舉世揚名，人人歡迎，朝野仰慕，天下通吃。不論誰坐天下，不論到誰的地盤，一生一世都不會擔心吃不到好飯，戴不著高帽。離得好，離得高。」

諸葛亮說：「的確是高。這就叫既見樹木，也見森林。你說他也沒受過高人指點，異人傳授。他怎麼就會有這麼樣的高見呢？莫不是他整天看《春秋》看出來的名堂？要真是這樣的話，我以後也天天讀《春秋》。看看能不能百尺竿頭更進一步。」

我一笑說：「杆頭之上再邁出一步，只會一腳踏空，來個倒栽蔥。跟你說，竅門不會是在那本《春秋》裡。告訴你一個我們哥仨的小秘密。我們開始在一起的時候，我就要他們倆學文化。張飛不願學，說能拼命就行，學文化沒用。我跟他們說：『必須學，要不然以後咱們分開帶兵的時候，我給你們寫了命令你們都看不懂，那不就誤大事了。』張飛說：『那你不會讓人帶口信嗎？』我說：『口信能靠得住？寫的信還能對對筆跡，看是不是真的。口信不就由著帶信的人亂說？更別說，一隻貓的故事經過三個人的嘴講出來，最後都能變成老虎。就是帶口信的人可靠，他跑著跑著摔個跟頭，爬起來也可能把口信給忘一半。』關羽聽了說：『大哥說得對。那咱就聽話學吧。可學是學，這麼大的人了，要是整天捧著個識字本，也太讓人看不起了。這個臉我丟不起。』張飛也說：『就是，我這人一坐下看書就打盹。我不像二哥。他長著細眼睛，厚眼皮。平常看著就像瞇著眼，睡著了也沒人看出來。我這麼雙大環眼，捧著書一閉眼就讓別人看見了，多讓人笑話。』我就對他倆說：『這樣吧，三弟你練書法。借著寫字學認字。二弟你嫌讀識字本掉價，那我就給你找本《春秋》。這本書高雅，你就把《春秋》當識字本。』要說這倆人，不幹歸不幹，答應了幹還就真堅持下來了。說不定張飛把他當屠戶時用的剔割剁切手法，還有使丈八蛇矛的刺挑劃撥招式，都用到了寫字上。你看現在，張飛的隸書狂草寫得像個書法家寫的，他的書法風格應該是沒人能學得來。關羽認字，工夫做到了學認字之外，如今讀《春秋》的那種架勢成了他人格魅力的招牌形象。要是我們給關羽出個招貼宣傳畫的話，肯定是讓他右手綽刀，左手端著本《春秋》的架勢。所以，關羽不可能從《春秋》裡悟出什麼道理。他現在保不準連《春秋》裡面的字還沒認全吶。不信的話，哪天你在《春秋》裡面選個章節，摘個句子問問他。」

諸葛亮說：「那我就離《春秋》遠點好，繼續把搖羽毛扇當我的招牌形象吧。不然的話，要是哪天別人知道關羽讀《春秋》是在認字，把我也給劃進和他一樣的類型裡，不也會以為我也是鬥大的字不認一升？本來嘛，我也沒投過名師，也沒有進過仕途，這點還不如你師從盧植，遊學鄭玄聽起來像那麼點事。有人貶我時已經開始『村夫，村夫』地叫我。再要是和關羽讀《春秋》掛上了鉤，那就成了自己把刀把子遞給別人了，自己貶低自己的身分了。算了，算了吧。」

我一聲哈哈之後，接著感嘆道：「二弟真是天生高人啊。有些人費盡心機討人喜歡，可時不時地露馬腳，就像我這人似的。看我這個二弟，一下就悟到了事情的本質。這種天生的運氣，學是學不來的。原來以為他離開曹操就是因為捨不得我們的兄弟情，要盡到把我老婆送回來的義。現在叫你這麼一說，還真是一舉多得，大有深意呢。你說他是從哪裡參透的天機？」

（讀者注：你劉備娶孫尚香，住在香樓花園裡，不是也悟到要想以後常回來享福，必須先回荊州安頓好自己的小勢力？關羽和你不愧是兄弟，行事的路子相通。道相通，有交情。）

諸葛亮嘿嘿地笑了起來，對著滿臉狐疑的我說道：「方才你說張飛寫字像耍槍殺豬，我突然明白了開來。關羽的這種取寵揚名手段來源於他的刀法。」

我不明白他想講什麼。一個整天搖羽毛扇的人要講刀法？

「記得你說過他慣用拖刀計嗎？跟別人打著打著，明明沒敗，卻轉頭就跑，拉個敗式。等對手不捨趕到身後，猛然回身，一刀砍下。」

我一聽，不錯，不錯，果然就是這個套路。沒想到，世事相同，爭寵也似武術。

諸葛亮看我心服口服的樣子，手裡的羽毛扇搖得幅度變大，動作舒緩：「是啊，一般人看到的都是關羽帶著你老婆，千山萬水地尋你。可要是能在看這個事的時候多拐個彎，你就會明白忠和奸只不過是一棵樹上的兩枝樹杈而已。」他從鼻子裡發出了聲音：「哼，哼，千里單騎尋兄送嫂，過五關斬六將，傳揚的是忠肝義膽，絕倫武藝，實則不過是宣傳自己的神仙之旅。」

（後人注：難道聖人關老爺竟也是一個精緻利己主義者？義，即利他。用無保留地「利他」做大鳖，遠比曹操平常送給他的新衣，臨別奉上的錦袍要更加燦爛輝煌。利己本是人的本性，利他恰如人體禦寒的衣裝。為了利己而去損人，這種做法順暢通行。為了利己先去利人，沒點冒險精神，長遠投資的打算還真是不行。謀略武功都不是翹楚的武將關羽之所以能成為武聖，千秋彪炳，真的是因為比其他人的利己多了一點利他的包裝？關爺，您是一位精於經營自己，善想踐行的英雄。您不光能砍人頭，還能取人心。）

我這個「一般人」之一在他繼續抬高自己之前把話題拉了回來：「張飛呢，他是個什麼角色？」

他被問住了，眨巴著眼在想詞。我也在想張飛在我們這個鐵三角中發揮著什麼作用呢？過了一會，諸葛亮少見地緩緩說道：「你看，我這麼形容你們三個行不行。先說明一下，沒有瞧不起你們的意思，咱們在這裡只是探討一下人情人性人事，為以後知人善任做準備。」

我說：「說，別顧忌。咱們那說那了。」

「好，那我就直說了。」他眼睛直望著我的眼睛。

我說：「說就是。良言逆耳利於行。除了感謝，絕不會惱火。」

他的扇子開始晃動起來：「你這個人是以仁的名義的利己。就像你動不動地就哭上一鼻子，來收買人心。關羽是以義的名義利己，就像剛剛咱們講過的千里尋兄。張飛的作用就是在你虛頭巴腦行仁，和關羽縮頭縮腦不義的時候跳出來，不讓你們做得太過，把真實的自己暴露出來。」

我咂摸了一陣，不明白他的意思。只好說：「有例子嗎？」

「有，有，當然有。」他的扇子搖動地快了起來，「三英戰呂布是你們的成名作吧。當時是怎麼開頭的？上去了幾員猛將，非死即傷，最後你們的靠山公孫瓚上去了。沒幾合就敗了回來。呂布的方天畫戟眼看就要挑了他。當時你們三個幫忙的在幹什麼？公孫瓚幫了你多少忙，是你的老交情，老同學，老上級，如今命如懸絲。你肯定是不能頂上去，跟呂布幹。你的武藝連公孫瓚都趕不上。去也白去。按說，關羽早就該去。都說他溫酒斬了華雄，應該是鬥志最盛的時候。上去再把呂布的人頭砍下來，名聲更上一層樓是他順理成章應該幹的事。結果，他也沒動。我連猜都不用猜，你倆當時心裡都是怕了吧？」

我只好承認：「我是有自知之明，知道救不了公孫學長。可關羽……」

他打斷我：「關羽肯定也是心裡沒底。按這條思路揣摩下去，華雄是不是他殺的，還真的是個問號。情理上說不通嘛。即使是他斬了華雄，遇上呂布不見他出陣，也說明這個人過分愛惜自己的名聲，生怕打不過呂布，把斬華雄的名聲給毀了。或者，他一看呂布的力量招式，自忖自己這個斤兩不行。按說，以溫酒斬華雄故事裡顯示的他那個不打「酒架」的傲氣勁，第一個上去的應該是他。」

我：「……」

他說：「你想想，要是公孫瓚讓呂布一戟刺死在你們三個雄赳赳來幫忙的面前，然後斜眼看看你們三個發呆的面孔，後來會怎樣？你們還有好名聲嘛，還能在世上高舉『義』的大旗嗎？這時候是張飛腦瓜子一熱臉一紫跳了出來，救了你們的名聲和剛見基礎的社會地位。也是張飛潑著性命硬打了一陣後，讓關羽看出了呂布的行頭名氣像天神，但他不是天神。所以才鼓了鼓勁，壯了壯膽，終於也上了陣。」

我微微一笑，沒有言語，心中哼哼道：「我心裡有個小秘密，不願意告訴你。當時我是刺激了關張一下的。我說：哎呀，哎呀，姓呂的這麼厲害。兄弟你倆捆起來也不是個。」公孫瓚是我唯一的靠山，即使搭上兩個磕過頭的義弟，我也不能看著公孫瓚玩完。就算是關張不是呂布的對手，起碼他們上去一擋，公孫瓚就能跑遠。而且，我把他們送上去的手段還不止於此。

他看了我一眼：「後來呂布被曹操打敗，跑到徐州找你。你說要把徐州的大印讓給呂布。那時候你是真心的嗎？」

我哼哼出聲：「你說呢？」

他說：「當然不是真心嘍。人家的荊州你都賴著不還，你會願意讓徐州？可呂布貪心呀。他不是當時真地要接過去嗎？要不是張飛沒頭沒臉地罵了呂布一頓，你不是會假戲真做，表演過火了嗎？再想想後果如何。要是你讓了印，呂布接了印，你心裡老大不願意，以後趁呂布不注意，偷襲徐州。結果會怎樣？你和呂布的形象就會反轉，白門樓上被砍頭的就可能是你，而不是呂布。」

聽他這麼一說，我倒是醒了過來，意識到張飛當真在關鍵點上起到了扭轉方向的作用。心裡不由地感慨：「旁觀者清呀。」

不禁接著問「你說我們三個在一起還有別的原因嗎？」

諸葛亮說：「我覺得再有原因的話就是你們三個人的互補性。」

我問：「怎麼個互補？」

他說：「張飛這個人是吃硬不吃軟。就像他活捉了嚴顏，嚴顏不低頭，他反而喜歡嚴顏。這就叫吃硬，看著硬漢順眼。再說他打督郵，督郵越是哭叫求饒，他的氣越大，下手越狠。這就叫不吃軟，看見軟蛋就來氣。」

我說：「不對吧。呂布武藝天下第一，夠硬的吧。可張飛跟他死不對眼，你說該怎麼解釋？」

諸葛亮說：「這是個特例。呂布這人是武藝硬，可骨頭軟。你看他，叫這個乾爹，那個乾爹。在白門樓被抓了以後，要不是你在旁邊對曹操說了那句『公不見丁建陽、董卓之事乎』，呂布說不定接著要拜曹操做乾爹了。對張飛來說，骨頭硬才是最主要的，武藝高低倒在其次。

所以張飛看不起呂布，不把他當一條硬漢。」

我點點頭，算是承認他說的也許有些道理，然後問：「那關羽呢？」

他說：「關羽是吃軟不吃硬。曹操和袁紹在官渡決一死戰的時候，曹操說袁紹的軍隊雄壯，關羽管人家叫土雞瓦犬。曹操誇顏良，他說人家是站在那裡賣自己的腦袋。馬超名氣大，歸順了咱們，他就要和人家比武。樊城外面水淹七軍後，龐德不屈，他殺了龐德。這都是看見能人不服氣，見到硬的就來氣的表現。反過來，于禁求饒，他饒了于禁。更說不過去的是，在華容道上，曹操一求情，他就把這麼大的個戰利品給放走了。你說這……」

我一聽諸葛亮提華容道，忍不住咳嗽了一聲。看來他還一直沾沾自喜地以為他真地算對了曹操走華容道。這可真的要找個機會告訴他真相。要不然他見誰都這麼說，哪一天真相大白了，他這個臺階更難下。再這麼瞞下去，就顯得不厚道了。另外，告訴他真相，對他也有好處。凡事要踏實點，靠小聰明長不了。

聽我咳嗽，他懷疑地看了我一眼。當時既沒雷，也沒雨，我掩飾著說：「嗆了口風。」

他笑笑，估計是自作聰明地認為我的咳嗽是因為急於想問自己屬於吃軟還是吃硬。他晃著扇子說：「就你個人來說呢，屬於既吃軟，也吃硬；或者說，既不吃軟，也不吃硬。你對關張的做法呢，屬於吃軟的就來軟的；吃硬的，就給硬的。」

我心裡想：「這人啊，要是有本事需要顯擺，你不讓他說，他也要說；你不讓他幹，他也要幹。關張跟著我的一個重要原因就是我能讓他們有機會把本事顯擺給重要的人物看，而不是那些行伍裡的十夫長們看。要不是我這個皇家遠親，太守侄子的身分，他們能有機會在太守劉焉面前顯能，在十八路諸侯討董卓時進到中軍大帳裡？能讓關羽有機會站在諸侯們面前叫陣戰華雄？像他們原來想的那樣去投軍的話，十幾萬大軍裡，他們排隊都不知道排在哪裡。能輪得上他們去斬華雄，鬥呂布？更不要說三十歲左右就能在徐州城裡成個人物了。再說了，我和關張不斷地說兄弟一體，我的成就就是他們的成就，我的地盤就是他們的地盤，我的天下就是他們的天下。曹操能這樣嗎？不能，絕對不能。曹操可以對關羽大宴小宴，但那只不過是曹操的九牛一毛。曹操手下能人太多，分給關羽的愛太少。還有，關羽在曹操那裡也會橫著比。那些他覺著比不上自己的人拿的賞賜多，做的官位高，他會心理失衡。關羽是個注重細節的人，細節小事足以影響他的判斷。正所謂細節決定感覺，感覺決定判斷，判斷決定命運。對關羽，我有時間培養他的感覺，曹操有嗎？對你諸葛亮這幫子文人不也是這樣嗎？你們不是也想借我這個臺階，站得高一點，讓更多的人看到你們這些『剩菜（才）』嗎？曹操用的是『扶天子以令諸侯』，你們是『舉皇族以求進身』。層次不一樣，眼界有高低，目的都是為了自己而已。就連現在我引出的這個話題，不也能讓你自鳴得意一會嗎？所以，要想別人跟著你，要不就是能直接給人家機會，像曹操，孫權那樣，看你順眼就給個官做。要是沒那個條件的話，起碼能給人家創造機會。像我甘做人梯，就是給他們這些人創造條件。尤其是，我在給人創造機會的時候，是帶著感情做的，把人家的事當成自己的事（當然，我的事也自然成了他們的事，而且我的事要多得多，難得多）。我成天念叨『兄弟如手足』，也是為了強調這一點。」

諸葛亮再能掐會算也想不到我心裡在想這些，他自顧自地倒自己肚子裡的高見：「說你見了『硬』的順眼呢，可以算得上你剛一見張飛和關羽的時候。故事書裡說，在你看招兵榜文歎氣的時候，張飛在你腦後『聲若巨雷，勢如奔馬』地厲聲咆叫。再一回頭看他那豹頭環眼，燕頷虎須的尊容，一般人不哆嗦一下，也會翻翻白眼躲著走了。沒想到，你還『甚喜』，接著到小店裡和他喝起酒來。」

我心裡說：「書裡的故事你也信。整天編故事，編來編去，把自己編到了裡面，分不清真假了吧。」

他自然聽不到我的畫外音，還在繼續說著：「順帶問一句，應該是張飛掏的酒錢吧。你那時候家境困頓，張飛酒量又大，估計你是付不起這個酒錢。就是因為你這一吃硬，才接著碰上了關羽這另一個硬茬。才有了你們三個人的開始。」

他清清嗓子，接著說：「你吃軟的一個典型例子，要算得上赤壁之戰之前，曹操從新野開始追你，可你就是不忍心丟下兩個縣嚎哭連天的十萬百姓……」

我趕緊打住他：「這個例子不太好。我是看見百姓哭哭啼啼就有些心軟不假，可最後不還是扔下他們自己跑了。不光是百姓，連老婆孩子都沒管，這要是說起來……」

他又趕緊打斷我：「哎，哎，哎，我們在宣傳你的時候，可是說的你連老婆孩子都丟的，也不肯捨棄百姓。在我去江東勸孫權和咱們聯合，共同抗曹的時候，我在那裡舌戰群儒，就是這麼說的。這才能突出你的形象。這和張飛放嚴顏，關羽放曹操可不是在一個層次上。他們那樣幹是基於個人的好惡。而你是大仁大義。你以後說話可要注意這個措詞和話的先後次序，別把幾個關鍵元素放錯了時間位置。」

看我要張嘴說什麼，他先搶著說：「先別打斷我的思路，讓我說完。」

於是他接著說：「要說你軟硬不吃呢。例子就是曹操對你軟硬兼施，可你一直把復興漢室為己任。他給你高官厚祿，和你稱兄道弟，讓你成為皇叔，把你和他算做天下唯二的兩個英雄，都沒有能夠收買了你。他這前前後後地不斷派兵打你，可你屢敗屢戰，就是不屈服……」

我又忍不住打斷他：「這麼說不太真實。和他喝酒的時候，我其實內心已經從了他了。要不是過後董承拿了個也不知道是真是假的〈衣帶詔〉讓我跳進黃河也洗不清，我現在可能還在許都過著安生日子呢。」

諸葛亮說：「你對外可不能這麼說。我們在宣傳曹操是奸雄，漢賊。你要這麼一說，不就成了想巴結著人家同流合污，沒巴結成了？你要說，你早就暗地裡參加了反曹聯盟。表面上和他近乎，是在與其虛以委蛇。正像你的那句名言：『屈身守分以待天時』。」

我說：「這麼說有破綻。衣帶詔上寫著日期。董承被殺的時候，不少人都看見了。我是很後來才不得已簽名的。在這之前，真的沒法證明我有反曹的舉動。更別說，在投袁紹以後，曹操帶兵到汝陽去打我，我在陣前從頭到尾，連著日期和簽名順序，背誦了〈衣帶詔〉。想證明不是我這個人對曹操不講義氣，是皇帝好了瘡疤忘了疼，我是被逼無奈，被拉下水的。當時的目的是想告訴曹操，我的心還在你那裡，別打了，像你對待殺你兒子侄子和典韋的張繡一樣，派個人來招安我吧。這樣，你曹操得個胸襟博大的賢名。這個賢名會是我在你手下度日必需的護身符。不過，像曹操那麼聰明的人，他後來應該能想明白我的苦衷。這事不好打馬虎眼。」

他想了想：「這倒真要動點腦子，不然被外人看出究竟，找到破綻就不好了。要不咱就這麼對外說，你在那裡韜光養晦，不露聲色，等待時機？再不咱們就用另一個故事：『在曹操請你煮酒論英雄和有那個〈衣帶詔〉之前，皇帝和曹操在許田圍獵之時，曹操用皇帝的寶雕弓金鈚箭射鹿，然後身迎呼賀。關羽提刀拍馬要斬曹操。你因為投鼠忌器，恐傷天子，所以趕緊搖手送目，關羽才沒把曹操當時就斬於馬下。』你的曝光率高些，做什麼看到的人多，要是說當時你拔劍想斬曹操，會顯得漏洞百出。關羽那時節注意到他的人不多。用編一個他的行為來證明你早就有心為國鋤奸，能把這個時間差圓過來。同時還能提高關羽的正面形象。」

我說：「這更有點不太真實了吧。都知道關羽後來就跟在曹操身邊。不光只是跟在曹操身邊，曹操還一直三日一小宴，五日一大宴地請他。他壓根就沒動過殺『國賊』的念頭，不然的話，用不著提刀拍馬，以他身高體壯的條件，用手掐脖子就能把比他矮一大截子的曹操給殺了。」

我有意躲開了華容道放曹操這個茬，沒說在華容道關羽也有機會殺曹操。儘管在兩軍對壘之際，殺起來更名正言順。

諸葛亮沒心思注意這個細節，還在吭哧吭哧想怎麼圓這個話。

他說：「要不，就說是張飛在許田挺槍拍馬，要刺僭越的曹賊於馬下？張飛的歷史清白一些，除了打敗仗以後嚇得東跑西藏，當過幾次山賊草寇，政治上不會有那麼多的情節需要

推敲。」

說了這麼長時間，我對這個話題有點倦了。再說發揮下屬的積極性，也是一種領導藝術。就說：「我看這事就有勞你們這些才子們了。你就看著辦吧。」

諸葛亮看我興頭不是太高了，也覺得聊的差不多了，就說：「那行。我和宣傳部的人合計合計，看能不能找個機會，把許田關羽拍馬提刀，慢慢演變成張飛拍馬擰槍。要是找不到機會也不要緊，反正睜著眼睛說瞎話的也不光咱們一家，人云亦云的人遍地都是。這個事情一時半會地露不了餡。」

他剛要出門，我突然想起點事，趕緊叫住他：「哎，你不是說我對關張是吃軟的就來軟的；吃硬的，就給硬的。這話有什麼來由？」

他一腳門裡，一腳門外，站在那裡說：「張飛吃硬的，你和他說話一副大哥訓小弟的派頭，連道理也不給解釋，開口就是不得無理，閉口就是汝勿多言。張飛還就喜歡這口，受了別人的氣暴跳如雷，挨了你的訓喜眉笑眼。你剛才說關羽的那句話安在他身上正合適，一副賤皮子相，不挨罵不舒服。關羽吃軟的，心眼小點。你要是這麼和他說話，他望心裡去，常了就要和你生分。所以你跟他說話的口氣完全不同。就看他在曹操那裡正得寵時，你給他寫的那封召喚信。上面可憐兮兮地寫道：「備與足下，自桃園締盟，誓以同死。今何中道相違，割恩斷義？君必欲取功名、圖富貴，願獻備首級以成全功。書不盡言，死待來命。」聽說關羽看了這封信後，站哪都比別人高一截子的壯漢，哭得一把鼻涕一把淚。就跟個要死要活都嫁不出去的老姑娘，突然收到高富帥的聘禮一樣，又高興又傷心，哭了個五音不全。切。」

說完轉身，一甩袖子，走了。

我知道諸葛亮和關羽有些小過節。我跟前的這幾個人，趙雲和諸葛亮最談得來，兩個人也都是比較注重外在形象的人。張飛性子直，肚子裡的花花腸子不多，諸葛亮對他比較放心。只有這個關羽，對他有些不陰不陽，讓他有些忌憚。加上華容道的那件事，要說兩個人融洽那是有點難。諸葛亮借剛才的機會，用他那張利口損一下關羽，也可以理解。追求名氣的人呀，你們得罪誰也不要得罪這些文人。這些看似手無縛雞之力的文人墨客，看似整天只知道尋章摘句，區區於筆硯之間，數黑論黃，苟且於舞文弄墨時光。要是和他們結下了梁子，能把你在生前說的不類不堪，身後讓你遺臭萬年。

不過讓他這麼一描述關羽的哭相，對比一下關羽平時難得有個表情的臉，我不禁大笑起來。真是這有文化的人，罵人都不帶吐髒字的。

諸葛亮走了，我從抽屜裡拿出了我的《淮南子》，翻到了〈人間訓〉一篇。上面寫到：有人問孔子：「顏回是個怎樣的人？」孔子回答說：「是個仁慈的人。我不如他。」有人又問：「子貢是個怎樣的人？」孔子回答說：「是個善於辭令的人。我不如他。」又問：「子路是個怎樣的人？」孔子回答說：「是個勇敢的人。我不如他。」那位客人就說了：「他們三個人都比你行，可是都成為你的學生，聽你教誨，這又是為什麼呢？」孔子說：「但我孔丘是既能仁慈又能下決斷的，既善於辯說又有時顯得嘴笨，既勇敢又膽怯的。拿他們三個人的長處換我這種處世之道，我還不情願呢」。孔子是懂得該怎樣來運用他自己的長處和短處的。

我和關羽不一樣。關羽是喜歡在大庭廣眾讀書，而我是悄悄地在沒人的時候看點書。大庭廣眾讀書的人給人的印象是好學或者有學問。悄悄用功的人有時能出人意料地表現出點深度和廣博，給人的印象常常會是聰明或有智慧，有點高深莫測。我的學問了了，要是讓人看到整天在讀書，結果才是這個水準，肯定會讓人看做愚笨。關羽把自己的身分定位為武將，我對人的自我介紹是漢氏宗親加當代大儒的弟子。我倆的情況不一樣。我這樣做也算不上什麼孤例。就像那個偷襲關羽的吳下阿蒙，他的那個「士別三日，即更刮目相待」不就是自己在暗地裡偷偷用功賺來的。單從這一點來看，呂蒙比關羽的心計要多了不少。關羽最終吃了他的虧也就不足為怪了。這和我能駕馭關羽差不多是一個道理。

按照《淮南子》上孔子和別人的問答，來個照葫蘆畫瓢，我自問自答道：

問：「關羽是個怎樣的人？」答：「是個忠義守信的人，我不如他。」又問：「張飛是個怎樣的人？」答：「是個勇猛直率的人，我不如他。」別人接著追問：「他們兩個都比你強，可是都尊你為首，追隨不離，這又是為什麼呢？」我答曰：「但我劉備是既能忠義守信又能屈身守分以待天時，既敢衝鋒陷陣又知道拼命是為了保命，要想保命就只有拼命。我的短處正是他們需要的長處咧。我的擔憂恐懼才能喚起他們的勇往直前呀。」

又問：「孔明是個怎樣的人？」又答：「是個勤奮聰明的人，我也不如他。」再問：「趙雲是個什麼樣的人？」再答：「是個無人能敵的人，我不如他。」接下來疑惑地問道：「你文不如孔明，武不如趙雲，為什麼你能當他們的領導？」我坐直身子答道：「因為我和孔明比的是武藝，我和趙雲比的是文章。他們兩個都輸了。」

別人搖頭道：「如此解釋，著實不能讓人信服。」我答道：「那請你去問孔子。」

自言自語之後，我頗為滿意。自得其樂地哈哈一笑後，隨手翻了翻，接著往下看，碰巧又看到了有趣的一篇。《淮南子》上寫道：「秦牛缺路過一座山，遇到了一群強盜，強盜搶走了他的車馬，解開他的口袋和竹箱，還奪走了他的衣被。強盜們離去的時候回過頭來看秦牛缺，只看見秦牛缺非但沒有恐懼、憂傷的神情，反而還顯得很高興的樣子，有點悠然自得。強盜們於是問秦牛缺：「我們搶了你的財物，用刀脅迫你，但你卻面不改色心不跳，這是為什麼呢？」秦牛缺回答說：「車馬是用來供人裝載和乘騎的，衣裳是用來掩遮體形的，聖人是不會因為顧惜這些養身護身的財物而去傷害自己的身心的。」強盜們聽了這番高見後相視而笑，說：「這人知道不以物欲傷害身心，不為利益拖累身體，是當今的聖人。如果這樣的人以這樣的高論去見君王而被重用後，他必定會對我們作認真處理解決的。」於是這群強盜又折回來殺死了秦牛缺。這位秦牛缺能夠憑他的智慧來顯示自己什麼都懂，但卻不能以聰明而掩其聰明、裝糊塗以避殺身之禍；這位秦牛缺敢於表現自己勇敢，卻不敢於表現自己「柔弱」。凡是有道之人，都能應付倉猝事變而不會顯得束手無策，遇到禍患總能化解，所以天下人都看重他。如果現在只知道自己做某事的原由，而不知道別人做某事的原由，知己不知彼，那麼這樣的人對紛繁複雜的事還遠遠沒有研究透。人如果能由原本的明白精明進入到混沌高明的境界，那麼他就離道不遠了。《詩經》上說：「人們說過這樣的話，哲人無不愚。」說的就是這道理。」（今人注：本段抄襲自〈古詩文網〉）

從我這裡剛剛離開的是不是一個叫「諸葛牛缺」的人呢？他已經把他做為一介書生的學識聰明和抱負志向盡其所能地廣而告之，卻從未承認過自己的局限和不足。他喜歡預測所謂的天下大勢。可他僅存的那首順口溜：「大夢誰先覺，平生我自知，草堂春睡足，窗外日遲遲。」卻好像在顯示他愛睡懶覺，他的預測大概也是來自夢中。他好像說得太多，而聽得太少。顯得胸有成算的時候太多，而虛心探問的時候太少。他為什麼來奉我為主呢？是因為我表現出了「柔弱」，「癡愚」，「平庸」，「怕死」和「善變」？

「柔弱」讓我周旋於強梁縫隙之間而得以保全，就算時去運轉後幾經碾壓而不至於粉身碎骨，反而能在敵手的不經意之間，完美反攀，就像叢林中的蔓藤，一棵大樹倒下，它能無聲無息之間長滿每一個空出來的角落和空間；

「癡愚」讓眾人的一技之長得以施展，滿足於有了用武之地，他們雖然身為奴才，卻能體會到一些做主人的朦朧感，也就不覺中產生了為我做事的責任感，惶惶然自我感覺良好；

「平庸」讓天下無處投靠和有心來歸的人不會覺得像曹操那樣高不可攀，也不像孫權那樣難以融入，讓我這個名頭很大的皇叔在找人拉隊伍的時候，得來全不費功夫；

「怕死」是因為我知道生命的寶貴，也就從愛惜自己的生命傳染到愛惜身邊人的生命，從而與那些殺伐果斷的所謂「英雄」有了根子上的不同，他們有嗜血的快感，我的刺進敵人胸膛的劍光中，閃耀著悲憐。我比關張趙雲這些不怕死的人有更強的生存欲望，對機會的感知更敏感；

「善變」從而讓我如水在山間怪石穿行，經歷得更多，想得更多，於是成就了我比那些聰明人有更多的體會和經驗。

有人說我愛哭，不像個男人。我說，連哭不哭都要看別人的臉色，尋人家的方便，那還叫什麼爺們？把天下當成自家，想咋辦就咋辦。把人間當成茅廁，想方便就方便。這才是真豪傑，真好漢，才能在驚濤中信步踱到理想的彼岸。真性情，大英雄。耶。

人云，言長生、安樂、富貴、尊榮、顯名、愛好、財利、得意、喜欲者為捭；言死亡，憂患、貧賤、苦辱、棄損、亡利、失意、有害、刑戮、誅罰為闔。我白手起家之時，遠離貧賤苦辱，追求安樂富貴是我的口號；我失利奔亡之時，避死逃生止損遠害是我的目標。隨我不一定有利。不聽，卻常常有害。我不是施捭的行家，卻是弄闔的裡手。紛紜亂世，想死容易，想活難。群雄並起，群熊逐鹿，有本事敢玩命的主多了多少的去，沒等出名先沒了腦袋的人數來數了無數個去。深淺莫測，風雨不定之中，淹死的都是那些會水的。因為有了我這隻旱鴨子，關張才沒有餵了蝦魚。對於關張來說，他們擅長的是拼命，而我在行的是活命，而且是在複雜環境裡活命。人該有本事去贏，人更要有本領會輸。說到家，對我這樣沒有根基的人來說，輸是常行，贏是有幸，必須會輸才能最後贏。畢竟拼命也是為了活命，活命才是硬道理，才是不要命的原動力，更不用說，我還能不時地讓他們不用拼命也能活命，而且是活得更有滋味。

在我式微之時，我和我的小團體就像是一夥隨時可能被獵狗惡狼圍獵的兔子。而我，是一個能辯風識味，移花接木的兔兒爺。辨風識味，風險未到我先知，隱患未顯我已覺；移花接木，機緣不到我蟄伏，但有機會我便能攀附。這就是我為什麼能成為這夥尋求生路的「兔子」們的主心骨。這是因為，在「怕」的浮萍下，是我那如爛泥之中白白胖胖茁壯待發的藕芽一般的「不怕」。我不怕用熱臉去貼別人一個個的涼屁股，我不怕再被踩回爛泥中而萬劫不復。我從心底哼出了一句小曲：從未失去，因為不曾擁有。

（《麥田裡的守望者》作者J.D.塞林格批註：「一個不成熟男子的標誌是他願意為某種事業英勇地死去。一個男子成熟的標誌是他能為自己的追求卑微地活著。」常人的事業每每是役使他人的快感，世間的追求常常為永無止境的財富。）

曾經有人讓我用兩個字刻畫一下我們哥仨。我說張飛是耿直，關羽算忠義。輪到評論我自己時，我吭哧了半天，覺得我一會像這，一會像那，沒找到任何一個詞能包容自己。最後，只好歎一口氣：「複雜」是我的名字。

如果說世上只有優點沒有缺點的完人極其稀缺的話，同樣的，只有缺點沒有優點的殘人也是世上難遇的。孔明，雲長，翼德都有自己突出的優點，這些優點也許太突出，以至於別人只看到了他們的優點，而沒注意他們的缺點。而我呢？我自認是個沒有突出優點的人。換句話說，因為我沒有突出的缺點，也就凸顯不出我有特殊的優點，所以我顯得是個平平常常的人，是個不引人注意的隱形人。再把話說得明白點：優點是和缺點相對而言的，我沒有缺點，所以也就談不上有沒有優點。所以，我不是完人，完人只能有乏味的人生。也不是殘人，殘人沒幾個能得到善終。我是超人，用別人的長處把自己的缺陷填平。

（後人注：按別人的標準衡量，沒人是完人。按自己的標準來衡量，每個人都是獨一無二的完人。要想成為完人，不是要努力去達到別人的標準，只要把自己的標準變成通行標準就行了。一旦大眾以你為尺度來衡量自己，那你就完成了得道昇華，成為了楷模，開啟了變為聖人或者皇帝的旅程。）

現在關羽張飛都走了。多年前和諸葛亮的那次對話不知為什麼今天還能回憶得那麼詳細。再回憶和關張在一起的日子，心裡出現的都是些輕鬆愉快的場景。兄弟，你們的的確確是我的手足。沒有你們做我的手，我如何去爭去搶。沒有你們做我的腳，我焉能跑得比誰都快，一次次逃過徹底滅亡？說一千道一萬，我們能走到一起，不過是彼此之間的相互有利用價值需要。只不過這種彼此的價值不像是集市上賣草鞋，賣肉，賣棗那樣，一手交錢一手交貨那樣立地成交。我們把這個交易的過程拉長了些，並且在外人擔心一方會不會成為老賴的時候，總是出人意料地錢貨兩清。這就成了沒有誠信的人眼中的奇事。我們能長處在一起，不過是你在我身上看到了你，我也在你身上看到了我自己，於是我們互稱弟兄；不過是這個舞臺太小，臺上臺下轉了一圈之後，我們又碰到了一起，於是別人說我們是情深義重，是一心一意地你在找我，我在找你。

（後人注：這就是所謂的靈魂夥計了。你想的事情我也在想，你做的事情我也願做。你的缺點是我眼裡的可愛，我的目標是你拼命的動能。相互欣賞，相互認同。用句俗話來形容，就是和你在一起，我很舒服。）

我又想起諸葛亮說關羽哭得像個好不容易出嫁的老姑娘，形容得真是蠻像，不禁又張嘴想笑。可剛一張嘴：咳，咳，咳……

這次真的是嗆了一口山風，還有一口自己的口水。

第六章 煮酒論奸雄

這幾天身子骨覺得比前一陣子好些了。吃東西的胃口也有了。御廚來問下頓想吃點什麼可口的。我跟他說做個焦烙炸，再配上條燜酥魚吧。

聽著下面答應了：「是。」可一看怎麼咧著個嘴不走呢。再一想，自己明白了。看我真是老糊塗了。從涿縣跟著我出來的現在爬得動的沒幾個人了。這些御廚不是這西川人，就是荊州人。要說做個西川的麻辣鍋，魚香肉之類的，荊州的荊州魚糕、八寶飯、水煮才魚、珍珠丸子、網油八寶雞腿、豆腐丸子、藜蒿炒臘肉、炒炸胡椒這樣的八大名菜，那是手到擒來。我現在說了個老家涿縣的飯食，他們怎麼會知道。想問吧，怕我嫌他們無能，沒用。要是問了，我也說不上來怎麼做，怕我更上火。答應了下去自己琢磨著做吧，到時候我饑腸轆轆地，一嘗不對味，他們的霉倒得會更大。想想自己剛到安喜縣當縣尉的時候，在督郵面前，既不想得罪上司，又沒錢孝敬的處境。事情雖然不同，進退兩難的感覺卻是一樣的。像我這種從底層幹起來的人，對這些人情世故的體會比那些一直高高在上的人要真切得多

好在我在老家時，家貧，凡事都要自己動手。河裡捉到小魚的時候，都是自己收拾自己做。這個焦烙炸，逢年過節的時候，家裡也會費上點油，享受一次。看著御廚的可憐樣，我就再吃一次軟，給他說說怎麼做吧。

我說：「你去用綠豆麵做成煎餅。把煎餅切成寸條塊，然後放入溫油中，炸成金黃色撈出來。再用蔥蒜熗鍋，放進用醋、鹽、糖、薑、團粉麵調好的汁，再把炸好的烙炸倒入鍋，顛翻幾次即成。出勺後你先嘗嘗看看，應該是油光酥脆，外焦裡嫩。」

御廚在一字不漏地記著。我接著說：「燜酥魚更簡單。到前面江裡抓幾條鮮魚。注意呵，

不要大魚，要一拃來長的小魚，我老家人管它叫『巧個兒』。大魚肉柴個大，燉不出肉嫩骨酥的味道來。把魚收拾乾淨，鍋底放蔥、薑、蒜、花椒、大料等佐料，上面把魚碼上，鍋裡放湯，漫過魚身，撒上鹽。小火慢燜。魚鮮，慢熬，燜到骨肉酥爛自然就魚鮮味美了。這是道懶人菜，不用翻炒，不用掀鍋蓋，輕煮慢燉就成。邊地塞外的飯食至味至真就行，剩下的就是時間功夫，沒多少講究。不像這物產豐富的地方，工序繁雜，佐料羅列，技巧百出。」

看著御廚如釋重負，心懷感激地退了出去。我想：啥叫人心歸我？在新野，我帶著十萬百姓逃避曹操那叫人心歸我，入川後封官賞爵叫歸攏人心。今天我給廚子解了個難題，也是歸攏人心。事情不論大小，能做的就順手幫人一把，看似不起眼的事，自己不費什麼事，假以時日，影響也不可小覷。這就叫勿以善小而不為。

嗨，這也就是我了，讓別人給我做了事，人家還會說我寬厚大量，有仁有義。給曹操做事的人，懼的是他的聰明洞察，有法必依，完不成不好交差。給孫權做事的人，是因為姻親交疊，利益相關，做不好不好意思。而像我這樣裡裡外外抹得平，前前後後都做人的，除了我，真還不曾有幾人能行。

儘管事不大，卻像露珠折射出了太陽的光芒，又是一件點播人生的得意之作。當家鄉飯吃到嘴裡，踏踏實實地落進肚子裡時，久病的身子感到了少有的舒服。吃著吃著，不知怎地默然一笑，覺得我終成三足之一的漫長過程，怎麼就像是在做「燜酥魚」呢！

做這道「燜酥魚」技術含量不高，關鍵是仗著材料新鮮，燜的時間長，不到酥爛不揭鍋蓋。要說從我出來領著一幫子人在這個亂世上混，到最後混成個皇帝，不就是像燜魚一樣熬出來的嘛。這個時間可是不算短，這個過程裡受的煎熬也是不足與別人道也。就說在我已經四十一歲的那一年，到了老百姓說的屬驢的年紀了。人到了這個年紀，該嘗到的滋味嘗得也差不多了，該明白的事也多少都碰到了。心氣不像前些年的時候足了，體力沒有過去的時候壯了，記憶力不如以前強了，眼神開始發花發晃了。到了這個年歲，人開始戀家就像驢總是戀槽，在不知不覺中，開始希望一種安逸，一種穩定。期盼對將來生活的確定感。這種感覺到了近幾年才開始變過來。這也許是我自從占了人家劉璋的地盤後，心裡踏實了。也可能是覺得自己這一輩子，該享的福都享受到了，人世間能得到的尊榮都得到了，來了趟人世間也不白來了。

可在四十一歲那年，袁紹在官渡輸給了曹操後，曹操接著帶人到汝南來找我算帳。我那次敗得和往常一樣淒慘，心情卻是從未有過的沮喪。逃到了漢江邊，坐在河灘上，吃著從老百姓家裡抓來的，烤得半生不熟的羊，打量著我的那些殘兵敗將，我不禁悲從中來，真正明白了自己真得像頭笨驢。命裡註定誰都敢騎敢使喚；本事不濟，靠誰都混不出塊立身之地；吃苦倒楣的運勢，在許都曹操跟前混得好好的，一轉眼現在又成了無家可歸。所以我跟他們說：「諸君皆有王佐之才，不幸跟隨劉備。備之命窘，累及諸君。今日身無立錐，誠恐有誤諸君。君等何不棄備而投明主，以取功名乎？」我那次說的話是真話，流的淚是真淚，觸動的他們和我一起捂住臉，眼淚汪汪起來。像這種煎熬，我到底經歷了多少次，連我自己都要掰著手指頭好好算算，才能數過來。

再看看這個時間的長短，我二十四歲開始出來混，到了五十四歲才搶到西川，有了自己的地盤，前後依附別人，在動盪與不安中掙扎了三十年。人家孫權十九歲的時候就做了江東之主，這種天上掉金印的事，沒幾個人能有這運氣。曹操十九歲做郎官，二十九歲成了騎都尉，三十五歲討董卓，四十一歲開始「挾天子，令諸侯，」聲名動於天下。雖然同樣是屬驢的年紀，可成就和際遇非「凡驢」可比。要給這些來點比喻的話，人家孫權一出場，眼前就有人給擺好了盛宴，從此後蹲在家裡享受就是了。曹操起點比孫權差些，一路走來攻張繡，捉呂布，滅二袁，最後統一北方。辛苦也好，危險也罷，可也算是坐到桌前之後，好菜一會兒就能擺上來一盤。特別是「挾天子，令諸侯」這道主菜上桌之後，冷熱葷素隨之而來。像我和投降曹操的張繡這樣的角色，在當時不過像這場盛宴上的襯碟而已。最後人家曹操也是珍饈百味，美祿千鍾。瓊膏酥酪，錦縷肥紅。三牲五鼎，杯盤羅列。

再看我，碰上了個久病的陶謙，代領徐州牧這道菜端上來沒等我好好嘗嘗，就讓呂布給端了去。「大漢皇叔」這道菜擺在了面前，嚼著青梅喝了杯酒開胃，又被國舅董承給攪合了。然後又遇到了病秧子劉琦，實掌荊州這道菜倒是誘人，可孫權不時派人來討要，真也讓人敗了胃口。直到五十四歲占了西川，才算做成了個「爛酥魚」，五十九歲把曹操擠出了漢中，算是桌上又擺上了一盤「焦烙炸」。飯食沒有人家的精，盤子不如別人的多，可桌上擺的是自己想吃的，實惠不讓他人。

驀然之中，我想到要是有曹操在此，再和我來一次把酒論英雄該是人生多大的趣事！

想著想著，我有些走神了。我的眼神望向半空，像曹操當年青梅煮酒時，詩情大發的當口一樣，整個人開始變得空蒙了起來。

時隔多年之後，我和曹操已經人鬼殊途。我已不全是當年的我，你差不多還是當年的你。你迎著我大步地走來，一把抓住我的手腕，大叫了一聲：「玄德，你做的好事！」

我再次有些茫然，答道：「什麼好事？我最近好像一直沒做什麼好事呀。」

曹操大笑道：「哈哈哈哈，我是說你在西川山溝裡學圃不易這等好事。」

我心中變得坦然，應對也變得機靈起來，說道：「噢，您是說我在那一畝三分地上討生活的事情呀。孟德公，取之不順，守之不易，這又如何算得上是好事。就算在這窮鄉僻壤給我一個立足之地，也實實不足掛齒。一個人做一件好事並不難，難的是一輩子總做好事。像您不就是一輩子總在做好事嘛。」

曹操一邊入座，端起酒杯，一邊又是一陣大笑之後，說道：「玄德，你依然還是多年前那般意味深長。依我來看，總做好事還不算難，更難的一層是總做好事，不做壞事。」

他的這句話戳到了我的一個痛處，我趕忙說：「向者〈衣帶詔〉之事，實在是有負您識我於卑微之時，納我於困頓之境的雅量。」

曹操斂起了幾分笑意，問道：「此事可是因為曹某有簡慢虧待之處？」

我擺手說：「並非如此，並非如此。當年虎牢關前，我還只是個小小的縣令之時，在袁術要把我們趕出去的時候，您維護了我們。後來許都城外，在呂布把我趕得無處可去時，您說：『玄德與吾，兄弟也』，為我打開了大門。更有把我引薦給皇上，讓我成了大漢皇叔的恩德。說我是天下雙雄之一，讓我由凡品躍升成精品。最後還以兵三千，糧萬斛送我，表薦我做了豫州牧。就連我站在您的對立面時，也是您成就了我……」

「且慢，」曹操打斷了我，「我站在你的對立面時，是如何成就了你的？」

我說：「此話絕非虛妄恭維之言。在您找徐州牧陶謙去報殺父之仇的時候，我去幫陶謙打架那次。當時孔融是太守，比我這個縣令的官大，人家是孔子的後裔，一個在官場裡浸染多年的官僚，自然比我有手腕，有頭腦，不願做您的死對頭。結果拱聳著我出頭給您寫了封勸和信。我那時候年輕，沒有多少城府，寫就寫了。也算是機緣巧合，正在這個節骨眼上，呂布抄了您的後路，您賣給了我一個順水人情，撤軍了。陶謙眾人不瞭解您的處境，還真的以為是我的一封信起了作用，把我當成了保護神。這才有了我連上幾級臺階，有機會替陶謙保管了一陣子徐州的印信，讓天下人開始知道世上有我劉備這號人。這是其一。在『衣帶詔』事發之後，我投奔了劉表。劉表一死，您帶兵討荊州。以我那點力量根本就抵擋不住。萬般無奈之下，想了個燒新野城的辦法。燒城總不能連城裡的老百姓一起燒吧。我就借了過去令尊在徐州被人殺了，您去打徐州，沿路屠城的事例把老百姓都給嚇跑了。借著那場大火給我多爭取了一些逃命的時間。我燒了人家的房子，讓新野百姓無家可歸，傾家蕩產。我騙的百姓跟我逃竄，妻離子散，命喪荒野。這些黑鍋都是由您來背的。而我賺了個愛民如子的好名聲。從這頭說，豈不是您成就了我？」

曹操不禁心無芥蒂地笑了起來：「你這樣說來，還真有幾分歪理。」

我也笑道：「不是歪理，是正理。就連我這個皇帝的位子，都可以說是拜您所賜。」

曹操笑說：「莫非玄德要把更大的黑鍋讓我來背？」

我說：「哪裡，哪裡。我是說，孫權和劉表有殺父之仇。要不是您攻佔荊州，隔江威脅到孫權。他怎會願意和我這個依附劉表的人聯合。要是沒有這個聯合，我又如何有理由賴荊州，有機會做他的妹夫，更不會有機緣進西川。就連您拒張松，失去納降劉璋，收復西川這樣機會的失誤，都是在為我大開了方便之門，讓我挖到了人生中最大的金庫。可以說，您是我命中的貴人，在不停地為我創造著機遇。就像大海的潮水，一浪接一浪，不論是峰穀浪底，不停地把我向著一個新大陸的岸上推呀推。」

說到這裡，我想起了多少往事，有些心潮澎湃的感覺，眼窩子淺的老毛病又犯了，扯起袖子抹了一把流出的老淚。

曹操有些感慨，言辭中有了些婉約的味道：「也許我上輩子欠你一滴淚，今生來相賠。」然後他話鋒一轉：「玄德和董承他們合夥，可是為了與他們一起興漢室？」

我歎口氣，搖搖頭：「完全不是那麼一回事。要是他們能興復漢室，在您把獻帝接到自己的地盤上之前，有很多的機會。可是除了能跟著皇帝逃命，他們什麼作用也沒發揮出來。等到您把皇帝安頓好了，宗廟的牌位都擺整齊了，他們反倒要興風作浪起來了。他們心裡怎麼想，我也能猜到幾分；他們能掀起多高的浪頭，我也能料到八成。狂風吹得走烏雲，可是吹不落太陽；洪水沖得垮堤壩，可是沖不走山崗。以他們的本事，人望和實力，要是能扳倒您，豬都會飛上天。就算退一萬步，要是真地出現了時來運去的結果，讓他們的計畫得逞。他們又如何安頓得了這個國家。到頭來，不過是亂世重現，群雄再起罷了。我被卷了進去，也是有說不出的苦衷。官場也是江湖，人在江湖身不由己呀！」

曹操仰頭一笑，說：「我料到也是如此。江水添將愁更滿，茫茫直與長天遠。莫講苦衷如江湖，千帆過盡需放眼。想我曹操在董卓氣焰熏天之時，是我首倡興義兵。獻帝被董卓和後來李傕郭汜掌控的時候，皇帝連個傀儡都算不上。東奔西逃，吃不上喝不上不說，連自己的性命填到那條溝裡都不知道。天下人都知道漢朝氣數已盡，皇帝更像個喪家犬，沒人願要他。是我盡起山東之兵，把個殘破不堪的小朝廷從荊篙滿目，頹牆壞壁的東都洛陽接到了許都，蓋造宮室殿宇，立宗廟社稷。在群雄割據的那些年裡，是我平定四方，讓百姓過上平安的日子。可到頭來，我卻賺了個奸雄的『美名』。你的苦衷不如我的苦衷遠矣。」

我跟著笑著說：「您的這個『美名』要歸功於我和孫權的推波助瀾。我們這樣做也是為了生計。我們需要把自己樹立成正面形象，只有這樣我們才能拉住一幫人，占住一塊地盤，當上個小皇帝。要想讓我們有個正面形象，最簡單容易的辦法，就是再一次借重與您，把您抹黑，我們行事才顯得理所當然，自立為王稱帝才做得名正言順。我這樣做良心上有些過不去，可是您身上的故事太多，不拿來做些文章實在有些浪費了這些精彩的素材。要是把您換成那個大家說他羊質虎皮，鳳毛雞膽的袁紹……」

曹操一擺手打斷了我：「袁本初與我相交共事多年，我對他多有瞭解。他少年成名，成年立業，靠的是祖蔭不假，可他本人算是個俊傑。想那董卓氣焰熏天之時，滿朝大臣個個噤若寒蟬，唯有袁紹敢對董卓亮劍叫陣道：『汝劍利，吾劍未嘗不利』。」

他問我：「你敢嗎？」

我急忙搖頭擺手，縮脖聳肩，嘴上說道：「喏，喏，喏，NO，NO，NO。我可不敢。」

他接著說：「這可不是羊質雞膽的人能夠做出來的。就連我，在當時也不敢公開和董卓叫板，只能暗暗地準備行刺。假如袁本初像劉表孫權那樣坐擁冀州，而不是超出自己的能力去爭天下，現在的天下大勢該會怎樣？起碼，他成為天下鼎足之一是完全有可能的。」

我問道：「那他為何敗在了您的手下？」

曹操眼睛望向遠處，慢悠悠地說：「也許是他的世界觀太簡單了吧。」

我趁機轉回原來的話題：「袁紹不光世界觀簡單，身上的故事也簡單。所以，假如他在您的位置上，想讓大家公認他是奸雄也會比較難的。」

我看了一眼曹操，只見他一副興致頗高的表情，於是就試探著往深裡說下去：「請恕我心裡怎麼想，就怎麼說好不好？」

曹操笑了：「都說玄德少言寡語，今日看來傳言不可信。」

我說：「傳言不虛。只不過今天我是主人，您是客人。要是我再沉默寡言，豈不是不符地主之名，有違待客之雅了嗎？」

曹操說：「難得我這一生中有你這樣一個酒伴。酒後真言，有話但說無妨。要是能讓我解一解心中的困惑，受點刺激也認了。」

我於是就放心地說道：「您的出身就大有文章可做。令尊做了中常侍曹騰的養子。這和袁紹家四世三公的門第沒法比。被人稱做太監的孫子，這樣您一出生就跟著下賤了。這種出身不光讓您在『人和』上先就吃虧了，而且影響到了您的心態，成了您自己心裡的一個治不好的心病，抹不去的陰雲。這也難怪您在和袁紹爭鬥的時候，袁紹手下的文人陳琳在檄文裡說您：『祖父中常侍騰，與左悺、徐璜並作妖孽，饕餮放橫，傷化虐民；父嵩，乞匄攜養，因贓假位，輿金輦璧，輸貨權門，竊盜鼎司，傾覆重器。操贅閹遺醜，本無懿德，犭票狡鋒協，好亂樂禍。』您一見這段話，滿身流汗，可見您是多麼地在意這個『太監孫子』的出身。有了這個出身，要是有人說您奸，似乎就是順理成章的了。不是有一句話叫：『龍生龍，鳳生鳳，老鼠的兒子會打洞』。太監的孫子天生就『奸』還有什麼奇怪的？有了『血統論』做理論依據，剩下的就是找一些實例來證明。您心虛躲閃，別人處心積慮，一些看似不著邊的故事也容易成為鐵證。」

我看了一眼曹操的反應，然後繼續說：「您出身在官宦之家，生長在花叢之中。胸懷錦繡，為建安文學的領袖；腹有機謀，用兵如神，仿佛孫、吳。對於您的對手，您的評價也多是客觀和正面的。像您抬舉我是英雄，誇孫權『生子當如孫仲謀』。這些自然是大家風度。但在這個世上，還有很多的人是生活在市井之中，陰影之下。這些人的生活和心思不是您能完全體會得到的。很多的人本事才分不濟，只好靠貶低抹黑別人才能混下去，活下去的。要想在您豐富多彩，起伏跌宕的生涯中找出一些證明來真的不是個難事。正像那，情人眼裡出西施，高人眼睛見高人，農夫眼睛找牛糞。」

我問道：「市井中傳說您小時候裝中風破壞您爹和您叔叔之間的信任。可有此事？」

曹操有些驚訝：「這種多少年前的家務事你是如何知道的？」

我說：「世上沒有不透風的牆。儘管您的小名叫阿瞞，一旦您成了名人，什麼樣的事都瞞不了天下人。第一個說出這個故事的應該是和您很近的人。也許他或者她說這件事，是為了誇您從小就機靈聰明，小小的年紀就能把成人玩弄於股掌之間。可這個故事一旦到了想詆毀您的人那裡，就可以編排成您從小鬼心眼子多，天生就慣於耍滑使奸。」

曹操不以為然，說：「小孩子家的小把戲，誰又會拿它當真。」

我說：「這只是一個開頭。有一句很流行的做人名言，叫做『寧可我負天下人，不叫天下人負我』。這句話可是出自您的口中？」

曹操更奇怪了：「這句話是我在錯殺了通家之好呂伯奢一家後，悔恨無地，在陳宮的連聲責備中，為自己開脫，冒出來的一句昏話。當時只有陳宮一個活人，兩隻耳朵聽到了。竟也傳到了坊間？」

我也有些奇怪了：「您居然連這種事都不知道？這句話十分有名，可謂婦孺皆知，更是那些自私自利之徒的座右銘。大家都知道原創是您。」

他說：「我確實不知。飽學者孤陋，居高者寡聞。我的手下遍天下，可誰會有膽子來戳我無法癒合的傷疤，揭我深為懊悔的短處？」

我又問：「早年間，我，呂布和孫策在追隨您攻打袁術的壽春城時，守將閉門不出。可是糧官王垕故行小斛，盜竊官糧，結果您讓刀斧手把他推出門外，一刀斬訖，懸頭高竿。這件事我是親歷者。不過坊間盛傳王垕克扣糧食的起因是因為你先暗中命令他這樣做的，以便拖延時間。然後再借他的頭來消除眾怨，立威督戰。此事應該是真的吧？」

曹操放下酒杯，長歎一口氣：「這是另一件讓我內心有愧的事情。當時我們的兵有十七萬人，日費糧食浩大，諸郡又荒旱，接濟不及，糧食將盡，軍心開始渙散。大軍一旦無糧，必然崩潰。倘若敵人乘虛來攻，幾千，幾萬條鮮活生命填於溝壑都是有可能的。在刀光劍影，腥風血雨中，什麼事情該做，什麼事情不能做的掂量，和那些從字裡行間找道理，尋規矩的先生們的道德文章，乃至大眾嘴裡的『公道人心』，是不一樣了。王垕沒有白死，他的血沒有白流。我借他的頭立威督戰，三天攻破的城池。他的生命拯救了千萬條生命。對他的老婆孩子，我也盡心地照顧撫養了。想來，他在九泉之下，也能原諒我了。怎麼，這件事也流傳在井市之中？」

我笑道：「不光流傳甚廣，而且成了您這個人內心陰狠奸詐的典型實例。不過，我能理解您的處境。也知道王垕雖然是冤枉的，但您避免了更多人喪命。在我心靈深處也佩服您的膽識魄力，」

曹操擺手道：「別老說這種沉重的故事了。說點輕鬆的吧。」

我贊成道：「廣為人知的『割發代首』這件事，應該是沒有任何虛構的成分吧？」

他興致高了點，肯定地說：「當然是真事。我剛發了軍令，損壞老百姓莊稼者殺頭。沒想到，我的馬驚了，踩壞了一大片莊稼。我總不能自殺吧。這件事我處理得比較圓滿。割發代首，讓士兵知道軍令不可違。因此沒有人因為這個軍令而丟了性命。老百姓應該也高興才是。我的軍隊浩浩蕩蕩走過，他們的莊稼沒有損失。要是換個別的軍隊，馬踏人踩，莊稼會顆粒不存，老百姓辛苦了一年，顆粒無收，這以後的日子會怎麼過。說不定，又要逃荒要飯，賣兒賣女。這可是我的一件功德噢。」

望著重新換上笑顏的曹操，我說：「眾人在講這個故事的時候，也是用它來證明您是一個耍奸使滑的老手。」

曹操苦笑了：「這世上還真是沒有『公道』可講啊。」

我說：「您說的是什麼『公道』？」

曹操道：「公道，公道，公平道德，普世真理也。太平年間，公道顯於法案律令，如高山不移。動亂歲月，公道深藏人心，似流水不斷。如此，始有人倫綱常，傳統教化代代相傳。」

我回道：「孟德公所言雖是極對，但可曾聽聞漢初三傑之一的張良對高祖劉邦說過：「公道不在人心，是非只在時勢？」在我們這個亂世的人心是什麼？它是人們想像中的那種溫良醇厚，中和平庸，古道熱腸，與人為善的人心嗎？我覺得不是。我覺得世道變了，人心也變了。現在的民心和太平盛世時的民心翻了個個。

這是一個很多癩蛤蟆都認為有機會吃天鵝肉的年代，是一個人心不足蛇吞象的年代，是一個不勞而獲或者少勞多獲，指望著一夜暴發的年代。太多的機會沒能抓住，太多的失意帶來的痛苦。從而，人們會把每一個比他們更強更好更有本事更成功的人或明或暗地，有意無意地當成是一種競爭對手。有點能力和實力的，忍不住就要跳出來比劃兩下。沒那個本事的，儘管不動聲色，心裡羨慕嫉妒恨，忍不住暗罵兩聲。一旦有人出聲，這些人看看自己又沒什麼危險，就會隨聲附和，鼓掌起哄。我撈不著，也不讓你撈著的心態蔓延滋長。想的肯定不是捨己為人，甚至不是損人利己。在一次次自己幹不成，其實本來就應該幹不成的事情的境遇中，心有不甘之氣，氣人有，笑人無，變成了最想幹，最流行的事就是那些損人不利己的事。這就叫人心不古。

在太平盛世，民心講究的是相安無事和利人利己；當政者對民施以無為，曉之以規矩，

示之以階梯。在這種難得的清平世界裡，人心或許能稱得上是天理。在紛爭亂世，民心惦記的是苟且偷生和強取豪奪；當政者要對民威之以勢，誘之以利，馭之以術。思慮的遠近不同，做事的手法不一樣，對事的評判也會迥然不同。在一個綱維混亂，乾坤顛倒的世道裡，白的可以被看成黑的，好的能被視作壞的。更有把事情搞得越發讓人眼花繚亂的原因是，在一個時間，一種情況下的好和白，換一個時間和情況，可能就成了壞和黑。這時節談什麼人心天理，是非公道，可就像癡人說夢一般，異想天開一樣不合時宜了。

這是一個顛倒的世界。亂世，鬧時，顛倒事。好事難做，好人難當，助人與害人都可能成為公認的善舉，自私比仗義更容易受到崇尚……

這是一段神奇的時光。現實和妄想交織碰撞，卑鄙與高尚交媾同床。異想天開的鬼火此起彼伏，常年無休地動盪，刺激著每一個人貪婪的欲望……

這是一個病態的世界。利益就是利益，不問公道，只看實惠。無道義可言，無責任可追，無法律可施，無公理可隨……」

曹操改容說道：「令師盧植，名著海內，學為儒宗，士之楷模，國之楨幹也。玄德公一番高論，別有新意。果然是名師高徒也。」

我趕緊替老師答謝：「多謝！多謝！」

接著為自己遜謝：「不敢，不敢。盧老師海內大儒，品德高尚，博古通今。備不曾學得皮毛，實在是有愧於師門。剛才的話，對孟德公若有一點參考價值的話，也是因為我出身草根階層，一生之中東奔西走，歷經磨難，懂得了一些人情冷暖，世態炎涼罷了。同為天涯淪落草，我懂他們。」

曹操面露真誠：「玄德不必過謙。剛才你說的話可謂是洞察世事，了然人心。但是，我一生做過了很多的事。單憑幾個或真或假的故事就能讓人公認我是奸雄，甚至是奸賊，這讓我著實難以理解。你可否試著解釋一下？」

見他如此說，我也就不再扭捏，按照自己的思路說了下去：「容我先說一下奸、賊、雄這三個字是什麼意思。『奸』的意思可以是指陰險，虛偽，狡詐；也可以是指耍心眼。『賊』的意思是什麼？是偷東西的人，也形容是邪的，不正派的，或者說是狡猾的意思。在這裡奸賊的意思應該就是指一個狡猾的，用不正當手段偷東西的人。『雄』的意思直白一些，就是厲害，可怕，惹不起的意思唄。

要是把當時您面臨的險惡的形勢和環境淡化一些，突出呂伯奢，王垕的無妄之災，無端之禍，陰險，虛偽，狡詐的名頭就坐實了。把您小時候的事和三十多年後割發代首的事聯繫起來，您一貫耍心眼，自私自利的主線就清晰了。若是將令祖曹騰是太監，令尊曹嵩依靠原來的關係門路，一邊做官，一邊因權導利，花費萬金為自己捐了太尉一職。上樑不正下樑歪的根源就找到了。這就是突出典型事例的威力。」

曹操就是曹操，聽我說到這些犯他的忌諱的事，他竟然能以一種置身事外的超然態度點頭贊同道：「有道理。你繼續說下去。」

我接著說：「一個故事傳播開來，要有各種人發揮著各自的作用。有的人是提供素材的，有的人是編輯寫手，有的人是傳播者，還有的人是聽眾。

在呂伯奢事件裡，提供素材的無疑就是陳宮。他是親歷者，也是唯一知道您的那句寧負天下人的名言的人。

當然，也不排除有些提供素材的人本意可能也不是想說您奸，只不過是說者無意，聽者有心，被別有用心的人反說曲解，成了一個反面的故事，比如像割髮代首這樣的遵紀守法，嚴於律己，以身作則，率先垂範的典型事例。

這些捕風捉影，推波助瀾，唯恐您成不了公認奸雄的人自然是您「挾天子以令諸侯」時落在下風的那些人。

首先，您這樣做，天子會不滿意。雖然這有些好了瘡疤忘了疼，甚至是忘恩負義，可人家是皇帝，從小受的就是唯我獨尊的教育，生下來就被灌輸「受命於天，既壽永昌」。把鐵打江山，萬古不變的理想當成了現實。世道雖然變了，思維方式一回半會轉不過來也是可以理解的。皇帝也是人嘛，也會有不長記性，軟地欺，硬地怕的習慣。您不經過他，就用他的名義發號施令，望小裡說這叫侵權，望大裡講，這是僭越。所以皇帝和原來有權有勢，現在變得靠邊站了的那些皇親國戚，遺老遺少們，要說您竊取國器即為賊。這幫子人，天下太平時，耀武揚威，享盡榮華。國家有難時，百無一用。大事當前，自己幹不了；別人幹了以後，雞蛋裡挑骨頭比誰都能。看到他們我就想起我和關張第一次進京，到處碰壁的經歷，所以對這幫過氣的達官顯貴沒多少好印象。這也可以說明我是不情願和董承他們攪合在一起的。不是一路人，即使是利益把人綁在一起，可終歸是心有芥蒂。

「挾天子以令諸侯」中點明的諸侯們也會是拼命罵您的人群。您借皇帝的權杖打在他們的身上。心裡自然會有憤恨。比皇帝不同的是，同時還多了無限的委屈：「我怎麼就沒想到把個看起來沒用的皇帝再開發利用起來呢？」這幫諸侯，聰明上比不過您，心裡面對這種不對等的打鬥又不服。於是乎，一邊捂著被打腫的臉，一邊衝您大罵：這樣不公道，這樣不道德。說好了一對一，皇帝當裁判。結果你拿捏著裁判，沾便宜。你耍奸。

對這幫諸侯，我也和他們打過些交道。他們這樣罵，不是因為他們追求道德公道，主要是因為他們吃了虧。要是他們在您的位置上，所作所為難說能比得上您。他們是誰，我還不知道？所以我和他們也難說是一路人。這不是在標榜我自己怎麼好，而是說我們都是在追逐著自己的利益，我們是競爭者的短暫聯合。

（後人注：用聖人的標準衡量別人，不論別人做什麼，都要受到指責。用下三濫的標準衡量自己，即便是做了婊子，道德倫理上也高尚難比。）

這些皇帝，諸侯，過氣貴人們罵您奸賊，可以理解。因為他們是當事人，同時還是失勢的一群人。可還有不少圈外的人，甚至平頭百姓也視您為奸賊，這就讓人有些費解了。

這些圈外人一般是見不到真人的，對真人的瞭解更有限，靠著些道聽塗說，再加上有一些為了顯示自己是個明白人，而搖唇鼓舌的人，搞得社會輿論莫衷一是，從而讓我們這些反對派有了可乘之機，這種情形也是有的。但把奸賊這個標籤明明白白地貼在您的臉上，讓不論同意還是不同意的人都看見，這就不是我們這些反對派力所能及的了。能做到家喻戶曉，老少皆知，必須有民心來幫助。對，就是這個民心，這個亂世民心。有人說，有了這種民心，社會才會進步。我不知道這個社會是在進步，還是世風日下。我知道的是我自己借著這股世風俗流，進步了。」

（今人注：我若不想守規矩，就指斥對手不道德。如果指斥實在占不到理上，那就罵其無情無義。這就是套路，成為文明無賴的必由之路。橫豎是你要倒楣，而我超凡脫俗，天庭獨步，像巫山雲雨，似臨風玉樹。皇親們能爬到的制高點頂多是那座「道德」的小丘，而劉備淩駕而起的兩個翅膀一個是「道德」，另一個是「情義」。曹操既無地勢，更無空中優勢。哪怕你能縱橫馳驅，翻雲覆雨，且看我換個玩法玩你。）

曹操插話進來：「我剛才也在想，你起步比我晚，起點比我低，現在青雲直上做了皇帝。你說的那個羨慕嫉妒恨的亂世民心，為什麼沒有人把你抹黑呢？」

在別人面前我低調謙虛，多半是刻意裝的。因為我不這樣的話，很可能讓這些人不舒服。但此時此地在曹操面前，我用不著裝。一來我已經是個皇帝。國土雖小，國家不富，但我敢出這個頭。可曹操止步於離皇位一步之遙的魏王之爵。在取天下的氣量上我已經勝過他。所以我有底氣。二來，我在取天下的文武能力上，又無法望其項背，所以他不會因為我的直言實話而心生嫌隙。各有各的強項，各有各的自信，各有各的價值，各有各的淡定，這就是能成為暢所欲言的談伴的先決條件。

我回答他說：「那是因為我的人和。我的人和，主要得益於我原來在軍閥混戰中扮演的角色。那時候，我的所作所為就是帶著一幫子人，郡守被圍了，我去幫著解圍。州牧有大軍壓境了，我去幫著解勸。就連您忙不過來了，我也幫您去擋袁術。袁紹和您打起來了，我又在汝陽做袁紹的偏師。劉表，陶謙需要看門的，我就蹲在新野或小沛值班。這樣的結果，就是和這些方面大員都混熟了。即使和誰打過架，可因為我是做為專業人員去幫忙的，沒有私仇，不帶感情，所以也不會留下長不攏的傷口。說不定，事情一轉，可能又要用到我。像是，我曾經幫著陶謙和您對過陣，事情過去後，您不就反而把我看成是自己人。讓呂布攆的我沒地方去，投奔您時，您不是大開城門納我，最後還以兵糧送我，表薦我做了豫州牧。這就是把幫人打架當成一種專業來做的超脫之處。『專業打手』給了我一個和所有重量級的人物『不打不相識』的機會。成就了我的『人和』。反過來想想，要是我也和公孫瓚，袁紹，孫家父子一樣，四處攻城掠地，成為一方諸侯，這種『人和』就不會有了。以我的本事，說不定也早就和老友公孫瓚一樣，被哪個更強的主給滅了。更不可能有後來的，劉璋主動請我進他家門的事情。」

曹操點頭：「不錯。這種人和是只有你才有的。」

我接著說：「再就是因為我獨特的天時。」

曹操調侃道：「玄德每戰必敗，身如浮萍。靠山山崩，靠人人亡。你說的是這個天時嗎？」

我笑道：「正是這個天時。要是我投靠的人都活得長，我跟他們的關係也會像您和皇帝還有那些皇親國戚一樣，從開始把你當成救星一般，到後來成了他們的眼中釘。我在劉表那裡和蔡瑁他們的關係不就是像您和朝中舊人的關係一樣嗎？真要是那樣的話，我恐怕也會落下個奸賊的名聲了。久病床前無孝子，人對自己的父母尚且如此，更何況伺候一班過氣的貴人。試想一下，假如皇帝和他身邊的權貴都早早地死了，編排您的故事的人不就沒有了嗎？」

曹操說：「編排的人沒了，不是還有你說的那幫幸災樂禍的聽眾嗎？」

我說「這是我要說的『人和』的下半段。現在國有三分，人也有三類。一類是皇帝諸侯和權貴。二類是社會精英。三類就是像我的出身一樣的草根。有人說，袁紹沒有在您之前把逃亡的小皇帝接到自己的地盤上，是因為他反應慢，見事遲，眼光短，怕身邊有個落魄皇帝，整天請示彙報的麻煩。依我看來，要說袁紹在這件事上有考慮不周的之處的話，那就是因為他考慮得太長遠了。對一般人來說，沒有遠慮必有近憂。而在袁紹，卻是遠慮過度近憂不周，他是被近憂給絆倒的。而您倒有急功近利，投機取巧，摸著石頭過河，走一步說一步之嫌。您借皇帝的名義發號施令，網羅精英，這是其利。在皇帝和草根眼裡成了奸雄，諸侯們在外鬧事的時候，你還要擔心內部，憂慮外部的諸侯會不會和皇帝裡應外合，這就是有個皇帝在身邊的弊端了，也是您無法一統天下的原因，發揮自己超群能力的透明天花板。如果袁紹把皇帝放在自己身邊，這個奸雄的帽子就會高懸在他的上方，讓他難受。而您就可能在道義上有和我一樣的優勢。不過，要真的是那樣的話，官渡之戰您能不能打敗袁紹恐怕就難說了。現在您應該把供個皇帝在身邊的酸甜苦辣都嘗遍了吧。」

曹操點頭：「有理，甘蔗沒有兩頭甜。跟他們在一起是讓我頭大。」

我繼續說：「我和皇帝權貴相隔千里，沒有利益交織，自然就少了衝突。山高皇帝遠，地偏心自寬。反倒是他們會覺得我為兔，他們是狗。只要有我這隻兔在，他們對您就有利用的價值。兔死狗烹的這個道理他們還是清楚的。一旦反對您的外部勢力沒有了，漢家皇帝和他的那些近臣國戚也就完完全全成了癰瘡一樣的存在。所以不論是皇帝也好，權貴也罷，會竭力地幫助我。他們也沒啥別的本事，頂多就是在編您的反面典型故事的同時，儘量把我樹立成正面形象。於是我有皇帝和權貴的人和，於是我的故事和您的故事一起傳到了那些聽眾的耳中。」

這次曹操變成了搖頭：「玄德的話有些高看了這些編故事的人吧？他們要是有這樣的號召力和煽動力，至於在我接他們到許都之前，連頓飽飯都吃不上？」

我說：「把故事講給聽眾只是一隻蝴蝶扇動了一下翅膀，就像千里無雞鳴的赤地中，突然傳來了一聲鳥鳴。真正的力量是聽眾聽了這些故事以後產生的共鳴，恰似一犬吠影百犬吠聲。我從小家貧，有時候家裡的三餐都難以為續，上了幾天學還是靠的別人的資助。您知道，普天之下，精英權貴少之又少，草根比比皆是。草根們一聽大富之家就有嫉妒感，一聽不久前因做太監而富就有明確的排斥感。草根們一聽我的家庭狀況就會有親近感，認同感。

我的第一次從民團到縣尉，有人嫉妒有人饞。待我得罪了督郵，棄官逃竄，有人會說活該。我接了徐州，從一個小小的縣官一步登天，有人萬般不忿，急紅了眼。待我落荒而逃，有人會叫應該。等我成了皇叔，上了董承的賊船，成了您公開的對立面，這才有了您這塊擋箭牌，有人開始說我不該。我成為了民情官意皇族的代言。從前只知道招兵錢糧搶地盤，敵友的分辨就是誰來送我好處，誰來搶我的錢。直到身不由己地在〈衣帶詔〉上畫押簽了名，才知道所謂的政治原來是這麼玩。要說之前是信馬由韁，自從被董承拉進反您的陣營，這才走在了符合大多數人心願的大道上。

見我被打得一次比一次慘，越來越多的人不認為我的成功純粹是運氣使之然，從而也就沒有了不服感。見我反對他們想反不敢反的人，他們心生贊同感。而我的景帝玄孫的家世淵源同時會讓他們產生高貴感和神秘感。這就是酒是陳的香，顯富新貴在眾人嫉妒的眼裡是暴發戶，地位不再顯赫的世家反而倒會多遇到了些羡慕和同情。這就是我的先聲奪人之處。所以我的高貴身世配我的慘痛經歷，讓我的故事變成了一個世無同例的庶民的勝利。」

曹操接過來說：「我做濟南相的時候，當地淫祀之風甚猛，百姓不堪其苦。我用鐵腕制止，解救百姓於水火。在我的流行詩集裡有首五言詩〈蒿裡行〉。在詩裡我寫到「白骨露於野，千里無雞鳴。生民百遺一，念之斷人腸！」這說明我對百姓的疾苦很關切，很同情。難道我就不能博得草根們的認同感？」

我回答：「您的詩的確感人，您的鐵腕行政也讓人佩服。但我感覺到您是在居高臨下般地悲天憫人。就像高堂之上，盛宴之中的達官貴人難得能體會到食不果腹的人叫地地不靈，叫天天不應，無法自拔的窘境。您和他們不是一類的人。您是在想拉近與草根的距離，讓他們對您產生親近感。但在這種世道民心之下，以您的背景地位，您選擇了錯誤的做法。距離產生美感，距離產生神秘感，距離產生威嚴感，距離產生羡慕感。這種近距離只會讓他們把您看的更清楚，親近感沒有在異類之間產生，原有的好感卻大打折扣。這種情形不光發生在您與草根之間，您與權貴之間在擁天子令諸侯的前前後後不也是如此嗎？在這個世上每個人都有自己的位置。就像在戲臺上一樣，跑錯了位置不是您演戲賣力，而是演砸了戲。」

他說：「此話雖是有理，但憑著一個同樣的家境出身應該不會讓這幫人心不足的草根一直喜歡你吧。以我的感覺，沒有黑白是非界限的草根之間爾虞我詐，坑蒙拐騙的不良之事肯定也會層出不窮。對於你的出人頭地也不會感到舒服。他們可不是那種人，見到你的成功，就哼著『只要你過得比我好，只要你過得比我好，什麼事都難不倒，所有快樂在你身邊圍繞。』」

我說：「您說得對。認同感只是一種膚淺的好感。我能夠倖免於被排斥和貶斥的另一個原因是，我是他們的榜樣。人人都想渾水摸魚撈一把，個個都想踩著別人往上爬。可是一個沒錢沒勢沒背景沒專長的草根到底能撈多少，爬多高，誰的心裡也沒數。我的成功給他們提供了答案。讓他們明白了只有想不到，沒有做不到，我的成功可以複製的道理，讓他們看到了幻影，產生了奢望，抬升了目標。從而使他們的欲望不再是一種食之無味棄之可惜的煎熬，而是一種在無孔不入的鑽營投機過程中的一種享受。一旦有人質疑他們的奢求妄想，我就會被點名道姓提起來，做為他們也能成功的證明。榜樣的力量是無窮的，榜樣的力量無窮到什麼程度連榜樣自己都想像不到。於是乎，我做的一切都是好的，都是為人為民的，都是善良仁厚的，都是理所當然的。」

曹操說：「物極必反。他們把你捧得越高，一旦這種人心翻了個，黑白顛倒過來，你豈不是要摔得更重？說不定有一天，你成了奸雄，我成了英雄。」

我說：「這種情況不會出現。」

他說：「這話有些絕對了吧？」

我說：「不是絕對。您說他們捧我這句話，就是把我和捧我的人分成了獨立的兩部分。其實，我和他們形似兩位，實為一體。說句白話，我就是他們中的一員。我想做的事是他們想做的事，我所用的手段是他們想用的手段，我的貪心他們同樣有，我的變換和他們的無常總是合拍。世人遇到失意的時候，不是先檢查自己本事不濟，而是把自己的無能推到外界因素和對手身上，怨世道不公，怨對手不按常理出牌，所以您永遠都會是這些人的出氣筒。而我做為您的對立面，我的故事，總會讓他們有不蒸饅頭爭口氣的熨帖感。世間有多少人感到自己是懷才不遇，我的名言屈身守份待天時，永遠是他們安慰麻痹開脫自己的座右銘。世人個個都想當妻妾成群的神仙，或者是始亂終棄，只佔便宜，不負責任的負心漢，於是一句女人如衣服，會讓他們忘掉良心天理。與其說他們是在捧我，還不如說他們是在為自己的所作所為在找名正言順的根據，或者說是遮羞布和擋箭牌。要是我這個牌子倒了，他們同樣會吃虧倒楣。也就是說，他們維護我就是在維護他們自己。以後不管風俗如何變換，世態如何炎涼，他們都會舊事新說，讓我的所作所為總是冠冕堂皇。噢，還有一處讓我贏得人氣的地方就是我的本事……」

曹操笑了：「難得，難得。腐儒禰衡在我面前自誇本事，說他『天文地理，無一不通；三教九流，無所不曉；上可以致君為堯、舜，下可以配德於孔、顏。豈與俗子共論乎！』結果我借劉表黃祖的手，來了個借刀殺人。後來西川劉璋手下張松本來想賣主求榮，為我取西川做內應。我對他吹了幾句『大軍到處，戰無不勝，攻無不取，順吾者生，逆吾者死。』這才有了他開門揖盜，把主子劉璋出賣給了你，讓你成了天下三鼎之一，讓我失去了一個機會。沒想到如今你劉玄德要在我面前誇自己的本事。快說出來，我現在洗耳恭聽你的大言，拭目以待以後發生的奇跡。」

我也跟著大笑道：「正是，正是。真所謂大話浪言失天下，唇槍舌劍反自傷。備生性木訥，言遲語鈍。一生所言所語，既沒有語出驚四座，更不曾豪言動鬼神。孟德公要見證奇跡的希望恐怕要落空了。我要說的我的本事都是些名人高士看不在眼裡的毫微末節之術，下里巴人所為。」

曹操有些好奇了：「你把自己的本事描繪得這麼低，該不是想平地起高樓，用來給自己的真本事做鋪墊的吧？」

我說：「確非如此，確非如此。我這一生，只說過三次大話。

一次是在荊州給劉表做防備您的前哨的時候。當時喝得有點高了，劉表又提起了您說過天下只有您我兩英雄的話頭，當時心裡一高興說了句心裡話：『備若有基業，天下碌碌之輩，誠不足慮也。』我曾占有徐州。按說徐州殷富，戶口百萬，可募之兵能達十萬。是個上可以匡主濟民，成五霸之業，下可以割地守境，做一方諸侯的好地方。可到了我的手裡，真就變成了四戰之地。呂布，袁術和您，你來我往，趕的我四處亂竄。到了荊州，開始有劉表撐著，我給他當了個把門的，算是過了六七年的安生日子。我那阿斗就是在這時候出生的，總算是有後了。可等劉表一死，荊州又丟了。這個帳我當然可以推到劉表的小兒子劉琮身上，隨著別人一起說一說『景升父子如豚犬』，占著荊州這麼好的一塊地，只能做個看家犬。但是要說在赤壁之戰，您敗北以後，我實控荊州，文有人稱得其一即可安天下的伏龍鳳雛，武有關張趙黃。外與孫權結盟，內有他的妹子做夫人。可到頭來還是把荊州給丟了。所以跟劉表說的這句大話，既是大言不慚，也是不符合過去。

另一次是在我原形畢露搶劉璋的西川之初，把涪水關的守將騙到寨中謀殺了之後，兵不血刃佔領了關口。心裡一高興，對軍師龐統吹了兩句大話。那次的大話可以說是得意忘形。最後一次大話是說在不久前和孫權陸遜交鋒的這場夷陵之戰中，我自詡頗知兵法。不知咋地，每次我說了大話之後，壞事禍事就找上門來。

在劉表面前吹牛之後，引起了劉表內部對我的猜忌，差點把我的性命搭上。接著劉表病死，荊州落入您的手裡。我的一個老婆和兩個女兒損失在亂軍之中。

我在龐統面前暴露真我，洋洋自得之後，龐統就中了埋伏，被川軍射成了刺蝟。

在夷陵剛說了自己兵法了得，就敗得只穿著褲衩跑了回來。

所以，低調使我進步，大話使人喪命。這句話對我是屢試不爽的。我跟您說我的本事不過是些雕蟲小技，絕不是要開始吹牛皮的引子，更不是好戲的開場鑼鼓。」

曹操翹了翹眉毛，居然冒出了幾個常人難得一見的表情包：「那，我倒要見識一下是什麼樣的毫微本事能讓一個人成為權勢齊天的皇帝的。」

我毫不賣關子地說道：「我的本事就一個字，哭。」

曹操有些意外地凝神道：「哭？」

我重複道：「對，哭。」

曹操不以為然地搖頭道：「人生的第一件事就是哭，天下人人哭，天天有人哭，也沒見有幾人能哭成皇帝。」

我不慌不忙地說道：「是的，人人都會哭，天天有人哭。可我的哭有兩大特點，是其他人沒有做到的。」

曹操說：「噢，莫非玄德哭的造詣如此深不可測？」

我說：「既非造詣，也不深厚。我的哭的第一個特點是持之以恆，隨時能哭，一直能哭。我可以在丟老婆，丟老窩時哭，也可以在得意洋洋之時哭。我可以在張飛關羽死後哭，也可以在拉攏趙雲時哭。我可以在知道老婆投井時哭，也可以在和孫權妹妹的蜜月裡哭。正所謂，一個人哭幾次並不難，難的是一輩子都在哭。您可曾見過像我這樣把淚水做甘露，一點一滴，經久不息，把小苗澆灌成了大樹的先例嗎？」

我並不等曹操回答，接著說：「第二個特點是，我的哭是一個沒有畏懼，沒有什麼可以失去的人的哭。在這個世道，膽小鬼的哭吸引不來同情悲憫，失勢的人哭只能換來更多的落井下石。我從草根起步，屢戰屢敗，屢敗屢戰，邊戰邊哭，邊哭邊戰。這種哭，不叫悲傷，叫悲壯。這種悲壯的眼淚那不叫眼淚，應該叫凝結人心的粘合劑，我的小隊伍就是靠這個才沒有散；它也應該叫掉進油缸的星星火，從冰涼的液體裡誘發出光熱和力量，這就是我的小隊伍在每一次的強力碾壓之下，仍然能生存和再次成長的道理。縱觀這世上，有人像我這樣哭的嗎？」

曹操搖著頭但肯定地說：「沒有，真的沒有。別說在現在，就是在過去，或者說在未來，都沒有像你這樣的。敗了就哭，勝了就笑；傷心時哭，得意時笑，這是人之常情。沒聽說過敗了哭，勝了也哭；相聚哭，離別也哭；高興時哭，難過時也哭；逃跑時還哭。同是一種哭法，既沒有節奏韻律的變化，也沒有激昂婉約之分，卻能在各種環境場合下顯得絲絲入扣，撩動人心。再好的優伶模仿不出來，再多的心計也解不開。只能說，這個哭的本事是老天爺賞給你的金飯碗。你的哭的確是在各種吸睛的手段裡獨樹一幟，想不被人注意都難。在這個有名就有一切的世界裡，你想不出名都難。要說哭是你的制勝法寶，也絕非是一個笑談。以我的修為，只能做到敗時笑。這已經反常的讓人心驚。我有些納悶，你是如何能這樣百折不撓地用愚公移山的架勢哭個不停？」

我咧了咧嘴，歎了口氣：「每個非常之人的身上都有非常之事，每件非常之事的背後都有非常之原因。我這樣從年輕哭到現在也是形勢所逼，時勢所迫，不得不為，別無選擇，更是沒有退路。我一次次地站起來，每次都被打回原形；每一次剛剛不需要用哭來混飯吃，一隻無形的手又把飯碗給端走了。沒機會從你們這些學問韜略大家那裡學點新本事，沒心情從前人的書裡長知識。我總是要活下去吧，我只有往前走吧。沒有別的新辦法，只好把原來的那些手段使了一遍又一遍，哭完一場，接著哭下一場。久而久之，就給人留下了我愛哭，會哭，總是哭的標誌性印象。您以為我愛哭，我喜歡哭呀。哭是要傷心情傷身體的。所以，時間長了，我就把哭變成了一種職業習慣。商鋪裡的買賣人不是有一種職業素養叫職業微笑嗎？哎，我多數的哭都是職業痛哭，在心情平靜，身體為重的狀態下，達到別人痛徹肝肺，撕心裂膽嚎啕悲啼的效果。這不，一不留神哭出了名。」

曹操擠了擠眼，調侃道：「人說：可憐之人必有可惡之處。你這樣可憐兮兮地到處哭，就不怕引起別人的反感？」

我說：「可憐之人是不是可惡，關鍵要看結果和歸宿。人一旦成功，往昔的可憐頓時化身成親切感人之處。人活在世，不可能討所有的人喜歡。劉璋手下的王累不就是為我而死的，我是說，為了阻止我進西川而墜城門而死的。孫權周瑜不也是千方百計地置我於死地。就連劉表手下的蔡瑁，袁紹手下的文醜也看我很不順眼。在我出入您的門下時，您的那些謀士不也是一直在攛掇把我除掉。但是他們做得了主嗎？劉璋，吳國太看我順眼，袁紹劉表認為我忠厚，您甚至助我成為了名人。我的哭，合你們這些領頭人的胃口，對你們的脾氣，讓你們感到放心舒服，這就算發揮了效果，達到了目的。說句老實話，這就叫另類拍馬屁。」

他聽了一笑，轉而問道：「有沒有人沒見過你的眼淚？」

我說：「有啊。我沒對著袁紹哭過。關羽在官渡之戰中斬顏良誅文醜後，我反倒對他笑過。當時他知道我的結義兄弟是殺他的大將的罪魁，要把我推出去斬了。我笑著對他說：「顏良文醜是兩隻小鹿，關羽是一隻大老虎。我願意把這隻大老虎引到你的身邊來。」結果袁紹也笑了。我也沒對呂布哭過。袁術派大兵進攻我的時候，他轅門射戟解了我的圍，我內心喜悅，對他再三致謝過。在孫權面前我沒哭過。當年在您面前我也沒有哭過。

看看你們沒看到我的眼淚之後的運勢怎樣。袁紹被您打得一敗塗地，吐血而亡。呂布號稱天下第一武士，被你我聯手，絞殺與白門樓。孫權賠了妹妹送了荊州，最後被我一直進攻到他的內地。您呢，把我樹成天下英雄，後來被我坑了一次又一次。」

曹操笑道：「有趣，有趣。『不怕貓頭鷹叫，就怕貓頭鷹笑』這句俗話該改成『不怕劉玄德哭，就怕劉玄德笑』了。」

這時我想起了心裡的一個未解疑團，我問道：「當年我跟隨您在下邳城白門樓活捉了呂布。呂布向您求饒，說：「明公所患，不過於布；布今已服矣。公為大將，布副之，天下不

難定也。」當時你問我：「何如？」我不陰不陽地回答說：「公不見丁建陽、董卓之事乎？」您馬上把呂布推出去勒死了。您還記的這些細節嗎？」

曹操想了想：「嗯，是有這麼回事。你為何提起這件事來？」

我說：「呂布也算得上是個天下英雄，人人都知道在除董卓這件事上，他功不可沒。您在殺不殺他這件事上肯定也有猶豫，怕落個為私利殺英雄的名聲。您當時徵求我的意見，是不是因為您的城府深，要借我的口，說出您想幹的事。以後萬一有非議，把我推出去當替罪羊呢？」

曹操聽了這話一愣，接著就大笑了起來：「哈哈哈哈哈。我當時不過是隨口一問，卻勞你記了這麼多年，想了這麼個不存在的結局。你這樣一種心態，可是要妨礙你成為真英雄大名士的喲！」

我有些訕訕地辯解道：「呂布曾與我稱兄道弟。對我使過壞，也有過恩。他曾趁我不在家，偷襲了我的城池。他也曾轅門射戟，把我從袁術大兵壓境的危局中解救出來。所以對處死他我也有些矛盾。」

曹操說：「看來我不知不覺中少背了一口黑鍋呀。」

我：「？」

他說：「要是世人爭說我徵求你的意見是假，借你的口說出呂布該殺的陰謀是真。這豈不又有了一個我是奸雄的故事了嗎？」

我裝做懊悔般連連歎氣：「就是，就是，怎麼把這麼好的素材給浪費了？見事者遲，見識者淺啊。」

他哈哈笑罷：「說到這裡，我也想起來了。當時呂布好像瞪著你說了一句：『是兒最無信者』。這裡面還有什麼緣由嗎？」

我說：「是這麼回事。呂布趁你不在的時候，跟我求情說：『公為坐上客，布為階下囚，何不發一言而相寬乎？』我當時點了頭。可扭頭就改了主意。想那呂布勇武天下無人能比。而且，呂布這個人做事太隨性，做起事情來考慮眼前的多，思慮過去將來的時候少，按老百姓的話說，他就是一個渾小子。這種渾小子的本事要是小點的話，還容易控制點。偏他心眼又渾，本事又大，一旦翻臉，危險太大。再說，他和我的關係也是一直在走下坡路。從原來的時好時壞，慢慢在變得好的時候少，壞的時候多。看樣子，這個關係早晚要徹底掰了。為了我的安全，只好把『信』字就先望腦後放一放吧。」

曹操說：「你不是一直崇尚『人無信而不立』？一扭臉就出爾反爾可是需要很厚的臉皮的喲。」

我辯解道：「對於像我當時那樣地位卑下的人，很多的時候『信義』是一個奢侈品，不少情況下是講不起『信義』的，對不少和我常來常往的人就是講『信義』用處也不大，我的那點『信義』頂多在自己的小圈圈裡有點市場。對於草根來講，亂世中講信義，就像是太平年間，富人炫富相仿。不過是嘩眾取寵一下，給自己失衡的心靈找找暫時的平衡，空虛的感覺帶來點自我滿足。反過來說，『信義』對地位高的人才是一種必需品。地位越高的人，越需要有『信義』，不論這個『信義』是尋常百姓嘴裡講的那個『信義』，還是文人士子推崇的『信義』，或者乾脆就是亂臣賊子奉行的『信義』。呂布最大的失敗就是他已經站在了高處，卻依然按亂世草根的方式行事，沒有以一貫之，徹頭徹尾地遵守一個唯一的『信義』。他殺了第一個乾爹丁建陽，投了董卓，以見利忘義為準則。又殺了第二個乾爹董卓，變成了興復漢室的功臣，開始追奉忠臣報國的信條。他偷襲了您的後方，還差點把您燒死，後來又和您聯合打袁術。他和我稱兄道弟，卻趁我不在家，又偷襲了我的城池。這樣一路做下來，變化不停，任何一種『信義』他都不是，任何人都分不清他算不算是一個同類。於是他就成了孤零零的一個人。他這種頂尖本事的人，缺了『信義』這個標準配置，就像豪車的輪子沒固定好，車跑得越快，翻車的可能性就越大。要是呂布搶了我的徐州城，像對待第一個乾爹一樣，早早地把我也殺了，他的結局也許會有所不同。搖擺猶豫，人生大忌，要想成功，切忌，切記。這句話當然是對本事大的人才有用。本事小的人，只能夾縫裡求生活，沒那個資格談成不成功。

對這事我心裡一直有個疙瘩的原因是，畢竟我對一個天下聞名的人做了一次兩面三刀，落井下石的勾當。要是對一個籍籍無名的人做了缺德事，想掩蓋起來容易。對有名的人做了這等事，蓋是蓋不住的。萬一哪天我這種出爾反爾的事件發酵了起來，對我多年辛辛苦苦經營起來的名聲信譽肯定會有影響。像您和袁紹這樣的人手段高，底子厚，輸得起，賠得起，把小小不然的錯誤當成是繳學費。我就不同了，白手起家，毫無背景仗侍，更少關係能夠攀緣。生命的小船即便是在陰溝裡，也是說翻就翻。所以渴望與焦慮共舞，理想與現實迥然。不得不事事多費思量，時時陪著小心。」

曹操發出了一聲感慨：「都說抬頭老婆，低頭漢。又有道靜水之下藏深淵。你這個素稱不善言語交際的人，卻有這般多的頭緒思慮。我在白門樓隨口而出，半是自言自語的一句話，竟能引出你這麼多的冥想思慮。雖然我曾在放飛心情的時候，把你說成是天下英雄。現在看來我還是小看你了。只覺得一個成了皇叔的人，能不戀虛名，不慕奢華是難能可貴，必是達到了見素抱樸，少私寡欲境界。沒想到你在鋤地種菜的時候，內心的世界如此豐富。」

他放下手中的酒杯：「我在這裡誠心請教。以我過去辦過的事，我當時該如何處置才能避免日後被人用做證明我是奸雄的證據呢？」

我心裡稍微有了一點點受寵若驚的感覺，忙說：「不敢，不敢。我沒有什麼金規鐵律，不會把聖賢的教誨當回事，也不會沿著人間正道一直走到黑。一切都是見招拆招，通權達變。不敢求一勞永逸，但求事到臨頭能夠過得去。請您提一下具體哪件事，我試著說一說我若是您會怎麼辦。我的辦法肯定算不上高明，但應該會實用接地氣一些。」

曹操笑道：「好，如此這般最能讓人一目了然。先說我的奸雄實例中，有我小時候詐稱中風的故事。這個指控可有解？」

我輕鬆應道：「此事容易。天下人都知道神醫華佗診斷您的頭風病，給出的醫治方案：『大王頭腦疼痛，因患風而起。病根在腦袋中，風涎不能出，枉服湯藥，不可治療。某有一法：先飲麻肺湯，然後用利斧砍開腦袋，取出風涎，方可除根。』為了此事，您懷疑華佗想害您，還把他殺了。但這已經證明您確實有頭風病，小時候的中風並不是使詐。這個基本點一確定，故事裡其它的部分就站不住腳了。」

曹操不以為然：「我看你這是顧頭不顧腚，按下葫蘆浮起瓢。我要是按你說地辦，天下人豈不更牢記我殺了救死扶傷的好醫生了嗎？」

我說：「公之所言有所不及。殺人不是問題，殺醫生也不是問題。關鍵是誰殺的，殺人者的名聲。試看天下英雄有幾個手上沒沾血，有誰沒有一堆見不得人的瑣碎事？不心狠手辣如何能稱雄天下。我沒殺人嗎？我殺過，我搶過，我燒過，我騙過。可是罵我的人比罵您的人少的多得多。關鍵是不少人認為我是好人，所以我做的事都是應該做的。即使是不應該做的，也是因為我身不由己，意不由人，不得不做，不能不做，做比不做要好，要是不做後果會更糟。歸根到底，這是個形象問題，您只要先把自己的形象裝扮好了，您做的一切事情都會順理成章。您殺掉的人都是該殺的人。

再者說，醫生是人不是神。天下公知，頌揚紛紛的御醫吉平不就是這樣的一個例子嘛。做為一個名醫，在給您這個病人喝的藥裡放了能夠燒裂地磚的劇毒。這不是已經是在昭告天下，別提仁心仁術，其實醫生既會犯錯，也會殺人。

您可以說，華佗假借您小時候的病根，意圖誘您伸頭讓他砍。或者說，他根本治不了您的病，找了一個不可能達成的治療方案，想在虛張醫術高明，博個天下第一名醫的名頭的同時，華麗下臺階。沒想到演得過了，成了弄巧成拙，石頭落在了自己的腳面子上。您不一樣，您還有一個別人沒有的選擇：『做』了他。再說，當時您頭疼得昏天黑地，實在沒藉口，就說都是頭疼惹得禍，這也是人之常情啊。平民百姓一聽說要劈腦殼，嚇得只能連說不敢做。以他們相信我等編的小兒故事的水準，根本沒有那種想像力，劈腦袋會不要命。如此一來，您一定能在大眾心裡扳回一局，贏得某些同情。」

曹操有些刮目相看的意思了：「那，我誤殺呂伯奢一家的事情呢？此事該怎麼處理才能最大化地化解公關危機？」

我不慌不忙地說：「此事難，也不難。說它難，是因為呂伯奢和您家是老交情．在您年青的時候，是他舉薦您做的孝廉，從此才開始了您的仕途生涯。那次您行刺董卓沒有成功，在通緝之下出逃，在中牟縣被縣令陳宮抓住。要不是陳宮認為您是個忠義之士，棄官和您一起逃走，您恐怕早就掛了。路過呂家，人家好心好意地殺豬想招待您和陳宮。沒想到您這個驚弓之鳥誤以為他們要把您抓起來送官領賞，不分青紅皂白就把人家全家人給殺了。更令人髮指的是，您呂大叔外出給您買酒回來，您明知自己鑄成大錯，為了掩蓋罪行，竟然連他也殺了。假如說，您第一次是過失殺人的話，那麼第二次可就是故意殺人。情節惡劣，社會影響極壞。更為不得人心的是，您居然還說了一句：寧我負天下人，休教天下人負我。把這種令人齒寒的惡行直接上升到了理論的高度，完成了形而上學，把您定型歸類的昇華。這種事情，不論放在何時何地，都會受到千夫所指。不論再怎樣抹，都不會把黑的抹成白的。這是我說此事難的原因。

您曾說過，袁紹的一個大缺點就是見事者遲，就是反應太慢。您在這件事上犯的錯也是一個見事遲的毛病。您不該沒有意識到人家是在討論殺豬，您不該讓這件事的細節披露出來。您在謀略上強調要搶先機，可在這件事上您沒有搶到先機。先機一失，再給這個事情編個情有可原的理由就難上加難了。」

曹操不是那種自己的思路被別人牽著走的人。我說的這個事情難辨不難辨也不是他想聽的。對我的主意他也是可聽可不聽。我想他更願意把瞭解我這個人的內心想法做為佐酒的小菜。但我覺得，我的想法和道理會讓他認為我這個人並不是像他想得那樣簡單，生活在底層的人不見得沒有高明的主意。我不用他問，也不想他問，自顧自地說下去。

我說：「要說這事不難，也確實不難。您在殺了呂伯奢以後，要是回手再來上一劍，把陳宮也砍落馬下，就能把這個公關危機消餌於無形，讓整個事件隨風飄去。您也不會受到世人的責難了。」

曹操自然明白我的意思：「殺陳宮自然會徹底掩蓋真相，可陳宮救了我的命。殺了熟人以後又殺恩人，我的心豈不更難安？」

我先是一笑：「老百姓有句話叫，蝨子多了不咬人。呂家滿門都讓您殺了，再多殺一個陳宮又有何難？」

頓一下後，接著回應道：「陳宮是怎麼死的？還不是終究死在您的手上。當時殺他和後來殺他的差別，只不過是中間隔了幾個冬季罷了。要是提前殺了他，陳宮沒過多地失去什麼，而您不會有後面這一系列的麻煩。要不是因為陳宮出謀劃策，呂布不會在您進攻陶謙的時候搶了您的老窩。要不是案發時唯一的目擊者和幫兇陳宮的宣傳，您也不會背一生的罵名。世上不會流傳這個一頭豬引發的血案，您的負天下人的論調不會向後世傳遞難以超越的負能量。孰輕孰重，明公不需要我來說吧？」

曹操問道：「你這麼堅持說我當時該殺陳宮，可是因為陳宮與你有什麼恩怨？」

我說：「陳宮與我和陳宮與您的情形其實十分相似。陳宮第一次與我的生活軌跡交織也是以有恩於我的面目出現的。那次我被孔融拉上了戰車，到徐州為毫無往來的陶謙解圍。就在我給您的勸和信送到您手上的時候，您得到了在陳宮的主謀之下，呂布偷襲了您的後方的急報。要不是陳宮，不會有我後來代領徐州的機會。同樣是這個陳宮，在以後的歲月裡，幫著呂布不斷地給我挖坑降災，打得我丟城丟老婆。這就是陳宮這種人在世上扮演的角色，這就是歷史賦予他這類人的天性，先給你帶來點幸運，隨後再追加無數的災禍。『出來混，遲早都是要還的』這句話是對這類人的刻骨寫照。就像從錢莊借錢不必視錢莊為恩人一樣，您拿到手的錢，終歸是要連本帶利還回去才算完事的。從陳宮和您的糾結上來看，陳宮『借』給您的還是高利貸。要想利益最大化的話，就應該在錢到手之後，把這個錢莊從世上抹掉。」

曹操的細眼瞇了瞇，臉上帶了點神秘的微笑。我一看，心知不好：他這是又要使壞下套了。

果然，他慢悠悠地說道：「當初白門樓上，你轉彎抹角地慫恿我殺呂布，是不是也是要把錢莊呂掌櫃的抹掉？」

我擺手道：「非也，非也。徐州這個錢莊本來就是我的。我不過是借你的光，送了一個強盜去見閻王罷了。」

「嗨，」曹操點頭感慨注釋道：「我所做的事是道義和私欲之間的權衡。你方才所講關乎道義與私欲，也關乎道義與生意，用生意的思想行道義，用生意的尺碼度道義。我的算式兩邊如果是道義和私欲的話，你的算式看起來像生意和私欲的加減。」

我接過來說：「我的算式其實就是草根平民的算式。您的心事憂慮多，是因為在您的本能產生出的私欲面前總有一道若有若無的道義之牆。我的磨難起伏大，所以我需要把私欲和現實不斷地稱量。每個人每天都有煩心事情，但事情的根源滋味有不同。人生如朝露，往日多苦，去日苦多。您的憂思是周公吐脯，我的憂思是三餐不續。一個是隨意吐，一個是憂慮吃，境遇不同，心思怎麼會一致？」

曹操聽我引用他的得意之作〈短歌行〉，臉上掠過了笑意，旋即又歎了口氣：「天下歸心，天下歸心。在你的宮殿裡演唱這首樂府曲的時候，是不是把最後四句改成『山不厭高，欲不厭深。劉公揮淚，天下三分』？」

我不置可否地裂了一下嘴：「我的欲望本不深。單純靠我哭，也不會哭出個天下三分。哭只是一個內因。我的僥倖成功，外界因素更重要。在這些外界因素中，您的影響最大。」

他用沉默在鼓勵我說下去。

我接著說：「且不說我在平時做事處處以您為『榜樣』，也就是世上流傳的那句『每與操反，事乃成爾』。您的性格缺陷和策略失誤也讓我名利雙收。」

這一次他睜開了他那雙文學作品中描述很少的細眼。這雙細眼讓我聯想到了關羽二弟的細眼，那雙一旦細眼圓睜就會出現傳奇故事的眼睛。說他性格有缺陷也許他能容忍，說他出身有話柄他也認可。這些畢竟都是娘胎裡帶來的，在他能自己做主的時候到來之前就鐵板釘釘了的事情，所以他不心虛自責。可說他計謀策略不足顯然不會接受。這是他自認傲視天下的本事，這是他自詡獨步宇內的仗恃，這是他自我修煉的成果，自信心的根源。

他瞪著有些變圓的細眼問：「我的性格缺陷，還有策略失誤？」

我沒有直接回答，而是說：「您有沒有注意到呂伯奢事件實際上是上天給您的讖緯？」

他第一次在我的面前顯出了一些摸不著頭腦的神情。

我說：「從人物的內在關係來看，假如我用呂伯奢對應上漢獻帝，呂伯奢的家人是不是相應地像是國舅董承，國丈伏完，伏皇后董貴妃這些人？反對您晉魏公稱魏王的崔琰荀攸荀或這些人可不可以比做陳宮？呂伯奢和您是世交，您家世食漢祿。皇親國戚本來像呂氏家人一樣與您並不相熟，只是因為皇帝的關係才與您有了交集。崔琰二荀都是和您站在一起的，他們的變化不是因為您和他們之間有什麼衝突，而是因為有了這個皇帝。

在呂伯奢事件中，您先殺呂家人，又殺呂伯奢，卻沒想到把陳宮一併滅口。陳宮當晚曾想在您睡覺時殺了您。即使他臨時變了主意，您在不知不覺中逃過了一劫。但您留下的這個陳宮幫助呂布，幾次差點在亂軍中取走您的性命。這就是上天在警示您，抽釘拔楔是正途。

可是在後來先是皇帝給董承衣帶詔，後有伏皇后寫信給她爹伏完寫信，都想要把您除掉。您除掉了這些『呂家人』們。後來又抹去了相當於『陳宮』們的崔和二荀。但您卻放過了皇帝這個『呂伯奢』。由著他用自己這個活生生地實例繼續加深眾人對您『奸邪霸道』的印象，皇帝身上開始同時有了呂伯奢和陳宮的影子。像這種除疾遺類的錯誤，您這是在犯第二次。知微見著，一個人讓同一塊石頭絆倒兩次，謀略不足，膽識不夠，見事者遲，優柔寡斷，這些詞就都開始適用了。

這就是我說性格有缺陷，謀略有不足的緣由。這也是為什麼我要說我成功的勳章上有我的一半，也有您的一半。要是您徹底消除了內部的隱患，肯定會全力打擊我和孫權。有了皇帝和他的支持者同情者的繼續存在，您對外用兵的決心和魄力大打折扣，我才能有時間喘息，有空間發展。天下名義上有三國，其實有四國。蜀漢，東吳，魏和國中之國的舊漢。您面對的是我和孫權的明槍，提防的是舊漢皇帝的暗箭。對付我們需要用兵耗時，把獻帝趕下臺您完全能做得到。當斷不斷必留後患，天予不取自取其禍。這能說不是因為沒有大局觀，沒有前瞻性，缺少大格局的結果？」

曹操以士別三日的口吻說：「聽起來你說得有理，想起來你比我的手段更狠。這些你都是從哪裡學來的？是你天生固有的嗎，是從你的名師那裡聽來的嗎，還是從天上掉下來的？」

我說：「都不是，是從世井上撿來的，是從在底層一同掙扎的草根那裡學來的，是在一次次爬向高處有摔下來後，揉著摔成四瓣的屁股蛋子悟出來的。打蛇不死三春害，無毒不丈夫，量小非君子……」

曹操打斷我：「應該是無度不丈夫，量小非君子。」

我說：「您受的是大丈夫要有度量的桎梏，即使憑自己感覺該鏟草除根的時候，也會在猶豫中放跑了時機。這就叫患得患失。該下狠手去爭去搶的時候，您怕失了良心道義。應該早早廢掉獻帝，取而代之的時候，您又可惜那塊挾天子令諸侯的招牌。這怪就怪您的格局。在體統裡活，肯定會有規矩和潛規則。您想出格，自然就會受到指責。都說袁紹見事遲，把一個寶貝皇帝留給了你。其實人家不傻。要是他把皇帝接了去，奸雄就會是他自己。而我一貫野生野長，得到的是成大事就要心狠手辣能屈能伸的啟迪，即使憑自己的良知知道不該那樣做，也能不擇手段地抓住機會。像我起身貧瘠，能從世界上撈上點實惠，那就是賺了。要是輸得個精光，頂多再重溫舊日時光，也不算丟了什麼。我的規矩就是有空地就生，我的規則是有空間就長。在我微賤之時，少有人注意到我的存在。待到引起注意時，已經足夠強大到不好翦除或者令人敬仰。」

曹操：「知易行難，玄德剛才所說雖然頗有些旁觀者清的味道，完全到達了知行合一的境界。不過，你見識不到幾百年漢統的盤根錯節，利益交織。可我若是真地廢了漢帝，自己做了皇帝，恐怕就要像把自己放在爐火上烤一樣了。」

我說：「我這個人有可能光做不說，絕少會光說不做。您的擔心不存在。舉個例子來說吧。原來的西川益州之主劉璋他爹在我年輕的時候認我做侄，我和劉璋也算得上是遠房兄弟了。這個關係很像您與呂家的關係。事情的開頭也和您當初到呂家的情況有些相同，劉璋是主人，我是客人。所不同的是，您沒有殺人的預謀，我有鳩占鵲巢的打算；您殺人的起因是誤會，我翻臉的原因是圖窮匕首見。我搶了劉璋的地盤，我成為奸雄了嗎？沒有。我成了皇帝，一個寬厚仁慈重情守義的皇帝。要是我在佔領西川之後，繼續讓劉璋做西川名義上的主人，而我來掌實權的話會怎樣呢？我會落個和您一樣的名聲。您難道沒有聽過一首歌中唱到：『都怪你心太軟，心太軟，把所有的事情都自己扛……』」

曹操一笑：「那是因為你走運，身邊沒有陳宮。」

我說：「怎麼沒有？有啊。要是從天下一盤棋的觀點看，那就是您和孫權呀。只不過你們這兩個比陳宮不知道厲害多少倍的『陳宮』不接地氣，不知道輿論的戰鬥力，不會下九流的手段，不瞭解世道人心，白白地放走了拆我的臺的良機罷了。」

曹操思想了一下：「確實有些奇怪，也確實有些不公。我只不過是清除了居心不良害我性命的人，漢統好好地給他們保留著，我把自己的三個女兒嫁給獻帝，也足以補償他失去一後一妃的損失。我倒成了千夫所指的奸雄。看看你，搶了人家的地盤，自立為王為帝，你反倒有個好名聲。這真的是有些滑稽。」

我回答說：「說奇怪，也不奇怪。您也別把這些謾罵太當回事。您越當回事，這些人罵得反而會更起勁，因為他們看到了自己還有些作用，自己的話還有人聽。對您祖上的太監身世也是這樣，您越是避諱，有些人就越是覺得抓到了把柄，戳中了要害，反而讓這件事有了更大的想像空間。就像我，從不把自己織席販履吃不上飯的往事當成是令我羞愧的事。我在京城裡種菜，我在荊州用馬尾織帽子，這些事盡人皆知，把自己的過去晾在明處，說在之前，您聽到有多少人用這種事罵我嗎？廖廖數人而已嘛。您看到多少人聽到這種事的反應了嗎？『去去去，這也算新聞？』」

您瞧我，有人罵我是織席販履小兒，羡慕享樂的頑主，我就笑笑說：『一個人的出身沒法自己做主，但一個人的將來卻是自己創造的。我穿草鞋時，盼望著能有一天穿上舒服的布靴。如今每天錦緞裹身，怎麼反而覺得生活裡的喜悅少了呢？』您琢磨一下，我這樣回答，是不是比您那『周公吐哺』、『悠悠我心』更能籠絡人心？

試想一下，要是別人說您的祖上是宦官，您不是渾身冒汗，怒氣衝天，而是慈祥地說：「是啊，我因為家庭出身問題，沒少受那些沒見識的人的白眼和議論。因此我更能體會到奮鬥的艱難和成功的不易。所以，我要不拘一格選人用人，讓大家都有成功的機會。」您要是這樣反應，別人還能有多少勁頭再拿這事來刺激您？說不定，會把我頭上的那頂厚道坦誠平易近人的帽子給您戴上呢。

您也應該知道，很多人罵您，不見得是出於公心，也不見得是路見不平，更不見得是為皇帝操心。說到家，這些人罵您的原因還是為了他們自己，就像您的戰士到您的麾下來打仗不是為您來賣命，而是為自己能活下去，甚至活得更好，一個樣道理。一件事情的前後都會有非議，但非議最多的時候，是在事情沒有實施，沒有塵埃落定的時候。事情一旦水落石出，鐵板釘釘，那些罵您的人就會分化內鬥，站隊分贓，難得再有時間去表現自己的義憤填膺了。

我覺得，我背信棄義搶西川這件事的負面反應小，多半要歸功於我厚臉皮和下手徹底的原因。」

曹操說：「一番高論，雖不能讓我心悅誠服，卻也是別開生面。讓我來問你，假如你是我，在殺糧官王垕這件事怎樣處理才算圓滑？」

我說：「對於這種事，我的習慣做法是化被動為主動，化消極因素為積極因素。沒有糧食，我也沒辦法。您讓他用小斛分糧，解一時之急的機靈與權術我是想不到學不來的。從內心講，也是鑾佩服的。問題的關鍵是在殺了王垕樹起了軍威，攻下了壽春城之後，王垕事件還是有很多的利用價值。發揮得當的話，不光能掩蓋您不宜公開的權術，還會讓您遠離奸詐的責難，體現您受人愛戴的形象。」

「是嗎？」曹操顯然不相信會有這樣近似神奇的效果。

我說：「假如我要是您。我會在這之後拿出一封王垕的遺書。至於怎樣造出這種書信來，您是行家裡手，業內權威。離間馬超韓遂的書信不就是您的傑作嘛。王垕遺書上可以這樣寫：「敬愛的曹公，自從追隨您南征北戰以來，看到您以身許國，勵志安民，殫精竭慮，不避矢石。我雖不才，但也決心見賢思齊。今日見我軍十七萬，日費糧食浩大，諸郡又荒旱，接濟不及，糧食將盡，曹公您焦慮萬分。我深知，十七萬大軍一旦無糧，必然崩潰。倘若敵人乘虛來攻，幾千，幾萬條鮮活生命將填於溝壑。此正是危急存亡之時，千鈞一髮之際。我別無良策，只好自作主張，用小斛分糧，以期拖延些時日，為攻破堅城贏得幾天的寶貴時間。倘若眾人對此事不滿，請曹公以軍法治我的罪，並以此樹立軍威，鼓舞鬥志。若能避免我軍的重大損失，贏得勝利，我縱死也會含笑九泉，云云。」

曹操有些聽不下去了，他把酒杯望桌上一礅，說道：「這也太假了。鬼才會相信這樣的故事。」

我一急，說道：「怎麼沒人信！那次我被呂布打敗，落荒而逃去投奔您。見面後，和您說：『我在半路上到一個叫劉安的獵戶家投宿。劉安對我十分仰慕，想尋找野味進食，一時不能得，便殺了妻子給我吃。我問：這是什麼肉，劉安說：是狼肉。我不再疑心，便飽食一頓。第二天我在廚房裡看到了一具婦人的屍體，才知道真相，不勝傷感，灑淚上馬』。您聽了這個故事後不是拿出金百兩去賜給劉安的嗎？」。

曹操一下明白了什麼，指著我說：「莫非，莫非，這個故事是你為了在我面前抬高身價編出來的？我給你的百金你也根本沒送給那個不存在的劉安？」

我情急之下說漏了嘴，不禁很是尷尬，於是訕訕地說：「讓我保留點隱私，好嗎？」

曹操繼續說：「怪不得我拿出百金給和你一起的那個孫乾，讓他給劉安送去的時候，看他一副猶豫的樣子。直到你給他使了個眼色才接了過去。當時我還想，是不是你們這些地方大員發國難財成了富豪，平常花錢如流水。我拿出這點小錢你們看不上眼。一直以來每每想起這件事都感到有些在你面前丟了身分。」

一貫高高在上，相信自己不是一般地聰明的曹操在意識到自己能被一個鄉村童話騙了之後，心裡肯定不爽。我要是再去解釋，只能是越描越黑。就像是我對別人的謾罵一樣，裝作沒看出來，沒發生過最好。

於是我就像沒提過劉安這回事一樣，我緩緩說道：「呂伯奢事件也很容易變成一個勵志忠勇感人的故事。」

我瞟了他一眼，看到氣氛開始有所緩和。看出來沒有，這是我能在世上發達的另一個長處：健忘，善忘，會忘，裝忘。忘掉別人對不起你的地方，忘掉你對不起別人的地方，忘掉解不開的結，忘掉接不下來的話茬。沒有永遠的朋友，只有用得著的朋友。沒有聊不下去的話題，只有抹不開面子的臉皮。

（後人注：前行很難忘更難，回憶太多生活殘。春蠶到死絲不盡，人已咽氣淚難幹。知足才能長樂，善忘才能成仙。）

我接著說：「假如您把呂家人殺了，又把陳宮殺了。故事的情節就大致可以這樣編：那一天，您到了呂伯奢家，不久後追兵進了村子。伯奢老人的家人拼命掩護你們逃跑，伯奢老人不顧年紀高邁，跨上自家的小驢護送你們出村，結果都先後被亂軍殺害。這時追兵又尾隨你們而來。陳宮捨身相救，一邊跑一邊喊：『我是曹操。我是曹操。』追兵殺死陳宮之後，以為完成了任務，收工回去交差。您這才躲過大難。當時您對著死去的陳宮和呂家父子發誓：『寧天下人負我，我不負天下人。』」

剛才臉色不太好看的曹操這個時候忍不住笑了出來：「你就是拿這種小兒科的故事賺來的名譽？」

我攤攤手：「沒辦法，大多數人就是這個水準，生來就是這個智商，信的就是這種故事，要的就是類似傳奇。口口相傳，喜聞樂見的都是這樣的離奇事蹟，感覺最靠譜的人際關係就是拜把子當兄弟。要是用您的〈觀滄海〉、〈度關山〉，感動不了他們。用您的〈龜雖壽〉、〈秋胡行〉，煽動不起情緒。反正沒了活口，您就舌頭上跑馬，怎麼對自己有利，就怎麼編唄。」

曹操另有所悟：「噢，怪不得關羽歸順了我以後，我對他生活上關心，政治上關照，用遠大理想開導和啟發他，最後他還是離我而去。原來他吃的是你的這一套。嗨，看來我高看他了。」

剛才說漏了嘴，讓他有點不高興。這次我沒把原來我和諸葛亮討論關羽這個人的結論說出來。我點著頭，帶著笑，心裡替曹操歎了口氣：「你呀，對我們這種身世的人的理解，還是有很長的路要走的。信任，信任才是關羽離開你的緣由。我對關羽哭哭啼啼，他知道我沒本事坑他。我扔下兄弟妻兒就跑，我的做法他早有心理預期。我做新衣的時候，一次做大小三件，劉關張一人一件。我們斷食的時候，我會把剩下的飯撥進關張的碗。我有餘財的時候，不論多少，關張總是自自然然地得到一點。我得意春風的時候，叉手而立在我身後的關張總是一同露臉。跟你曹丞相那可就不一樣。你會居高臨下賜給關羽錦袍，也會像給獵犬拋肉般賞給他赤兔馬。但你沒有跟他共過難，更不會與他同富貴。你勒死了呂布，殺了陳宮。論武藝，關羽比不過呂布；論恩情，他更不如陳宮。對他來說，你的心思就是個深不見底，琢磨不透的深坑。相知才能不相疑。別的不提，就憑這一點，他跟著你就不會心裡踏實。一事的信任可以是只需要一句承諾，一生的信任卻需要一點一滴的積累。你沒那個時間。」

這時曹操主動地問：「按你的路子，我割發代首這件事該怎樣處理才有更好的公關效果？」

我說：「這件事您的做法很符合大眾的審美觀點，我是說精神美。關鍵還是您的奸雄帽子戴在頭上，因名累事。一個奸雄做壞事正常，做好事不正常。其實，我還把您的做法創造性地應用到了我的行事中，就是那個『劉備摔孩子』的故事。瞧，差不多的事，換個人做，公眾反應就不一樣。」

曹操面帶狡黠地說：「按你的行事風格，這個故事裡也有貓咪吧？我不相信你真摔了。」

我認真地說：「真摔了，這次是一點也沒摻假地摔了。」

曹操說：「這可不像真實的你嘍。」

我說：「這就是真實的我。」

我邊說邊站起身來，兩臂下垂給他看著說：「守著真人不說假話。我的兩臂過膝，摔的時候再稍一屈膝，孩子離地不過一拃的高度。您的割發代首是沒傷到自己的身體而令三軍整肅。我的摔孩子是沒摔疼孩子卻抓住了手下的心。異曲同工。」

曹操正色道：「別拿我的割發代首尋開心。子曰：『夫孝，德之本也，教之所由生也。身體髮膚，受之父母，不敢毀傷，孝之始也。』我割髮可是鄭重其事的。」

我說：「我知道您是鄭重的，讀過子曰的人也知道。可是那些看別人都是牛糞的俗人會怎麼想？他們才不會把子曰當信條，把德行當糧草。蓬蓬頭上草，剃了會再生，才不會把割下一綹頭髮當大事。所以您的鄭重其事在他們的眼裡就是偷奸耍滑，虛張聲勢了。」

曹操長歎了一口氣：「哎，玄德，我真羨慕你呀。」

我問：「羨慕我？是羨慕我當了皇帝？」

曹操搖搖頭：「我羨慕你有個早死的爹，羨慕你一直不成氣候，羨慕你住在高高的川西高原上，羨慕你生在窮人家。」

我望著曹操，不知道以老謀深算而著名的他葫蘆裡到底要賣什麼藥：「您這是在誇我，還是在埋汰我。」

就見他接著說：「你幼年喪父，不用像我那樣為父報仇。也就不可能有機會像我那樣沿路屠城。你一直沒機會早早地成了出頭的椽子，所以躲過了不少風吹雨打。你遠離了政治漩渦，皇帝皇后貴妃心裡不爽的時候會想念你這個遠房老叔，而不是千方百計地算計你的性命。就連你年輕時受的那點窮，也成了你收買同情和擁護的資本金。你那些在上層精英眼裡不入流的做派，反倒在這天翻地覆的年代，成了在芸芸蟻眾的欲海裡興風作浪的壯行。」

他舉起了酒杯，對著我說：「和你把酒暢談，我很高興。你的一席話也讓我頓開茅塞……」

我懷著半是竊喜，半是期待地心情舉起酒杯。他是誰呀？他是天下最能幹最聰明最不可一世的曹操。我一個在眾人眼裡嘴笨得像我老家那種冰寒之地的棉褲腰一樣的人，能用一席話讓他心悅誠服，我不做皇帝，還有幾人能做皇帝？我在期待他的另一句給我帶來滿足和驚喜的評語。這次不論評價多高，我都會坦然接受，這回不會掉筷子，更不用去掩飾。唯大英雄能本色」，是真名士自風流。

「不過，困頓興許可以逼出過人的謙卑，富裕才能滋養人性的光輝。」

就見他把杯中酒一飲而盡，像上次在他的府中青梅煮酒論英雄那樣一指我，縱聲大笑道：「現在我終於明白了，」他的笑聲在回蕩著。

他明白了什麼，到了我這把年紀，以我這把年紀的閱歷，不就是明白了原來我才是真正的奸雄？君不見，長江之水天上來，奔流到海不復回。做人該圓也該方，莫失人生好時光。天生我材必有用，機運一去難再來。古來聖賢皆寂寞，惟有稱雄能留名，管它英雄和奸雄。的盧馬，血横流，白骨成山我成名，不負人間此一遊。

他終於頓住了笑聲，細眼微睜，高聲慢道：「袞袞諸公，或者標新立異以求名，或者隨波逐流以牟利。或者因名利而短命，或者因貪欲不善終。而你，皇叔與漢做錦衣，循利隨欲在心中。把動物本性嫁接給人性，集標新立異與隨波逐流之大成。終歸以個人利益為標準，不以天下安寧為己任，你算不得是個英雄。眼裡不存在固規成矩，不以智力處心積慮躲避繞行，你也算不得是個奸雄。你，以道德仁義做綁繩，用忠厚謙卑當兵鋒，合陋俗，順貪意，攪渾水，謀私利，不為自己臉紅，不求天下太平，乃是個刁雄。」

一陣山風吹在的身上，我怎麼覺得有點冷，有點徹骨的陰冷，冷得我打了個寒戰。這時我才從一種冥想中猛醒了過來，發現自已在舉著酒杯，望向上方一個空渺的地方，嘴裡喃喃地念叨著：這個世道的得志諸公有誰不是奸雄刁雄？我做的一切一切，不過是來自底層人的掙扎。掙扎著，想把自己的命運掌握在自己手中。難道只有遵守你們這些高高在上的人立下的規矩，不哭不鬧地安度殘生，感恩戴德地跪接微不足道的施捨，將殺剮存留的刀把遞到你們的手中，才是道德道義公理公平？

香爐上的青煙飄去。在那個空靈的地方，仿佛有一頂軍帳，曹老瞞盤腿坐在裡面，手指捏著細細的雞肋骨，捨不得扔，正在用牙一點點胯食那細肉薄絲。

遠處天空上，一抹白雲，似龍似峰，飄渺變換，漸漸消散，歸於藍天浩渺中。我的詢問，沒有回聲。

第七章

繞樹三匝，何枝可依

近幾日，這身子骨怎麼越來越感到不撐事了呢。我戎馬大半生，既受過傷，也生過病，可從來沒有這種感覺。現在胳膊腿的好像沒長在我身上，一雙眼睛一時模糊，一時清楚。有時候自己也不明白是在睡覺還是醒著。做夢也是都夢見我那些失去的親朋，在世的人一個也不曾出現在我的夢境中。

我夢見了甘糜二夫人。她們好像領著我那兩個在長阪坡失蹤的閨女，遠遠地站在我老家樓桑村的那棵像車蓋的大桑樹下，笑盈盈地向我招手。

我還夢見了關張二弟。他們騎著馬在前面喊：「大哥，咱們走吧。」

我夢見了呂布，他的身子被捆的像個粽子，衝著我喊：「無信大耳賊。」

我也夢見了曹操，這次他親切地問我：「玄德，西川地少，到我這裡來種菜吧。」

看來我這次真的不是要種菜，而是要壞菜了。

趁著明白的時候，我讓人去成都送信，叫諸葛亮帶著朝中重臣趕緊過來。自己的命自己瞭解得最清，到了該準備身後事的時候了。

後事該託付給誰我考慮了也不是一天半天了。雖然想不到自己哪天死，可做的就是你死我活的生意，這個思想準備還是要有的。現在只不過是該做最後的決定了。最近回憶越來越多，越來越長，顯見得我正在離生命的終點越來越近，離起點越來越遠。

事到臨頭，這才發現能夠放心把我兒子們託付給他的人還真是不多。我的起家，基本上靠的是關張孫乾。說來慚愧，大家都說我「人和」是強項。可跟著我幹的人，沒幾個是自己的親支近份。再看看曹操那邊。他爹本姓夏侯。曹操一起事，夏侯淵，夏侯惇就追隨左右。

他爹過繼給曹騰，改姓曹，曹仁，曹洪，曹純又一直都是他的得力幹將。孫權那邊，更是親戚連著親戚。除了自家的親戚，再透過通婚把原本沒有血緣關係的族系連起來，你妹子是我媳婦，我閨女嫁給他兒子。整個王國的人事關節，扯著耳朵連著腮，鬍子眉毛分不開。最有名的要算孫策和周瑜分別娶了大喬和小喬。在孫策臨死前，對著大喬說：「早晚汝妹入見，可囑其轉致周郎，盡心輔佐吾弟，休負我平日相知之雅。」從這裡就能看出來姻親關係在東吳起的作用。這一招孫權也用到了我的身上，這才讓我有機會娶了孫尚香小妹妹，過了段花團錦簇的日子。再後來，他又故技重施，派人到荊州提親，想著和關羽做個兒女親家。這種聯姻的關係是孫權的拿手戲，他相信這個，也看重這個。可惜的是，關羽來了一句：「吾虎女安肯嫁犬子乎。」假如孫尚香不離開我，關羽和孫權又成了兒女親家，那……

經歷的事太多，遇到的岔路也多。走到今天這一步，與其說是自己的奮鬥，倒不如說是命運的選擇。世上沒有後悔藥。即使有，重新開始的路依然不會由我選擇。趁著還明白，先把迫在眉睫的事掂量清楚吧。

我要託付的人是要能靠得住，歪心眼子少，外加有足夠而不是過多號召力的才行。

自從涿州以草根身分起事，因為早期一直在顛沛中流離，在困苦裡掙扎。自己的出身名望和當時的諸侯沒法比，只能算個給別人看家護院守大門的。願意跟我幹的人有限，能夠堅持追隨我到了有些虛名人望時候的人更是屈指可數。關張趙，孫乾，簡雍，糜竺糜芳，外加甘糜二夫人，還有不多的老軍。他們有消亡的，也有滅亡的。現在依然健在的，不過趙雲等數人而已。力量單薄，想靠也大多靠不上了。就算是能靠的上，趙雲也不能重用。想當初剛進成都那會，我說要把肥田美宅分賜諸官，當時大小官員人人高興，個個盤算自己能分到多好的土地，多舒服的豪宅。沒想到，趙雲跳出來給擋了下來。他這樣一來，可是得罪了一大片。從此以後，上上下下表面上敬重他，私下裡沒幾個不對他心懷怨恨的。我深知趙雲人才難得，幾次要重用他，可總是有人以各種理由阻撓。我想讓趙雲去像關羽那樣做一方大員吧，有人就說，都城需要趙雲這樣有本事的人保護。我想在朝堂上給趙雲一個顯要位置吧，又有人說，趙雲和我猶如兄弟，休戚與共，視同一體，不用以官號論高下。還有人說，趙雲單打獨鬥還行，統兵帶隊沒本事，只能做個保鏢。幾番折騰下來，關羽張飛封侯。趙雲和差不多晚了十年才加入進來的黃忠一樣，只得了個將軍的頭銜。子龍，你可不能怨我。誰讓你不管不顧地得罪了這麼多的人。就是再結實的牆也架不住眾人推哟。「水至清則無魚，人至察則無徒。」說的是水清到極點就沒有魚，人太苛求就沒有夥伴。我現在的蜀漢就像一個搭夥的班子，把什麼事都要分得明明白白的，大家就要鬧起來趕你走了。所以，在我死之後，讓趙雲來擔當大事是不會得人心的取亂之道。好人，不一定有好報。用好人，不一定能有好結果。

荊州是我的發達之地。在我開門納了諸葛亮和他的那班朋友，他們這些人又推薦了不少人進來，我這裡才算是有了些人氣。再加上公子劉琦手下的荊州兵，赤壁之戰以後收攏的曹操的散兵，連年的招兵買馬，漸漸地隊伍也壯大了。我進西川，帶的兵將幕僚基本都是荊州人。這些人裡面差不多跟了我十多年了，要靠也就是要靠他們了。

西川的這幫人主要還是原來劉璋的班底。除了像法正，孟達這樣極個別主動改換門庭來投的以外，大多數都是被迫投降的。不少人的親朋好友還是在我入川時送的命，受的傷。儘管我加意籠絡，又是懷柔，又是聯姻的，可跟了我不過七八年的時間，帶血的記憶不容易抹去。這次夷陵之戰裡，有傅彤，馮習，張南，程畿寧死不降，戰死疆場，這可能是他們不願投降東吳，也可能是我這幾年拉攏爭取的結果。更有劉甯，杜路降吳，黃權降曹。至於其他蜀將川兵，只能用降者無數來形容。這也看出來在收買人心這方面，任重道遠。完全靠這些人肯定是不行。把他們放在一邊，只用荊州人也不是辦法。畢竟和川人比起來，荊州人還是要少得多。

看來，只能用以荊州人為主，西川人為輔，老班底監督的法子了。荊州人一個是跟我的時間比較長，另外，他們在西川也是外地人，和本地人有看不見，說不清的隔閡。荊州人在對自己的安全和地位有擔心的時候，才會願意幫助和維護我兒子，構成一個國中小三國。

用荊州人的話，諸葛亮就是當然的第一人選了。這麼說，一方面是諸葛亮一直追隨左右，工作上盡心盡力。這些年來，接觸了不少實際工作，在能力上有了很大提高，有這個本事挑這個擔子。不足的地方，是在統兵打仗上。只能用諸葛亮的另一個原因是，除了他，我沒得挑選了。最初他拉進來的那些朋友，在他站住腳後，一個個莫名其妙地都離開了。這些人本事和他也差不了多少，只是在出頭露面這方面不如他的風頭盛。像石廣元跑到曹操那裡，聽說可能要當典農校尉、郡守；孟公威也投靠曹魏，有人說他已經快成了涼州刺史、征東將軍的候選人。這些人才我沒能留住，真是可惜，慚愧。會不會是因為我把諸葛亮捧得太高，提得太快，出現了大樹底下寸草難生的擠出效應。還是這夥原來互稱摯友相互提拔的草根兄弟，一旦出現地位差異，就有了文人相輕，互不服氣的問題？

這些和諸葛亮能平起平坐的人都走了以後，剩下的就只有他提拔上來的一些晚生後進，像蔣琬。有次蔣琬貪杯誤事，我打算重罰他，是諸葛亮替他求情，我才只給了他個免職處分。沒多久又讓他復出，升他做了什邡令。再就是馬良，馬謖這些人。他們把諸葛亮視做榜樣。馬良曾經寫信給諸葛亮。信裡說：「聽說雒城已被我們攻下，這是上天的福佑；尊兄您適應時勢把握時機，輔佐光大邦國之業，智慧的光芒已經顯露」云云。我不是想說諸葛亮有排除潛在競爭對手的嫌疑，畢竟蔣琬，馬良也都是不可多得的人才。可和他不分高下的都走了，比他名譽地位低的讓他拉進來了，提拔了。總不算是一個正常的狀況。

再說，諸葛亮也不是完全合適。他那種時時處處顯聰明，裝樣子的習慣會是將來擔當大任的重大隱患。原來你好我好，不太方便當面說。另外，有我把著舵，他的表演離點譜，做事不到位，或者有點過失，都能及時地補救過來。有很多時候，我也需要他的張揚表演。畢竟我對哭雖然拿手，可也顯得演技單一了一些。現在我要堪堪不久於人世，有話再不說，將來就可能出現嚴重後果。

對諸葛亮把該說的話都說了，這是絕對必要的。可這說話的方式場合卻要多費思量。同樣一件事，用不同的方式，選擇不同的場合，談得結果可以是大不相同。就像張飛關羽的死，不就是因為一句話直接造成的？人家孫權熱著個臉來給他兒子向關羽的閨女提親，關羽你要是不願意也就算了。說上兩句推託的話，像什麼，小女尚且年幼。或者乾脆撒個謊，比如，哎呀，可惜我閨女已經指腹為婚許給了我大哥的兒子，或是我三弟的兒子，等等之類。要是這樣的話，孫權在襲荊州這事上起碼還會再猶豫一陣子，說不準，這事三拖兩拖地又不了了之了。可關羽來了一句虎女配犬子，當即就把孫權惹翻了。關羽死後，張飛下令軍中，限三日內置辦白衣白甲，三軍掛孝伐吳。帳下末將范疆，張達請求寬限，張飛把他們打得滿口出血也就夠了。沒想到，他最後又說了一句要命的話：若違了限，即殺汝二人示眾！三弟啊，你打他們也就打了。要殺他們到時候推出去接著砍了不就行了。這樣雖說殘暴了些，可究竟不會給他們機會害了你呀。就這一句話，你就把人家的後路全堵上了。人沒了後退的餘地能不和你拼命嘛。你說你幹嘛不把那最後的一句話當口唾沫咽回肚子裡？你這一句話，白衣白甲出征的事情肯定是泡了湯不說，連自己的性命也搭上了。

和諸葛亮這樣的聰明人說這麼重要的事，談話的技巧就更要費盡心機準備了。說實話，這次的腹稿我用了十分的心思。因為，說完之後，可能再也沒有機會做些修正和補充。私下的方式要用，讓他覺得貼心，不是外人；公開的方式也要用，讓他覺得有約束力，有使命感。直接了當的方式要用，該挑明的就得挑明；旁敲側擊的方式也要用，讓他警醒的同時保留住面子。樹立他的威信的話需要說，讓他以後名正言順地辦事；改變他的毛病的事要講，讓他長點本事，揚長避短。

諸葛亮和一眾文武風風火火地趕了來。我和他們先見了個面，意思是讓大家放心，我還能挺些日子。現在二月的天氣，外面還挺冷。看著大家風塵僕僕，忐忑不安的樣子，尤其是諸葛亮一臉的關切外帶擔心，這讓我感到情況正常。假如他的臉上只有關切而沒有擔心的話，我會琢磨他的關切是想知道我何時要死。真是這樣的話，我對他的忠誠就要打問號了。再假如他只有擔心的話，我與許會對他在我死後有沒有能力掌控大局有懷疑了。現在來看，他關切地裡面有擔心，擔心的同時還有餘力帶出關切，這個表情我覺得踏實，正常。

然後我讓其他人到外面去，單獨留下諸葛亮，我有話跟他說。

眾人退出去後，我先打量了諸葛亮一番。我今年六十三歲，他比我小二十歲，今年也是四十三歲了，頭上似乎過早地長出了很多的白髮。自從他二十七歲時來我這裡幹，一晃之間，已經十六年了。原來那些的事情，仿佛就發生在昨天，可打量一下四周，咬咬自己的舌頭，才能確定我沒有在做夢。現在的確已經是夢在，但人非。人再能，也能不過時間。時間不緊不慢地一個時辰接著一個時辰過去，人就像爬坡下山一樣，一撥上來了，再一撥下去了。想我磕磕絆絆這麼多年，終於爬到了人生的山頂。可沒等喘幾口氣，享受一下，就要連滾帶爬地滑下山的另一邊去了。滑得是那麼快，快得讓你一點都沒有機會去抓住點什麼，讓你能慢下來。誰也幫不了你，就算是最關心你的人也只能是看著你不停地滑，不停地滑，兩手在拼命地抓，可抓到的差不多只有空氣。多少在這個世界上還有很多牽掛的人，到了我這個時候都會有這種無助的感覺。人不要和命爭是因為真地爭不過命。

我是在牽掛我創立的蜀漢小朝廷嗎？也許，但又不是。在沒有落腳之地時，不擇手段地搶來一個西川的確是讓我興奮了一陣；在大半輩子仰人鼻息之後，受周圍的人羅拜，自封漢中王，也真地讓我陶醉了幾天；最後自立為皇帝，算是志得意滿了一回。時間一長，那種感覺也就逐漸淡了，新的煩惱開始坐在了舊煩惱空出來沒多久的位子上。現在回頭看看，真正能屬於自己的就是剩下了一個感覺：「我這一輩子值了！」其它的，像權力，地位，名聲，財富這些，和我這個人的關係維繫不了幾天了。

要說不牽掛吧，也不對。畢竟我的兒子們還需要這個小朝廷，還需要我給他們創造的權力，地位，財富來生存下去。要是我的兒子們都已經長大成人了，我的牽掛會少些。畢竟是兒孫自有兒孫福，不用爹娘閒操心。問題是他們現在都還太小了！大兒子阿斗現在十七歲，兩個小兒子劉永，劉理才十來歲。鳥獸尚有哺育之舉，舐犢之情，人也一樣。

在自己感到無助的心情中，想到我那尚難以自立的兒子們，想像著在我撒手而去之後他們可能會有的獻帝劉協那樣的悲慘境遇，我不禁悲從中來，拉著諸葛亮的手，就像是在那下滑的人生坡道上終於抓住了一棵小草。我淚光盈盈地說：「朕本待與卿等同創基業，共用富貴，不幸中道而別」。

說到這裡，驀然間，在我心裡湧上來了一種熟悉的感覺。噢，想起來了，二十多年前，我給待在曹操那裡享受三日一小宴，五日一大宴的關羽寫的信不就是同樣的語調，差不多的格式，類似的感覺嘛。給關羽的信裡寫道：「備與足下，自桃園締盟，誓以同死。今何中道相違，割恩斷義？」

諸葛亮曾就關羽看了信後的表現借機埋汰過他一下，他知道這封信的內容。為了不讓他以為我說的話就是按我原來的稿子照本宣科，我和他是在惺惺作態，我就補充了一句：「朕不讀書，粗知大略。」話剛出口，我就意識到，這是越描越黑，畫虎不成反類犬了。

從我一出世，我介紹自己的時候就說是中山靖王劉勝之後，漢景帝閣下玄孫。這是我家世出身上的金字招牌。我的另一個招牌是在教養和學問上的，那就是「嘗師事鄭玄，盧植。」

鄭玄在當時人稱「經神」創立了鄭學，聚徒授課，弟子達數千人。當時求學者不遠千里投到鄭玄門下者甚眾，他的徒黨通於天下。盧植是我的同鄉，他和鄭玄是師兄弟。他的一個生活花絮是，在他的老師馬融家上課時，馬融身邊常環列聲妓侍女。盧植在馬融家中學習多年，坊傳從未為此瞟過一眼。在名利場中，揚名的方式手段絢爛紛呈。盧老師的「無色」眼睛可謂獨樹一幟。在學問上，盧植博古通今，喜歡鑽研儒學經典。曹操曾經評價盧植，說他「名著海內，學為儒宗，士之楷模，國之楨幹也。」後來盧植回鄉涿州教學，這就給我了一個機遇，曾經混在他的門下當了幾天弟子。經典學了多少先不說，這個金字招牌我是走到哪，就扛到哪。

對外人稱自己是盧植的弟子，這還算是真事。可也怪我不是讀書的料，盧植的真才實學沒裝進腦子多少。後來的日子拼拼殺殺，不多的學問早就都還給了老師。至於說鄭玄是我的老師，更多的是為了徒以師貴罷了。我當時只不過是天下千百個投到他門下的學子中普通一員罷了。當時鄭玄門前層層疊疊擠的到處都是人。今天你聽這個喜滋滋地自誇：「鄭老師看了我一眼。」明天又有另一個自吹：「鄭老師問我叫什麼名字。」這就是大多數自稱是鄭玄門生的真實情況。說這些人可憐嗎？其實也不可憐。因為他們所期望的並不見得是學到學問，更可能是為了這個名聲，以及名聲帶來的好處，終極的目標大概就是達到我的師爺爺馬融那樣的境界：身家百萬，行走坐臥之處，聲妓侍女環列。這就是讀書人裡流行的風氣吧，大環境之下，人人都難免俗，不同的只是輕重而已。好在我做盧植之弟子這件事是真的，摻上「鄭玄」的學生這點假，別人一般也看不出來破綻。假裡有真，真中藏假，在我聲稱盧植和鄭玄都是我老師這件事上，算是形容的恰如其分。假戲真做，可以是被我宣揚的天下皆知的皇族身分，也可以是我娶孫尚香，達到占荊州不還之目的這件事。虛情真意，可說是我對曹操表面痛罵人家是國賊，心裡其實是佩服和敬畏。現在又要拉開架勢，裝可憐也好，使威風也罷，設法讓諸葛亮一心一意地奉我不懂事的兒子為主子。在我的重大人生節點上，真和假的事情如影隨形，缺一也成就不了我的今天。都說假的不好，可人人身上都有真和假同時存在著。我和別人的不同只不過是假的成分有的時候多了一些，多到習慣成自然，多到迷失了自我，自己都分不清哪是真的自己，哪是假的自己。

自稱名人的學生這一招，在和諸葛亮這幫文人打交道的時候，很管些用。他們雖然自己覺得才高八斗，可一聽我曾經是這些名重天下的大儒的門生弟子，在沒探出我的深淺之前，卻也心有忌憚。俗話說得好：錢壓奴婢手，藝壓當行人。學問這東西說到底是需要下苦功夫才行的。像我這種喜歡東遊西逛，交朋好友的人，哪裡能定住這個心，耐住那個性。就算像諸葛亮這種讀書只是觀其大略的人，整天抱著個腿幻想當管仲，樂毅的年輕人，也不會有很扎實的書底子。好在書不是生活的全部。

剛才對諸葛亮說話的時候，是想強調一下我說的第一句話不是在念現成的稿子，而是真情實感，沒想到第二句話成了捉襟見肘，把我的文化底子又給兜出來了。人最好還是有一說一，有二說二的好。要不然，十個茶壺九個蓋，總有讓人蓋不住的時候。這要是在往常，我沒準還要再掩飾一下，讓人覺得我這是在謙虛。時到如今，有的是大事要操心，諸葛亮再聰明，估計也是滿腦子塞滿了問題，沒心思去刨根問底細琢磨。我這個身體狀況，以後也沒啥機會在他們面前冒充有學問。

待我轉念一想，沒學問也不見得是個壞事。假如我是個公認的文武全才，很可能活不到今天。木秀於林風必摧之這樣的通世警言自不必說，就說我在荊州依附劉表之初，那次劉表手下的蔡瑁想陷害我，在我駐的旅館房間的牆上寫了的那一首詩。劉表先是一怒，轉而不就意識到，我的學問實在到不了那個水準：連個順口溜都說不上來，哪裡有做詩的本事。這個離間計用得也太假了。我有一句格言，不知道為什麼沒流傳開來，在這裡再突出一次：做小事就怕沒學問，做大事就怕有學問。

忍不住又走神了，自己搖搖頭，把心思花在正事上吧。

看著開始流淚的諸葛亮，我接著說：「朕自得丞相，幸成帝業；何期智識淺陋，不納丞相之言，自取其敗。悔恨成疾，死在旦夕。嗣子孱弱，不得不以大事相托。」

這句連檢討帶無助的話一說，諸葛亮顯然是被擔心，害怕加上些感動給打動了，哭得連鼻涕都開始出來了。看來這個頭開得不錯，貼心的目的達到了；讓他感到靠山要倒了，讓他知道天塌下來長漢子頂著的舒服日子到頭了，讓他開始擔心的目的也達到了。可以開始談正事了。

就聽諸葛亮機械地說：「願陛下善保龍體，以副天下之望！」

我歎口氣說到：「唉，即使我這身子骨能好起來，這興復漢室的希望也很渺茫了。這次夷陵一敗，生力軍盡失，軍威已挫。要想東山再起，需要很多年。」

諸葛亮說：「陛下先將養身體要緊。想當初在荊州時，我們客居在人家的地盤上。兵沒有現在的多，將沒有現在的廣，名沒有現在的正。內有蔡瑁等人常懷陷害之心，外有曹操覬覦之兵。夫以甲兵不完，城郭不固，軍不經練，糧不繼日，兵不滿千，將止關、張、趙雲而已，然而博望燒屯，白河用水，使夏侯惇，曹仁輩心驚膽裂。然後我們東聯孫權，借來東風，大敗了曹操大軍，始開天下三分之端。若不是關羽華容道上放走了曹操，如今天下是怎樣的天下，何人又能想像的到。現在我們擁有益州漢中，天賜險塞，沃野千里，天府之土，高祖因之以成帝業。雖有夷陵之變，終將成就霸業，興復漢室」

望著一提到自己的光彩事就逐漸激昂起來的諸葛亮，我隱然又看到了隆中草房裡那個掛起一幅自畫的地圖，聲情並茂地大談天下形勢的年青人。現在我的憂慮不光沒有因為他的慷慨激昂而減輕，反而由於看到他身上依然留存著這等的浮淺而加重了。有些需要私下挑明的話，是到了直言不諱的時候了。

我眼睛盯著他說：「關羽根本就沒有放走過曹操。」

諸葛亮有點沒反應過來。

我接著說：「曹操走的是大道，沒走華容小道。」

「不會吧？我要按軍令狀斬關羽，你不是還在竭力為他求情，關羽不是一句辯解的話也沒說嗎？」

我把真實情況原原本本地告訴了他。說完了這段話，自己已經感到上氣不接下氣了。諸葛亮的臉上也開始青紅不定起來。

他怔怔地看著我：「這是真的？」

我說：「聖人雲：鳥之將死，其鳴也哀；人之將死，其言也善。你看我都到了這個份上了，

還有必要說瞎話嗎？」

他不自覺地用審視的目光打量了我。我想像的到，若是我們剛才談論的是另外一個人的事情，而不是有關於他自己的話，在聽了我這句話後，他審視的目光裡會有一分笑意。我不是說他看我這種氣息奄奄的樣子而在幸災樂禍，而是知道，對他這種自覺很聰明的人，在對任何事情有所判斷時，總是會為自己的明察秋毫的判斷力而感到滿足。可這次的審視目光裡，我能感覺到的是他的沮喪。他那張曾經面如冠玉，而今已經開始泛黃的臉一下變得有點像關羽的臉了。三顧茅廬的實況他清楚；借東風的真相他知根知底；伏龍鳳雛得其一就可安天下的傳奇他心知肚明。只有這個華容小道是他一直認為可以顯示他神機妙算，讓我的那些老兵油子心服口服，在我這裡立穩腳跟的，實打實的本事。一個對自己的能力和潛力都自信滿滿的人，一個在同儕之中被視為翹楚的人，一個覺得自己的功業成就是實至名歸的人，一個已經把自己的事蹟張揚的人人皆知的人，現在突然意識到自己的一切一切竟然是建立在一個根本不存在的故事上，為自己的映射出光環的明燈，現在成了把自己赤裸裸地暴露在眾人面前的光源。這種爬得高，摔得重的感覺；這種露多大臉，現多大眼的境況；這種羞愧，失落，抓狂或不知所措交織的心情是能把人導入不同的境界的。一個人既可能因此而一蹶不振，自暴自棄，從此藏頭縮頸，因循苟且；也可能如夢初醒，反躬自省，似醍醐灌頂。現在諸葛亮是我最理想的選擇，我這樣做不是想得到前一個結果，而是後一個結果。我要讓他徹底明白，大而化之，是我造就了他，而不是他造就了我。我不是要毀滅他，而是要再造他。我要把他從一個多少有些合夥人味道的地位，體面地降到一個臣屬的地位。這種地位不光是體現在我是皇帝，他是丞相這樣的稱號上，而是讓他從心底和意識上明白自己是我這個家天下的家臣，家奴，而不是帝師，燈塔。只有達到了這個目的，在我死後，他才能在我的繼承人面前擺正自己的心態和位置。我的兒子才會更安全一些。

當然，對個別人來說，也可能會惱羞成怒，記恨於心，這對我來說，將是一個最壞的結果。有那麼一陣子，我仰臥著，望著房頂，好像在參演著什麼天機。其實我是在用眼睛的餘光觀察著諸葛亮的反應，心裡在反覆掂量著會出現什麼樣的結果。能讓他誠心臣服是最好的結果。要是一蹶不振，那我就要考慮換人。三國競爭，每一方都要用足力氣。一旦有誰開始苟且度日，離滅亡就不遠了。如果萬一從他身上感覺到了懷恨的苗頭，那就只好學曾高祖劉邦的樣子，除掉這個隱患了。我自認為是一個仁慈的人，但我殺過很多人，背過不少信，忘過大小恩，負過輕重義。一切都是為了達到我想要達到的目的。在現在這個節骨眼上，我下得去手，狠得了心。

按我的判斷，拿諸葛亮和龐統兩相比較的話，在龐統身上更有可能出現我不希望看到的那兩種反應。龐統的能力和名聲雖然和諸葛亮差不多，但龐統這個人功利心更重，為人欠靈活，心胸更狹窄，遇事容易鑽牛角尖。想想他見孫權和我時，那副端著架子的樣子，給人的就是這麼個印象。以至於後來進西川，勸我對付劉璋的手段，命喪落鳳坡之前的言行，也都有他的秉性脾氣的影子。諸葛亮這個人要靈活得多，處事也周全一些，性格也要軟和得多。事情應該是在向好的方向發展，但以他的性格，他應該會有不少說辭，能讓自己下這個臺階。要是如我這樣預想的話，他還真是一個合適的人選。

果然，在他盯著地上的磚縫看了半晌之後，他抬起了頭。在他問道：「陛下為何一直沒告訴我實情？」時，我說：「丞相自比管仲、樂毅。此二人乃春秋、戰國名人，功蓋寰宇。然樂毅有「善作者不必善成，善始者不必善終」之說；管仲家祭祀用的禮器都刻有金色花紋，自己戴著有紅色繫帶的帽子，住的房屋門栱上刻有山的圖形，梁上短柱都畫著水藻花紋。孔子說他小器。就連這樣的偉人都被後人說三道四。丞相助我聯吳抗曹，得益州，占漢中，功可與此二人相提並論。偶有小失，我又如何不加意維護？」

他應該心知肚明，我和他實為師徒。在我的特意拔高之下，他跪了下去，語調裡少了抑揚頓挫，卻透出了心悅誠服地說：「從來都是君為臣綱，子不言父過。陛下反過來為臣掩過，悉心栽培，仁厚之情，知遇之恩，臣當盡施犬馬之勞。」

我知道現在的鋪墊已經基本做好，犬馬兩個字倒是確切地表示出了他對自己身分的定位。這正是我想要的。我示意他平身，坐下。

他定了定心神，思忖了片刻，然後說：「這麼說來，關羽失荊州也有陛下和我的一份責任在裡面。可以說，荊州的丟失在赤壁之戰那會兒就已經埋下了種子。」

他看了我一眼，見我沒反應，就接著說：「赤壁之戰讓孫權對荊州有了名義上的所有權。這是從此之後所有這些事情的根源，像陛下娶孫夫人，我們進西川，然後是失荊州，和夷陵受挫，一件件事情環環相扣，因果相連。其實，在龐統死後，陛下調我入川之時，我將荊州的印信交給關羽時就有些猶豫。

當時我問他：「倘曹操引兵來到，當如之何？」

雲長說：「兵來將擋，水來土屯，以力拒之。」

這話雖然說得有點大，可也不能算錯。關羽在曹操那裡待過，曹操手下的將軍他都熟悉，在知己知彼這方面，我有點插不上嘴。更何況，我以為他幾乎俘虜過曹操，具備無限的心理優勢。當時看著他那個誰也不比他明白的神情，我就沒有再去撿這個我容易露怯的話題繼續說下去。再說了，曹操和關羽的關係有點糾纏不清，本來讓他去和曹操對抗我就很不放心。他要是在對曹兵來犯這個問題上，回答的不是這樣斬釘截鐵的話，我還真的要對他的內心想法產生懷疑。在徐州的時候，他自己守下邳，又不是沒有投降過。可是我考慮到他在華容道放走曹操後，他該還給曹操的人情也算還了，還被我當眾結結實實地教訓了一頓，再對曹操手軟的可能性不大，所以才把印信給了他。其實呢，我對他有疑慮，他對我有蔑視。」

諸葛亮看了看我說：「請恕我現在說陛下的責任，陛下要是在這之前就把華容道的真相告訴我，我的想法會有不同了。起碼會提醒陛下在上庸額外添兵。一是為了讓關羽有個策應，二來也是起到監督和制約他的作用。在曹操和關羽的問題上，我當時最擔心的是關羽，而不是曹操。我擔心關羽獨領荊州，一旦再投降曹操一次，荊州在旦夕之間就會丟掉。假如，關羽要是真心和曹操對抗的話，即使打不過，起碼也能支撐一些日子。那樣的話，我們還有時間做別的安排。」

他在說一些自己的真實想法，我在踏踏實實地聽著。雖然是說到我的一些過失，但這是些掏心窩子的話，在現在的情況下我愛聽。這就是我過去的習慣，我願意聽別人的真心話，但我自己對別人說的大多是順心話。順心話很多時候不見得是真心話，真實的目的就是為了得到聽者的那一句讓我順心的話：「我願意」。

他接著說：「同樣的原因，再後來聽說曹操要進攻西川，同時想和孫權聯手取荊州的時候，要不是考慮到關羽曾經對曹操手下留情，我也不會在為陛下起草命令時，直接了當地寫上派關羽取樊城，要打得曹操膽寒，要進攻的越猛烈越好。按我的估計是，即使下這樣的死命令，關羽也會猶豫不決，頂多也就是出兵做做樣子，打上幾個小仗，能交差就算了。當年在華容道，就如甕中捉鱉一般的情況下，他都能放了曹操，現在讓他去打強敵，不下死命令，他如何能認真？這其實才是我的本意，是我原來指望關羽能做到的。以我當時對關羽和曹操關係的理解，他的本事能做到這些，他的願望也只是這些。早年他守下邳城，不老老實實在城裡待著，讓曹操圍在土山上，不得不投降。這個大虧他應該不會忘記。關羽真要是這樣做了的話，他不會嚇的曹操想遷都躲避，不會傾全國之兵來對付關羽。也就沒了後來，關羽的兵不夠用，把在荊州防守孫權的兵大部調去應付曹操，從而讓孫權看出有了偷襲的機會。孫權是個打小算盤的人，要是讓他出大代價去攻荊州，他會盤算盤算再說。現在說明這些，不是在向陛下顯示我的正確和聰明，而是我真的是這麼判斷的。臣再愚鈍，也不至於認為若沒有特殊的情況幫忙，關羽一個人就能把曹操給打敗了。關羽再有能耐，原來也不過是曹操的帳下一將而已。鑽空子，抽冷子，撿個便宜還行。要是當面鑼對面鼓地打起來，他哪裡是曹操的對手。就連陛下不也是不斷地誇曹操能嗎？這就是當時封他為五虎大將之首，不斷連吹捧帶督促地讓他去全力進攻曹操的原因。為了督促關羽，把『北拒曹操』也變成了『北攻曹操』。拒講究的是以守為主，和全力進攻不是一回事。」

我點頭贊同：「看來關羽的『春秋』沒白讀，文化水準有提高。他的確是逐字逐句，按你寫的條條辦了。」

「我總覺著有什麼地方不對呀，」他輕搖著扇子道：「他為什麼那樣全力進攻？雙方的實力擺在那裡。以他的經驗應該知道不可能一贏再贏，把曹操一鼓而平。」

人一老，特別是明白自己來日不多的時候，疑心就如窗外樹上的小鳥，說不定什麼時候就回來撲通兩下，啼鳴幾聲。他的話也引起了我的多心多思：「記得你說過關羽『奸』。莫非裡面也有花花腸子？」

諸葛亮的另一隻手拍拍腿，頓悟似地：「沒準，沒準他是在做給曹操看？」他看我一眼，接著道：「他要讓曹操看看他的厲害，知道他的分量。備不住，他已經不在意做為一個戰將博取曹操的青睞。他知道曹操稱你和他自己是天下英雄。說不準，在你的陰影裡生活了那麼多年，一旦有了荊州做根基，他也夢想乘雷欲上天，超越你，讓曹操認可他才是那個唯二的英雄？」

我點頭加搖頭：「嗯，嗯，或許有這個可能。想讓別人眼裡有你，不光是靠親近，也不光是靠恭敬。有另一個令人瞠目的途徑是摁住他，狠狠捶一頓，把他打疼。」我心裡嘀咕了一聲：「這就是我伐吳的初衷啊。」

諸葛亮從來不缺乏想像力。在我和他這種相互給對方扔「陰謀論」的墊腳石的來往中，他的思路更進了一步說：「關羽真要是有這個念頭的話，他到底想幹啥，不會只是圖一個英雄的虛名吧？」

話越引越多，疑越猜越大。關羽和我兄弟相稱一輩子，最後成了斷頭鬼，在我的最後時間裡再瞎猜亂扯懷疑他，讓我有點不落忍。生前，我需要他為我看家護院，陷陣衝鋒。死後，我需要他的好名聲。死人是不會再有威脅的。即使證明他萌生過異志，如今也早已事過人終。命運交葛了一輩子，他的名聲牽扯到我的名聲。維護他就是維護我。我擺擺手：「別疑神疑鬼了。他已經用生命對他的忠誠做了證明。就算他想痛擊曹操，一戰成名，那也是人之常情。」

「是，是，」他邊應邊向東方的天空拱了拱手：「剛才的話只當從來沒有由無聲的念頭變成入耳的人聲。」我知道那是在作勢安撫關羽的在天之靈。關羽在他的心裡多少留下過陰影。

然後他繼續接著原來的話頭說：「以我的判斷，如果那時候，關羽出兵只是做出了進攻的姿態，但是主要的兵力還是在防守荊州。曹操方面就會把精力放在襄陽樊城一帶，時刻提防，進攻西川的打算就會拖一拖，但又下不了決心進行全國總動員。即使曹操繼續聯絡孫權，孫權還是想奪取荊州的話，也會因為荊州防守嚴密，下不了手而作罷。這是對我們這個小股勢力最好的選擇。就像陛下的那句名言一樣，我們能做的不是全力進攻，而是要待天時，等孫曹兩虎相爭的機會。所以當時我們把西川主要的兵力放在了漢中，也是有兩手準備的。第一手準備，為的是曹操真把兵調到東線的襄陽樊城戰場之後，關羽那裡吃緊，我們乘虛從西線出擊。來個一石三鳥，搶曹操西邊的地盤，加上解關羽的圍，外帶打破孫權和曹操的聯合；第二手準備，就是示形於敵，東西呼應，形成犄角之勢。最起碼的結果是讓曹操手忙腳亂，顧此失彼，舉棋不定，知難而退。我們呢，不戰而屈人之兵。要這樣的話，曹操和孫權的聯合也就沒有實際意義，無疾而終了。我們又可以躲過一劫，過幾年安生日子。」

我附和著點頭說：「是啊，荊州失利，關羽敗亡後，不少人指責我們為什麼沒派兵支援他。甚至有人憑空臆想，說咱們是嫌關羽尾大不掉，借曹操和孫權的手來除掉他。有這種想法的人不是居心叵測，就是缺心眼。其實一開始的時候，關羽的任務就是分散曹操的注意力，打亂曹操進攻西川的計畫。咱也沒想到，強盛的曹操因為錯用了一個於禁做主帥，一上來就被關羽水淹七軍，沒有了還手之力，咳咳咳咳咳。」

諸葛亮趕緊上來幫我捶背，餵水，接痰。這讓我很滿意。人需要相互利用，也需要體貼和溫情。沒有溫情的利用，就如騎虎上陣。不是命喪虎口，就是輸頭對手。

喘了幾口氣，我接茬講道：「說句公道話，失荊州不是咱們沒智慧，沒增兵支援造成的。只不過是那些凡夫俗子們想不到在意外的勝利面前，我們開始想玩點大的。當然也不是關羽大意失的荊州。做為一個戰將，一開仗就出奇地順利，占襄陽，圍樊城，加上老天幫忙，借著水勢，斬龐德，捉於禁，要是不想乘勝進軍，一鼓作氣直搗敵巢，真就要懷疑他另有打算了。」

我頓了一下，心裡不禁還是嘀咕了一下：「雖然是多年的兄弟，可一旦有了自己的根基，有些情況還真的是不好說。」念頭一起，不禁想咽下去。

諸葛亮看我一伸脖，以為又是濃痰上湧。我輕輕擺手制止了他：「曹操起傾國之兵去對付他時，咱們在緊張了一下之餘，不是也在暗自高興嗎？沒想到關羽進攻之後，出現了我們做夢都願意看到的形勢。開始只是想把孫曹聯合的企圖給破壞了，守住現有的地盤。沒想到開局大吉，為我們創造了用奇的機會。這可是我們原來不敢指望的機會。關羽的壓力越大，我們趁機大撈一把的勝算就越大。只要關羽能再堅持一陣子，曹操的兵都蟻集東方，咱們在西線一發動，說不定長安都要落在我們手裡。那樣的話，咸陽以西，一舉可定，天下震動，大業可成。可惜，可氣的是孫權在這個時候一反常態，沒有再好面子，也沒再娘娘腔。趁關羽後方空虛，防備不足，毫不猶豫地插了一杠子，形勢比咱們預想的快得太多，這個時間差沒打好，緊趕慢趕地沒搶上這幾步，結果咱們的如意算盤全給打亂了。假如我們在孫權動手之前拿下了長安，形成了壓倒性優勢，說不定，孫權會轉而進攻曹操，就像狼群分食牛肉。這個失誤不是戰略上的失誤，是戰術上沒拿捏準。說的到家點，是貪心有點過大了。這個毛病，我在這次彝陵之戰又重犯了一次。性格決定命運，成也蕭何，敗也蕭何。這些話真的不假呀！」

諸葛亮說：「陛下說得極是。俗話說，心急喝不得熱稀粥。我們過於心急了。開賭就贏，於是就大賭，結果大敗虧輸。」

我歎了口氣：「唉，是啊。為人不可心太貪。做小事可以賭，小賭怡情嘛。做大事不能賭，賭會傷身。要是關羽知道我們樂見他去冒這麼大的風險，為了大撈一把，讓他去吸引曹操的重兵進攻，不知他會不會怨我這個大哥見利忘義，不顧兄弟性命。這要是我們的如意算盤得逞了，皆大歡喜，給他重重的封賞，讓他名利雙收，他也許想不到這一層。結果我們機關算盡太聰明，到頭來失了荊州的地盤，送了關羽的性命，成了竹籃打水一場空。宏偉計畫變成了貽笑大方的大敗筆，吃的虧也只能是打掉的門牙望肚子裡咽。外人看來，我們好像站在高山觀風景，光指使著關羽去拼命。他們哪裡知道我們的西線計畫。所以我跟你說要對我們的一廂情願這個宏偉企圖嚴格保密，免得讓這個賭徒心態公之於眾，影響了我們重義輕利的名聲。」

說到這裡，我忍不住心裡長歎一聲：我主張借為關羽報仇的名義伐吳，不也是一個宏大深遠的計畫嗎？失荊州的事還有這個諸葛亮瞭解其中的原因和道理，用心和委屈，我算是有個人可以訴說一下，讓心裡好受些。伐吳在彝陵慘敗這件事，真的是無人可講，無人可說，只能是悶在自己心裡。我的這個病的病根之一大概就是這個憋悶了。唉，歷史經常是會重複的，從這個意義上講，時間其實是會倒流的。要是像當初那樣有關羽張飛坐臥不離，無話不談，我至於憋屈出病來？要是有甘糜二夫人那樣的寬慰體貼，噓寒問暖，我哪能會身體越來越差？就是有孫尚香在身邊，她那個眼裡沒大事的勁頭，也不會讓我整天死鑽牛角。即便是曹操，若能有機會再和他來一次青梅煮酒，和他談一談我失荊州，敗彝陵的前後的深層思考，我覺得他不會認為我的想法膚淺少謀，也不會嘲笑我是在編理由自圓其說，給自己找臺階。因為曹操做過的不為人理解的事比我要多得多。他心中的苦悶憋的更多。他是我的敵人，也是我的知音。現在關張甘糜，連曹操都不在人世了，孫尚香也在千山萬水之外。雖然我的朝堂之上人來人往，儀仗所至前呼後擁，可我感到的是冷清和孤獨。這些人，這種排場讓我感到就好像面對著光怪陸離，目不暇接的豪華盛筵，山珍海味都有，冷熱葷素齊備。難得是真難得，珍貴是很珍貴，可是百味雜陳之中，需要費盡心機去調理搭配。稍不注意，食性相克，就會落個傷身損神。哪裡像我從小就愛的清水燜酥魚那樣百吃不厭，也不像一碗熱乎乎的稀粥那樣讓我感到溫暖熨貼，就連一碟不起眼的小鹹菜也能開胃下飯。有時候真的在惶惑自己是不是在做夢。難道人奮鬥一生，得到眾人眼裡這個最高的位置，最好的結果，換來的只不過是一種用「高冷」來形容的感受？

諸葛亮當然不會想到我心裡在思量著荊州和彝陵這兩個跟頭都是讓同一塊石頭絆的。更不會想到他在我心裡不過是個客卿，客情多過感情，近乎多於熱乎。他只是順著我的話音趕緊起身：「都怪亮謀劃不周……」

我示意他坐下，說：「哎，魏蜀吳三家都不缺能人，一旦都認真起來，好多事情都沒法預料。正應了那句話：「計畫沒有變化快」，這也是為什麼三家能長期共存的原因，也是單憑力量沒法定勝負，我們這個小勢力機緣巧合變成獨立王國的原因。要說失荊州是因為這個原因，這算是我們的禍；做為三家裡面最弱的一家，我們也因此能立國，這又是我們的福。『禍兮，福之所倚；福兮，禍之所伏。』這話也對呀！」

諸葛亮一邊點頭稱是，一邊按著他的思路接著說：「孫權這個人也算是名副其實，他對外是該裝孫子的時候裝孫子，該耍權術的時候耍權術。你看他向曹操稱臣就像拉屎放屁一樣隨便，一切都是為了能保住他的地盤。好在他對內倒是個實在人，一旦進了他的圈子，他倒是體貼入微，百般呵護。聽說對死去部下的家人多有善待，在用人上唯賢唯才。他的中大夫趙諮曾對曹丕誇孫權，說他是聰明、仁智、雄略之主。『納魯肅於凡品，是其聰也；拔呂蒙於行陣，是其明也；獲於禁而不害，是其仁也；取荊州兵不血刃，是其智也；據三江虎視天下，是其雄也；屈身於陛下，是其略也』。這幾個例子舉的還是不錯的。這也是他能保有江東的一些內因外因。」

他頓了一頓，然後說：「這也是我要說陛下和我對失荊州都有責任的另一個原因。我在從關羽嘴裡聽到了他對待曹操的滿意答覆後，我問他：『倘曹操、孫權，齊起兵來，如之奈何？』他說：『分兵拒之。』我說：『若如此，荊州危矣。吾有八個字，將軍牢記，可保守荊州。』他問：『那八個字？』我說：『北拒曹操，東和孫權。』這時候我看到他臉上露出了些不耐煩的神情，語氣裡帶著敷衍的味道說：『軍師之言，當銘肺腑。』當時以為他這種表現就是因為他驕傲的性格在作怪，不願聽我這個比他年輕的人在眾人面前對他指手畫腳。雖然我心裡有些不痛快，可也相信有了華容道的教訓，他會把我的話聽進去。現在陛下這一說華容道的真相，我才明白，他對我從來就沒有服過氣。當時我說『東和孫權』的時候，他根本就不認為我對孫權的判斷是對的。甚至可能對我主張聯合孫權產生了逆反心理，所以才有了以後脫口說出惹惱孫權的話。我是咱們這夥人裡，最早主張聯合孫權的人，也是一直在做這方面的工作，當時給孫權兒子去提親的又是我親哥哥，所以我猜，關羽那句潑婦似的『虎女犬子』的話，起碼有一半是衝著我的。關羽不是一個大度的人，華容道這件事壓在他心裡這麼多年，相信他會在心裡不痛快的時候時時想起，終究是要找個機會發洩一下的。」

我插了一句：「關羽的那點文化底子，能讀懂你寫的那些文縐縐的話就不錯了。哪有餘力去領會你那字裡行間的意思。也怪我，沒多督促他好好學習，光讓他做了點門面上的功課。弟不教，兄之過也！也怪你，跟我們這幫直來直去的直漢，有話不直說，偏要轉彎抹角如羊腸。不過，他後來按你的要求對曹傾力進攻，說不定也是得罪孫權的話出口以後，醒過了味來，想用打趴曹軍對你做個人情上的平衡。人的想法總是在變化之中的，做大決定的時候，往往不是因為權衡一些大事，而是考慮壓在心裡的一些小情。」

他歎道：「唉，一切的一切，因為華容道這件事，他不相信我的判斷力，不相信我比他更瞭解孫權，乃至曹操，更不要說隨之而生的逆反心理。而我卻還在以為他已經因為華容道的事對我的機謀心服口服，從而會言聽計從。」

他停下來，看看我：「唉，要是我早就知道華容道的真相，我不會猜疑關羽和曹操的關係，看到他打曹操全力以赴樣子，只顧高興了；也會注意到關羽在我主張聯合孫權這件事上口服心不服，一口惡氣總想找茬噴出去；更會掂量掂量我們自己的分量，早點明白鬥力鬥智我們都不是人家兩家的對手。我們只能採取短促出擊，以攻為守的烏龜態勢。所以大意失荊州這句話要是對的話，大意的人不單是關羽，更多的是你我君臣呀。華容道事件是我掂量曹操本事的一個砝碼，原來以為曹操的智謀本事也不過如此。所以關羽進攻曹操開局順利，讓臣進一步認為臣的帷幄運籌遠勝於曹操孫權，的確是有些自鳴得意，忘乎所以了。華容道事件也是考慮關羽守荊州這件事的一個立足點。立足點根本就不存在，剩下事情再努力也是白費了。」

我聽了諸葛亮的話，心裡是又悔又喜。

悔的是，沒有早點抹開面子把真相告訴他，縱容他對人對事對自己的判斷出了偏差，差之分毫，失之千里。這成了失荊州這件大事其中的一個重要原因。要是現在荊州還在，關羽不見得會死，張飛不見得會死，夷陵之敗也不見得會有，我也不會在白帝城得病，死在眼前。

他說的一點不錯，開頭看來一件不算太起眼的事，最後發生不同凡響，出人意料的連鎖結果，在我前半生也發生過。像當初孔融請我這個縣令去幫他解圍時，我的一個閃念：「孔融居然知道世上有我劉備這麼人啊！」不就讓我有機會代領徐州，成為公認的皇叔的嗎？這就是有的文人說的什麼「蝴蝶效應」吧？

再轉念一想，荊州當時不丟，不見得以後不會丟。我和關羽當時都是年近花甲之年。人說人年五十，不稱夭壽，我們又能多活幾年？就算我們按照最圓滿的計畫，當時不光保住了荊州，還佔領了長安，但是物極必反的道理在那裡。三國之間的博弈，就是誰最強，剩下的兩國就要合力攻之。曹操不會願意我們強大，孫權不甘做最弱的，兩家又都被我搶了地盤。我就會成為他們的公敵，他們真的會結成穩固聯盟，一起來對付我們。最後是我們不得不兩面作戰，兩手對四拳，我在世的話勝算的機會就不大。要是我死了，以我兒子的本事和性格，更是舞紮不了這些大事。這些地方得而復失的可能，懸念不大不說。我這個小國能不能存在也難說。到頭來，人家的便宜沒沾到，自己的老本也可能賠上。「賠了夫人又折兵」曾經把周瑜氣得吐血。要是賠了「夫人」又折「兒子」，我也會氣死，結果和我現在堪堪待斃的情形也差不多。

這是說的外部的威脅。要是跟著我的這些人因為這些勝利，成了驕兵悍將，真的成了一個個的尾大不掉，麻煩更大。從來人都是同苦難還算容易，同富貴卻要難得多。像現在這樣外部有壓力的情況下，內部更不容易離心離德，我的兒子們可能更安全些。即使是像關羽這樣長期經營荊州，我們有兄弟之義。一旦他和我都壽終正寢了，下一代認不認我們這一代的帳就更難說了。三國要變成四國五國的可能性也不是沒有。

再往遠裡邊說，我的性格，我的行事，是讓我最初能得到荊州，西川的原因。現在依然是我，荊州卻失了，夷陵也敗了。是我的性格變了，還是風格變了，還是整個世道已經變了？原來托起我翱翔的氣流如今變成了逆風，原來擁護我的力量已經把我唾棄？時也，命也，唉，到底是應該屈身守分以待天時，不可與命爭也。歸根到底，溫濕氣流上升到寒冷的高空就是要變成急雨冰雹的。所以，荊州對我來說，歸根到底是得何足喜，失不足憂。再者說，丟了就是丟了，三國裡沒有「如果」，只有因果。世上任何一個人單單從自己願望這裡考慮，該得的東西多了去。可有幾個人能時時心想事成，件件稱心如意的？

人終有一死，地盤地位都是些生不帶來，死不帶去的東西。我現在最關心的不是這些，而是我的子嗣的將來。若是我給他們留下的資產太多，福多遭妒，財多壓身。裡裡外外覬覦的人就多，不但不能讓他們安享富貴，反而會使他們更容易惹禍上身。人世間欲速反不達的事情太多了，我經歷過的因貪致禍的事遠的近的都有，就連曹操在赤壁不也是犯過同樣的毛病。要是他占了劉表的荊州後，不想一鼓作氣平定孫權，也不會有周瑜火燒戰船的大場面出現。現在我占有益州，漢中，江山險固，足以自守，這個地利算是給兒子們準備好了。天時非人力所能左右，只能囑咐他們屈身守分以待天時。現在我在做的就是把「人和」的道路打開了。如今，我用華容道這件事，讓諸葛亮把自己認作了我的「犬馬」，把他從裡到外都馴服了，讓我能像家裡的一個順手的物件一樣交到我兒子手裡，這就是我「喜」的原因。少向後看，專注前行，這樣才有可能成功。

曹操沒有走華容道，這次是我在走「華容道」，是我在為我的後代清除那些眼睛看不見的「攔路虎」。除「虎」的辦法倒是真的使用了市井上流傳的，憑空編出來的華容道故事裡曹操的手段：先來軟的，在道理上講明白。軟的不行的話，再想別的辦法。現在看來，我的「軟」手段已經奏效了。

順帶著我心裡的一塊「攔路石」也拜諸葛亮的一番自責，一併給卸在了路旁。原來對沒有及早接回孫尚香有種後悔的感覺，現在眼前看到了其它這些大大小小的失誤。這些失誤就像覆蓋在山嶺上的雲霧，把那種後悔的感覺覆蓋了，淹沒了。蝨子多了不咬人，看到自己有過這麼多的失誤，心裡感到的不是痛，而是一種麻木了。人生有一時順利已是幸運，何必為本來就該有的坎坷而懊悔歎息。功成名就的紀念塔是由功業和失誤，喜悅和懊悔所鑄就的。

正事說到這裡，我已經達到了和諸葛亮私下交談的目的，我也有些精疲力盡了。他看出來了，就行禮告退。在他走到門口時，我又叫住了他。

我鼓起最後的精神，眼睛注視著他，嘴裡念念有詞道：

對酒當歌，人生幾何！譬如朝露，去日苦多。
慨當以慷，憂思難忘。何以解憂？唯有杜康。
青青子衿，悠悠我心。但為君故，沉吟至今。
呦呦鹿鳴，食野之蘋。我有嘉賓，鼓瑟吹笙。
明明如月，何時可掇？憂從中來，不可斷絕。

越陌度阡，枉用相存。契闊談讌，心念舊恩。
月明星稀，烏鵲南飛。繞樹三匝，何枝可依？
山不厭高，海不厭深。周公吐哺，天下歸心。

他半是探詢地說：「陛下是在吟誦曹操的〈短歌行〉吧？」

我喘著氣，打趣說道：「記得你我第一次認識時，是你在榻上躺著，我在榻前恭立。看來我們君臣分別時，是要我在榻上躺著，你在榻前立著了。場景轉換，只在不覺之間。人生真的如早晨的露水，一晃眼的時光，就在風吹日曬下消盡了。」

諸葛亮趕緊行禮：「請恕臣當初無禮之罪！」

我寬慰他，半真半假地說：「何出此言。我當時是誠心相邀，在榻前站一會又何足道哉。其實站在那裡的時候，我在想姜子牙和周文王的一個傳說。說的是，文王請子牙坐在他的車上，自己在下面推車。在推了八百步後，實在是推不動了。這時候，子牙對文王說，上天將會保佑周室八百年。我一個時辰接著一個時辰地站著，張飛急得要放火，可我在想，也許上天在借你來考驗我，我對你恭立一個時辰，上天會不會也要保佑我的王朝一百年？所以，我是心甘情願地站在那裡。也算是我的一份悠悠之心吧」

諸葛亮再拜說：「臣本布衣，躬耕於南陽，苟全性命於亂世。陛下不以臣卑鄙，猥自枉屈，三顧臣於草廬之中，從此方得遂陛下以驅馳，如今位高爵顯。如若不是陛下，臣現在也不過鄉間一耕夫爾。如此知遇栽培之恩，臣敢不鞠躬盡瘁，死而後已，以報萬一？」

我對這話很滿意，人不能不明白道理，更不能忘本，忘了本離背叛就不遠了。諸葛亮無疑是個能人，要是兼有忠誠本分之心，那就是我求之不得的了！想到這裡，我覺得需要用順心話鼓舞他一下。

我像是不經意地說：「赤壁之戰前，你到孫權那裡聯絡孫劉合作事宜。第一次見孫權時，你就智激孫權，讓他同意的共同抗曹。更妙的是，你竟然料得到他心中對抗曹的疑慮並沒有消除。這讓魯肅都對你的判斷力佩服的五體投地，不簡單，著實不簡單。」

他有些不好意思的說道：「其實，其實，這個判斷力是我老婆教我的。」

這倒是有些出乎我的意料：「噢，早就知道小黃才智出眾，沒想到是如此棟樑之材。可惜可惜，早知如此，我一定會五顧貴府，請她出來任職。」

一邊說，我一邊心中竊想到：「要是我的朝堂上文有俗稱黃阿醜的黃月英，後宮中武有公認刁蠻的孫尚香，世人會怎樣編排我的重口味？」

沒想到我的話讓諸葛亮越發局促了起來。他手中的羽毛扇不自覺地在大腿上拍打著，說：「嘿嘿，嘿嘿，我說她教我，是指的每次和她吵架我認錯之後，第二天，她還會再翻一次舊賬，歷數我過往的不是，讓我再重複道歉一次，這件事才算過去。所以，那次見到孫權之後，我覺得他表面上看起來紫髯碧眼，相貌堂堂，說不定也是個娘娘腔。這才督促魯肅再去和他強調一遍曹操的弱勢，堅定他的信心。」

我不禁笑了。孫權，你的確帶著不少的娘娘腔。不然讓自己需要的人之間相互聯姻這樣媒婆擅長的事情，怎麼會叫你做得遍及四方。曹有叔伯兄弟，我有義弟關張，你孫權的穩坐江東，靠的就是這種「娘娘腔」。

諸葛亮走後，我閉目養著神，邊回想著剛才和諸葛亮的交談。我用慣了在別人出門前把人叫回來的方式。人在向外走的時候，是心氣放鬆的時候，這時候警覺性最低，準備性最差，把自己最關心的事放在這個時候提出來，得到的回答會更接近別人的真實想法。這就叫技巧，這就叫深度。

我一死，將來會有很多的大事難事，把重任交給諸葛亮這個文人，也真是有不少讓我擔心的事。正是像曹操說的「憂從中來，不可斷絕」。我的生命就像烏鵲一樣地飛走了，在我盤桓人世間時，留戀難舍的只有這三個兒子了，倍感無奈的也是這三個兒子。這個世上還能有人比我更能感受到「繞樹三匝，何枝可依？」的滋味嗎？希望諸葛亮能夠時時記起我對他的栽培，輔佐我那三個無依無靠的兒子，學周公，本本分分地做他這個臣子吧。

曹操的這首〈短歌行〉好像是為我今天的事情寫的。不光把我的心情表達得好，甚至把我請諸葛亮的事實都粉飾的天衣無縫。即使諸葛亮明白所謂三顧茅廬的底細，外面的人要是知道我用這個〈短歌行〉來與諸葛亮作別，也將會演繹出動人的請賢敬賢故事。這種故事反過來會對諸葛亮的言行產生約束，那就是我希望他做還政與幼主的周公，而不是周文王。文王的兒子奪了商朝的江山，做了天子，也就是周武王。武王死後，其子成王年幼，由武王之弟周公攝政當國。周公在國家危難的時候，擔當起王的責任；在國家安定之後，歸還王權，繼續做臣子。這就是我的心思。詞中之意，弦外之音，諸葛亮應該能明白吧。

我覺著我對諸葛亮私下裡的恩威並施達到了預想的結果，相信他也再一次明白了我的

「能」和他的「不能」。打仗講究攻心為上，攻城為下。對諸葛亮這樣的人，先是要把他心裡的那塊基石給擺正了，讓他有自知之明，敬畏之心，打掉他的驕傲之氣，才能讓他從裡到外地臣服。我殺了他的傲氣，而不是像我家祖宗劉邦那樣殺功臣那些人的肉體，想來這次我真的可以算得上是寬厚仁慈了。

不管怎麼說，把今天我的心情來個時間差和張冠李戴的語言安排，一個像真事的一樣的「三顧茅廬」故事就此可以結尾成型了。一顧，我發現接受了你。二顧，我庇護培養了你。三顧，我信任託付了你。

曹操十五年前寫的〈短歌行〉讓我用到了處理今天的事。他寫是為了禮賢和表明心跡；我用他的〈短歌行〉，是為了讓諸葛亮曲身守份做個盡心輔佐幼主的周公旦。曹操會寫，我會用。假如論英雄的命題還成立的話，我和他並稱英雄也算是實至名歸了。煮酒論英雄的故事也算是有了個圓滿的結尾。假如論奸雄的幻覺是一種現實的話，我比他更配得上奸雄這個稱號的事實又多了一個佐證。

至於我兒子的將來，就只能看他們的運氣和別人的運氣了。俗話說，一輩子管不了兩輩子的事。我只能是盡自己的力量了。人終歸爭不過命。

第八章

子龍，你是我的白馬銀槍

諸葛亮他們從成都趕來一個多月了，從我看到的和聽到的，我對他私下的恩威已經起了作用。治大國如烹小鮮，其中滋味出在急火文火之中。冷眼瞄著眾人進進出出，心裡想著做事該一緊一鬆。文的輔臣搞定了，現在該開始想武將了。

既有些本事又可靠的武將當然就是關張了。可他們現在都走在了我的前面。老黃忠倒是挺爽直義氣，像他戰長沙的時候，為報關羽在他馬失前蹄時的不殺之恩，即使有那百步穿楊的本事，也只是射了關羽的盔纓；在打劉璋的時候，不計前嫌救魏延；在這次伐吳時，衝鋒在前，中箭身亡，可惜了。馬超家世代公卿，本人有呂布之勇。可惜此人運氣太背。自從在潼關和曹操對陣失敗後，一敗再敗，最後在冀城連老婆，三個幼子，以及至親十餘口都讓人給從城上，一刀一個，剁將下去。像這麼不走運的人，我不敢托以大任。自己的家人都保不住，還敢指望馬超來保護我的兒子？現在論本事和忠誠，趙雲都是唯一的選擇了。

在這五虎將之中，關張的關係眾人都看得清清楚楚。我們三人是鐵三角，堅固而且穩定。關羽和趙雲的關係不錯；和黃忠的關係不好；對馬超的身分地位自愧不如，於是就更想在武藝上找回些自信，可偏偏馬超在武藝上的聲勢比他強。要不然，馬超剛降過來時，他也不會吵吵著要入川來和馬超比武。在收到諸葛亮吹捧他的武藝比馬超強時，也不會輕易作罷，把諸葛亮的信遍示於人。我覺得關羽在馬超的武藝面前有些心虛。找個臺階體體面面地下來正是關羽心裡想要的。在我自立為漢中王后，封關羽、張飛、趙雲、馬超、黃忠為五虎大將。當時關羽說：「翼德吾弟也；孟起世代名家；子龍久隨吾兄，即吾弟也：位與吾相並，可也。黃忠何等人，敢與吾同列？大丈夫終不與老卒為伍？」這就是在他心中的遠近親疏。

關羽對黃忠沒好感的原因，還是當年在長沙關羽和黃忠對陣的時候沒占到便宜。起初關羽要去打長沙，諸葛亮說老將黃忠英勇非凡，有萬夫不當之勇，讓他多帶人馬。關羽就是這樣的人，他聽不得別人比他的武藝高強。結果帶了五百兵就去了。到頭來果然是憑本事沒贏了黃忠。魏延殺了太守韓玄迎接關羽進城後，請黃忠相見，黃忠又沒給他面子。這就讓關羽到處不舒服。依我看，關羽是覺得黃忠瞧不起他。面子對關羽來說是太重要了。離開曹操他追求的是一個比留下更大的面子；樊城失利後，他沒有趕緊退回西川，而是冒著腹背受敵的風險，想帶著殘兵去奪回荊州，也有面子的關係在裡面；一直到最後留下區區一百多人守被東吳幾萬人圍困的小小麥城，放著大道不走走小道，也是有面子的因素。面子在他上升的過程中給過他勇氣和榮耀，也在他走下坡路的時候讓他發愚犯渾。

張飛最不待見的人應該就是馬超了。在葭萌關，張飛戰馬超。兩人一照面，張飛大叫道：「認得俺燕人張翼德麼！」沒想到馬超損他說：「吾家屢世公侯，豈識村野匹夫！」這一句話，就像在張飛臉上搧了一耳光。正所謂，良言一句三冬暖，惡語傷人六月寒。劈頭一句話，就像冰箭寒槍直刺咽喉一樣，直接把他倆的私人關係徹底滅亡。這個疙瘩就不好解開了。

張飛和趙雲的關係不好，知道的人卻不是很多。當年在長阪坡兵敗，聽到糜芳口言：「趙子龍反投曹操去了也！」張飛立刻叫道：「他今見我等勢窮力盡，或者反投曹操，以圖富貴耳！待我親自尋他去。若撞見時，一槍刺死！」我再怎麼勸，張飛都不肯聽。一到那最後時刻，骨子裡的不信任就露出來了。

後來赤壁之戰後，我們到處搶地盤，有次我問桂陽郡何人敢取？「趙雲應曰：『某願往。』

張飛奮然出曰：『飛亦願往！』二人相爭。孔明有些偏袒趙雲曰：『終是子龍先應，只教子龍去。』張飛不服，定要去取。孔明教拈鬮，拈著的便去。又是子龍拈著。張飛怒曰：『我並不要人相幫，只獨領三千軍去，穩取城池。』趙雲曰：『某也只領三千軍去。如不得城，願受軍令。』孔明大喜，責了軍令狀，選三千精兵付趙雲去」。張飛不服，我把他喝退。從這種帶著火氣的爭執上，也能多少看出兩個人的關係不太融洽。

張飛和趙雲不對撇子的起因是兩個人的脾氣秉性不一樣。趙雲為人威嚴，做事鄭重，有一碼說一碼，而且抱負不凡。就像他在攻下桂陽後，剛投降的桂陽太守趙范，想把自己美貌的寡嫂許配給趙雲。在這麼大的誘惑面前，趙雲大怒說：「吾既與汝結為兄弟，汝嫂即吾嫂也，豈可作此亂人倫之事乎！」此後我到了桂陽，覺得這也是一件美事。趙雲回答道：趙範既與某結為兄弟，今若娶其嫂，惹人唾罵，一也；其婦再嫁，使失大節，二也；趙范初降，其心難測，三也。主公新定江漢，枕席未安，雲安敢以一婦人而廢主公之大事？」我再問時，他就說出了那句他的名言：仕宦當作執金吾，娶妻當得糜夫人。處世做事論邪正，說話理論一二三。這就是他。

張飛和趙雲不同，張飛暴而無恩，酒後剛強，鞭撻士卒，做事輕易，不從人諫。我三十六歲那年，我帶著關羽去打袁術，留下張飛守城。他嘴裡答應著不飲酒，不打軍士，聽人勸。可是到頭來，自己喝的大醉不說，還把徐州的地頭蛇曹豹鞭打了一通，致使曹豹勾結呂布，趁機奪了徐州。

兩個不同性格的人，若是不能形成互補，就要產生誤解和對立。我們劉關張三人在一起的一個原因是互補，而張飛和趙雲不融洽就是相互不理解。

性格上的不同出現的疙疙瘩瘩畢竟是些小事，到了緊要關頭兩個人也互補過，像那次孫尚香回娘家，他倆把阿斗搶回來。當然這裡面就凸顯出我這個人的粘合作用了。我是文武才能平平，運氣機遇一般，「粘合」是這些人聚在我身邊的一個因素。不像曹操，他靠的多是「吸引」。「粘合」的結果是親密，可一個人渾身是鐵也打不了幾顆釘，就是把我整個人都變成漿糊，也不能粘很多人。所以我能有個緊密的小圈子。「吸引」的力量有穿透性，它既可以讓近處的人靠近你，也能感應到離你遠的人，所以曹操對人才能做到近悅遠來。他的圈子是五湖四海。

深層次的分歧才是趙雲不能成為我和張飛的四弟的原因所在。在大家鼓動我自立漢中王時，張飛在一旁叫道：「異姓之人，皆欲為君何，況哥哥乃漢朝宗派！莫說漢中王，就稱皇帝，有何不可！」對張飛來說，和我在一起，主要是因為我這個人。只要哥倆感情好，就是僭越，稱帝他也不在乎。

趙雲和張飛在這裡明顯不一樣。在我準備伐吳時趙雲諫曰：「國賊乃曹操，非孫權也。今曹丕篡漢，神人共怒。漢賊之仇，公也；兄弟之仇，私也。願以天下為重。」對趙雲來講，忠心擁戴我是因為我是漢氏宗親，是興復漢室的希望。假如我不是他希望看到的那種人，他就會像對待公孫瓚那樣疏遠我。而關羽的好面子，有時候也就是矜持傲氣的性情，在一些慣常裡遇到的事情上，和趙雲的處事方法會有些相近。如果不深究原因的話，趙雲和關羽的關係可能表現得和諧一些。要是在我自立漢中王時，他們三個都在場，我估計他們三個的立場會是：張飛激烈地贊同，關羽平靜地支持，趙雲會在猶豫思忖中同意。

趙雲就是這樣一個獨特的人，或者說是一個掙扎的人，他希望自己做事符合「德」的標準，他希望在一個混亂的事態中找到中衡，他希望在一個強取豪奪的世界上樹立正義，他希望在是非顛倒之中建立公平。他心裡有政治，有標準。可惜，他生不逢時，他沒有，也無法在現實裡找到一個完全符合自己理想的完美環境。

在他很年輕的時候，去投公孫瓚。公孫瓚對趙雲說：「聽說冀州的人都想要依附袁紹，怎麼唯獨你能迷途知返呢？」趙雲回答說：「天下大亂，不知道誰是明主，百姓有倒懸之危，我們要追隨仁政所在，並不是因為我們個人原因疏遠袁紹，而投奔你。」後來我在公孫瓚面前誇獎趙雲，公孫瓚不以為然地提醒我：「這個趙雲可不是為我而來的，要是有一天他看透了我的私心，就會毫不猶豫地離開我。所以，我用他，但不會重用他。」這句話我一直記在心裡。果不其然，後來，趙雲藉口兄長去世，向公孫瓚請辭歸鄉。趙雲對我說：「終究不能做有違德操的事。」說到這裡，誰都應該明白了吧？趙雲追隨的是我掛出去的守義於兄弟的招牌，我晃動的那面忠心於漢室大旗。要是扛招牌舉大旗的換成別人，他照樣會跟著走。

在他面前，我要儘量做得光明正大一些，而不是像在關張面前那樣隨性；也不像在諸葛亮面前，只要是有利可圖，就能敞開談。說實在話，在趙雲面前，我怎麼老覺得活著有點累，有點少鹽沒味呢？

所以，在剛佔領成都時，我想把肥天美宅賜給眾官員，趙雲反對說：「霍去病曾說過匈奴未滅，何以家為，現在國賊不只像匈奴只有一個，所以還不到可以安定下來的時候，須等到天下平定之後，再使眾人返回家鄉去耕耘田地，這才是最好的決定。益州人民，屢遭兵火，田宅皆空；今當歸還百姓，令安居復業，民心方服；不宜奪之為私賞也。」他說得是義正詞嚴，我要是不同意就成了跟百姓過不去。再看看眾官員，一副滿心想要，口難開的德行。我一看，對這些官員感到心裡不痛快：「你們想要好處，又不願去反駁趙雲。敢情是等著吃現成的，讓我來做這個惡人？可不能養成這種取巧的習氣。」心念一轉，當時趕緊裝出大喜的模樣，一口同意了下來。對內借趙雲給那些官們一個教訓，得罪人的是趙雲；對外我賺個以民為重的名譽，最終佔便宜的是我。可看著趙雲一口一個國賊，一口一個天下，一口一個百姓，一口一個民心的樣子，這心裡卻是老大不舒服，擔心有那麼一天，我在他眼裡也會變成一個國賊。

子龍啊，不是我現在說你。人家霍去病不要賞賜不會得罪別人，因為那些賞賜是皇帝給他自己的。古之名將不乏高高興興謝賞，然後大大方方地分給手下人的，賺的是人心。你這樣義正詞嚴的一番道理，可是裡裡外外把人得罪個遍了。就像一群餓狗眼睜睜地看著你把它們快要到嘴的肉給拿走了，它們不咬你才怪呢。

跟著公孫瓚的時候，你一句「追隨仁政」打了主子的臉。對公孫瓚有意見時，居然跑到我這裡說他是個草包笨蛋。你就不想想我和他是同窗，他是我的靠山，我本來是通過私交來投奔他的。你講政治，可你不懂人事關係，不知道政治對於絕大多數人來說，不過是拿來為自己謀利的幌子。

跟著我的時候，你一句「百姓天下」端了百官的碗。當年你打下了桂陽，太守的美貌寡嫂想嫁給你。我和諸葛亮也羨慕你豔福不淺，結果你來了一句：大丈夫不怕沒女人。敢情只有你是大丈夫，我們都是些見色起意的小人物？你看人家曹操，張繡投降他以後，見到張繡的嬸子漂亮，立刻拉進軍帳裡逍遙。難道曹操算不上是個大丈夫？你那一句話，確實能顯示你的高風亮節。你有沒有想過，那會顯得我們油膩膩，色瞇瞇，渾身上下寫滿卑鄙齷齪。

現在媚上壓下的人和刁買人心的人比比皆是，唯獨你這種上上下下裡裡外外全得罪的人算得上是世間奇葩。

我只能說，趙雲，你是一隻鷹，一隻帶著自由的心的鷹。記得在徐州時，陳登曾經假借曹操的名義，說呂布是鷹，饑則為用，飽則颺去。我說趙雲是鷹決沒有把他比做呂布的意思。呂布武藝無疑是天下第一，可惜耽誤在了一個「利」字上。呂布這種鷹，追逐的是他眼前的利，一塊小鮮肉就能把他引得團團轉。趙雲的這種鷹，是雖然居於平凡，但心懷天下；本領超人，卻知道有所用和無所用。趙雲這種鷹，嚮往的是他心中的義，不管這種義在當下世間還存不存在。他的這種義和我們劉關張的這種義也有不同。按句官話說，他的是大義，我們的是小義。大義可以包容小義，小義卻沒有足夠的空間去容納大義。因為我們的這種小義也是為了逐利，與呂布之流的逐利要是有什麼不同的話，那就是呂布搶到的利主要是他一個人享受，而我們搶到的利是自己圈子裡的人分享。所以，呂布被他的手下綁起來送給了曹操；所以，我被我的手下抬起來送上了龍椅。相對趙雲要把天下的利拿回來由天下人分享的理想來說，呂布的自私和我們的虛偽之間的差別，基本就可以忽略不計了。駕馭這樣的人是很吃力氣的一件事，尤其是當你在竭力想裝成一種理想人物的時候。

在現在這個世道上還能殘存下這樣的人和這樣的心的確是很難得的。我內心其實也佩服這樣的人，這當然也是我對趙雲放心的一個原因，也是他能長隨我左右的原因。放眼望去，在碌碌眾生，茫茫人海之中，還真就有這樣的幾座孤峰在若隱若現。傾財舉義兵的曹操曾經是孤峰之一，但後來慢慢地被權勢和自我的勁風給風蝕了下去；討董卓的諸侯們似乎也曾經是過，但很快就分崩離析了；我也曾經想著做這樣一座孤峰。年輕時，幾經掙扎之後，頭在欲望之海的海面上冒出來了幾次，但最終是現實利益的力量像石頭一樣把我墜入了水中。隨著時間的流逝，依然矗立到生命最後時刻的孤峰變得少之又少。趙雲現在還能算上一個。曹操手下荀彧或許也是一個這樣的人。

荀彧人稱王佐之器。曹操見到離開袁紹來投奔他的荀彧時，高興地說：「吾之子房也。」在荀彧的眼裡，天下已經開始紛亂，如不及時扶正朝廷，天下將生叛離之心。所以他希望曹操能擔當這個大任。他認為在這亂世之中，奉主上以從人望，大順也；秉至公以服雄傑，大略也；扶弘義以致英俊，大德也。

他所追隨的人應該在度量上明正通達，唯才是舉，唯才是用；在謀略上能決斷大事，隨機應變，不拘成規；在法度上法令嚴明，賞罰必行；在德行上以仁愛之心待人，推誠相見，不求虛榮，行為謹嚴克己，而在獎勵有功之人時無所吝惜，使天下忠誠正直、講求實效的人都願效勞。

曹植形容他的人品：「如冰之清，如玉之絜，法而不威，和而不褻」。我不禁要歎息一聲，完人，這就是完人了。

一個正兒八經的趙雲就已經讓我端著個架子有些不自在，看看曹操手下荀彧的標準，對我來說簡直是高不可攀。這樣的人才曹操能夠用起來，也就襯得出曹操本人的本事和度量比我強了。

（後人注：能撐多大的事，能容多少的人，就能為自己開創多大的天地，做多麼大的神。）

不過，在我身後，諸葛亮若能做的如荀彧的標準那樣，我也就能閉上眼了。因為我要諸葛亮輔佐的是我的兒子，他越高潔，越自好，我會越高興。正所謂，此一時，彼一時。要是子龍的思想秉性現在能夠灌進孔明的身體裡，該有多讓我省心。

聽說在曹操想晉位魏公時，荀彧阻止道：「不可。丞相本興義兵，匡扶漢室，當秉忠貞之志，守謙退之節。君子愛人以德，不宜如此。」曹操的度量到底也是有個限度，它被這句話度量了出來。荀彧也因這句話而死。我忍不住要接著歎息一聲，做個完人是要付出很多代價的。有的時候，甚至是生命的代價。假如，我是說「假如」，我沒有這場病，我直搗許都，從曹家奪回了獻帝。我和趙雲的關係會不會像曹操跟荀彧的關係一樣，有始無終？

對荀彧和趙雲這類人來說，秉持君臣大義、依仁蹈義是他們的風範；忠君報國、捨生取義是他們的信仰。在這個年代裡，他們太小眾了，太高冷了。不會成為廣受歡迎的人，不論他們認為的人間大道是不是的確如此，他們都是那些在慾海裡沉浮的眾生的一種地標，一塊怪石。而他們自己卻只能是孤單地立在那裡，承受著激流的衝擊，歲月的摧殘，看著時間的河流，裹挾著隨波逐流的人們，不停地從他們的身畔掠過。將自己變成了越來越多的人眼中的過去和歷史。

忠義啊，對你們來說那是做人做事的準繩。可對你們的「主公」來說，那就是上吊繩了。對趙雲荀彧們，我除了敬意之外，就只能再送給你們一聲歎息了。在一個有規矩成方圓的世道裡，大家做事行為能看得出到底是得到了，還是最終得不償失，然後「道德」才能產生出來。我們現在的亂世，得失無法衡量不說，今天的「得」可能就是明天的「失」；在一事上的「對」，到了另一件事上就可能成了「錯」。你們要秉承的「道德」該從何說起呀？瞧人家諸葛亮，耍聰明，玩技巧，目的是想在利益上多贏，自然大家都高興；再看趙雲，秉正義，循道德，搞得大家面前煮熟的鴨子都飛了，這就該叫做多輸了。依我這種講實際的人來看，趙雲這種人到頭來只能是自找苦吃。當然了，不管你們誰多贏，誰多輸，到頭來賺得最多的只要是我自己就行。

這就是趙雲在我這個圈子裡的境況。他沒有得到顯爵高位，不是因為他的本事不濟，水準不高，擔不了大任；也不是他在我四十一歲時才開始追隨我，資歷比關張淺；更不是他的家世不像馬超一樣顯赫。而是因為他的曲高和寡，水清無魚。子龍，我的兄弟，你的令人悲哀之處在於你不懂人心，不懂人情世故，不懂人間世俗政治。你到底沒有明白，對很多很多人來說，道德正義就和明搶明奪一樣，不過只是一種謀生的手段，而不是人生的目的。你不應該對道貌岸然的人最終露出馬腳感到失望痛惜。也不必為改邪歸正的人感到鼓舞驚奇。我跟你說，對無數本事不如你的人來說，他們所追求的真理就是吃飯穿衣，然後再吃更好的飯，穿更好的衣。他們追隨你，不過就是你能帶他們找到他們渴望的「真理」。

正像在管仲病危的時候，齊桓公想讓管仲最好的朋友鮑叔牙接任。而管仲卻堅決反對，認為鮑叔牙雖是君子，為人近乎完美，但過於清白而容不得一絲醜惡。就因為這，我不能把身後的事完全託付給你。所幸，這種人不缺忠貞之志，謙退之節，容人之量，憫天之心。這就是趙雲多年相隨的根本原因。也就是說，趙雲跟我這麼多年，更多的是因為他不忍心離我而去，少部分的才是我對他的吸引力。或者說，別的諸侯的居心太赤裸裸。他無處可去。

世間多少人，剛認識時，親密無間，無話不談，可突然之間，形同陌路，無話可談。相知不見得一定就能帶來相近。但只要處置得法，表面和淺層的相知相近原來是可以把根本的不同掩蓋起來的。我駕馭趙雲的主線就是兩個字：「信任」。我的家小讓他照管，我的護衛由他統領。個人之間的信任。這就是我和趙雲之間已經發生的事情，是讓他不好意思離我而去的主要原因。也是將要發生的事情，讓他在我離他而去後，依然為我的後人出力獻身。對明眼人來說，也能看出我對趙雲的提防。當初，公孫瓚不放心讓趙雲單獨領軍。我也和公孫瓚相仿，從來沒讓趙雲像關張，甚至魏延和眾多蜀軍降將一樣，外放出去單獨鎮守一方。因為別人多少需要依靠我，而趙雲有獨立思考的個性。

我死之後，需要有一個可以信賴的人，現在趙雲這類人的品行正是我需要的。一旦他認為自己應該做一件事情，不論是不是別人要求他做，做這件事情的代價如何，他都會用比一般人更大的責任心去做。就像在長阪坡，趙雲保護的中軍被衝亂了。結果他一個人單槍匹馬衝回去救回了甘夫人和阿斗。這是因為，他覺得保護中軍是他的道義和責任。在他的眼中，我原來做的一些事也許是有違德操，所以他對我多少有些敬而遠之的態度。但現在我要是一死，保護幼主對他來說就變成了一種使命，一種義務，一種他應該做的事情，一種理所當然的責任。這個情況和當年進川與劉璋開打，讓第二批荊州兵來救第一批荊州兵的情形幾乎相同。這也是我能把開端有違德操的事，最終化為維護德操的事的一種人生智慧吧，這就叫領袖藝術。對趙雲，不用像諸葛亮那樣費心思。把他認的理在面前一擺，趙雲自己就會覺得責無旁貸，甘願為我所用。

說實話，我對自己的這種做法也是既高興又慚愧。高興的是，趙雲這種人對我一家的盡忠盡力。慚愧的是，我這是私心自用，在揮霍人間僅存不多的品格。將來，一旦後人意識到，即使把自己昇華到無比純淨的寶石，最終也會成為一個套在世俗手指上的指環上的一個鑲嵌物的那一天，還會有人再想做這樣的寶石嗎？真要是這樣的話，我這種巧使喚人的做法豈不就是作孽？我心裡不知為什麼，突然對我死的有些早這件事有了些輕鬆的感覺，這樣的話，趙雲的品格又有機會在保護我兒子這件事上發一次光了。這就算是我對趙雲的成全和回報吧。不然，他連做指環鑲嵌物都當不上。

我和趙雲的關係就像是現實和理想的關係。現實就是當下和眼前。我的現實主義就是怎麼對自己有利就怎麼幹。理想要追求的是一種他認為合理的和完美的結果。他的理想真的就是國家一統，漢室興複，士子盡忠義，凡人守道德。我們兩個相處的結果，大致能告訴世人理想和現實之間關係。理想就是一匹駿馬，不計辛勞，不計得失，向著自己認定的方向奔跑；現實就是馬背上的騎手，他要的是賽馬到終點後的錦標，或者借馬的腳力苟且逃命。不管所為何事，理想終歸是現實的使役和工具。

唉，幹嘛要分對錯呢？條條大路通上都，沒有對路與錯路。非要走對的路的話，那就是只給自己留下了唯一的路。這可能是最遠的路，也可能是最險的路，最偏的路，最孤單的路。依我說，人生匆匆過，選路就該選眼前當下最容易的路。

好了，我不高尚，我也沒打算高尚。我要為自己打算。來不及多想了，保住兒子最要緊。對趙雲，私下相托顯然是不合適，只有在眾人面前鄭重相托才能讓他以此為己任。有了趙雲的應允，萬一到了最後關頭，不論是荊州人靠不住，還是西川人合不來，我兒子仍然會有一線生機。我對趙雲的武藝還是完全放心的。我騎了這麼長時間的這匹「駿馬」，現在就傳給我兒子，做他的胯下腳力吧。「這匹馬」比關羽的赤兔馬還要出色。要知道，他的武藝在當今所有有名有姓的武將裡面，那可是數一數二的。我需要的就是他那名聲遍天下的武藝，對內震懾孽根暗箭，對外多一點勝算。

坊間對有名的武將有不少傳說，也流傳著排名榜，按照武藝高低排了個次序。看來，不光天下諸侯被世人看作是一匹匹的賽馬，就連這些用性命拼輸贏，求生路的將領們，也成了眾人娛樂的對象，茶餘飯後的談資。三國真的就是一個跑馬場。

一個很流行的排名榜是「一呂二馬三典韋，四關五趙六張飛，黃許孫太兩夏侯，二張徐龐甘周魏，槍神張繡和文顏，雖勇無奈命太悲。」對趙雲的排名，有不少人說他應該排在第二，所以有時也能聽到：「一呂二趙三典韋四關五馬六張飛，……」說的是呂布、趙雲、典韋、關羽、馬超、張飛、黃忠、許褚、孫策、太史慈、夏侯惇、夏侯淵、張遼、張郃、徐晃、龐德、甘寧、周泰、魏延、張繡、文醜、顏良等人。到底該是趙雲，還是馬超排名第二，我倒是毫不在意，反正他們都是我的人。我的五虎大將都在前十名裡，對提高我的聲望，添加我的氣勢也是大有好處。

說到這裡，敏感聰明的人該對這個排名的來歷有點猜想懷疑了吧。我的手下排名那麼靠前，這個榜是誰排的呢？不錯，排名榜的始作俑者是我，是我們，是我和我手下的那幫文人。而且這個排名榜是隨著時間和形勢的變化有不同的版本的，所以才出現了馬超趙雲排名的變動。也就是說，排名榜是為我而生，為我的利益而變的。

話說那一年，諸葛亮，司馬徽等等研究室宣傳部的人來找我，提出了一個把我這支小隊伍重新定位包裝的宣傳計畫。說是這樣才能讓我們有別於其他大大小小的勢力，才能突出自己的特色，才能更吸引人，達到近悅遠來，廣受歡迎的效果。

我一聽，這個主意有點新意。在那個年代，有地盤有人口那叫硬實力。有名出名就叫軟實力，更不要說名氣還會帶來看得見摸得著想不到的實惠。我贊同道：「好好好，別人一急眼就罵我是織席販履小兒，從一出道就被罵，一直罵到了現在。你們想想辦法怎麼把這個形勢扭過來。」

司馬徽撚著稀疏的鬍子沉吟道：「這件事不太好辦。你的底細知道的人太多，傳播的時間太久遠。我們只能把你小時候玩家家的一些事編成童話講給下一代聽。希望等他們長大後，把你當成少有大志的神童。但這需要時間。」

我又提議：「要不來點簡單的。我這個遇事只會哭的形象太讓我掉價。能不能有辦法把我塑造的高大上一點？」

諸葛亮眼睛一亮：「哎，我有個主意了。」

大家的目光看向了他。他說：「剛才我一直在想主公的形象定位該是怎樣。您這一提哭，倒是讓我有了個靈感。您的定位絕對不能高大上，而應該是低調低調再低調。」

我不傻也不笨。剛才這些人還說要讓我們更有吸引力。低調到土裡去了，人堆裡都找不到你，你去吸引誰？

司馬徽擊掌道：「對對對。低調到極致，低調到出類拔萃，這樣的反襯產生的效果更有感召力，親和力。這一招就叫高光下的低調。我說的高光指的就是你的強大感召力和無縫親和力。具體操作之一，就是在萬眾矚目時，極力地謙虛；全力鼓吹自己的時候，把身段放得低而又低。套用一個古訓就叫：低調做人，高調做事。成為萬民眼裡天然的主子。」

（**後人注：低調奢華的概念來自古老傳統文化。**）

我暗思：這不就是我和別人執手痛哭時，不斷提醒別人我是大漢皇叔的做派？我在拿新野百姓當擋箭牌，放火焚燒他們的家園時，轟轟烈烈理直氣壯地宣稱，那是為了免於屠城，拯救了十萬百姓的性命？可是有些事卻是高調不得的，像在別人手下混日子的時候，竊取四西川的時候。

石廣元打斷了我的深思，他贊同道：「木秀於林勁風必摧之，鳥珍於禽網羅以待之。看往昔天下出盡風頭者，如今還有幾人？唯有低調者才能悶聲撞大運，與世同進，與地同存。」

孟公威附和道：「若要想用才智做亮點，和曹操一比，只能是自討沒趣。若要用成就做文章，我們連孫權都比不上。劉使君的人格魅力是我們唯一的強項。」

我感到他們說的不是很全面，聽他們朝著把我描成一個低調完人的方向努力，我有點迷惑加心虛。我帶著顧慮說：「人這一生經歷很多事，單靠什麼低調做人高調做事八個字恐怕要捉襟見肘吧。萬一以後有人抓住我的某時某事來說事，我的形象不就要崩塌了嗎？」

眾人一起嚷嚷道：「不妨事，不妨事。萬一出現那種情況，我們再具體問題具體分析。有我們在，保證能把來龍去脈圓成過去。」

諸葛亮和我相處的較多，知道我有不少無法對人言表的過去，他大概能體會到我的顧慮。他自己也有不少只有自己才明白的事，估計他也有些感同身受。他沉吟道：「的確需要點全面考慮。凡事預則立，不預則廢。提前考慮周全，將來會省去一些麻煩。」

有人衝口叫道：「麻煩怕什麼。沒有麻煩，要我們做什麼？」

立刻有人嬉笑接茬：「就是，沒有麻煩，我們到哪去吃飯？麻煩就是我們的飯碗。」

更有人扯得更遠：「當然，沒有麻煩我們也得製造點麻煩。麻煩越大，越顯得出我們的手段。」

諸葛亮瞪了那幾個人一眼，然後觀察了一下我的表情。我知道這幾個人雖然像是在口無遮攔半開玩笑，說的卻夾雜著實話。的確，要想讓主子離不開你，不光要明裡會幹能幹，也要會暗裡製造些麻煩。他想儘快把話題引開，說道：「做事的事，分大事和小事。只要在大事上說得過去，小事上的缺憾可以叫做不拘小節，瑕不掩瑜。」

他看看我，見我點頭贊同，接著說：「高調低調，做人做事，一共可以組合成四種風格。」

有人不服：「哪四種？」有人開始在長袖裡指頭活動著開始算。連我的臉上也不覺有了點迷茫。

感到控制了話語權的諸葛亮開始找到了感覺，進而調整了狀態。他無意識地輕咳了一聲，說道：「第一種組合是高調做人高調做事。這是人人都想達到但很少有機會達到的境界。像曹操，挾天子，令諸侯，高舉高打，誰不服，揍你。天子只有一個，他先搶了去，別人只有歎氣的份，怨自己沒有那個福氣。第二組合是低調做人低調做事。項羽說過：功成名就不還鄉，就像穿著錦衣夜裡行。少有人做了得意事不去炫耀一番的。不過孫權是個例外。占據江東已歷三世，不想搞獨立，不去稱王稱皇帝。剩下的兩種組合是低調做人高調做事和高調做人低調做事，」他轉向我說：「這就是主公你需要做的努力。」

不等我說，有人開始表達不服氣：「一會高一會低，豈不是說主公是在反覆無常？」我心一虛，看向說話人。他顯然是不喜歡諸葛亮占了上風，想法比他的高明，沒有針對我的處事為人的意思。

另有人呼應道：「路不可高低不平，人需要一以貫之。兩種組合加身，看人下菜碟，遇事要算計，這不就是在耍權術，有損厚道忠義？」

諸葛亮在鬥嘴上確有長處，他不慌不忙道：「高調做人者，大漢皇叔；低調做事者，禮賢下士。高調做事者，興復漢室；低調做人者，後院種地。這不叫權術，叫謀略。」

這夥文人多是奔著我的名頭來的，也在享受著我的恭敬。再有反對，就會牽扯上我，聯繫到他們自己。爭論暫時平息了下去。

諸葛亮繼續發揮：「高調做的事就是興復漢室，至於漢室復興之後，由誰來做皇帝，」他又帶著深意地看了我一眼，其他人也心領神會地看了看我，「事成之前暫時隱去。」

文人在一起永遠不會缺少問題，在這個重大深遠的話題面前，只出現了短暫的靜寂，接著有人說：「鳥無頭不飛，人無頭不行。要是別人問興漢的領頭人是誰，難道我們說是曹操掌控下的獻帝？」

諸葛亮說：「領頭人當然是我們的主公劉備。」

爭論再次開始：「一旦興漢成功主公將處於何地？是取而代之，還是像曹操一樣獨攬權勢？兩種做法都是不義。」

像水似鏡有一陣子光聽只看的司馬徽這時候出來打圓場：「車到山前必有路，船到橋頭自然直。這種事情只能走一步說一步。說不定，那個時候獻帝已經駕崩，或者自願讓位，或者形勢所逼，主公被逼無奈，只好戴上皇冠，披上龍衣呢。」

看到有人幫腔，諸葛亮插進來說：「辦法有的是，小事一樁，小事一樁。」

被別人說自己提的問題是小事一樁，沒有一個聰明人會不產生聯想，沒幾個驕傲的人會覺得清爽。原本想見好就收的諸葛亮再次成為眾矢之的。

甲質問：「什麼是小事，當皇帝是小事？」

乙質再問：「剛才你說大事上有高低四組合。那你再說一下小事上四個組合，也讓大家見識見識你的謀略高見。」

諸葛亮當然不會示弱：「高調做人高調做事，如妄自稱帝吐血而亡的袁術。低調做人低調做事有徐州的陶謙荊州的劉表。高調做人低調做事當屬武功正數第一，品行倒數第一，除董卓救漢室卻無人提起的呂布。低調做人低調做事的，要數那些義兵義民，為主子搖旗吶喊，衝鋒陷陣，到頭來死無葬身之地，連個姓名都沒留。」

質問的聲音更加響亮：「這些算不得小事。難道成王敗寇，得勢的人的事情就是大事，敗亡的人的事就是小事；活著的人的事是大事，死了的人的事該無視？豈能以成敗來論什麼是正義，說誰算是英雄。」

這次我只好出來和稀泥了：「諸位，諸位，聽我來說幾句，聽我來說幾句。」

我沒談高低大小，成敗生死，我轉了話題：「諸位的格局廣大，見解深遠，讓我看清了當下，思考了明天。以我的經驗，和為上，和為貴。與人和，其樂無窮，與敵和，化干戈為玉帛。家和萬事興，國和天地應。戰為和，爭為和。要是任何的戰與爭不能帶來和平，那就是不義的戰爭。」

諸葛亮連聲擁護道：「主公說得對，站位高。」

對於他的頌揚和維護我沒有表示過多的感謝。是我和的稀泥為他擋去了唇槍舌劍。與其說他是在吹捧我，倒不如說他是在借此宣告免戰。別人擁戴你多是因為他們自己的利益使之然。

一直未曾言聲的崔州平這時連連點頭，進一步借題發揮道：「妙妙妙，北讓曹操占天時，東有孫權占地利，我們就在『人和』上面做文章。充分突出我們這裡群賢畢至，一個更比一個強的人才優勢。」

我發揮著天生的領導才能，試圖把他們相互之間的分歧異議變成為一個共同的目標一起努力。讓每個人都感到舒服的同時，為我壯壯聲勢。我說：「好。曹操在銅雀臺大會文武，

吹牛說，天下才學有十鬥，他們曹家占了九鬥。剩下一鬥天下人分了去。好大的口氣。不說別人，就說我的老師盧植鄭玄的真學問就比他曹家的那些貧詞豔賦要高深得多。要不，咱們也組織一個赤壁大會，召集天下文人，讓你們諸位一顯身手，讓所有的人都知道我們並不是一夥只知道輪刀拼命莽漢兵痞，我們這裡也是錦繡燦爛，群星爭輝，彰顯一下我們這裡的近悅遠來，眾望所歸。」

我這種明顯帶著虛誇的話一出口，本以為會出現低調做人，高調做事的場景，引來一片貌似堅辭，實則受用，嘴上謙虛，心裡蠢蠢欲動躍躍欲試的嘈雜聲。沒想到在座的眾人一個個抿嘴鼓腮，眼光遊移，竟然沒有一個人接茬。我略一思想，頓時明白過來，我這是犯了哪壺不開提哪壺的失誤了。在他們這夥人裡，拔尖的就算是伏龍諸葛，鳳雛龐統了。龐統就不用再說了，他這個人出名的原因我一直都沒太搞明白，他的文學水準也從來沒有顯露出來，計謀本事也多是些小聰明。倒是最有名的諸葛亮，在我第一次見他，他裝睡裝不下去的時候冒出來過一首打油詩：「大夢誰先覺？平生我自知，草堂春睡足，窗外日遲遲。」我想，要是拿這種水準的作品去跟曹植的〈銅雀台賦〉做比較，該是面前這夥才子們的吉夢，還是會讓他們悲鳴？

到底都是我的人，我的目的是讓他們感到自己有用，而不想讓他們太過難堪。我假裝想起了什麼似地說：「哎，要不咱們搞一個排名榜。現在有錢有才的都爭著上富豪榜狀元榜，要不咱們也發起一個武功排行榜？我估計，咱們隊伍裡的這些兄弟能爭上個名次。」

一聽說要對別人品頭論足，現場的氣氛立即活躍了起來。這是他們這夥人的強項，不用揚鞭馬奮蹄的營生。這個深得人心的提議也小小地彰顯了一下我的領導才能。遇到談論不下去的問題，不是氣急敗壞地說一聲散會，讓與會眾人沒滋沒味地離去。而是靈機一動，換另一個有意思的話題。

有人開頭到：「我說，咱們發起的這個排行榜，就要突出咱們的人。我提議這麼排：一關二馬三張飛，四趙五黃六典韋。讓咱們的主要將領排在前頭，用曹操最厲害的戰將做個襯托。就像鮮花需用綠葉襯，美女找醜女做閨蜜一個道理。」

另一個說：「我覺得排名的時候，咱們的眼界要開闊，起點要高。就像玄德公當年在虎牢關前，關張兩位猛將久戰呂布不下，他一出馬立即拿下。所以這個排名應該是，一劉二關三張飛。」

我一聽，有了飯裡沙子多的牙磣感。覺得這個頭開得有些格局不大，內涵膚淺了。要說文人們之間吹吹拍拍，說你的學問好，我的才情高，那還容易迷惑旁人。這個武功的衡量那都是要用命去賭去換的。你說你多橫多強都不管事，再大的名聲氣派，到了戰場上被人照頭一刀斬於馬下，那也就一切歸零。就像袁紹手下的顏良文醜不就是這樣嗎？

對人們的津津樂道說我有「人和」上的本事，我樂見其成，過去也不時地推波助瀾一下。其實我的「人和」主要體現在不停地投奔過很多人。而且投奔誰，誰就倒楣。這個經歷的好處就是我和很多人都有過交往。放眼天下，我做為一個不少場合的親歷者，在這方面的論斷夠得上權威了。

我咳嗽了一聲，連連擺手，只好實話實說：「諸位，諸位，千萬別提我的武功，那會讓同行笑掉大牙的。萬一哪天出來個不服氣的毛頭小子，到處吆喝要跟我這個天下第一比武，你們說我是該去擂臺上丟人現眼，還是裝聽不見苟且忝顏。我跟你們講講實話吧。要說呂布，成名早，不論是因為武藝相貌出眾，還是因為見利忘義的原因，知道他的人多。在虎牢關前，打得原本氣勢昂揚的十八路諸侯藏頭縮腦。當時我們三個急著想出名，生死不像那些有家有業的諸侯們那等重要。張飛上去戰了五十個回合。關羽看著擔心了起來，拍馬助戰，哥倆想欺負人家一個。結果又鬥了三十多合，還是勝負不分。我看著這哥倆在那裡死打硬拼，呂布有些開始吃力，估計再要是有根稻草也能把他這頭駱駝壓倒了。於是我也舞著雙股劍上去了。我的武藝很平常，玩命的決心也不大，可是對事情的判斷能力比關張要強。再說，要想賺個名聲，風險總是要冒的。張飛當時受了袁術的氣，正想找地方撒氣。一開仗，公孫瓚上去舞紮了幾個回合，敗歸本陣，正好把呂布引到了我們的眼前。他屬於不管不顧的那種人，被我一激就先上去了，拼得是死力。關羽比他聰明點，看著張飛呂布頂起牛來了，估計是想著趁機上前，一舉解決了呂布，讓自己賺個一舉成名。沒想到呂布的實力那麼強，上去以後又鬥了半天也沒見效。按後來在徐州時，張飛和呂布單挑，能戰到百餘合來看，關羽上去的還是早了。幫別人打架，一個是要把對手打倒，另外是要讓別人領這個情。參加得太早了不行，打了半天對手沒倒，別人可能要以為你沒出力，你自己還多冒了風險；參加得太晚了，別人已經勝券在握的時候，你衝上來，別人會以為你是來搶功。在對手敗勢已成，敗象未顯的時刻上去是最好的。俗話說，喘氣添聲，放屁添風。我當時就是這麼想，才沖上去的。根本就沒指望一舉拿下。

（後人注：據某小道野史記載，除了劉備在眾人面前說的這些，張飛關羽最終出戰的背後更有他對誰都沒法說的細節。他的確反覆絮叨著關張打不過呂布，刺激著他倆的自尊心。張飛也因此在恨恨連聲地一邊罵呂布是三姓家奴沒啥了不起，另一邊罵袁術侮辱他們的時候沒人替他們說話，現在讓這幫「貴人名將」倒楣也是活該。但關張終究沒有膽子真地跳出去，加上肚子裡對傲慢的盟主盟將有氣，不願出手相助。畢竟呂布的氣場確實太嚇人，這幫諸侯也太瞧不起他們。當時劉備三人並馬觀陣，劉在中間，關張在兩邊。戰鼓隆隆，殺聲震天。不光人心怦怦跳，騎的馬也響鼻連連，蹄踏刨跳，前突後銼，右衝左搖。劉備左手攏轡，右手控劍，眼看他的靠山公孫瓚敗下陣來，經過馬前。情急之下，他使了個陰招，借馬在扭動之時，手裡的劍暗暗地刺了張飛馬的後腿。那馬負痛，後腿一蹬衝了出去，剛好從斜刺裡與追公孫瓚的呂布撞了個正著。剛剛只是在陣下叫罵「三姓家奴」的張飛除了拼命別無選擇。打了一陣之後，張飛沒有被打倒，呂布的深淺也被他探了個差不多。劉備對關羽道：「呂布名不副實，打倒他就能名揚天下。」於是，名利心戰勝恐懼心的關羽也衝了出去。這才是三英戰呂布的來由。歷史的故事與歷史的真實常常難是一回事，小道消息比煌煌正史來的更可能接近真相，映射真實。）

估計呂布沒想到遇到張飛這麼個硬茬子，接著來了個關羽更是不善。正在手裡忙活，心裡打鼓，叮叮噹噹的當口，看到我怒馬瀟瀟，大耳飄飄地衝上來了，心裡正在琢磨這第三個會不會是個更厲害的角色的當口，讓我劈面刺出了一劍。要知道，我可是長臂過膝，胳膊比一般人長出一尺有餘。呂布按照常人臂膀的長度估算劍尖和自己鼻尖的距離，沒曾想這個距

離陡然縮短的許多。這就讓他以為遇上了劍神，開始有些慌了神。拼命的時候，除了技藝和力氣，最要緊的就是精氣神，神一慌，氣就不順，精則疲，力則竭。結果就有了一個三英戰呂布的故事。要是我上去的時機沒把握好，以我的武藝，不光不會幫上忙，說不定還要礙手礙腳，成了關張的累贅。甚至有可能被呂布當成軟柿子捏，一抬手刺於馬下。

（後人注：大耳飄飄似豬，臂長出奇似猿。西學大家們曾經推測，《西遊記》兩個主角，二師兄和大師兄的雛形可能源於劉備。或者說，劉備是古典文學人物形象的祖宗。）

不管怎麼說，以我的公孫瓚學長的本事，白馬將軍的名氣，在呂布面前單打獨鬥也就能招架幾個回合。以我那三腳貓的武藝，能借著關張的光，在眾諸侯面前露臉，博得個三英之一的美名算是沾盡了便宜。關張看我把打敗呂布的功勞攬去了太多，也曾口出怨言。我跟他們說：大哥我不是擔心你們嗎？要不然，憑我的本事，我至於出頭去冒那麼大的風險，跟天下終極殺手對決？

（後人注：事情不在怎麼做，而在如何說。他那兩句話把沾光搶功勞變成了為兄弟捨死忘生兩肋插刀。估計關張眨了眨眼，咽了口唾沫，反倒開始感激起他來了。）

在這裡，我可不是想給自己戴上一個文武全才，一代雄主和戰神的帽子。你們不是剛說了嗎？低調是我的風格，在這件事上也不例外。我也知道，只要是我一想高調，晦氣就會隨之而來。老天要想讓誰滅亡，必先讓其倡狂，此言不虛。」

有人附和道：「對，低調，低調。要是讓主公排在第一，就和我們開頭讓主公低調到出類拔萃的既定方案相違和了。」

又有人贊同道：「對。不過玄德公和當代的頂尖高手過過招，知道路有多遠，海有多深，天有多高，人有多能。最有資格對這些戰將的本事發點議論。要不你給定個調，我們來參謀？」

大家一致同意這個辦法。不光是因為他們這方面的知識儲備太少，也因為這個排名也是有可能得罪人的。要是我這裡的幾個武人莽漢對自己的排名不滿意，這幫文人真有點不敢面對。

我說：「那好，我就先開個頭吧。我說，這第一名應該是呂布。這個人打仗技巧高，人的力氣也大，用的裝備也好。在這些方面幾乎沒有短板。一桿方天畫戟，鉤刺掛砍，讓他用到了極致。在遠程攻擊能力上比黃忠的百步穿楊有過之而無不及。袁術的頭牌大將紀靈在關張面前能撐上十幾，三十幾個回合。那次呂布轅門射戟，調解我們兩家罷兵的時候，紀靈進門後看見我在座，想轉身走掉。呂布追上去一把把紀靈提了回來，「如提童稚」。董卓誘降他時用的那匹赤兔馬，更讓他如虎添翼。一時間天下無雙。他最後被曹操殺了（心裡暗想：當然這裡面也有我的一個絕招，不是關羽的拖背刀，也不是顏良的劈頭刀，而是殺人不沾血的兩面三刀），主要還是他帶兵的毛病。自以為天下無人能擋住他，有自負輕敵的原因；疏遠和他一心的陳宮，受陳登父子的蒙蔽，是另一個原因；做事憑感覺，再加上感覺老出錯，沒踏準人生命運的節奏，也是一個原因。按說，他手下的能人不少，像張遼，高順，臧霸，包括低一等的宋憲，魏續，侯成等，都是不可多得的人才。要是呂布能像我發揮關張等人的能耐一樣，把他的人用好，成為一方霸主的機會還是有的。可悲的是，大英雄呂布長了一顆愛財而不是愛才，而且憐香惜玉的心。愛財讓他殺了丁義父，投了董義父，得了個三姓家奴的名聲。這樣天下注意自己名譽的人，沒幾個想一來就成了董卓的孫子輩，有不少就不會來找他做主子了。在大敵當前，老婆說的話比別人的話都好使。活脫脫地楚霸王再世，而且比項羽還要溫柔。唉，呂布這個人呀，刀光血影之中他還如此溫柔，焉有不敗之理。歸根到底，不是別人打敗他，是他自己打敗了自己。人們常說女人『紅顏薄命』，他不幸就是武將裡的『紅顏』。要說我這一輩子有兩個榜樣。你們猜是誰？」

一個說：「應該是您的老祖宗高祖劉邦和光武大帝劉秀吧？」

我搖搖頭。

另一個說：「您的老師盧植鄭玄？」

我又搖搖頭：「都不是。我的兩個榜樣都是反面榜樣。一個是曹操。我自己說過，操以急，吾以寬；操以暴，吾以仁；操以譎，吾以忠：每與操相反，事乃可成。曹操名聲大，地位高，勢力強，學問好。我把他拿來和我做比較，潛移默化之中，就能把我的身分也抬高了。這也算一種高光下的低調。即使在窮困潦倒之中，也能給人胸有大志的印象。我對『榜樣的力量是無窮的』這句話的理解就是再窮也要有榜樣。有了榜樣才能擺脫貧窮。而呂布也是我在做具體事的時候的一個反面榜樣。呂布這個人，親老婆，不親戰將。而我親戰將，不親老婆。為了戰將可以不要老婆。」

（後人注：唱反調，永遠是後進者吸引關注的主旋律。）

一個不同的聲音說：「這個提法是不是不太合適？顯得有些薄情寡義似的，也坐實了謠傳是您的那句女人像衣服的『名言』。」

沒等我辯解就有另一個聲音接著說：「這不叫薄情寡義，這叫『現實』。俗話說，留得青山在，才能有柴燒。只有自己活下來，才能在以後的日子裡繼續親老婆，親戰將。做人要有原則，不然活著等於沒活。做事要講靈活，不然根本就沒法活。這就是人的生存法則。」

有一個說：「跑題了，別把正式會議開成了聊天會。剛才有幾個提名了？關張趙馬黃，加上呂布和典韋。要不就按：一呂二關三張飛，趙馬黃後是典韋？」

我說：「這麼低估典韋恐怕要降低我們這個排名榜的可信度。曹操看人比別人都要準一些，他經歷的人和事也多些。他對人的評價也很受別人尊重。這就是我在聽到他說我和他並列天下英雄時，差點高興到失態的原因。在對這些戰將的評論上，曹操第一次見到典韋就說他是：「古之惡來」，惡來是商紂王手下可以跟犀兕熊虎搏鬥的勇士。典韋曾經挺一雙大鐵戟，殺得呂布手下宋憲等四將各自逃命；也曾經在濮陽城南門，怒目咬牙，讓想把曹操堵在城裡的呂布第一戰將高順，外帶侯成，被他衝地倒走出城。典韋的名次不能靠後。要不然，說天下第一大勢力曹操手下沒能人，鬼都不會信。

就連曹操手下的許褚，他也曾撫其背誇曰：『子真吾之樊噲也！』你們都知道，在鴻門宴上，樊噲闖入霸王項羽帳中，『瞋目視項王，頭髮上指，目眥盡裂』威武氣勢讓項羽凜然。許褚在潼關和風頭正盛的馬超鬥得難解難分，也和典韋打的不相上下。這種事情盡人皆知。咱們的人排在前面，典韋許褚這樣的聲名蓋世的人連個名次都沒有。外人一猜就知道排名榜是瞎扯出來的。」

有人理了理頭緒：「好，這麼說，馬超，典韋，許褚是應該排在同一個名次的。那他們和呂布比誰高誰低呢？」

我說：「聽說曹操曾經把馬超和呂布相提並論，說：『馬超不減呂布之勇。』他也曾被馬超追得脫袍割鬚，狼狽不堪，以至於說出了一句：『馬兒不死，吾無葬地矣！』在馬超敗逃時，傳令得馬超首級者，千金賞，萬戶侯，生獲者封大將軍。能在曹操那裡得到這樣的『青眼』，當年血氣正旺的馬超決不簡單。我可從來沒聽到曹操對呂布有這麼害怕過。就算在濮陽城裡，曹操中了埋伏，差點被生擒和燒死，曹操都沒這麼『誇』過呂布。」

有人接茬：「要是有曹操的評價在，馬超又是咱們的人，那咱就把馬超排在第一。一馬二呂。你們覺得怎樣？」

我看看眾人，心裡想：「可惜，現在的馬超已經不是當年的馬孟起了。一敗潼關，再慘敗於涼州冀城。妻子和三個幼子，連帶近親十餘口被人一刀一個，在他的眼前，被人從城上剁下，縱使再剛威猛烈，也不會沒有那徹骨寒心的挫敗感了。到了在葭萌關與張飛大戰，打成平手時，已經是從他的巔峰上開始向下滑了。」

開頭的時候，看著人稱錦馬超的一方霸主對我畢恭畢敬，拱手聽令，心裡的得意之中，對他還有些許的不屑。現在我在夷陵吃了敗仗，自己成了一個苟延殘喘的人，才知道郁悶和沮喪是能殺人於無形的。一個男人連自己的老婆孩子都保護不了，內心的沮喪我是深有體會的。幸虧我的老婆孩子有一半失而覆得，另一半跳了井，但僥倖沒像馬超的家眷一樣在我面前死得那樣慘。這為我留了面子，也為我保留了起碼的自信心。不然的話，我可能早就和馬超一樣心灰氣短，只想找個安穩的角落去舔傷口了。馬超啊，現在我對你真的有了同病相憐的感覺了。

那時有人接著提出了反對意見：「不可。你們不知道當年關將軍要和馬超比武的事？要是讓馬超排名靠前，咱們自己家裡就會先亂起來。」

到了這種容易得罪人的節骨眼，這夥人都把眼睛落在了我的身上。有人問：「玄德公，你說關將軍的名次該怎麼排？」

我掂量著說：「這個……要說……那時候……」

諸葛亮這個時候開始插言：「要我說，排名一定要有實打實的戰績。都說馬超厲害，可馬超斬過幾個著名的戰將？關將軍就不一樣了。斬顏良，誅文醜那是鐵板釘釘的事實，」

我趕緊打斷他：「斬顏良是真的。二弟因為這個戰功被封漢壽亭侯，這是有據可查的。文醜是誰殺的，一直有爭議。很可能是張遼徐晃的功勞，也有可能是亂軍之中，被低調做人同時低調做事的，沒留下名字的小校撿了便宜。要說是二弟殺了文醜，曹操怎麼會不給他繼續加官晉爵。」

有人說：「也許正是因為關將軍誅文醜，曹操沒有再封他做鄉侯，縣侯，所以才心懷不滿，掛印封金，賭氣離開了他。」

「不可」諸葛亮打斷了他說：「如此一來，關將軍就成了耍孩子脾氣的人。把忠肝義膽的形象全毀了。為了文醜一顆頭，落得義薄雲天隨水流，不值。」

他轉向我，拉回正題：「這麼說，關將軍一定比顏良的武藝高出不少吧？」

我說：「從結果上看是這樣的。可是我看顏良文醜的本事不會在我的兄弟之下。像那顏良，在三合之內斬了宋憲，二十幾合讓徐晃知難而敗。你們要知道，這個徐晃和許褚打成平手，許褚和馬超打成平手。也就是說，徐晃的本事和馬超有得一比。跟你們說，許褚曾經和呂布鬥過二十多合不分勝負。顏良能在二十合之內把徐晃打退，他的本事絕不會在呂布之下。可惜，他志得意滿之時，讓關羽鑽了空子。我估摸著，顏良那天要不是到了睡晌覺的時候在打瞌睡，就是哪根筋不對勁了。對面敵將衝陣而來，以他多年的臨陣經驗，他就應該看出人家的馬快得出奇。要不就是他連勝幾陣，覺得自己登峰造極，把架子端得太足了？還是因為我和袁紹談論紅面大漢關羽是我結義兄弟，我要招他來降，他在旁邊聽進心裡去了，結果錯以為對面跑來的關羽是著急忙慌地想到他馬前納降的？或者，乾脆就是關羽邊向前跑，邊喊『我是來投降的！』之類迷惑人的話，讓他毫無防備？」

諸葛亮一聽，叫了一聲：「打住。」

我們都看著諸葛亮。

他接著說：「要真是那樣的話，後來在赤壁，老黃蓋使用詐降之計，帶著快船去燒曹營時，一邊靠近，一邊令人高喊「黃蓋來降！」，還真可能是跟咱們關將軍學的。要是早些把這兩件事搭上界，好好宣傳一下的話，現在世人可能不光口口相傳我借東風和華容道的故事。說不定還會有關羽給黃蓋上了堂詐降啟蒙課，借東吳之手智取曹營的故事出來。有了這些個故事，我們不光憑智慧，而且靠軍事實力聯合孫權打敗曹操的傳說顯得就更豐滿了。這個文章沒有做足，有些可惜了。您接著往下說，說不定又能給我帶來什麼其它靈感。」

我只好眨了眨眼，對借東風華容道這檔子事，心裡有話沒法跟他們說。只是順著原來的話題接著說：「我曾經問過關羽：「兄弟，你是怎麼把神一樣的顏良做掉的？」

關羽衝我難得地一樂：「老大，以後再告訴你。」

有人問：「告訴你沒有？」

我說：「還沒。等我有空找他問問。應該裡面有些竅門。」

我接著對那些文人們說：「和顏良齊名的文醜也是同樣倒楣，但他比顏良聰明。一看陣勢一亂，他明白雙拳難敵四手，猛虎鬥不過群狼。一對一也許勝券在握，要是遇上十來個不要命的小兵，像三個刺客對付小霸王孫策一樣，射箭的拉弓，持矛的亂刺，輪刀的招呼馬腿，他這個河北名將本事再大也不好招架。他沒像顏良那樣擺譜端架子，一看不好，圈馬就跑。要真像傳說裡那樣是關羽誅文醜的話，我能做出的合理解釋就是，他犯了一個簡單而致命的錯誤。跑歸跑，逃跑的時候，自己的馬跑得不慢，就以為別人的馬都不快，結果把一個腦後摘瓜的機會送給了我二弟。亂軍之中，人聲鼎沸，敵我難分，這種亂中撿便宜的事情很多。要說這個文醜，他的武藝應該和呂布差不了太多。這兩個人沒當面對過陣，讓一部三國少了不少精彩，使人無法領略另一場巔峰對決。我說他比呂布差點但有限，是因為我那公孫瓚學長當了回『尺子』。在十八路諸侯討董卓時，公孫瓚和呂布打了數合就敗了。後來公孫瓚因為和袁紹爭冀州打了起來，文醜在十餘合之內，把公孫瓚打跑了。要是文醜和呂布打起來，一兩百個回合裡肯定分不出勝負。

袁紹啊，他的兩員頂級大將都死得這樣不明不白，他那時候真是就沒想想，為什麼受傷的總是他？驕傲的習氣在他的隊伍裡蔓延滋長的因素恐怕是脫不了的關係。正像曹操的謀士郭嘉說他的那樣，繁禮多儀，好為虛勢。估計他的手下將軍也是犯了這類毛病，腦袋僵化，自以為是，好顯譜擺架子。看來一個武將的武藝，既在武藝本身之中，更在武藝本身之外，既是身體的動作，更是思想的結晶。顏良死了，文醜死了，更關鍵的是袁紹也死了。都說餵狗看主人。連狗主人都沒有了，誰還會把狗看在眼裡。在我們的武將排行榜裡能讓顏文二將露一下臉，當個抬轎子，幫人場的就很對得起我的故主袁紹了。想排名靠前？難。

不用挑明，旁觀的人也應該能看出來，二弟的成功有曹操的一半功勞。他要是沒把赤兔馬送給了二弟，二弟和顏良或者文醜交鋒會不會落得一個和徐晃張遼一樣的結果，也未可知。二弟能得到曹操的賞識，得到赤兔馬，單純用走運兩個字是解釋不了的。做武將的武藝是看家的本事，膽氣是進身的階梯，心術是制勝的法寶。只有膽氣和武藝，好的結果是『李廣難封』，壞的結果是顏良文醜送命。天下無敵笑到最後的人必須要有心術。

論武藝，在我們第一次從小沛闖出呂布的重圍去投曹操時，關羽和張遼交過手。二弟他自己也對張飛說過，張遼的武藝不在他倆之下。他和黃忠也直接對陣，打成平手。太史慈與江東小霸王孫策有過惡鬥；張遼和張郃曾經鬥過四五十合。以我看來，這些人的武藝當在伯仲之間。要是真有機會打循環賽，比量的結果有什麼意外，有輸有贏的話，多半是因為一物降一物，滷水點豆腐一樣的原因。

趙雲和他們比起來，似乎勝了一籌。我在汝陽敗逃時，被張郃當面攔住，趙雲曾經奮戰三十合，擊敗過他。當然，這裡面也有拼命的因素。當時要是衝不過去的話，就要讓人家包了餃子。我第一次認識趙雲那會兒，他和文醜交過手，戰了五六十回合。後來文醜看到敵人的援兵來了，自己撤了，趙雲卻沒追。以我的經驗，敵手退走而不追，多是因為已經知道對手起碼不遜於自己，追了有害無益。至於，長阪坡七進七出那些事，亂軍之中，有膽有運氣，外加點有本事的人都能做到，單純用武藝來衡量的話，不太有說服力。」

一口氣說了這麼多。我停下來喝口水，潤潤嗓子。沒等我繼續把膽氣心術說明白，其他的那些人就迫不及待地開始爭論我提到的這些人名次該怎麼排。於是就有了第一個排名榜：一呂二關三典韋，四馬五趙六張飛，黃許孫太兩夏侯，二張徐龐甘周魏，槍神張繡和文顏，神勇可惜命太悲。

這個排名榜看似公正，把天下所有的頂尖高手都考慮到了，可是仔細一看就能瞧出門道來了。第一位的呂布和第三位的典韋都早死了，其他排在前面的活人全是我的人。

平心而論，除了給自己人額外加分這個硬傷之外，當時確定的排名過分注重了戰績和運氣，沒有充分體現膽氣和心術的重要性。

說到膽氣，三英戰呂布時，張飛一個籍籍無名的小卒敢在十八路諸侯堪堪要敗的時候獨鬥幾十合，顯出來的是膽氣。長阪坡前，面對漫野而來的敵軍，趙雲單身救阿斗，沒有膽氣是做不出來的。張遼在逍遙津大破孫權，讓東吳人聞張遼大名，小兒也不敢夜啼，靠的也是以弱敵強的膽氣。相比之下，呂布在失勢之後，膽氣顯得就弱了。這大概就是呂布的一個弱點了，機緣巧合，事情辦得順手的時候，他會越來越精神；一旦進入逆境，第一個灰心喪氣的就是他。關羽在被徐晃擊退後，膽氣走偏入魔，變成了傲氣；愛面子到了聽不進人勸的地步，所以才有的一敗再敗。關羽和呂布走的是兩個極端，但結果是一樣的。現在，滄海橫流，看出我的優點來沒有？逆境中我沒喪氣，順境裡我也沒傲氣，所以在別人大起大落時，我有了一些成績。有人說，這是因為我有大志。其實這算不上是大志，只能是一種讓自己能生存的心術。

武將也有心術這一說。不要以為武將只知道擰槍便刺，掄刀就砍。武將的心術分大小兩種。大心術像張遼在合肥敵孫權，箭傷太史慈；徐晃大戰關羽於沔水，奪四塚寨。這等心術也可以叫帥才。小心術像關羽撩撥曹操於若即若離之間，讓曹操產生「得不到的才是最好的」感覺，不惜仿董卓引誘呂布的手段，拿赤兔馬來做誘餌。沒想到的是，關羽沒有呂布那樣直腸子好糊弄。曹操對他的好，反而讓他覺得自己是奇貨可居，應該放長線釣大魚。到頭來，曹操落了個雞飛蛋打。斬顏良也是關羽賭對了對方的狀態，用了異於常人的做法，才做到了一擊而中的。在不按約定俗成的規矩出牌的小心術上，關羽的天賦當算出類拔萃。得了赤兔馬，在武將行頭上的獨佔鰲頭；斬了河北名將，讓以後和他交鋒的對手，未曾動手，膽氣上先挫了幾分。呂布騎著赤兔馬的時候，一直都是和別人明來明去，死打硬拼，就沒把赤兔馬用得像關羽用得那樣出彩。關羽的做法好聽些的，叫做出其不意。通俗點，就叫暗裡偷襲，只要結果，不講手段。這一點上，他和曹操的用兵手法有些類似。這也是曹操被叫做奸雄的另一個原因。幸好，沒人送個「奸將」的名號給二弟。

關羽最後在樊城和龐德，還有徐晃打鬥的時候，騎的已經不是呂布的那匹赤兔馬了。一般馬的壽命也就是三十多年。能做戰馬的時間不過十來年。董卓送給呂布赤兔馬到關羽丟荊州的這段時間就將近三十年。關羽能騎一匹老馬上陣？雖然年齡影響了關羽的體力和精力，可沒了赤兔馬，關羽的打鬥本領就表現的沒有了斬顏良時的神勇，也就沒啥可奇怪的了。兩人打了個旗鼓相當。要是把原因歸咎於關羽老了的話，徐晃不也是一同老了，體力精力同樣下降了。正所謂，好漢出在馬腿上。我聯想到了顏良。莫非，顏良被關羽所殺，真的是因為顏良的驕傲自大。自以為整齊彪悍的萬馬軍中，沒人敢把他一個河北戰神怎麼樣？關羽的荊州敗亡莫非也是這樣。把馬的火紅毛色看得比馬的腳力更重要。不像我，換一匹的盧，助我跳出檀溪，逃命而去。再換一匹白馬，讓龐統代我一命歸西。我可以感覺得到，顏良關羽都有托大的毛病。靠著往日的真假事蹟，把架子越拉越大，滿以為架子的威風，就能夠讓對手心寒手麻。可惜，運氣像旋風，說來就來，說去就去。遇上個不信邪的對手，到頭來，架子的沉重先把他們自己壓趴。

（後人注：現代有句俗語：好馬出在腿上，好漢出在嘴上。出處就源於這裡，即諸葛聰明出在嘴上，關羽神武出在馬上。）

可是在大心術上，關羽就有些欠缺了。在樊城輸給了徐晃，在荊州途中敗給了呂蒙。剩下的只有個人的一點武藝和蠻力，在組織嚴整的軍列面前，就發揮不了多大作用了。（我心中獨白：任你身高體長過房梁，也要彎腰低頭躲房檐。縱有千里赤兔踏波行，終究難過絆馬繩。若他跟著我身邊，以我求生避死的本能，絕不會讓他那樣魔症。）就像趙雲剛一出世，跟著公孫瓚時，一槍刺死袁紹的大將麴義後，直衝到袁紹的跟前。袁紹身邊只有持戟的無名軍士數百人，眾軍士齊心死戰，趙雲到底是衝突不入，沒辦法把殺個七進七出的壯麗提前寫

進史卷裡。戰將單靠自己的本事，能發揮的作用就此可見一斑。所謂的「萬人敵」不過是一個溢美之詞，不要太當真。想要打勝仗的話，戰將的帶頭衝鋒陷陣自然很重要，調理調度，讓兵士同心協力更重要。關羽和呂布最終失敗的原因，都是把希望過重地放在了單兵較量的小心術上。所以才因小而失大。

要說我的兄弟戰將在排行裡名列前茅，我高興就是了，不應該在這裡費這個心思。其實你們是不知道我心裡的苦和甜。

這個「甜」好說，人的名，樹的影。我手下的猛將如雲，鼎盛時馬超的武藝名副其實地能算是一流武將。關張趙黃穩居二流武將之中。這真的能說明我有「人和」的本事，也能讓人知道我的蜀漢並非羸弱小國。對這個排名我們也是下了不少功夫的。可以說，功夫既下在了排名榜之中，也下在了排名榜之外。比如，我們把關羽樹立成忠義將軍，包裝上綠袍。把張飛標榜成霹靂將軍，他一輩子都必須穿黑掛皂。把趙雲打扮成瀟灑將軍，既是在血肉橫飛的殺人場，他也只能穿白袍。看著有點像戲臺上的滑稽角色是吧？不這樣，怎麼會讓大眾注意到我們這些不起眼的人物？沒有了關注度，好機會怎麼會找到我們？

苦的是，你們不知道這一切都是怎麼來的！

我起家時，不像袁紹有家族門吏遍天下的人脈；沒有曹操那種首富傾家相助的開頭和後來挾天子的優勢；也不如孫權他爹和呂布他乾爹那樣有實力和名聲上的基礎。我完全就是從零做起。唯一能依靠的差不多就是自己這幾個親近的人，唯一能救自己的就是自己，靠著拼命創出一條路來，靠著耍些手腕混下去。跟著我們的那些人，看家本事不行的人早就在一次次的慘敗裡被淘汰了，那些沒膽氣的早就跑回家了，那些沒心術的只能學著長些心術。在打仗上，呂布靠的是自己駿馬畫戟的本事；孫權靠的是水陸兩棲；袁紹靠的是勢力強大；曹操靠的是精兵良將。除了不多的幾次死裡求生和為個人的名譽而戰，人家自己和手下用不著去死打硬拼。只有我這個當時的窮人，天天靠的是辛苦，仗仗拼的是性命。我這幫人排名靠前有超常發揮的原因，有用些不得已而為之的手段的原因，也有不得已的苦衷，念念不忘的希望是能夠向死而生。兔子能夠比獵狗跑得快，並不見得是兔子腳程占優。更多是兔子在為自己的性命而奔跑。而獵狗只不過是追逐一塊有它也過活，無它也活著的肉。人，敢賭能拼，不見得是算清了能得到多少，而是心裡明鏡樣的清楚，即使一敗塗地也是沒有什麼會失去。

哪像是人家那些正規隊伍裡的將軍，打仗靠的是集體的力量，輸了也有翻本的本錢，敗了頂多受主人的一頓責罵。碰上主人好心情的時候，不時地還會得到些許安慰。要是有更開通的主人，可能在將軍上陣前，就關照：「打得贏就打，打不贏就回來，人比啥都重要。」所以單打獨鬥的時候，人家的將軍能把對手拿下來更好，感覺到打不過，大多數的時候都不會去死拚。就像徐晃對顏良，張郃對馬超一樣。武藝上雖然有高低之差，但不用拼命也是徐晃張郃早早退下來的原因。而我們，只能整天喊「拼一個夠本，拼倆賺一個，命值幾個錢？要成功就不要怕犧牲。」

說到家，我心裡的這個苦就是「害怕」……害怕不知何時何地何人把我們這個沒根沒基的小勢力給滅了；害怕找不到下個藏身之地，寄居之處。自從出道以來，多數時間我都是生活在害怕之中。別人家的戰將衝鋒陷陣多少都有成就功業的成分。而我們多是因為「怕」而去拼命，也才不得不去拼命。要說別人是拼命就會有犧牲的話，對我們來說，不拼命肯定會犧牲。可以說，我帶著關張等一眾走了出來，我們的原動力就是「害怕」。在恐懼中生活了那麼長時間，我懂什麼是害怕，我懂怎麼樣害怕，我是有名的人中最瞭解害怕，也是最明白如何利用自己的害怕和別人的害怕的人。這就是為什麼關張等人一直追隨我的原因之一，也是我每次失敗後都能捲土重來的原因，也就是所謂的「善敗」。「柔弱」，「癡愚」和「平庸」加上「忠厚」，「仁義，」算是我的外表，懂得害怕，利用害怕才是我真正的「法寶」。所以說，無所畏懼是曹操的一種領導素質。我和他相反，擔心害怕讓我成了我們這幫逆勢而起的草根平民的主心骨，成了他們避開覆滅的燈塔。

隨著我有了地盤，時代變得不同了。命還是要拼，仗還是要打，但是向死而生的心勁沒了。而這個排行榜就是順勢而為，在換一種玩法，我要讓他們忘掉柔弱，忘掉平庸，更不要再去害怕。我要讓我的手下成為明星，讓原來的兔子變成獵狗，讓他們為了維護自己的明星光環，讓他們去搶去爭，讓他們感到輸不起，只能贏，為我繼續去拼命。畢竟北有曹操，東有孫權，我依然需要別人為我賣命。

第一個排行榜發出去之後，在市井之間產生了一定的反響。人嘛，只要不把自己擺進去，喜歡的就是這種誰比誰強，誰比誰能，誰比誰富，誰比誰狂的無聊事情。要是一把自己也擺了進去，就會有「人比人得死」的哀鳴了。

但是，關羽大意失荊州，被排行榜上無名的潘璋馬忠生擒，被排名靠後的龐德逼平射傷，和與顏良鬥了二十合就退下來的徐晃打了八十回合仍不分勝負。戰績很差，運氣不佳，膽氣大洩，心術趴趴。這些現實讓人對我們始作俑的排名榜有了不少非議。有人還編了一個順口溜：一呂二關三典韋，我看當中有點吹。

關羽也死了，排行榜的破綻也漏出來了。為了繼續演下去，我又召集那夥文人商量對策。他們建議把關羽冷藏一下，向後排，這樣就不太引人注意了。

我當時很遲疑：「這樣不好吧？二弟和我一起奮鬥多年，情同骨肉。現在屍首兩分，我們就做這種事，有點太昧良心了吧？」

話音沒落，就聽甲說：「奮鬥多年怎麼了？你瞧他一個大意把你奮鬥一輩子得來的一半家業給丟了。你說他是有功還是有過？」

乙說：「記得上次你說過，文醜不見得是關羽殺的。最近，東吳給孫權他爹孫堅立傳，印了不少本籍，到處散發。上面明明白白地寫著，華雄是孫堅殺的。關羽溫酒斬華雄的事開始受到質疑，這對關羽的形象也有衝擊。」

丙說：「你這個兄弟其實過去就坑過你。曹操打敗你以後，你投奔了袁紹。他殺了顏良，袁紹是不是要砍你的頭了？後來文醜又被殺，逃兵報告說又是一個紅臉大漢幹的，袁紹是不是又差點要了你的命。要不是你腦子反應快，幾句話說服了袁紹，你早就「托他的福」沒命了。」

丁說的更陰些：「都說他投降曹操後，對你的兩個老婆十分尊重，住在一個屋裡都沒越軌。事出異常必有妖，曹操送十個美女給他，他都不搭理，這不合常情嘛。男女之間這種事溫酒不等放涼就能辦完……」

我忍不住怒喝一聲：「夠了。」

人走茶涼。這些話慢慢地在我的心裡發酵了起來。默許諸葛亮他們悄然對排行榜做了微調。叫：一呂二馬三典韋，四關五趙六張飛，黃許孫太兩夏侯，二張徐龐甘周魏，槍神張繡和文顏，雖勇無奈命太悲。

（後人歎：周公恐懼流言日，王莽謙恭未篡時。便是千古兄與弟，其中曲折誰人知。尋常人等，又何必把別人的品頭論足放在心裡。）

這就是第二版的排行榜。馬超有家世有背景有名氣有事蹟，由他來取代關羽做我們武將的代表人物稍好一些。畢竟人在世上，家世基礎還是別人注重的東西。現在天下三分的格局大致明確了下來，形勢比以前穩定多了，人們開始注重身分地位，權勢錢財，來頭背景，享樂前程這些事情來了。一個官氣滿身，高貴多金的將軍，自然會吸引更多的眼神。於是，這個合民心，順民意的排行榜流行的比第一個榜要廣泛得多。

早先，我沒基礎，苦打苦拼處處擔心，卻每每化險為夷。時光轉到了現在，我有了基礎了，本來想的是像和劉表酒後瞎吹的那樣：「備若有基業，天下碌碌之輩，誠不足慮也。」我和我手下的人，不用再像原先那樣耍心術，拼性命了，不用每件事都與曹操的做法相左了，不用有什麼害怕的了。於是我主動放棄了我多年磨練出來的長處，像當年的袁紹顏良一樣兩眼望天端一端架子了。就象這次夷陵不攻堅，也讓咱品一下好整以暇的滋味，就像貓抓住老鼠後，先欣賞一下老鼠的恐懼和徒勞。沒想到的是，如今有了基業，自己卻似乎正在變成碌碌之輩中的一員，就像後期關羽再也沒了溫酒斬華雄，陣前刺顏良，甚至傳說中馬後誅文醜的神勇。如今，舊的害怕少了，新的憂懼又產生了出來。原來是害怕敵人，外人，現在成了憂懼的是自己的人，內部的人。夷陵敗給年輕的陸遜之後，現在對自己搶來沒幾年的根基心裡沒底，對自己拉起來的這幫人心存疑慮。我面前擺著的是一個全新的難題。這次能不能安然而過呢？

自己已經感到了無能為力，兒子憨厚有餘，智慧可慮，又到了一個多事之秋，危難之時。到頭來還是要靠不多的幾個人來支撐，費盡心力來博一博。好在趙雲的長處就是每每在兵敗如山時，方顯英雄本色。就象初投公孫瓚時，槍下救人，與文醜大戰五十餘合；長阪坡前，我們所有的人都逃之夭夭，惟有他衝回去救出了阿斗和甘夫人；據漢水時，救黃忠，以寡勝眾。現在只有繼續發揮我擔驚受怕的天才，用我的新恐懼和老心術，激發出他為我犧牲的勇氣，借用他的信仰，武藝和膽氣，想辦法保住我的子孫後代的時候了。三國，不光是天下分成三國，而是人間處處有「三國」。就說我這個小圈圈裡，跟我時間長的這些老人幫，荊州幫和西蜀幫不就是一個微縮版的「三國」嗎？子龍，蜀國有崇山險關才能苟延殘喘；我兒子身邊有你，方能多些安全。

我要告訴諸葛亮，我要主動提出，現在是推出新版武將排名榜的時候了。就是：一呂二趙三典韋，四關五馬六張飛，黃許孫太兩夏侯，二張徐龐甘周魏，槍神張繡和文顏，雖勇無奈命太悲。

我現在該用趙雲了，我現在需要趙雲了，我應該給他創造點名氣，提高點身分待遇，搭好個檯子，好讓他登臺唱大戲。這樣對我來說非常實際。不然，我該怎麼辦？肥田美宅他不喜歡，金錢美女他不在眼。這個最新排名榜中，刻意突出的就是他一人。現在，我唯一能給他的就是這個名氣的光環。

要是有人說，趙雲沒有斬殺過有名的上將，沒有驕人的戰績，排成頂尖上將缺乏堅實的依據。我會說：他有膽氣，他有義氣，他有心胸。特別地，他敢作敢當，不耍小心術。

在我們有些實績證明自己的時候，我們的排行要注重戰績。要是沒有戰績時，我們就應該強調膽氣義氣心胸。我說：「趙子龍一身都是膽，所以由他來做這個領軍人物。」我還可以說：「子龍有心術，有大心術，有帶著正氣的心術。他看到的是民心和國家，他放眼的是正統和天下，這種以蜀國為己任的心術和胸襟合起來叫心胸。他是今後武將的表率。」這就是我論功行賞的順序：親，功，用。

讓此排名留傳後世吧。此後，不會再有新版排名了，不會再有比排行榜上的人更加有名的名將了。因為，名將的揚名包裝，排名榜的首創原創，我，已如風中殘燭，微風未到，就已左搖右晃。

（今人注：給富豪，奢侈品排榜製單，原來已經發明了近一八〇〇年。以其對現代文明的影響程度，當列為古代最偉大的五大發明之一。發明人：蜀帝劉備。）

第九章　是該走的時候了

又一次見到了關張，妻子夫人們，在他們的後面還遠遠地站著我娘。再遠處有一個模糊的影子，一個聲音告訴我那是我爹劉弘。他們站的地方一片光明。我的的盧馬不知從何處跑來，停在了我的身邊。我覺得身輕如燕，一飄而起，跨上馬衝到了他們的面前。這時我聽到身後一陣嘈雜，回頭看見近侍和御醫們在我的床前亂做一團。他們在幹什麼？沒等我想明白，關張他們就開始用力地向後推我，好像在喊：把事情都辦完了再來！他們推得那麼猛，我這把年紀哪受得了。渾身上下一痛，我睜開眼，看到了床前眾人驚恐的面容，御醫滿臉的冷汗。原來又是一個夢。過去在我身邊死去而又活來的人也有幾個了。我聽他們說過，這是將要歸天的感覺。看來我的大限真的不遠了，該是交代後事的時候了。

我揮手讓圍在身邊的人散去，命人取紙筆，撐起身子寫下對兒子們最後的囑咐：

「我放心不下的兒子們，你父少小喪父，深知沒有父親這棵大樹庇護的苦楚。我曾經決心不要讓這一幕在你們身上重演。沒想到，人爭不過命。我離開成都時耀武揚威，時隔一年多就行將就土，這中間沒有令人懷疑的事情發生，我周圍也沒發現心懷不測之人。從剛剛開始得了一點痢疾而已，後來轉而得了其他的病。眼見得，殆不自濟。一切都是命中註定的事。雖然你們沒有守護在我的近前，我身邊也沒有血脈相通的近親，少見休戚與共的故舊，但你們沒必要擔心我的死因有什麼不正常的地方。

人五十不稱夭，我現在年已六十有餘，能在這動亂的年代活到這把年紀，也沒有什麼可遺憾的了。只是放心不下你們兄弟。阿斗你今年才十七歲，你的兩個幼弟不到十歲。沒想到，我少年時的經歷在你們身上又要重現了。射援先生來了，說丞相諸葛亮驚歎你的智慧和氣量，有很大的進步，遠比他所期望的要好，要真是這樣，我又有什麼可憂慮的啊！自己一定要努力！你父小的時候，家裡的條件比你們現在有天壤之別。那個時候，家裡生活困頓，需要和你們的祖母織席販履，貼補家用。我能夠上學，還是仰仗同學的父親資助。為此，我同學的母親大為不滿，覺得不是一家人，不應該這樣常資助我。幸虧同學的父親不是「妻管嚴」，回答道：「我們宗族中的這個孩子，不是普通人啊。」可惜的是，我那時不知道讀書的重要，偏偏羨慕鬥雞走犬，音樂華服這些富家子弟才能玩得起的勾當。對此，我一直感到十分的懊悔。所謂「英雄不論出身」，你們不必為我貧賤的童年感到不好意思。但是說這些，只是告訴你們，人喜歡玩賞乃是天性，但一定要有一點立足於世的本事。上馬掄刀舞劍，萬馬軍中殺個血濺衣裳，這不是你們能做的，也不是我敢讓你們做的。算計運籌，玩弄別人於股掌，你們接觸不到真實的生活，體會不到市井心腸，這不是你們能擅長的。讀書吧。世人常說，書中自有黃金屋，書中也有顏如玉。我說，書中自有治國策，書中更有陰謀詭計。多讀些書，興許將來能派上點用場。

我死之後，阿斗會繼承我的皇位。這是一個在世人眼裡有無限榮耀的位子，一個可以自由作為的角色。你父從社會底層爬到這個位子，榮耀的背後是艱辛和委屈，自由的背後是如履薄冰，沒抓沒靠。假如在太平年間，天下一統，子承父業，會容易一些。我也曾努力地為你們創造出這樣一個條件來。像把曹操擠出漢中。這次伐吳也是為了讓你們將來在家坐得更穩當些。可歎的是，你父終究沒有做成所有的事情。現在天不假年，已經沒有時間再試了。

以你們的年紀，當皇帝是一副很重的擔子。我不得不把你們託付給諸葛亮等人。他將會是一個謹慎小心的人，多年來所做的事情也基本上都是出謀劃策。從來識才選材用材都是很重要的事，尤其是在用材上，所費的思量更多。才過低的，不堪用；才過高的，很難用。凡事需要大小高低合適才行。諸葛亮大致就是我現在能找到的最合適的一塊材料了。所以，他雖然才智經驗比你們現在要高得多，但他的根基主要還是在荊州籍的文官當中。主要的帶兵武將或者是跟我多年的人，或者是和他沒有太深淵源的益州人。這也是我多年來刻意安排的結果。我一直讓諸葛亮扮演的是謀士和管家的角色，把軍權分散在益州和跟隨我的老人們之間。現在一種制衡關係已經形成，就是司令的人不領兵，領兵的人沒權定奪大事。因此，在阿斗你成人之前，你盡可以放手讓諸葛亮主持對外征戰之事。我的死，對我來說是件壞事，對我傳給你的這個皇帝位子是件大好事，那就是一個「名正言順」。這個「名正言順」可以讓你當的這個皇帝有根有據，少有人再追究它是我搶來的，裝迷糊僭越自立來的。這樣可以保你一段時間的平安，容你們變得羽翼豐滿。

就像曹操當年挾天子以令天下諸侯，讓他占盡了便宜一樣，興復漢室是我們的鎮國之寶。皇帝只有一個，曹操搶了去，別人就沒辦法了。當時袁紹比曹操勢力大，路子廣，但在這步關鍵棋上輸給了曹操。「興復漢室」這種招牌大旗造起來容易而且吸睛，三國之中只有我們扛得最名正言順，這是個寶，就像獻帝是曹操的寶一樣。有了這個寶，內部要是有人反對你，那就將不僅是以你為敵，而是以天下的正統為敵。就會有膽大的人支持你，膽小的人同情你。這樣的話，反對你的人就會覺得難度增大，支持同情你的人數就會增加。孫權想奪你的地盤時，有人會覺得他是強盜；曹丕進攻你的時候，就戴上了賊的帽子。此消彼長，你們就會更安全些。正所謂，名正才能言順，言順才好下手。扯起興漢的大旗，來做我們的虎皮。沒了這面大旗，我們的威不存，信不在，剩下的就只能當病貓了。再說，和能得到的利益相比，高喊「興復漢室」的成本可以忽略不計。這是一個隻贏不虧的買賣，一定要做下去，把這面大旗扛到底。

孫權襲荊州，殺關羽，他這樣做是欠了我們債的。血債血還是常理。可我這次去討債，帳沒要回來，還把本錢輸光了。我死之後，你們討回荊州的機會就更小了。好處是，在所有人眼裡，我為了關羽已經盡力了，你們不會再有道義上的壓力，非要再去報仇了。我過去對不起的人有很多，像現在咱們占的益州，本來就是劉璋的。冤冤相報何時了，我和關張是結義兄弟不假，利益卻是人人的衣食。以後，和東吳相處，就只剩下聯合這一條路了。不然的話，蜀漢只能是被孤立，後果堪憂。要是以後有人提出和孫權再續前盟，你們也用不著再考慮殺你關叔叔，氣死你爹這回事了。畢竟兩家聯合起來才能長久生存下去。沒有這一條，其它的什麼都談不上。要是和孫權直接談有障礙的話，阿斗你也可以用一下你孫尚香後媽這條線。別看她像個女漢子，當時對你卻是格外喜歡，連回娘家的時候都想帶著你。有人傳言說她聽說我在夷陵陣亡後，投江自殺了。我不相信，她不是那種離了漢子就不能活的人，再說，我們後來的感情也沒有好到她為我尋死覓活的程度。我和她結婚沒給你們生出個兄弟姐妹，從這裡也能看出來我們的感情遠近。

舉著復興漢室的大旗，就要有對立面。這樣才能讓天下人覺得蜀漢的存在有意義。打個比方說，就像在賽馬場裡，一匹匹馬你爭我搶，觀眾才會來情緒。要是馬們不急不慌地進行著友誼賽，這樣的馬就快去見屠夫了。曹魏就是我們要對抗的另一匹賽馬。要在這天下三國裡獨樹一幟，就要把興漢的話掛在嘴邊；要想吸引天下人的注意，就要不斷地對抗，找別人的麻煩。一個小國去對抗一個大國，聽起來好像是自尋死路，其實這就是我們這個山僻小國的生存之道。對抗不是和強大的曹魏去硬碰硬，而是要不斷地騷擾它；不是長驅直入大舉進攻，而是要利用咱們的地利，像烏龜一樣，瞅冷子咬一口，接著把頭縮回殼裡。要是真地打進人家的地盤，我們就成了以己之短，攻人之長。結果就可能要像關羽在樊城和我在夷陵那樣了。所以，對抗曹魏，動靜要大，動作要小。也就是高調做人，低調做事。這種事，諸葛亮做起來最順手，他得到的教訓決定了他不會大刀闊斧地幹。這也是我告訴你讓他放手去伐魏的一個原因。假如讓魏延這樣的人去幹，看起來魄力大，計畫妙，可終究會落得不可收拾。在這種事情上，魏延屬於那種才高難用的人。

肯定有人會說打仗需要錢糧，窮兵黷武可能會國疲民窮。但是，我們是三國裡最小最弱的一個，危機感最強烈，兵一定是要養的。就是不去打仗，當兵的也要吃飯，錢糧也省不下。打仗勝了，我們能搶回來別人的戰利品和地盤。打仗敗了，可以把仇恨引到你的對手身上，百姓反而會更需要你這個皇帝帶他們去報仇。我們這些只會帶來麻煩和災難，沒有行善積德的外來戶才能在本地人的心中創造出存在感，才能讓他們需要咱們，進而支持擁護咱們。不然的話，北有曹魏，東有孫吳，憑什麼蜀地的人要讓咱們做主子？這個法子在我進川打劉璋失利，龐統陣亡，不得不調第二批荊州兵進川支援的時候用過。這就是為什麼咱們這個需要休養生息的小國窮國反而更需要折騰打仗的原因。我藉口為義弟報仇去打東吳，蜀兵死傷無數，幾乎家家跟東吳有了血債。一時半會的，百姓人心是不會喜歡東吳，更談不上迎接孫權來當主子了。我伐吳看似失敗了，但我用蜀人對吳的仇恨為你築起了一道勝似長城的防線。這也叫因禍得福，禍福相依吧。

蜀人跟曹魏的仇隙不是很多，將來外部勢力通過本地人對你的皇位構成威脅的，非曹魏莫屬。所以將來你要設法利用機會多抹黑曹魏，多和曹魏打仗。曹魏殺的蜀人越多，蜀人就越沒有歸順曹魏的心思，對你這個皇帝就越忠心。

跟曹魏打仗，勝不足喜，敗也不足憂。因為一打勝仗，將士就會有些難以控制。如果出現大舉進攻魏地的情況，你關叔叔的悲劇就可能重演。要是失敗了呢？蜀地的人命歸天，但人心卻會歸你。所以，要打仗，要不斷地打小仗。要死人，要不斷地死當地人，只要不是死得太多，動搖了根本。一切都要度量權衡，得失適中。這就是我們這個小國的治國之道。

愛民是手段，馭民用民是目標，成就自我是目的。都說公道自在人心。其實這句話是失勢的人的哀鳴罷了。現實是人心就是世道。當此世道，人心為我所用就是本事，就是成功，就是正道。這就是我一生的堅信。人無此信不立。

百姓做事是為了自己，皇帝做事也是為了自己。要是皇帝真地變成了做事是為了百姓，那麼百姓就會淡忘君臣之規，漸失感恩之心，就快不需要你這個皇帝了。劉璋就是這樣的一個例子。所以，好的皇帝是在拼命壓榨一下百姓後，再讓他們放鬆一下，於是百姓對這樣的皇帝感恩戴德。再接著對百姓壓榨的時候，他們的耐受力顯得更強了，即使在遭受著壓榨的痛苦，心裡仍能惦記著原來放鬆時的舒坦。待到他們要忍受不了的時候，再給他們一次放鬆的機會。周而復始，壓榨放鬆，放鬆壓榨，慢慢地壓榨變成了按摩，不受壓榨就不舒服；人就變成了奴才，沒有皇帝就六神無主。這也叫得人心。不要以為，一提到人心就是要對百姓好，為百姓著想，替百姓辦事。想辦法把他們拉到你的船上，不得不和你同舟共濟，聽憑你的船把他們載向深海，這也是一種經常用到的得人心的簡易辦法。這就是《禮記》裡說的「一張一弛，文武之道也。」的道理。也是我讓你學《漢書》、《禮記》，讀先秦諸子著作以及《六韜》、《商君書》的原因。聽說丞相已經為你抄寫完一遍《申子》、《韓非子》、《管子》、《六韜》，還沒給你，就在路上丟失了。可惜。

只知道張不知道弛的皇帝不是好皇帝；只知道弛不知道張的皇帝同樣也不是好皇帝。張弛節奏把握不好的皇帝不是個稱職的皇帝。這是一個技巧的活，用句容易明白點的話說，就是要把耍權術當成一種正事來做。我讀書不多，做皇帝的時間不長，本來能教給你的東西就不多，現在更是沒有機會了。一切都要你們自求聞達了。

從來國家創立後的第二任少主皇帝多是難當的。創立國家需要非常之人，這些人只有開國皇帝能夠駕馭得了。少主年輕，對各種事情都沒經驗，自然會有很多空子讓別人鑽。這些老臣宿將，老實忠誠一些的還好。要是碰上幾個不聽話，甚至野心大的，就會有麻煩。大道理講了你們也不會有多少體會，只能講兩個和阿斗年齡相仿的皇帝的例子給你們做鏡子。

高祖劉邦的兒子孝惠帝十六歲時繼承皇位。他即位後，實施仁政，減輕賦稅，用曹參為丞相。國家治理上蕭規曹隨，與民生息，廢除秦時文化禁錮。雖無大的成就，但做的事順天應人。朝堂上有一群良善的大臣輔佐，他在位期間沒有什麼大的波折。孝惠帝天性純善，盡力保護了他的弟弟劉如意和哥哥。觀其一生，既無建樹，也少過失，有人稱其「庸」。此等評價有失公允。戰時統兵以不戰而屈人之兵為上，太平年間治國以不折騰為佳。孝惠帝的做法正是在正確的時候用對了「張弛」之術。說其昏庸的人要不就是不懂治國精髓，要不就是惟恐天下不亂。這是你們的一面好鏡子。阿斗，你的性格適合這個時代，所以不要以「庸」為恥。

第二面鏡子是秦二世胡亥。他在居心不良的李斯，趙高矯旨稱帝后，殺兄弟，圖享樂。他問趙高：「人一生就如白駒過隙，如何才能讓我盡心享樂呢？」他對李斯說：「韓非說過，堯治理天下的時候，房子是茅草做的，飯是野菜做的湯，冬天裹鹿皮禦寒，夏天就穿麻衣。到了大禹治水時，奔波東西，勞累得以致大腿掉肉，小腿脫毛，最後客死異鄉。」難道這就是做帝王的人的初衷嗎？貧寒的生活適合於貧賤的人，而不適合至上的帝王。既然擁有天下，就要享受天下的東西！自己沒有好處，治理好天下有意義嗎？」這樣給了趙高專權的機會。

他驅使全國的人夫修造阿房宮和驪山墓地，調發五萬士卒來京城咸陽守衛，同時讓各地向咸陽供給糧草。賞罰不當，賦斂無度，繁刑嚴誅，人懷自危之心，才有了揭竿而起的反民。天下已經烽煙四起了，他還根本不相信有「反叛」的事。大臣說有「盜賊」的沒有事，說有「造反」的就治罪，因為說「造反」等於說天下大亂。治罪的罪名是「非所宜言」罪，就是說了不應該說的話。

胡亥「持身不謹，亡國失勢。信讒不寤，宗廟滅絕。」「雖居形便之國，猶不得存。」最後乞求做平民都不成，這就是肆意極欲的後果，萬勿效之。

春秋五霸之一晉文公重耳說：「夫導我以仁義，使我肺腑開通者，此受上賞；輔我以謀議，使我不辱諸侯者，此受次賞；冒矢石，犯鋒鏑，以身衛寡人者，此復受次賞。故上賞賞德，其次賞才，又其次賞功。若夫奔走之勞，匹夫之力，又在其次。」這段話是一個閱歷豐富終成霸業的古人說的，其中滋味你要好好咂摸。以你父所感，成大事者，仁義為上，才能為輔，辛勞為補。這就是我為什麼總是把仁義掛在嘴邊的原因，也是為什麼聰明的諸葛亮，勇武如關張等人居我之下的原因。你在皇位上，有才能幹自然好，無德才是最要命。若實在沒有大德，多些小德也是可以。小德積累多了就是仁義。仁義雖然不一定使你成為明君，起碼可能為你保命。

你父德薄，草根出身，雖有皇家血統，但短短三十幾年間，就做了皇帝。過去一切都是為了自己的出路，所有結果都是靠著機緣巧合。無助於國家，無利予百姓。古來周得天下，歷經周太王、周文王、周武王幾代人修德而來；秦國六合得天下，全賴秦諸代君主勵精圖治。我僥倖做了這個皇帝，已經把我們祖上的福德消受得差不多了。到了你們這裡，惟有修德積福，更節修行，各慎其身，使眾人皆歡然各自安樂其處，則言驅使為易爾。以胡亥為鏡，勿以惡小而為之；以劉盈為鏡，勿以善小而不為。勉之，勉之！

要是他們的年代太遠，你覺得沒感覺的話，我就拿你關叔叔和我的事來做個例子。當年孫權想和你關叔叔結成兒女親家，然後他就能放心地和關羽聯合起來。沒想到，關羽損了人家一句虎女不嫁犬子，把孫權推到了曹操的一邊，接著才有了咱們損兵折將的這些倒楣事。這就是一個小惡引出的大禍。

你父我的一個故事是在和劉璋打仗時。有次我和龐統分走大路和小路進攻。我看到龐統的馬不行，就把自己騎了多年的白馬讓給他騎。沒想到，川兵都知道我騎白馬，結果一起向騎白馬的射箭，把龐統給射死了。我要是沒行那個小善，被射死的可能就是我了。哎，哎，哎，這個例子不好，好象我是在嫁禍於人和幸災樂禍兼而有之。這樣的感覺可以有，可不能這樣說出來。本待重新寫一封信，可是我這體力不行了。想要把這幾句塗了去，又怕像馬超在潼關和曹操打仗，看見曹操故意在給韓遂的信上塗蓋了一些話，而起疑心，最後自己營裡起了內訌。為了不造成不必要的誤會，我就不做塗改。你記住，關於我讓馬給龐統的這個例子不算數。

現在諸葛亮制定的法律已經是很嚴了，你需要做的就是讓官屬們去認真執行法律，而你自己要廣施恩惠，這也是一種一張一弛的辦法，也是一種最理想的統治辦法。惡人讓別人去做，好人自己來當，你父一生受益最大的就是這句話。它沒有收進我的名言錄，卻是我在不斷追求的境界。曹操謊稱王垕貪污軍糧，用他的頭安撫軍心用的是這個辦法。你父借曹操的手殺呂布也是學的這個辦法。方式有些不同，道理都是一樣的。以後要是你想除掉看著不順眼的，或者是一些尾大不掉的人，最好也用這種手段。該殺的人一定要殺，但高明的做法是，自己的手上不要沾血。如何才能做到這一點，一個是要預先，從小樹立自己寬厚仁慈的形象，讓絕大多數人都堅信你是個好人有好心。再一個就是要耐心再耐心，在天時到來之時四兩撥千斤。最後一招，就是創造性地利用大眾的自私心態，不遺餘力地抹黑對方。就像我借曹操之手除掉呂布這個平董卓之亂，挽漢統於既倒的人物一樣。

如果出現惡人由你來做，好人由你的臣下來做的情況時，你就要小心了。這有可能是你的臣下本事不行，擔不起責任，不得不賠上小心來逃避；也可能是想沽名釣譽，博得一時虛名；還有可能是收買人心，另有所圖。我和劉璋的關係出現了類似的情況，就像我們說他暗弱無能，而我寬厚仁愛一樣。我最擔心的就是我欠劉璋的這種債，最後要由你們來還。篡漢成立新朝的王莽如果早死，後人會認為他是個克己復禮的聖人；曹操如果把獻帝接到許都後就死了，獻帝會感激他懷念他。所以，假如將來你倚重的大臣在最需要他們的時候死了，對你們和對他們可能都是好事。出忠臣的時候，國家往往有累卵之危；有重臣的時候，朝堂常常有長遠之憂。忠臣和重臣對皇帝來說，都是不祥之兆。

我年輕的時候，也和絕大多數人一樣，根本就不敢想什麼改朝換代。這些年的起起落落讓我看出來做皇帝和賣草鞋差不多是一回事。賣草鞋換的是銀錢，要是換不來，你就要改行；做皇帝收的是人心，人心散失就要改朝。這些變化都是正常的，要像我一樣既賣得了草鞋，也做得了皇上。所以如果做不好皇帝，也沒什麼了不起的，不要太自責。得也由命，失也認命，人不可以和命爭。得之泰然失之淡然爭其必然順其自然，然後可以自安。我原來以為當皇帝有多好，當了以後才明白擁有江山萬里，真正需要的不過是一間房一個床，富有四海，所費不過一日三餐。當皇帝這幾年，我沒有像年少時鬥雞走狗那樣快樂過，也沒有像學圃種菜那樣平靜過。現在才理解了什麼叫爭取的過程比爭到的東西更有意思。我拼著命為你們爭來的一切，我也不知道將會給你們帶來快樂，還是枯燥和負擔，甚至是災難。近聞獻帝被廢以後做了山陽公，允許他在封地奉漢正朔和服色，建漢宗廟以奉漢祀。曹丕還同時給劉協留了句客氣話：「天下的好東西，我跟你可以一起享受。」除舊佈新，也是唐虞舊例；漢賊兩立，終歸人間大道。如果皇帝做不成的話，不必去學袁家子弟袁譚袁尚的徒勞無功自取滅亡。我若是關羽的話，在失去了荊州以後，不會走麥城，而會去找曹操這個老朋友，再投一次降。獻帝、劉璋均是可以效法的榜樣。做一富家翁，得以子嗣傳承，這是我最基本的心願。皇帝真的是當當也可，不當無妨。有想得到的東西，那就去努力爭取，儘管會失去些尋常的樂趣；已經到手的東西，也不是不可以放棄，換來的興許是做人的福氣。式微之時，惟賢惟德，屈身守分，才能日久天長。至囑！至囑！

信寫完了。我密密地封好，暗令親信立即送往成都，親手交給阿斗。這封信除了阿斗，別的任何人都不能看。

剩下的事，就是讓儘量多的人知道我可以公之與眾的安排了。

我讓人召集諸葛亮等眾臣，也讓人把次子劉永，劉理帶到了床前。往年身後叉手而立的關張已逝，如今身前站的兩個兒子年幼氣稚。

我想起了諸葛亮從他老婆那裡學來的檢討要做兩遍，重要的事情重來一遍的故事。對他我要再一次的考驗和教訓一遍。我要讓他，讓所有人都留下不可磨滅的印象，讓一切事情都板上釘釘。

我請孔明坐於龍榻之側。我看著他，眼光殷切，心裡想著張松，法正和孟達。那三個人背叛主子劉璋時的振振之辭回盪在我的耳中：劉璋稟性暗弱，不能任賢用能。而今我的兒子也是稟性不強，歷事無能。莫非昨天的是非，今天要來報應？不能，不能，為了手下老老實實給我賣命，對他們念叨了一輩子「人不可和命爭」的我，如今為了我的兒子要最後一爭。

我撫其背，重複著私下交談時的表演，曰：「朕死在旦夕。嗣子孱弱，不得不以大事相托。煩丞相將我的話傳於太子禪，凡事更望丞相教之！」言訖，淚流滿面。這是讓他加深印象，更是給在場眾人看的。孔明十分配合地泣拜於地曰：「願陛下將息龍體！臣等盡施犬馬之勞，以報陛下知遇之恩也。」

禮節性的程式走到了這裡，也就差不多了。有些話需要往深裡講了。諸葛亮自視頗高，經營多年，也有些人望。一些要緊的話，擔心的事不在這裡講透了，我是不會放心的。

我接著說：「聖人云：『鳥之將死，其鳴也哀；人之將死，其言也善。』朕今死矣，有心腹之言相告！」

諸葛亮有些懵懂道：「有何聖諭！」

我流著摻雜混合著真情、無奈和我也說不清是什麼意思的眼淚說到：「君才十倍曹丕，必能安邦定國，終定大事。若嗣子可輔，則輔之；如其不才，可去之。君可自為成都之主。」

我的話一出口，整個大廳裡擦鼻涕，抹眼淚，嗡嗡的聲音一下子全消失了。幾乎所有的人都呆在了那裡。此話要是從別人口裡說出，誅滅九族的罪都要有了。當年彭羕與馬超說了一句「卿為其外，我為其內，天下不足定也。」就被下獄處死，前車之鑒，誰人能忘。

諸葛亮萬沒想到我會說出這樣脫離劇本的話。他目瞪口呆了一會兒，撲通跪了下去，汗流遍體，手足失措，泣拜於地說：「臣安敢不竭股肱之力，盡忠貞之節，繼之以死乎！」言訖，叩頭流血。

我一看他這情景，知道我的意思被他理解成了含著殺機的試探和冒著寒氣的警告。一旦應答不妥，就有可能被拉出去，當成後患給消除了。就像我的祖先劉邦殺韓信，殺彭越和英布一樣。要不是他死得早，連他的連襟，像許褚的那個樊噲都要被殺了。

我本來的意思是要讓他通過我們私下的談話，在信服了我的深沉寬大的胸襟和君臣道理之後，讓他明白和感受我對他的恩情。從人情上講，我重用了他這個草根，本身就是少有的恩情。現在又說了要把我的一切都給你，是一個天大的恩情。雖然這基本上是一句耍權術的客氣話，但我的兒子本事不行是現實，我是個現實的人，所以這段話裡又有那麼一丁點真意。沒想到在我們的私下談話後，他的傲氣被打掉了，他真地變得謙卑多了。把自己從原來「帝師」的感覺，變成了臣屬的感覺。我這帶有一些真心的話，變成了一聲炸雷。炸雷，我走了一下神，心裡想起了曹操說我和他才是天下英雄時的那一聲炸雷。

我趕緊提醒自己，現在不是想過去的時候。我說我的話裡有一丁點真情，確實不是在耍奸。知子者莫如父。在太平年間，阿斗當皇帝，很可能是孝惠帝第二。勉強撐過去，到時候要是他的兒子比我的兒子能幹，我的子子孫孫興許就這樣把皇位一代代傳下去了。這當然是最好的結果。可現在的三國時期，這個皇帝要難當得多。當得不好，亡國自然免不了，滅族的可能性不算小。要是阿斗實在不是當皇帝的料，讓他當也是折磨他。萬一，我是說萬一，換個能幹的自己人來當這個皇帝，這總比讓曹魏的人殺進來要好吧。大軍一到，玉石俱焚，那樣就會落得個皇帝當不成，人也剩不下的結局。不如找個有交情的人替他擔起這個擔子。這樣子的話，起碼人能在。就連曹丕在逼獻帝退位時，不都說了句和獻帝共用天下好事的客氣話嗎？要真是諸葛亮把阿斗換了下去，他應該會給阿斗更好的待遇。

我當過皇帝了。我也見過九死一生形同乞丐，坐在權臣陰影中的獻帝。我不止一次在想，人間和蟻穴有什麼不同？

這個話一時半會地解釋不清。就是解釋清了也沒人敢冒著滅九族的風險去相信它。就是相信了也不見得有能力去做。尤其是在這個無常理可循已經成為社會主流的時代。我要是再說，就成了畫虎不成反類犬了，反而真地要被理解成了試探和警告了。對人太實在了，實在得過分了，實在得令人不敢相信了，就和耍奸術得到的效果一樣了。在外人的眼裡，所謂至奸者真（就像我？）；至真者奸（就像曹操？），大概就是由這類事情裡總結出來的吧。算了，在真和奸之間我還是有點拿捏不好分寸，或者說是奸是真連我也搞糊塗了。我不想把我的這一丁點真情實意放大了，就當是在我最後的日子裡又瞎扯了一回吧。既然大家都轉不過這個彎來，那就算是我恩威套路裡的另一招吧。

要是按權術來理解的話，我用這一招已經不是恩威並施了，而可說是恩威齊轟。你說它是恩，那就是天大的恩，一個沒人膽敢接受的恩情；你說它是威，那就是一個雷霆萬鈞的威，讓人化為齏粉的威。我本來沒有這等本事老謀深算，沒想到無意之中使出了連神機妙算的天才也想不出來的連環妙招，講明道理，展示恩情，最後來個力道萬鈞的晴天炸雷。

就讓諸葛亮和眾人按照他們的感覺和習慣去理解和做不同的解釋去吧；就讓他們把我想像成一個大智若愚，大巧若拙的天生智者吧；就算是我是一個大道無形，上德不德的仁義之人吧；就算是我為後世又樹立了一個仁者自威，恩深義重的榜樣吧。這是我的命，也是他們的命，還是那句話，人不可以和命爭。我又不自覺地想起了炸雷，看來曹操沒看走眼，我可能還真可稱得上是個英雄，一個天生英雄，一個用假意把真情玩弄於股掌之間的英雄。曹操這個公認的英雄最擅長的是把權謀玩弄在股掌之間，他在臨死前竟長歎一聲，淚流滿面，一生計謀多端，性格剛強，留給世人的竟是一幅真實的悲情面目。我看似一生敦厚，不善謀劃，到頭來機緣巧合，奇思妙想自然天成，達到了我人生智慧的最高境界，使出了環環相扣的連環妙計，做出了天衣無縫的巧妙安排，成為了權謀大師。我不是英雄，誰會是英雄？原來普通人也可以被人看作真英雄，真英雄原來本是普通人。年輕時，以為英雄和普通人有天地之差別，現在才明白，兩者的差距就是人為畫出來的一條線。

懷著對這種意想不到效果的竊喜，我對諸葛亮的「張弛」之術，到了最後的一個「包袱」。我請孔明坐於榻上，喚魯王劉永、梁王劉理近前，分付說：「爾等皆記朕言：朕亡之後，爾兄弟三人，皆以父事丞相，不可怠慢。」言罷，遂命二王同拜孔明。二王拜畢，孔明曰：「臣雖肝腦塗地，安能報知遇之恩也！」

好了，我現在讓你當爹了，榮耀自然比天高。做為臣子，應該是再無所求。從人倫上說，只有兒子搶老子的皇位，鮮有老子倒過來搶兒子的寶座。原想讓你做個周公，看來你的膽識和魄力只能敢做輔政大臣，做不了攝政的「假王」，更別說做真王了。

我眼睛望向了前方，我想起了陶謙。當我還年輕的時候，徐州刺史陶謙向我讓過他的官印，是真心是無奈還是試探，我現在也說不清楚。但在陶謙做出了這個異乎尋常的姿態之後，我確實為他出了把子力氣。今天，我把這一幕歷史劇又重演了一遍，只是演員換成了我和諸葛亮。到了現在，我又彷彿能理解陶謙當時的一些心情，一種半真半假摻雜，希望絕望調和，既可以導向親密忠誠，也可以蛻變成毫不留情的微妙心情。

對諸葛亮私下和公開的攻心程式都走完了，我原來希望他公開表的忠心都表了，原來沒想到的忠心也表了。諸葛亮一直在表現出滿腹神機妙算的樣子，有些人也願意相信這是實情。到了現在，旁觀者總能看出來是我的深謀遠慮高明，還是他的神機妙算驚豔了吧！小智者治事，大智者治人。我老家有句話：汪汪叫的狗不咬人。真正厲害的角色是像我這樣低頭走路，深藏不露的人。這就是心機，這就是抬高。兩者的巧妙施用就叫綁架，一種溫柔到蝕骨消髓，令人深陷其中，別人不會來救，自己無法自拔的道德良心綁架。

剩下的還有對他不太踏實的性格和實際經驗不足的一點擔心。我在考慮著用一種什麼樣的方式告訴他。可在眾目睽睽之下，話說得太直白也不行，這樣的言語會打擊他的威信，為他的政敵留下可乘之機。我在猶豫著，眼睛無目的地掃來掃去。這時候我看到了低頭站在下面的馬謖，想起了他和諸葛亮的密切關係，還有在報告諸葛亮的石頭陣時，對諸葛亮崇拜的神情。看來我可以借著他再敲打一下諸葛亮了。

我讓馬謖且退。然後對諸葛亮說：「丞相觀馬謖之才何如？」

諸葛亮說：「此人亦當世之英才也。」

我說：「不然。朕觀此人，言過其實，不可大用。丞相宜深察之。」

我在說「言過其實，不可大用」時，特意加重了語氣，眼神像鉤子一樣挖向他，希望他對我的言外之意能夠有所領會，明白我更多的是在暗指他諸葛亮的毛病。看著諸葛亮有些不明就裡的眼神。我暗歎一聲：白說了。這也難怪，剛才剛剛把他砸下捧上地折騰了一通，這會兒，心神還沒有定下來，想不了那麼多。希望他以後能夠慢慢品味一下我說這話的深意吧。他要是真的聰明的話，以後馬謖要是捅了漏子的時候，他應該能夠明白我是在借馬謖影射他。真要是有了這種情況，他會是個什麼樣的心情呢？後悔沒聽我的話，看錯了人？這種感覺應該會有點。終於明白我的能力遠在他之上，從而不得不承認自己的本事不濟，再裝那種聰明過人感到越來越吃力？這種感覺更應該有。事不關己，別人的生死禍福，做個秀就糊弄過去了。關係到自己才會讓人真難受。看你諸葛亮能不能免了這個俗了。等他明白過來的時候，他會有怎樣的反應，也許會哭，是大哭還是痛哭？

（後人注：啊，原來諸葛揮淚斬馬謖，哭的既不是馬謖，也不是先主，而是他自己。也許自那一刻起，他心裡已經清楚，木訥如劉備者，已經遠比他通透明白。天下聰明如諸葛者，當以成千論萬數。以他的能力，興漢滅曹平天下，威望名譽遍寰宇的管樂之望斷矣。哀大莫如心死，所以他哭得如喪考妣。）

我再次想到了張松法正和孟達。他們背主不忠的兩條理由，一是主子稟性弱，二是他們沒得到高官坐。我給了諸葛亮高的不能再高的榮耀，現在就讓我為我的弱兒子找來一根最強的支撐。

最後再給我的兒子加一道保險的時候到了，我需要把諸葛亮綁在我兒子戰車的一個車輪上之後，在另一個車輪上也掛上一個人。這叫心機之外使心術，綁架之後再綁上一段鎖鏈棕繩。我有文人的心機，武人的心術，所以我能駕文馭武，我能化危機於無形。

我的眼睛掃過眾人的頭頂，落在了趙雲的頭上，心裡雖然有生死離別的悲愴，感覺卻像過年時在豬圈裡挑選肥豬一樣。我當著諸葛亮和眾人的面囑咐趙雲說：「朕與卿於患難之中，相從到今，不想於此地分別。卿可想朕故交，早晚看覷吾子，勿負朕言。」

我感到了眾人的異樣，我也能猜到我和趙雲說這句話在每個人心中不同的解讀，我要的就是這個效果。我要的是，假如在將來有人打我兒子們的主意時，顧忌到我已經在明裡布置了人，也有可能在暗裡還伏下了其他的人。

（後人注：後三國時代，諸葛亮安排馬岱斬了魏延。有人詩曰：「諸葛先機識魏延，已知日後反西川。錦囊遺計人難料，卻見成功在馬前。」其實，這不過是諸葛學的劉備對趙雲的安排，照著葫蘆畫了個瓢。）

趙雲一如既往地容易被真誠和悲情所打動。對關羽，我時常要籠絡，對張飛，我不時要痛責。對關張趙三人都管用的就是這類真誠和悲情，尤其是這個趙雲。他泣拜道：「臣敢不效犬馬之勞！」

響鼓不用重錘，好馬不必加鞭。對趙雲這種人，在眾人面前鄭重其事地囑咐他，給他一個名正言順的理由，他明明白白地答應下來就不會有差錯了。更何況，我額外還有那個最新武將排行榜對他的約束加籠絡。對他要是像對諸葛亮那樣拐彎抹角的話，反而要讓他小看了我這個人，影響到我要他辦的事的正統性了。他是那種一字千鈞的人，他的承諾背後，是他在用自己的生命做保證。好人啊。即使是壞人，或者像我這樣的偽好人，也會需要好人的。這就是為什麼好人這個品種因為瀕危而變得更加珍貴的原因。

不過，趙雲你要原諒我再次不厚道，把你當槍使了。我這樣一囑咐，你如此地一答應，若有若無之中，所有的人似乎都有想對我兒子們圖謀不利的嫌疑。你趙雲無形之中，又一次站到了眾人的對立面。剛進川時，大家沒得到良田美宅，對你的怨氣估計還在。現在我又讓你扮了這麼個讓人敬而遠之，心存忌憚的角色，你的人緣註定是好不起來了。拉幫結夥的事情就更沒有條件去做，即使趙雲萬一有些不軌的想法，也絕難成氣候。這幾個內外原因加在一起，趙雲基本就剩下跟著我兒子幹這一條大道可走了。沒人緣，就沒人說你的好話。沒別的想法，君主也沒必要加意籠絡你。看來「顯貴」這兩個字肯定要和你無緣了，這就是你趙雲的命了，這就是我一直在試圖安在你身上的角色。你的作用就是在蜀國之中扮演一個類似魏蜀吳之中「蜀」的角色了。吳魏之所以沒機會拼個你死我活，就是因為蜀的存在造成的那些不確定性而形成的制衡。在利益的權衡裡，分配給你的就是你的犧牲。你這種人沒有落敗在血肉相搏的戰場上，但會折戟於權勢場上的勾心鬥角中。你是世間難得的祭品，我將你獻給上天的神明，願神明保佑我子嗣富貴傳承。

我望著趙雲。在別人看來，我的眼眼神裡透出的是信任、期許、不捨和關愛。其實在我的心裡，摻和的滋味遠遠不是這些。我對萬馬軍中英武絕倫，刀槍箭雨裡血染白袍的這個蓋世英雄，更多的是憐憫與歎息：你到底是沒有參透袞袞諸公不論是為公為人或者是為名為才終究應該是為了自己。倘若你追求的不是高而尚之，光而明之，以你的本事膽識，何至於蝸居於我這個一介農夫的小窩裡屈膝彎躬。這一輩子你也沒有走出我用「信任」為你築起的牢籠。

（後人注：一個著名詩人有感於此，寫出了名句：卑鄙，是卑鄙者的通行證；高尚，是高尚者的墓誌銘。趙雲，對你這類人不知是該贊，還是該歎。也許，既不該贊，也不必歎，以平常之心看非凡之事，事事皆宿命。宿命的一半是人為，另一半是報應。）

三國是三方的遊戲，是三角的藝術。把遊戲變成藝術，進而大成的，我劉備當屬第一。從劉關張的小三角，到劉呂曹，再到劉袁曹，劉孫曹，劉趙諸葛，歷經三角無數。三角之內是我閃轉騰挪，縱橫捭闔天地。有三角時，利用三角。沒有三角時，創造三角。一股從頭到尾，徹頭徹尾的小勢力，我成不了厲電劈空，也變不了出水二龍，只有等待變化，伺機而行。三角存在，我才安全，我才穩定。只有新的三角產生，我才發展，擴張，有機可乘。這就是我探索發明的三角定律。

戲罷曲終，我索來紙筆，撿著要緊的，能公開的寫我的遺詔道：「朕初得疾，但下痢耳；後轉生雜病，殆不自濟。朕聞『人年五十，不稱夭壽』。今朕年六十有餘，死復何恨？但以卿兄弟為念耳。勉之！勉之！勿以惡小而為之，勿以善小而不為。惟賢惟德，可以服人；卿父德薄，不足效也。卿與丞相從事，事之如父，勿怠！勿忘！卿兄弟更求聞達。至囑！至囑！」

外人看我這個遺詔，可能感到有些前言不搭後語，其實，真正要說的話都已經寫在給我兒子的私信裡面了。現在不過是走形式，做樣子罷了。不然，臨走之前不留個遺詔，會像如廁之後，沒擦乾淨屁股一樣，有味而且不由衷。

好了，拳拳護子之意，戚戚舔犢之情。料想我在生命盡頭的這番殫精竭慮應該能夠洗刷盡曾經的拋妻撇子的無情之名。在我有機會自己逃命的時候，我自然是要暫忘骨肉親情。在我看來這就是人之常情。在我明知自己斷無生路的狀態下，不遺餘力地讓我的血脈延續下去，使我能夠在幽冥之中繼續得到人間的祭祀，這，顯示我和其他所有的人也沒啥不同。這就是一個凡人的有義有情。

經過這番折騰，我又昏昏睡去，我開始昏昏做夢：遠處一處被荒蕪包圍的大房子。我在一步高，一腳低地向房子走去。我的腳被斷枝亂石絆住，在水坑稀泥裡陷住。進到房子裡，桌上擺滿食物，可是找不到容我取食的碗箸。

第十章

「俗聖」多餘的話

該做的事，都做完了。感謝老天給了我機會，讓我當了皇帝；給了我時間，容我把該交待的事情都交代完了，讓世人想聽到的論英雄，三顧這樣的故事都有了結尾的素材。我是一個普通的人，是機會選擇了我，讓我成了一個受眾人矚目的人，使我嘗盡了人生的各種滋味。儘管在我成名後，別人演繹出很多說明我從小就不凡的故事，按照他們的喜好在描繪和裝扮我，可我知道我只是這個時代的寵兒，形勢的造化而已。我好像擁有了權勢，其實我只不過是權勢的臨時代言人；我好像風光無限，其實我更像一匹賽馬，被我的手下押注的賽馬；我好像擁有了江山，其實江山根本不會在意我是否曾經存在。對於天地來說，我那微不足道的野心和願望已經耗盡了我的生命。

聊以自慰的是，我沒有虛度光陰把時間花在那些有影無蹤高大正尚的事體之中，我一直在為自己而活著。讓自己活下去，把血脈延續下去，這就是天地萬物的法則，這就是生命的意義。現在我可以說，不論是我傍誰靠誰，坑誰害誰，忠誰義誰，愛誰恨誰，歸根結蒂的本能追求是為了生存和自由。這應該是每個人的追求，應該萬古長流。我走的是人間大道，我活得很有意義。

我仁義嗎，我忠厚嗎？仁義忠厚的脊樑是正直。我的姓氏給了我起家的本錢：名正。我的標準像是兩個結義兄弟在身後叉手而立。他們死後精神不散，幻化成型兩個大字。一個是義，一個是氣。儘管各個勢力一直在勢不多立，可我卻和他們周旋的遊刃有餘。衡量我的忠厚仁義不能用直尺，而需要曲尺彎尺和軟尺。

曹操孫權都是有為之人，秦皇高祖都曾一統天下，相對於他們，我自己也說不清眾人對

我的評價為什麼相對好些。讓我猜的話，可能是因為我是一個在一個門閥成風的世道裡，幸運而且成功的草根，一個普通庶民的成功，畢竟天下是草根或自己的爺爺當過草根的人占絕對大多數；也可能因為在一個「寧可我負天下人，不讓天下人負我」的潛規則下，我和我的小圈子裡的人，做了一些不得不抱團取暖的事，這讓那些沒機會有這種圈子的人眼饞，有機會在這種圈子裡的人相互利用起來順理成章；還可能在這個不論你多有錢有勢，人人都感到自己是弱者的環境裡，我這個小勢力或小小國皇帝得到了人們對弱者，也是對自己，的同情或自憐，同時在我身上發揮著自己「有朝一日」之類的想像？

也許曹操是「寧可我負天下人，不讓天下人負我」這句話的罪責人，可我是這個人間鐵律的踐行者和集大成者，把為公的名義和利己的實質攬合在一起，渾然天成。一生都在忠信禮義的名義下，走著「人不為己天誅地滅」的「人間正道」，符合了民心民意，順應了歷史發展的潮流。摻進了我一生眼淚的潮流也最終成就了我這個最能讓人從感情上接受的「利己」典範。

也許是我的手段能符合大眾的行為規範，處事原則。即使一直在做著唯利利己的事情，也不忘高樹仁義忠厚的大旗，給自己，也給追隨我一起搶錢的人保留一小塊遮羞布，讓圍觀的人在滿足窺視欲的同時，不至於顯得太猥褻。在我的大旗上，繡金的大字書寫著：我是為了拯救百姓而搶兄弟的地盤，我僭越稱帝是為了興漢室，我為有鐵桿馬仔而拜把兄弟。而沒有像有話直說，有事就做的曹操，一句負人不負我的率真大實話，把幾乎所有人的遮羞布都扯了下來。打人不打臉，罵人不揭短是千年古訓，你曹操打了天下人的耳光，讓天下人難堪，你不當公敵，誰當公敵？

（後人注：有個童話叫〈皇帝的新衣〉。曹操，大概就是那個口無遮攔的稚童吧。）

也許就是因為我出了名？這年頭是非難分，好壞不辨，但只要是有名，就有人追，有人捧，有人用，有人愛。可我不相信，也不承認我是因為處處都是個壞榜樣而出的名。我家裡是窮，可那不是我的錯；我學問是不行，但的確在名師的學生單裡掛過名；我差不多總給別人看家護院，可我總能抓住反客為主的機遇；我老是打敗仗，可每次摔下去都給了我更多翻滾的動能（除了現在這個最後的一次）；我很多時候表裡不一，可世道逼得我，不那麼做不行。我的無奈，就是眾人的無奈。我有僥倖，但眾人多不幸。到頭來，只能聽到一片別人的歎息聲：都怪自己命不行。

人長得勉強不是個問題，只要你聰明能幹滿面春風，別人會說你生就一副曲己就人，讓別人顯得好看的面容。事做得不咋樣也不是個問題，只要應時應景，符合大眾情趣，順應世俗人情，你依然會是行事的參考，做人的典型。也許就是我的一些小手腕，小伎倆，簡單易學，時時有用，所以廣受歡迎。上至廟堂勾心鬥角，下至市井雞毛蒜皮，無一處見不到它們的影子。有多少人癡心妄想就有多少人一事無成。在不到黃河不死心的掙扎中，前門關得緊噔噔，後門無錢莫打聽，斜門外道就成了轉運的不二途徑。我真實，總有些言行讓大眾有同感同情，似乎我的所言所行是他們的指路燈座右銘，於是我運氣亨通，成為了文聖武聖之上的第三聖：「俗聖」。

也許孫權代表的是「富二代」，承父兄家業，自在逍遙。曹操代表的是「官二代」，受先人蔭蔽，仕途有道。而我代表的是草根，占人口絕大多數的草根，既希望天下太平過安穩日子，又希望動亂的浪潮打破現有階層秩序，讓自己有機會博來個出頭之日。我的成功讓大多數出頭無路的人看到了光明，我不當明星，誰配當明星？

也許我不光是「每與操反」而成功。我因人而異，跟所有的對手和寄主都盡力凸顯我的不同。袁術傲慢，我謙恭；陶謙哀啼，我擔承；呂布霸橫，我屈就；袁紹少斷，我踐行；劉表守家，我闖蕩；孫權反覆，我持恒。形似手段千變萬化，實則有一條不變之宗：面對無法超越的強者，換一種別樣的玩法。

亂世之中，人情洶湧。對錯之分，因時而變，因事迴異。不少時候，甚至是對錯連體，真假難分。或者乾脆就沒有什麼對錯正邪。像我這樣的所謂成功人士，不過是身不由己之間處在了澎湃激流的風口浪尖。沒有抗拒激流，沒有擔心這股激流會把人間帶入大海，還是推進深淵。除了那些因事因時我需要的人，其他都是路人。我做到了讓身邊人知恩必報。而我有機必趁的運氣和手段玩到了爐火純青登峰造極。挽狂瀾於既倒不是我能做到的事情，救世界於沉淪不是我一貫的追求。我能做到的就是自己照顧好我自己，並且讓更多的人來照顧我自己。因此我反倒是以自己的微薄力量在為它推波助瀾，借勢導利，成為了民心的導師，逐利的先鋒。這就叫順應民心民意吧？

不要怕自己沒有特色，不夠鮮明。要想讓眾人注意到你，就找一個比你高大的人編排他的故事，抹黑他，用他來映襯自己。不要擔心沒人擁護你，找到眾人嫉妒的對象，不管他是你的故舊新朋，恩人路人，用高過別人的聲音，極力誇張的語調，千方百計地送出差評，你就能成為社論明星。這就是我對國事的領悟，每與人反的內情。

如果說，後人真地想從我身上學點什麼的話，那就讓我在臨死之前爆一下料：「堅持，專注」。需要進一步解釋的話，那就是：堅持在門閥橫行依附成風的時代，專注保全自我。如果有人說這是理不通實難行的話，我告訴你一個事實，只有你先是一個獨立的人，才是真正的人，才能成就自己，才有資格去幫助別人，去把自己挖的坑人坑填平。我萬幸沒有成為袁軍曹府的別將，劉表劉璋的客卿。我始終都是一個自由人。劉璋的手下王累說我心術不正不可同處。那是因為我不甘做像王累那樣的「忠誠矢節」之人，去用自己的生命做他人的爪牙奴才。我命是我命，寧背負義名，不做「忠義」蟲。我萬幸在時局動盪，瞎扯紛爭之中，在一棵棵大樹倒下所留下的空隙裡展身成功。成功，什麼叫成功？就是平凡的人在風雨雷電之中堅持前行，不自暴自棄直到天時已盡之日自己生命自然凋零，把自己的日子過好，把平凡的事情做成，人生一定要是自己的人生。

（後人歎：學榜樣，學榜樣，怎麼努力都學不像。有過對自己智力的失望，有過對自己執著的沮喪。妄想聰明學過諸葛亮，癡迷情真意重學過劉關張。敢情真實的人物和書裡說的有太多的不一樣。連他們自己也學不成書中的榜樣。）

「天上有個太陽，水中有個月亮。我不知道，我不知道，哪一個更高，哪一個更遠。」世上有一個三國，人間有無數傳說。我比別人更明白，幾許是真，幾許為假。管它的呢，這種事沒人能解釋得清，從幾個先賢的隻言片語裡演繹出來的好壞長短的做人尺度，是丈量不出一個完整的劉備，更丈量不出一個大千世界的。讓那些有閒功夫的人去操這份心吧。讓那些偏要從別人身上找出自己的影子的人去各取所需吧。至於別人按照自己的需要，把我說成是一個什麼樣的人，那就隨他們拿著故事去把玩，把我的言行斷章取義地掩飾和解讀吧。在我的身後，贊我者，我的在天之靈不會感激你；貶我者，我也不會暗算你。畢竟，你們本意不是在贊我貶我，而是在意自己，出於個人的利益和目的。

（後人注：光潔的白紙中心有個小小的黑點。它會像黑洞一樣，把目光捕捉過去。炭黑的紙中有個鮮明的白點，正如劉備和很多的名人一樣，把多過該得的讚許吸引過去。人啊，為什麼偏好對廣大的空域選擇無視。）

三國是人間鬧劇，我的一生是人生鬧劇，人生如劇，劇如人生，人到劇終萬事空。現在，就要謝幕的我，本心的願望是回家，是能就著大餅子，和老婆孩子一起有說有笑地吃熱氣騰騰的清水燜酥魚。人說，將要失去權勢的人最貪婪，即將走進墳墓的人最怕死。這話對我不適用。生生死死多少回，我已經怕夠了。從三餐不續的貧民到人中之龍的皇帝，我早就看透了。我沒有死得過早，死在向皇位攀爬的路上。我死得已經有點晚。假如在出兵東吳初戰連勝的當口，病魔提前來照應我，該有多少人會感嘆我：出師初捷身先死，頓使英雄淚滿襟。假如能有假如，我要是伐吳大勝，勒石頌功之後再死，我該是怎樣的一個馬上皇帝，常勝英雄。假如，假如，我滅曹破吳，一統域內……過去的事不會有假如，人心永遠都感不足。

我也和無數世人一樣，在失意的時候，凝望星空問自己：我活著的意義是什麼？是為了一次次逃命，一次次重生，最後坐在龍椅上昭告我終於幸運地成功？哈，哈，連活著都需要考證出個意義來證明自己有理由活著，那活著還有什麼意義？活著，更好的活著，這就是萬物生命的本源，生命延續的原動力。我不會為自己的多變背叛責備自己，也不會因自己的武功文采看低自己。大道至簡，我是一個生命的箴言，本色的自己。

回頭看，曾經的千難萬險已經化成胸中的苦膽。向前望，再也沒有風光可看，高峰可攀。我已經在千軋萬碾之間生存了下來，我已經站在了自由的峰巔。

哎，我又看見了光，看見了夫人們，我娘我爹，還有關張。我看見了對我怒目而視的張裕呂布，和哀怨地看了一眼，背轉過身去的劉封糜芳。遠處模模糊糊仿佛有二袁陶謙董承劉焉。四周鬼魂慘霧蕩蕩猶如當年的遍地狼煙。我還聽到了光的深處霧的裡面，似虛如幻般地傳來了一首怪異的，顯然不是我這個時代的歌〈誰能從頭再來〉：

昨天所有的毀譽，已變成遙遠的回憶。
顛顛簸簸已度過一生，今夜恐要歸於靜寂。
我曾經隨波浮沉，為了我和我的親人。
再苦再難也在堅持，只為那些期待眼神。
人不在心猶在，有種成功叫失而不敗。
看成敗人生豪邁，我還想從頭再來。

嗚呼，哀哉？

NO，多少人昏眼朦朧望向歸去路，漫漫垂雲，淒淒迷霧。沒有了夢中的光芒，沒有了兄弟夫人和爹娘。管你是曾經登峰造極，任你受過無數遠接高迎，最後的這段路只能形只影孤，在懵懵懂懂中蹣跚獨行。而我，來時與大眾並無多少大不同，去時卻是有些不同。我憧憬著子嗣傳承，我的前路透射著光明。我，要走了，我用一生的折騰換來了這臨行前的從容。

惜哉，笑哉！

劉備絕筆於章武三年四月廿四

（後人注：西元二二三年六月十日，千古俗聖劉備駕崩。人說，多餘的錢買來的只能是多餘的東西。多餘的權勢呢？換來些留不住的人生高光，摻和了許多額外的憂慮神傷。）

國家圖書館出版品預行編目資料

劉備最後的回憶錄：三國演義之演繹/木百合著. -- 初版. -- 臺北市：博客思出版事業網, 2022.4

面； 公分. -- (現代文學；72)

ISBN 978-986-0762-19-8 (平裝)

857.7 110021760

現代文學72

劉備最後的回憶錄－三國演義之演繹

作　　者：木百合
主　　編：盧瑞容
編　　輯：陳勁宏
校　　對：楊容容、古佳雯、沈彥伶
封面設計：陳勁宏
出　　版：博客思出版事業網
地　　址：台北市中正區重慶南路1段121號8樓之14
電　　話：(02)2331-1675或(02)2331-1691
傳　　真：(02)2382-6225
E—MAIL：books5w@gmail.com或books5w@yahoo.com.tw
網路書店：http://bookstv.com.tw/
https://www.pcstore.com.tw/yesbooks/
https://shopee.tw/books5w
博客來網路書店、博客思網路書店
三民書局、金石堂書店
經　　銷：聯合發行股份有限公司
電　　話：(02) 2917-8022　　傳真：(02) 2915-7212
劃撥戶名：蘭臺出版社　帳號：18995335
香港代理：香港聯合零售有限公司
電　　話：(852) 2150-2100　　傳真：(852) 2356-0735
出版日期：2022年4月 初版
定　　價：新臺幣320元整（平裝）
ISBN：978-986-0762-19-8